THOMAS J. FRAUNHOFFER
Der Mörder ist selten der Gärtner

AF202029

Weitere Titel des Autors:

Die Toten von Lindau

Unter dem Pseudonym Franz Hafermeyer:

Tote lächeln nicht
Das Spätzle-Syndikat
Der Brezen-Trick
Das Extrawurscht-Manöver
Die Schampus-Verschwörung
Die Datschi-Connection
Paradiesapfel-Schwindel

Über den Autor

Thomas J. Fraunhoffer, Jahrgang 1971, ist seit 1990 Polizeibeamter im Freistaat Bayern. Er lebt mit Ehefrau, zwei Miniponys und einer Krimikatze auf dem Land in der Nähe von Augsburg.

Thomas J. Fraunhoffer

DER MÖRDER IST SELTEN DER GÄRTNER

Kriminalroman

Lübbe

Die Bastei Lübbe AG verfolgt eine nachhaltige Buchproduktion. Wir verwenden Papiere aus nachhaltiger Forstwirtschaft und verzichten darauf, Bücher einzeln in Folie zu verpacken. Wir stellen unsere Bücher in Deutschland und Europa (EU) her und arbeiten mit den Druckereien kontinuierlich an einer positiven Ökobilanz.

NACHHALTIG PRODUZIERT

Originalausgabe

Copyright © 2025 by
Bastei Lübbe AG, Schanzenstraße 6 – 20, 51063 Köln

Bei Fragen zur Produktsicherheit wenden Sie sich bitte an:
produktsicherheit@bastei-luebbe.de

Vervielfältigungen dieses Werkes für das Text- und Data-Mining bleiben vorbehalten.

Textredaktion: Heike Rosbach, Nürnberg
Umschlaggestaltung: Kirstin Osenau unter Verwendung
von Motiven von © Shutterstock: Eric Isselee | Sveta Aho |
mart | anitapol | sivVector | Olga Korneeva
Satz: Dörlemann Satz, Lemförde
Gesetzt aus der Sabon
Druck und Verarbeitung: GGP Media GmbH, Pößneck

Printed in Germany
ISBN 978-3-404-19398-1

2   4   5   3   1

Sie finden uns im Internet unter luebbe.de
Bitte beachten Sie auch: lesejury.de

PROLOG

Nacht auf Donnerstag, 13. Juni

Die Luft roch nach Fichtenzweigen und Harz, Finsternis lag über dem Wald wie ein riesiges schwarzes Tuch. Der Ruf eines Kauzes hallte durch die Nacht. Im ländlichen Raum galt der Vogel einst als Todesbote. Wie wahr, dachte die Gestalt und bahnte sich böse grinsend einen Weg durch die Dunkelheit. Zur Orientierung schaltete sie hin und wieder eine Taschenlampe ein, deren Lichtstrahlen durch die Schwärze fingerten. Zahlreiche Stechmücken schwirrten über ihrem Kopf. Wahrscheinlich angezogen vom Schweiß, der in Strömen über Stirn und Wangen der heftig atmenden Person floss. Vielleicht lag es aber auch an der Leiche, die sie durchs Dickicht hinter sich herzog.

Die Stechmücken waren erst der Anfang, es würde nicht lange dauern, bis die ersten Schmeißfliegen sich auf das tote Stück Fleisch setzen und ihre Leichenfledderei beginnen würden. Die dunkel gekleidete Gestalt hatte mal gelesen, dass Fliegen sogar aus einer Distanz von mehreren Hundert Metern Tote riechen konnten. Blut stellte einen weiteren Leckerbissen für die lästigen Viecher dar. Und Blut war reichlich vorhanden. Die Gestalt verharrte für ein paar Sekunden und warf einen Blick auf die klaffende Platzwunde am Kopf des Opfers. Oh ja, sie hatte sogar sehr stark geblutet. Jedenfalls so lange, bis der Tod eingetreten war und das Herz keinen Lebenssaft mehr durch die Adern pumpte. Es war ein unschöner, brutaler Tod gewesen. Da war es normal, dass viel Blut floss.

Die Gestalt bildete sich ein, das Geräusch eines sich nähernden Fliegenschwarms zu vernehmen. Eine Täuschung, schon klar. Trotzdem wäre es langsam an der Zeit, die Stelle zu erreichen, wo das ausgehobene Grab lag. Angespornt von diesem Gedanken beschleunigte sie ihre Schritte, verstärkte den Griff um die Fußknöchel der Leiche, die sie wie einen Sack hinter sich herschleifte.

Moos und Reisig knisterten, als sie drüberlief, Zweige und Äste brachen, als sich die Person zusammen mit ihrer Fracht mühsam den Weg durchs Unterholz bahnte. Zwischendurch knallte der Kopf der Leiche immer mal wieder auf eine Wurzel oder gegen den Stamm eines Baumes. Einmal verhedderte sich ein toter Arm in einem Brombeergestrüpp. Erst nach heftigem Reißen löste er sich aus den Ranken, ein Stück Haut von der Hand blieb an der Pflanze haften. Nicht schlimm, niemand würde dadurch die Spur zurückverfolgen können. Ein Spürhund könnte wahrscheinlich eine Fährte aufnehmen, denn auch Hunde rochen Blut. Aber es war äußerst unwahrscheinlich, dass ausgerechnet hier jemand suchen würde. Zu abgelegen war die Stelle. Die Gestalt machte sich daher keine Sorgen, falls Blutspritzer an Sträuchern hängen blieben.

Je näher das Ziel kam, desto lauter wurde ein anderes Geräusch. Das Plätschern von Wellen, die ans Ufer des nahen Starnberger Sees schwappten. Der Wald grenzte direkt ans Wasser.

»Einundfünfzig, zweiundfünfzig, dreiundfünfzig«, zählte die Person, bis sie an der richtigen Stelle ankam. Sie erkannte die auffällige Eiche, die inmitten des Fichtenwaldes stand. Der gewaltige Baum hatte Äste, die wie

Korkenzieher in den Himmel wuchsen. Etwa ein Dutzend Schritte entfernt schimmerte die Wasserfläche zwischen den Fichten hindurch. Der Mond warf sein silbriges Licht auf den See.

Die Taschenlampe zuckte auf und erhellte ein Loch, knapp zwei Meter lang, einen Meter breit und fast einen Meter tief. Groß und vor allem tief genug für das Opfer. Es sollte schließlich kein Wildtier die Leiche wieder ausgraben. Die Gestalt löschte das Licht der Lampe und steckte sie ein. Dann bückte sie sich und rollte den Leichnam in die Grube. Es gab einen dumpfen Laut beim Aufprall.

An einer Fichte in der Nähe lehnte der Spaten, mit dem die Person vor ein paar Stunden das Loch ausgehoben hatte. Vorsorglich, falls es nicht anders ging, als ihr Opfer zu töten. Es war nicht anders gegangen, beinahe wie erwartet. Jetzt gab es ein Problem weniger. Die Person nahm das Werkzeug und stieß es in den Erdhaufen neben dem Grab. Die erste Ladung warf sie auf den Kopf, die zweite ebenfalls. Endlich war das Gesicht mit Dreck bedeckt. Nach einer halben Stunde war die Arbeit getan. Zum Schluss noch ein paar Fichtenzweige und Reisig über das zugeschaufelte Grab verteilen. Kein Mensch würde die Leiche jemals finden. Ein letzter Rundumblick, keine Menschenseele hatte den Vorfall beobachtet. Noch ein paar Sekunden zum Verschnaufen, dann ein paar Schritte zum nahen Ufer. Eine Brise strich über das Wasser, der See bekam eine Gänsehaut.

Aus ihrer Hosentasche holte die Gestalt einen Autoschlüssel, der im Mondlicht schimmerte. Sie holte mit dem Arm aus und warf den Schlüssel weit hinaus. Mit einem leisen Platschen versank er im Wasser, kleine Wellen breiteten sich rund um die Einschlagstelle aus.

KAPITEL 1

Zwei Tage später
Samstag, 15. Juni

Krämpfe, blutiger Durchfall, Tod nach wenigen Tagen!
Das grausame Ende eines Pferdelebens, das nicht auf diese
Weise hätte enden dürfen.

Diese Worte klangen in Esther Dumanskis Kopf nach, als sie die leuchtend gelben Blütenköpfchen betrachtete. »So schön und doch so giftig«, murmelte sie.

Senecio jacobaea, auch Jakobskreuzkraut genannt.

»Hast du was Besonderes vor?«, fragte ihr Mann Julius, als er neben sie trat und ihre Aufmachung mit einem Schmunzeln beäugte.

Einwegoverall, Plastikhandschuhe, Mülltüte, Spaten, außerdem Gummistiefel. Sie sah aus wie eine Tatortreinigerin am Schauplatz eines Kapitalverbrechens, um die Spuren eines Mordes zu beseitigen.

Esther deutete auf das Kraut, das direkt hinter dem Holzzaun der Pension wuchs, die sie zusammen mit ihrem Mann betrieb. Heute, am Samstagmorgen, war sie mit ihrer besten Freundin Kyra zu ihrer wöchentlichen Joggingrunde aufgebrochen, als diese beim Anblick der Pflanze einen Anfall von Schnappatmung bekommen hatte. »Kyra wäre heute früh beinahe in Ohnmacht gefallen, als sie das da gesehen hat.«

»Wieso, sieht doch schön aus. Ist das nicht Johanniskraut?«

»Ha, denkst *du*! Ist es aber nicht, sondern Jakobskreuzkraut, eine Giftpflanze und der Schrecken zahlreicher Pferdebesitzer. Sie wird bis zu einem Meter hoch und hat gelbe Zungenblüten, und zwar genau dreizehn.«

»Oh, da weiß es aber jemand ganz genau.«

»Über Giftpflanzen sollte man Bescheid wissen, wenn man auf dem Land lebt, finde ich«, entgegnete sie. »Die Pflanze verfügt über enormes Samenpotenzial. Ist sie erst einmal da, breitet sie sich stark aus, wenn nicht dagegen vorgegangen wird. Das Ende vom Lied ist, dass sie auf Pferdekoppeln wächst oder noch schlimmer: im gemähten Zustand ins Heu kommt und später von den Tieren gefressen wird. Pferde reagieren darauf extrem empfindlich, es reichen geringe Mengen aus, um zum Tod zu führen. War mir echt peinlich vor Kyra, dass sie die Pflanze gesehen hat. Ich habe das Kraut heute Morgen zum ersten Mal entdeckt, sonst hätte ich es längst entfernt. Ich musste ihr versprechen, das *dreckige Giftzeug*, wie sie es genannt hat, umgehend auszugraben und anschließend sicher zu entsorgen. Kyras Pferdestall und die angrenzenden Koppeln sind Luftlinie gerade mal fünfhundert Meter entfernt. Sie will natürlich nicht, dass sich das Kreuzkraut verbreitet.«

»Zwischen unserer Pension und den Koppeln liegt aber ein ganzes Waldstück«, erwiderte Julius. »Ist das nicht etwas übertrieben? Wir leben ziemlich abgelegen mit unserer Pension. Ausgerechnet dieses Giftkraut soll deiner Kyra und ihren Gäulen gefährlich werden?«

»Vorsicht ist besser als Nachsicht. Außerdem will ich es mir mit Kyra nicht verscherzen. Ohne ihre Hilfe in der Pension wäre ich aufgeschmissen. Eine feste Kraft kann ich mir nicht leisten. Dazu wirft der Betrieb nicht genug ab.«

Ein Stich durchfuhr sie bei diesen Worten. Ihre finanzielle Lage war in der Tat nicht berauschend. Eigentlich sollte eine Pension in der bayerischen Tourismusregion Fünfseenland wunderbar laufen. In ihrer speziellen Situation anscheinend nicht. Es kamen einfach nicht genügend Gäste, um die fixen Kosten zu stemmen, von einer positiven Bilanz gar nicht zu reden. Zu weit vom Schuss, kein Seeblick von den Zimmern, bloß ein Weiher, auf dem zwei Enten schwammen. Wer am Starnberger See urlauben möchte, hat andere Ansprüche, wie ihr immer deutlicher vor Augen geführt wurde.

»Deine neue Idee wird bestimmt klappen«, munterte ihr Mann sie auf. »Landurlaub – gepaart mit Gartenkursen als Stressabbau für geplagte Stadtbewohner, überbeanspruchte Selbstständige und Leute mit sonstigen Problemen. Hört sich doch gut an.«

»Immerhin haben sich sofort mehrere Interessierte auf meine Internetwerbung gemeldet, das hatte ich gar nicht erwartet. Ich bin schon ganz nervös.« Ein kleiner Hoffnungsschimmer tat sich auf einmal vor ihr auf.

»Das klappt schon, Gärtnern ist doch schon so lange dein Hobby!«

»Du sagst es – *Hobby*! Ich bin kein Profi, habe mir alles angelesen. Auf einmal kommt mir meine Idee total bescheuert vor. Was, wenn die Gäste von mir was anderes erwarten? Oder spezielle Gartenfragen haben, auf die ich keine Antworten weiß?«

»Du wirbst doch nicht mit einer Fortbildung in Kernphysik, sondern mit Entspannung durch Gärtnern. Das sind Leute aus der Stadt, die kennen einen Garten höchstens aus dem Fernsehen und denken bestimmt, Mohrrüben und Kartoffeln wachsen im Supermarkt. Wenn die was fragen, auf das du keine Antwort weißt, dann erfindest du einfach irgendwas. *Stoderer* merken das eh nicht.« Julius deutete auf das gelbe Kreuzkraut. »Solange du ihnen nicht so was in den Salat schneidest, ist alles gut.«

»Mach keine Witze drüber, selbst für den Menschen soll das Kraut giftig sein«, erklärte sie. »Zwar eher schleichend, wenn man es über Wochen schluckt, aber dann verursacht es eben schwere Leberschäden. Deshalb Vorsicht vor selbst gemachtem Tee aus vermeintlichem Johanniskraut. Auch Rucolasalat sollte man genauer unter die Lupe nehmen. Die Rosettenblätter des Kreuzkrauts ähneln nämlich dem Rucola. Kann daher böse ins Auge gehen.«

»Ups, das mit dem Salat sollte ein Scherz sein.« Julius hüstelte verlegen.

»Kyra sagt, sogar in Blütenhonig wurde es nachgewiesen. Allerdings in sehr geringer Menge.«

»Interessant«, merkte Julius an und musterte die Pflanze mit hochgezogener Augenbraue. »Dann grab es lieber schnell aus«, riet er ihr, nahm seine Baseballkappe ab und strich sich über die schweißnassen Haare.

»Ziemlich warm für die Kappe, findest du nicht?«

»Immerhin sieht man meine beginnende Glatze nicht«, gab er zurück.

»Eitler Fatzke!«, zog sie ihn auf und lachte, während sie ihren Mann betrachtete. Letzten Dezember war er fünfzig geworden, somit war er sechs Jahre älter als sie. Er hatte sich allerdings gut gehalten. Sein pechschwarzes Haar, der dunkle Teint und ein Dreitagebart verliehen ihm ein leicht südländisches Aussehen. Er war untersetzt und hatte ein kleines Wohlstandsbäuchlein, was ihm aber gut stand.

Nachdem sie das Kreuzkraut ausgegraben und anschließend die Mülltüte mit dem giftigen Inhalt sorgfältig verknotet hatte, drückte sie die Tüte Julius in die Hand. »Bitte sofort in die schwarze Tonne werfen. Das Zeug will ich nicht in der Biotonne haben! Ich muss mich umziehen und habe noch jede Menge Vorbereitungen für die neuen Gäste zu treffen.«

Julius nahm mit spitzen Fingern und angewidertem Gesicht die Tüte entgegen. »Ich kann dir helfen, was gibt es zu tun?«

»Zwei Gäste reisen mit dem Auto an, der Parkplatz vor der Pension muss frei sein, ich habe zugesichert, dass sie ihre Autos bei uns abstellen können.«

»Ich fahre meinen Jeep in die Garage. Deinen Caddy stelle ich in den Carport. Was ist mit den anderen Gästen?«

»Die kommen mit dem Zug, kannst du sie bitte mit deinem Wagen vom Bahnhof abholen? Ankunftszeit ist gegen drei Uhr.«

»Kein Problem, mache ich.«

»Super«, sagte sie, war aber mit den Gedanken bereits weiter. Sie hakte ihren inneren Notizzettel ab.

Zimmer sauber machen, lüften und frisches Obst auf den Tisch stellen – *check*!

Als Begrüßungsdrink einen leckeren Smoothie zubereiten und in den Kühlschrank stellen – *check*!

Einen Lehrgarten für die erste Gartenstunde herrichten – *check*! Das hatte sie bereits vor Tagen erledigt. Ein Hochbeet gebaut, an dem mehrere Leute zur gleichen Zeit gärtnern konnten.

Sachen fürs Abendessen einkaufen – *check*!

Den Sekt für den Nachttrunk aus der Speisekammer holen – »Oh nein, das habe ich glatt vergessen«, schimpfte sie und schlug sich mit der Hand an die Stirn.

»Was denn?«, wollte Julius wissen.

»Den Sekt einkaufen. Ich muss noch mal in die Stadt.«
Esther zog die Plastikhandschuhe mit einem schnalzenden
Geräusch aus. Sie gab Julius die Handschuhe. »Die auch
bitte wegwerfen.« Dann stieg sie über den Jägerzaun und
ging durch ihren Garten zur Terrasse. Ein bisschen stolz
war sie schon, als sie ihren Blick links und rechts schweifen ließ. Der Gemüse- und Ziergarten war ihr Heiligtum,
jede freie Minute verbrachte sie dort. Und in Zukunft
auch die nichtfreien Minuten, wenn sie an die geplanten
Gartenseminare für die Gäste dachte. Arbeit und Hobby
verbinden, so schlecht klang das nicht. Jetzt müsste das
Ganze nur noch Geld abwerfen.

Links lag das Gemüsebeet mit selbst gezogenen Ka-
rotten, Radieschen, verschiedenen Salaten, Kohlrabi und
allerlei anderen gesunden Sachen. Außerdem gab es ein
Gewächshaus aus Glas, in dem Gurken und Tomaten
wuchsen. Esther betrachtete die andere Seite ihres Gartens, wo es in den verschiedensten Farben blühte. Hellrosa
Beetrosen und orangefarbene Rosenbäumchen wechselten sich mit Rhododendron und Lavendelsträuchern ab.
Bienen und Hummeln summten um die Wette. Inmitten
von Rosen, Ziergräsern und Lavendel hatte Esther einen
kleinen ovalen Rasenplatz als Ruheoase geschaffen. Hier
saß sie oft auf ihrer Yogamatte im Schneidersitz und me-
ditierte. Sie schloss einen kurzen Moment die Augen und
genoss den Duft nach Lavendel und Rosenblüten.

Dazwischen tummelten sich Sträucher mit Himbeeren,
Johannisbeeren und Stachelbeeren. Schrittplatten führten
zu einer zwischen Stauden gelegenen Sitzecke. Auf einer
kleinen Streuobstwiese neben dem Haus standen drei Apfel-
bäume, zwei Zwetschgenbäume und ein Kirschbaum.

An die Wiese schloss sich ein Weiher an, etwa fünfzehn Meter im Durchmesser, auf dem Seerosenblätter und regelmäßig zwei Enten schwammen. Das hintere Halbrund des Weihers war von einer ziemlich steilen Böschung umgeben, die nach oben auf ein Plateau führte, auf dem ein Mischwald wuchs und es tiefer in den Wald hineinging. Alles in allem fand Esther ihre Pension und das Drumherum idyllisch.

Sie blieb einen Moment stehen und musterte die Rückseite des Gebäudes, die dortige Terrasse mit drei Tischen, einem riesigen schwarzen Grill und jeder Menge Blumenkübeln, hauptsächlich Zitruspflanzen und Oleander. Zugegeben, das Haus war nicht groß, es gab Platz für maximal zehn Gäste. In das Gebäude hatte sie sich vor knapp fünf Jahren sofort verliebt, als sie vor der Wahl stand, in ihrem bisherigen Leben als Angestellte in einem Immobilienbüro weiter dahinzuvegetieren oder auszubrechen und was Neues zu versuchen. Sie *war* ausgebrochen und hatte sich in die Selbstständigkeit gestürzt. Aus dem bisherigen Ausflugslokal im Grünen hatte sie mit viel Liebe, Herzblut und Arbeit eine Pension gezaubert. Und dafür jede Menge Stress, einen Großteil ihres Ersparten und noch dazu einen Bankkredit investiert.

Esther verdrängte die Gedanken und ging zu der geräumigen Holzhütte, die sich direkt neben die Pension schmiegte. Dort lagerten ihre Gartensachen und allerlei Krimskrams. Sie stieg aus ihrem Overall, unter dem sie ein blaues Sommerkleid trug, und stopfte ihn in die Mülltonne, dann entledigte sie sich ihrer Gummistiefel und schlüpfte in die Sommersandalen. Jetzt noch schnell ins Haus, den Geldbeutel holen, dann konnte es losgehen. Esther schaute auf die Uhr an ihrem Handgelenk. Ein paar

Minuten nach zwölf. In spätestens einer Stunde wollte sie wieder zurück sein, um die ersten Gäste ihres Gartenseminars persönlich zu empfangen.

KAPITEL 2

Esther schob ihr blaues Rad aus der Garage, das farblich perfekt auf ihr hellblaues Kleid abgestimmt war. Das Fahrrad war im Retrostil gehalten und erinnerte an die Siebzigerjahre. Sie schwang sich auf den Sattel und fuhr die gekieste Auffahrt hinaus auf die Zufahrtsstraße zur Pension. Wobei Straße ziemlich übertrieben klang, es war eher ein breiterer Waldweg. Der Weg schlängelte sich zwei Kilometer durch den Wald, dann führte er noch zwei Kilometer großteils bergab, bis man in Percha anlangte, einem Ortsteil von Starnberg. Das warme Wetter lud zu einer Radlfahrt ein, deshalb hatte sie ihren Drahtesel ihrem Caddy vorgezogen. Sie hatte Lust auf eine Tour an der warmen Luft. Außerdem passten die paar Flaschen Sekt locker in den Fahrradkorb. Der Fahrtwind blies ihr ins Gesicht und ließ die langen roten Haare flattern.

Während der Radtour grübelte Esther über ihr Leben nach. Alle Bekannten und Freunde hatten von ihrem Vorhaben abgeraten, eine Pension aufzumachen. Selbst ihre Eltern, die im Allgäu lebten, waren skeptisch gewesen, hatten sie aber trotzdem mit einer kleinen Geldsumme unterstützt. Auch ihren Mann Julius musste sie lange bequatschen, bis er endlich einverstanden gewesen war. Einfacher wäre es gewesen, in ihrem alten Job zu bleiben. Das sagten alle, nicht nur Julius. Lediglich ihre beste Freundin Kyra war von Anfang an Feuer und Flamme gewesen und half ihr, wo es ging. Kyra war ein Goldstück und nicht mehr aus der Pension wegzudenken, wo sie das Mädchen für alles war. Kyra war im selben Alter wie sie, kennengelernt hatten sie sich beim Yoga. Aus der anfänglichen Bekanntschaft war eine tiefe Freundschaft geworden.

Auf einmal lief ein Hund von rechts aus dem Wald auf den Weg und schreckte sie aus ihren Gedanken auf. Esther trat auf die Bremse, sie war keine fünf Meter entfernt. Die Reifen knirschten auf dem Kies. Mit einem Fuß stützte sie sich auf dem Boden ab, den anderen behielt sie auf dem Pedal. Sie musterte das Tier, Esther hatte den Hund schon mal gesehen, nur fiel ihr im Moment nicht ein, wo genau. Es war ein Border-Collie, so weit kannte sie sich mit Hunden aus. Sein Fell war schwarz-weiß und lang. Der Collie kam hechelnd näher, Speichel tropfte aus seinem Maul. Jetzt bemerkte sie, dass er zwei unterschiedliche Augenfarben besaß. Das rechte Auge leuchtete hellblau, während das linke bernsteinfarben war. Die Fellfarbe teilte außerdem das Gesicht in zwei Hälften. Schwarzes Fell umrahmte das blaue Auge, weißes Fell das bernsteinfarbene. Esther liebte Tiere, hatte keine Angst vor Hunden und sprach deshalb leise auf den Vierbeiner ein. »Na, mein Großer, wo kommst du denn her? Hast du dich verlaufen?«

»Charlie spricht nicht mit Fremden«, knurrte jemand aus dem Unterholz. Kurz darauf raschelten Zweige und Äste, dann brach ein Mann aus dem Gehölz und starrte sie aus zusammengekniffenen Augen an. Er trug eine schwarze Hose, hatte eine braune Lederjacke an, die schon bessere Tage gesehen hatte, und auf dem Kopf saß eine graue Schiebermütze. Ein weißer Vollbart umrahmte das finstere Gesicht, eine Pfeife ragte aus dem Mundwinkel. Eine Brille mit runden Gläsern und schwarzem Gestell rundete das unfreundliche Erscheinungsbild ab.

Esther schätzte ihn auf Anfang sechzig, er kam ihr vage bekannt vor. »Und Sie sind?«, wollte sie wissen und reckte angriffslustig das Kinn vor.

»Charlie, weg von der Frau!«, befahl er, ohne ihr zu antworten.

Der Hund bellte einmal auf, sah Esther ein letztes Mal aufmerksam an, dann wandte er sich um und rannte zu seinem Herrchen. An dessen Seite stoppte er und drehte sich einmal um hundertachtzig Grad, sodass seine zweifarbigen Augen wieder auf Esther gerichtet waren.

Der Kerl machte keine Anstalten, zur Seite zu treten, stattdessen tätschelte er den Kopf des Hundes. »Braver Charlie.«

Esther verstärkte den Druck auf die Griffe des Fahrradlenkers, ihre Knöchel färbten sich weiß. Ihr war einerseits mulmig, andererseits stieg Zorn in ihr auf. Zorn wegen des unfreundlichen Benehmens. »Wollen Sie was von mir?«, schnauzte sie.

»Was sollte ich von Ihnen wollen?«

»Sie stehen im Weg.«

Der Mann ließ seine Pfeife von einem Mundwinkel zum anderen wandern, dann nahm er sie schließlich aus dem Mund und deutete mit ihr in eine unbestimmte Richtung. »Ist doch genug Platz, oder kommen Sie mit Ihrem Rad nicht an einem alten Mann und seinem Hund vorbei?«

Da fiel Esther ein, wer der Geselle war. »Sie sind der Öko-Emil«, platzte es aus ihr raus. Daher kannte sie den Border-Collie. Kyra hatte ihr von dem Walderemiten und seinem Hund erzählt.

Die Gesichtszüge des Mannes verfinsterten sich noch mehr. »Den Spitznamen haben mir die Leute aus der Stadt verpasst.«

»Hört sich nett an.«

»Ich hasse ihn!«

»Oh, also, ich finde ihn … ähm«, haspelte sie herum.

»Kein Grund, sich deshalb zu verschlucken«, brummte er.

Esther kramte in ihrem Kopf nach allem, was sie über den Mann wusste. Kyra hatte erzählt, er sei im Frühjahr plötzlich aufgetaucht und in das ehemalige Wochenendhaus eines Arztes gezogen, das am Waldrand auf der gegenüberliegenden Seite lag, in Richtung der kleinen Siedlung Harkirchen. Dort lebe er zurückgezogen und habe bald den Ruf eines Eremiten am Hals gehabt. Öko-Emil nannten ihn die Leute, weil er kein Auto besaß, nur mit dem Rad fuhr oder zu Fuß ging und allerlei Biogemüse anpflanzte. Als Kyra ihr das von dem Gemüse erzählt hatte, wollte sie den Mann schon besuchen, weil sie in ihm einen Freund im Geiste vermutete. Aber die Freundin hatte ihr dringend davon abgeraten. Zu Recht, wie sie jetzt feststellte.

Der Mann hatte etwas Unheimliches an sich. Esther wollte möglichst schnell weiter, mit diesem Einsiedler stimmte irgendwas nicht. Vorsichtig schob sie das Rad an ihm und dem Hund vorbei, setzte sich schnell wieder auf den Sattel und trat in die Pedale. Erst als sie aus dem Wald ins gleißende Sonnenlicht fuhr, fühlte sie sich besser. Die Gänsehaut auf ihren Oberarmen wich einem wohligen Gefühl. Sie hoppelte mit dem Rad über den Feldweg, auf dem in regelmäßigen Abständen Pferdeäpfel lagen. Sie drosselte das Tempo, ab hier waren mehr Leute unterwegs, vor allem Reiter des nahe gelegenen Pferdehofs, der zu ihrer Linken auftauchte. Von Weitem sah sie mehrere Pferdeanhänger vor dem Gebäude stehen. Rechts von ihr lagen zahlreiche eingezäunte Koppeln, gelbe Schilder warnten vor elektrischem Strom. Einige Pferde weideten auf dem Gras, hin und wieder schnaubte eins von ihnen. Im Hintergrund drehten sich die Rotorblätter mehrerer Windkraftanlagen.

Esther hörte auf, in die Pedale zu treten, da es bergab ging. Auf dem Rückweg würde sie das Rad hier wohl schieben müssen, aber die Hinfahrt mit dem Wind im Gesicht war es wert. Sie winkte einem Bauern, der gerade mit seinem Traktor und einem Heuwender auf einem Feld das kürzlich gemähte Gras verteilte, damit es besser trocknete. Es roch bereits angenehm nach Heu.

Als sie an einem Wegkreuz vorbeikam, murmelte sie ein stilles Gebet, dann trudelte sie an einem Altersheim vorbei. Zwei Minuten später stellte sie ihr Rad in den Ständer vor einem Supermarkt. Als sie im Laden vor den Sektflaschen stand, hatte sie die Begegnung mit dem Öko-Emil längst vergessen.

KAPITEL 3

Aaron Krapf stieg auf der Beifahrerseite aus dem klimatisierten Jeep und streckte sich. Es fühlte sich an, als hätte er den brasilianischen Regenwald betreten, sein T-Shirt klebte augenblicklich am Körper. Hinten schälten sich seine Begleiter Cindy Adler und Rochus Friesenstein aus den Sitzen. Die beiden hatte er am Starnberger Bahnhof kennengelernt, als sie auf ihren Chauffeur von der *Pension Sonnenblume* warteten, einen Julius Dumanski.

»Ganz schön warm«, meinte Cindy, auf deren Stirn sich sofort Schweißperlen bildeten.

»Besser als frieren«, sagte Rochus, ein Hüne von knapp zwei Metern, der von seinem Aussehen her gut als Statist in einen Wikingerfilm gepasst hätte. Eine blonde Mähne, die einen Löwen neidisch gemacht hätte, das Gesicht eingerahmt von einem wilden Vollbart, der unten in drei kleinen Zöpfen auslief. Aaron schätzte ihn auf Anfang vierzig. Da er Friseur war, begutachtete Aaron zuerst immer die Haare seines Gegenübers, und da hätte er bei Rochus den einen oder anderen Verbesserungsvorschlag gehabt. Ein Schnitt hier oder da würde dem Blonden gut stehen. Vielleicht sogar ein Zopf, um nicht gar so angsteinflößend rüberzukommen. Obwohl die klaren blauen Augen extreme Freundlichkeit ausstrahlten.

Cindy dagegen hatte einen Pixie-Cut, eine schwarze Kurzhaarfrisur, oben etwas länger, dafür an den Seiten und am Hinterkopf kurz rasiert. Ihr goldenes Nasenpiercing glänzte in der Sonne. Am linken Ohr trug sie einen auffallenden Stecker in Form einer silbernen Schlange, die sich an der Rückseite nach oben schlängelte. Der Schlangenkopf mit dem geöffneten Maul beugte sich über das Ohr an der Vorderseite nach unten. Es machte den Eindruck, als wollte die Schlange in die Ohrmuschel beißen. Das rechte Ohr war mit sechs silbernen Steckern verziert. Der Blick von Cindys braunen Augen war hellwach und neugierig.

Julius Dumanski schlug die Fahrertür zu und machte eine ausholende Bewegung. »Willkommen in der *Pension Sonnenblume*, meine lieben Freunde.«

»Wirklich nett«, kommentierte Aaron, der ehrlich überrascht war über diese kleine Perle im Nirgendwo. Nach der holprigen Irrfahrt durch einen dunklen Wald öffnete sich wie eine Oase vor ihnen eine Lichtung, auf der sie nicht nur die gepflegte Pension mit einem gekiesten Parkplatz vorfanden, sondern auch eine Garage mitsamt Carport. Dahinter glitzerte das Wasser eines kleinen Sees in der Sonne, die direkt auf die Lichtung schien. Libellen huschten im Zickzack über die Oberfläche. Zwei Enten watschelten trötend an Aaron vorbei, ihr Ziel war offensichtlich das kühle Nass, denn sie bewegten sich zielstrebig auf den Weiher zu.

Der Ziegelbau der Pension war an der oberen Hälfte mit Holz verschalt, die untere in einem freundlichen Gelbton gestrichen. Das Dach war mit rostroten Biberschwanz-Ziegeln gedeckt, eine hölzerne Treppe führte zum Haupteingang mit offener Doppeltür. Direkt daneben flankierten zwei Olivenbäume in Terrakottakübeln eine Holzbank, auf der eine rote Katze im Schatten döste.

In diesem Augenblick fuhr eine Limousine auf den viereckigen Hof und parkte neben ihnen. Kies knirschte unter den Reifen. »Großer Gott, wo bin ich da gelandet?«, maulte der Fahrer, als er sich aus dem Fahrersitz zwängte und schnaufend die Arme aufs Wagendach legte. »Das ist ja am Arsch der Welt!« Der Kerl hatte eine gedrungene Statur, die in einen hellgrauen Anzug gequetscht war, und eine Glatze, auf der Schweißperlen glitzerten. Aus einer zerknitterten Zigarettenschachtel fingerte er einen Glimmstängel, zündete ihn mit einem Zippo-Feuerzeug an und inhalierte mit geschlossenen Augen. »Tut das gut«, sagte er und blies Rauchwolken in den strahlend blauen Himmel.

»Sie wollen zu uns?«, fragte Julius Dumanski.

»Von *wollen* kann keine Rede sein. Meine Frau hat mir diesen Wahnsinns-Trip eingeredet und einfach so gebucht, ohne mich zu fragen. Sie meint, ich stehe kurz vor dem Burn-out und soll mir ein Hobby suchen, bei dem ich mich wieder erden kann. Pffft, ausgerechnet ein Gartenseminar hat sie für mich ausgesucht. Wie soll ich da runterkommen, ich hasse Gartenarbeit, das erledigt bei uns meine Frau. Dann schickt sie mich für einen Entspannungskurs an den Starnberger See. Okay, sage ich mir, ist sicher ganz nett da in Bayern, genieße ich halt von meinem Zimmer den Blick aufs Wasser. Aber wo lande ich? Nichts als Bäume hier.« Er nahm erneut einen tiefen Zug an seiner Zigarette.

Aaron hätte sich nicht gewundert, wenn der Typ sie einfach aufgegessen hätte, so gierig, wie er daran zog.

»Sie hätten Ihrer Frau widersprechen können«, merkte Julius mit einem Schmunzeln im Gesicht an.

»Widerrede? Zwecklos! Sie kennen meine Frau nicht.«

»Nein, kenne ich nicht«, antwortete Julius. »Aber ich bin sicher, *meine* Frau wird Sie …«

»Ja, ja, ja«, unterbrach ihn der grobe Klotz unhöflich und schnippte den Zigarettenstummel in den Kies.

Aaron wollte dem Kerl, den er auf Anfang fünfzig schätzte, bereits eine entsprechende Erwiderung entgegenschleudern, da kam ihm Cindy zuvor.

»Kannst ja wieder umdrehen zu deiner Frau, wenn es dir dort besser gefällt«, wies sie den Mann zurecht und stemmte die Hände in die Hüfte. »Außerdem wirft man keine Kippen weg, das ist schädlich für die Umwelt. Schon mal was von Grundwasserverunreinigung gehört? Das Gift einer einzigen Dreckskippe verschmutzt bis zu sechzig Liter Grundwasser.«

Die Kleine gefiel Aaron, er lächelte sie an.

»Gebucht ist gebucht, das Geld ist bereits überwiesen, jedenfalls eine Anzahlung. Ich will schon sehen, wofür ich die Kohle abdrücke. Bin schließlich Geschäftsmann«, sagte der Grobian stolz, machte aber keinerlei Anstalten, die Kippe aufzuheben.

»Aha, ein Geschäftsmann«, machte Cindy und verdrehte die Augen.

»Die junge Dame hat recht, was die Giftigkeit einer Zigarettenkippe angeht«, sprang ihr der Hausherr zur Seite. »Auch das Pflanzenwachstum wird negativ beeinflusst. Und das wollen wir doch nicht. Vor allem, weil wir hier bei einem Gartenseminar sind. Nicht wahr?« Julius blickte zuerst den Kerl, dann die am Boden glühende Kippe an. »Außerdem wollen Sie meine Frau nicht wütend erleben, glauben Sie mir. Weggeworfene Glimmstängel können gefährlich für Vögel und Enten werden, wenn sie sich die schnappen. Meine Esther reagiert extrem dünnhäutig auf so was.«

»Nicht zu vergessen die Brandgefahr«, mahnte Cindy. »Wir haben eine Arschhitze und sind mitten im Wald. Eine achtlos weggeworfene Zigarette, die noch glimmt, kann einen Brand auslösen, weshalb es absolut in Ordnung ist, dass solche Missetäter ein saftiges Bußgeld zahlen müssen. Ich überlege gerade stark, Denunziantin zu werden.«

»Okay, ich geb mich geschlagen.« Mühsam bückte er sich, hob die Kippe auf und sah sich suchend nach einem Mülleimer oder dergleichen um.

Cindy deutete auf seinen Wagen. »Haste keinen Aschenbecher in deiner Karre?«

Schweigend öffnete der Kerl die Fahrertür und entsorgte die Kippe.

Aaron schmunzelte. Der Entspannungskurs begann vielversprechend, das konnte noch heiter werden. Noch keine fünf Minuten vor Ort, und schon knisterte es unter den Teilnehmern.

»Hey, Smokey-Joe, ich bin übrigens die Cindy«, stellte sie sich vor und streckte dem Mann die Hand entgegen. »Ich finde, es gehört sich, die Namen voneinander zu kennen, da streitet es sich besser.«

Der Kerl betrachtete einen Augenblick die Hand, dann schüttelte er sie kräftig. »Will mal nicht so sein, wir hatten einen schlechten Start«, brummte er. »Schieben wir es mal auf die lange Anfahrt und die Hitze.« Er wischte sich mit der Handfläche den Schweiß von der Stirn. »Kohnle. Jan Kohnle aus Heidelberg. Cindy, ich bleib auch beim Du, denn ich nehme an, wir spielen alle im selben Team und wollen dieses Seminar besuchen?«

»Ich denke, Smokey-Joe hat einen Entspannungskurs bitter nötig«, raunte Cindy Aaron ins Ohr, als Kohnle sein Gepäck aus dem Kofferraum wuchtete.

»Das habe ich gehört«, rief er ihr über die Schulter zu. »Wenn, dann Smokey-*Jan*.«

»Smokey-Joe gefällt mir besser«, beharrte sie und lachte. »Gutes Gehör hast du ja.«

»Glücklicherweise waren die Wegweiser zur Pension richtig angebracht, sonst hätten Sie sich wirklich verfahren, Herr Kohnle«, blieb Julius beim förmlichen Sie, wie Aaron bemerkte. »Der Wald ist das reinste Labyrinth. Manchmal machen sich Jugendliche aus der Umgebung einen Spaß daraus, die Schilder zu vertauschen.«

In diesem Augenblick kam eine rothaarige Frau aus dem Haus gelaufen. »Meine Gartenfreunde«, rief sie ihnen entgegen. »Schön, dass ihr da seid. Mein Name ist Esther Dumanski. Meinen Mann Julius habt ihr bereits kennengelernt.« Sie schüttelte jedem die Hand. Ihr Gesicht war sonnengebräunt und voller Sommersprossen, auf der Nase saß eine Brille mit hellgrünem Gestell.

Die Frau erinnerte Aaron an eine Schauspielerin, allerdings kam er nicht drauf, welche.

Als sie dem Geschäftsmann die Hand reichte, brummte der ein »Dumanski klingt nicht gerade bayerisch«.

»Meinen Mädchennamen Grundlbauer als Alternative fand ich auch nicht gerade prickelnd«, gab sie lachend zurück. »Mein Mann stammt ursprünglich aus Duisburg.«

»Dumanski klingt fast wie Schimanski«, sagte Cindy schmunzelnd.

»So ungefähr«, antwortete Esther. »Da wir in den nächsten Tagen viel Zeit zusammen verbringen werden, schlage ich vor, dass wir uns beim Vornamen anreden und Du sagen. Nachdem ihr auf den Zimmern wart und euch ein wenig ausgeruht habt, führe ich euch gerne mal rum. Nicht wundern, wenn euch ab und zu ein paar Tiere über den Weg laufen. Der rote Kater dort übrigens heißt Rosewood, er ist ein Streuner und kommt und geht, wann er will. Axel und Foley, zwei Enten, werden euch am Weiher Gesellschaft leisten.«

»Deren Bekanntschaft haben wir schon gemacht«, erwähnte Aaron.

»Füttert mir die Enten nicht«, bat Esther. »Viele wissen nicht, dass sie kein Brot vertragen, weil das im Magen aufquillt, und das ist gar nicht gut. Sie verhungern nicht und werden artgerecht gefüttert, also keine Sorge. Sollten Raucher unter euch sein, bitte ja keine Kippen wegwerfen. Axel und Foley fressen sie womöglich. Aufpassen müsst ihr allerdings bei Taggart, nehmt euch vor ihr in acht.«

»Taggart?«, echote Aaron.

»Eine diebische Elster, die hier ihr Unwesen treibt und alles klaut, was glitzert.«

»Die Tiernamen, sie kommen mir …«

»… bekannt vor?«, unterbrach ihn Cindy. »Hast wohl auch *Beverly Hills Cop* gesehen.«

»Ah, natürlich, jetzt habe ich es kapiert.« Aaron musste grinsen. »Wo ist dann Eddie Murphy?«, hakte er nach.

»Eddie, Murphy und Billy lernt ihr auch bald kennen«, sagte Esther. »Ihr merkt schon, ich bin ein großer Fan. Mein sehnlichster Wunsch ist es, einmal in Beverly Hills Urlaub zu machen und dort die Originalschauplätze zu besuchen. So, aber jetzt folgt mir, ihr wollt sicher auf die Zimmer.« Während die Hausherrin die Gäste ins Innere führte, dozierte sie ein wenig über das Gebäude. »Das Haus gehörte früher einem Immobilienheini aus Hamburg, der hier seinen Landurlaub verbracht hat.«

»Da sucht er sich ausgerechnet einen Düsterwald aus«, spottete Jan, der Geschäftsmann. »Eine Villa direkt am Starnberger See wäre wohl eine passendere Bleibe für einen Urlaub.«

»Na ja, ich kann euch immerhin einen Weiher hinter dem Haus bieten. Der war schon immer da. Rund herum hat der Immobilienmakler aufwendig dieses Haus mit Garage und Carport bauen lassen. Die Wiese mit dem Baumbestand, die ihr vor dem Weiher seht, ist ebenfalls künstlich angelegt. Das muss hier früher der reinste Dschungel gewesen sein.«

»Ist es immer noch«, murmelte Jan mit abfälligem Blick und hüstelte.

»Jedenfalls könnt ihr im Weiher baden, wenn ihr wollt«, sagte die Hausherrin leicht pikiert.

»In den dreckigen Tümpel kriegen mich keine zehn Pferde«, maulte Smokey-Joe weiter und ging einige Schritte seitlich am Haus vorbei auf Wiese und Weiher zu. »Schau her, da schwimmt sogar ein Holzkahn drauf. Vielleicht schippere ich mit dem auf dem Teich rum, wenn mir langweilig ist. Was sehr wahrscheinlich der Fall sein wird.«

Die Pensionswirtin beäugte Jan mit zugekniffenen Augen und fuhr mit gepresster Stimme fort: »Später hat der Immobilienmann das Haus mitsamt Grundstück verkauft, dann wurde es zu einem Ausflugslokal umgebaut. Als die Wirtsleute das Lokal vor fünf Jahren geschlossen haben, habe ich auf der Matte gestanden und es erworben und eine Pension draus gemacht.« In ihrer Stimme schwang Stolz mit.

Aaron konnte das nachvollziehen, er hatte einen eigenen Friseurladen, den er liebevoll *mein Baby* nannte. Das war etwas, was wahrscheinlich nur Selbstständige verstehen konnten.

»Wieso hat das Ausflugslokal denn zugemacht?«, fragte Jan alias Smokey-Joe.

»Fehlende Gäste«, antwortete Esther einsilbig.

»Wieso wundert mich das nicht?«, spottete Jan und fing sich einen verärgerten Blick der Pensionswirtin ein.

Aaron gefiel die Haltung Esthers, die sich offensichtlich von dem Kerl nicht aus der Ruhe bringen ließ, auch wenn es ihr schwerfiel, wie er an ihren funkelnden Augen erkannte.

Esther Dumanski ging nicht weiter auf den Seitenhieb des Geschäftsmannes ein, sondern verschwand hinter der Rezeption, holte aus den Fächern an einer Holzwand Zimmerschlüssel und verteilte sie. »Nummer elf«, sagte sie zu Aaron und schenkte ihm ein warmes Lächeln. An dem Schlüssel hing ein Messingschild mit einer schwarz aufgedruckten *Elf*. Der bärbeißige Jan kam zuletzt an die Reihe, was Aaron allerdings nicht wunderte. Das Innere der Pension wirkte einladend auf ihn. Holzbalken an der Decke und grob verputzte Wände, die in einem Cremeton gestrichen waren. Bilderrahmen mit Landschaftsaufnahmen rund um den Starnberger See verströmten Urlaubsfeeling.

Esther verabschiedete sie mit einer letzten Empfehlung. »Auf euren Zimmern erwarten euch als Begrüßung ein Obstkorb sowie ein kühler Kräutertrank als Stärkung. Der Saft ist aus eigener Herstellung, mit Kräutern aus dem Pensionsgarten. Lasst es euch schmecken.«

Als Aaron die Treppe nach oben stieg, hörte er Esthers Stimme im Rücken. »Julius, was ist eigentlich mit Theresa Mühlenböck aus der Zwölf? Ich habe sie gar nicht mehr gesehen, ihr Schlüssel hängt seit zwei Tagen am Kasten.«

»Soviel ich weiß, irgendein Notfall in der Familie, weshalb sie früher abreisen musste. Ich habe mich um das Auschecken gekümmert, wollte es dir noch sagen.«

KAPITEL 4

Esther betrachtete ihre Gartler, wie sie die Gruppe mittlerweile nannte. Eine bunte Mischung hatte sich auf der Terrasse an den zusammengestellten Tischen zum gemeinsamen Essen versammelt. Ein warmer Juniabend brach an, es war kurz nach sechs Uhr. Grillen zirpten und lieferten sich einen Wettstreit mit den quakenden Fröschen aus dem Teich, wer am lautesten war.

Nachdem Esther den Gästen ihre Zimmer zugewiesen und diese sich etwas erholt hatten, waren sie zu einem Kennenlernabendessen zusammengekommen. Kyra war als Köchin eingesprungen. Esther wollte als Gastgeberin mit den Gartlern essen und ein bisschen so was wie einen Teamspirit aufbauen, der die nächsten Tage anhalten sollte. Deshalb musste sie sich in der Küche zurücknehmen, aber Kyra schaffte das auch alleine.

Da Esther im Vorfeld nichts über die Essgewohnheiten der Gäste wusste, hatte sie mit Kyra für alle Eventualitäten geplant. Es gab Kopf- und Gurkensalat aus dem Pensionsgarten, dazu frisch geerntete Tomaten, außerdem vegane Würstchen und Fleischpflanzerl. Aber auch genügend *anderes* Fleisch, wie sie es vorsichtig ausdrückte. Sie kannte die Befindlichkeiten der Anwesenden nicht genug und wollte niemanden gleich am ersten Tag mit einer flapsigen Bemerkung vor den Kopf stoßen. Ein halbes Dutzend Kalbsschnitzel und mehrere Scheiben warmer Leberkäse würden die Fleischesser bestimmt satt machen. Kyra tischte ordentlich auf, Kartoffelsalat gab es ebenso wie Wurstsalat, Brezen und Semmeln vom Bäcker aus dem Dorf sowie mit Kräuterbutter bestrichenes Baguette. Esther warf Kyra einen dankbaren Blick zu, ohne ihre beste Freundin wäre sie aufgeschmissen. Den ganzen Nachmittag hatte Kyra für die Vorbereitungen in der Küche gestanden. Natürlich hatte Esther geholfen, doch es war so viel anderes zu erledigen gewesen, dass sie immer mal wieder verschwinden musste.

Julius half Kyra beim Servieren, und als der Tisch sich mit den Köstlichkeiten gefüllt hatte, forderte Esther alle zum Zugreifen auf.

Überrascht war sie, als sie Rochus den Teller mit dem Leberkäse reichen wollte.

»Nein, ich bin Vegetarier«, lehnte der Hüne ab und biss stattdessen grinsend in ein veganes Würstchen.

Cindy hingegen griff mit einem »Danke« sofort nach dem Teller und schnappte sich gleich zwei Scheiben. »Oh, bayrischer Leberkäse. Wie ich den liebe.«

Esther gefiel an Cindy der außergewöhnliche Ohrstecker in Schlangenform. Zusammen mit den pechschwarzen Haaren verlieh er der jungen Frau etwas Mystisches, als wäre sie eine Art Druidin.

»Sieht man, dass es schmeckt«, kommentierte Esther. »Das freut mich sehr.« Während sie selbst Wurstsalat auf ihren Teller gab, beobachtete sie die Anwesenden.

Geschäftsmann Jan aß schweigend, während Cindy immer wieder die Kochkünste pries. Überhaupt schien sie nicht gerade maulfaul zu sein.

Rochus dagegen war ein Genießer, denn er schloss oft die Augen, während er langsam kaute. Dabei huschte ein zufriedener Ausdruck über sein Gesicht, offensichtlich mundete es ihm, was Esther sehr beruhigend fand.

Aaron hatte es auf die Schnitzel abgesehen. Er träufelte eine Menge Zitronensaft auf die Panade und schaufelte eine Ladung Kartoffelsalat drüber. »Mein Leibgericht«, sagte er und schob sich eine Gabel Kartoffelsalat in den Mund. Seine braunen Haarlocken wirbelten bei jeder seiner Bewegungen in der Luft.

Während des Essens gab es bloß belanglose Satzfetzen über das Wetter und die Gegend, ansonsten konzentrierte sich jeder auf seinen Teller. Ein gutes Zeichen, wenn es den Gästen schmeckte.

»Rochus, gibst du mir mal die Platte mit den veganen Würstchen«, bat Cindy. »Ich will mal probieren.«

»Bitte sehr.« Rochus reichte die Platte über den Tisch.

»Gar nicht mal schlecht«, urteilte sie nach dem Probieren, führte Daumen und Zeigefinger zum Mund und deutete einen Kuss an.

Esther legte die Handflächen aneinander und verbeugte sich vor Cindy.

Es ging auf halb neun zu, die Jahreszeit näherte sich der Sonnenwende, es war also noch taghell.

Julius begann mit dem Abräumen, während Kyra Nachschub zum Trinken brachte. Wasser, Apfelschorle und Spezi, außerdem servierte sie eine Auswahl an alkoholischen Getränken. Weißbier, Helles, Radler und zwei Flaschen Sekt.

»Nachschub ist im Kühlschrank, den habe ich gut gefüllt. Ich hoffe, es reicht.«

»Wenn nicht, dann gehe ich zum Bunker.«

Cindy hob fragend eine Augenbraue. »Bunker?«

»Ein Luftschutzbunker«, klärte Esther auf. »Liegt ein bisschen versteckt ein paar Dutzend Schritte im Wald. Stammt wohl aus dem Zweiten Weltkrieg, ist aber noch einigermaßen erhalten. Julius und ich haben ihn so umgebaut, dass er sich hervorragend als Lagerstätte für Kartoffeln, Äpfel und eben unsere Alkoholvorräte eignet.«

Aaron schürzte die Lippen. »Klingt cool! So eine Art Erdkeller.«

»So in der Art«, bestätigte Esther.

»Ich verabschiede mich dann mal«, teilte Kyra der Runde mit. »Morgen früh komme ich rechtzeitig vor dem Frühstück und helfe dir«, wandte sie sich an Esther. »Das Geschirr ist in der Spülmaschine.«

»Vielen Dank und einen schönen Abend«, wünschte Esther.

»Ebenfalls.« Kyra klopfte mit den Handknöcheln auf den Tisch. »Bis morgen.«

»Bis morgen«, entgegnete die Tischrunde wie aus einem Mund.

»Ich muss mir mal kurz die Beine vertreten«, verkündete Jan und stand auf. In der Hand hielt er eine Zigarettenschachtel. Auf dem Weg ums Haus steckte er sich einen Glimmstängel an.

»Smokey-Joe im Einsatz«, sagte Cindy lachend.

Kurz darauf kam Jan zurück und hielt die Zigarettenkippe vor aller Augen in der Hand. »Seht ihr, nicht weggeschmissen.«

Esther nahm ein Glas vom Tisch. »Komm, wirf sie da rein. Das ist für heute Abend dein Aschenbecher.« Dann öffnete sie eine Flasche Sekt und füllte die Gläser. »So, und jetzt zum Begrüßungstrunk, danach leiten wir zum gemütlichen Teil des Abends über, um uns alle besser kennenzulernen.«

Sie prosteten sich zu und leerten die Gläser. Auch die zweite und dritte Runde Sekt war schnell vorbei. Sie redeten über Gott und die Welt. Esther musste bereits erste Fragen zu ihrem Gartenkurs beantworten und bekam das Gefühl, dass es eine Truppe war, die gut funktionieren konnte. Vorausgesetzt, der grummelige Jan ließ sich integrieren.

Zwischendurch verschwand Jan immer mal wieder und steckte sich bereits im Gehen eine Zigarette an. Zurück am Tisch schnippte er jedes Mal die Kippe unter dem Applaus der anderen in das zum Aschenbecher umfunktionierte Glas. Es wurde ein Running Gag.

Irgendwann kam Julius an ihren Tisch. »Da ist grade mit dem Taxi noch ein Gast gekommen.«

»Ah, das muss Dominik Danner sein, der wollte heute Abend anreisen«, antwortete Esther und stand auf. »Entschuldigt mich kurz, ich kümmere mich um den Neuankömmling.«

»Stößt der auch zu unserer Formation?«, wollte Cindy wissen.

»Jepp.«

»Dann sind wir …« Cindy verdrehte die Augen zum Himmel und schob die Unterlippe vor.

»Fünf«, half ihr Rochus beim Rechnen. »Du solltest aufhören zu trinken.«

»Sagst grad du«, lallte Cindy und kicherte.

Esther lächelte und hob hastig beide Arme, um nicht aus dem Gleichgewicht zu geraten.

»Hoppla«, rief Aaron. »Die liebe Esther hat auch zu viel getankt.«

Esther wedelte mit dem erhobenen Zeigefinger und ging ins Haus. An die Terrasse schloss sich das Speisezimmer an, das sie flott durchquerte. An der Anmeldung traf sie auf einen Mann, den sie so nicht erwartet hatte. Attraktiv und vor allem jung. Ungefähr Ende zwanzig, maximal Anfang dreißig, blondes Haar, Dreitagebart. Zu jung, um sich für einen Gartenkurs auf dem Land zu interessieren, wie sie fand. Wobei Selbstversorgung und Nachhaltigkeit mittlerweile gerade bei Jüngeren ein großes Thema waren. Also strich sie den Gedanken sofort wieder. Gekleidet war er in eine beige Leinenhose, dazu ein nachtblaues Sakko, darunter ein weißes T-Shirt mit weit ausgeschnittenem Kragen. Die nackten Füße steckten in grauen Sneakers. Vielleicht war er aber zu chic für solch einen Kurs. Lässig lehnte er an der Rezeption und lächelte sie an. Ein Reisekoffer und eine Sporttasche standen auf dem Fußboden. Esther dachte sofort an den jungen Don Johnson. Sie gab ihm seinen Zimmerschlüssel und lud ihn auf die Terrasse ein.

»Entschuldigen Sie, aber ich bin todmüde von der langen Anreise. Hätte ich nicht mit meinem eigenen Auto kurz vor Starnberg eine Panne gehabt und deshalb ein Taxi nehmen müssen, hätte ich wahrscheinlich gar nicht hergefunden. Der Taxifahrer kannte glücklicherweise den Weg zur Pension.«

»Das tut mir leid mit dem Wagen. Sollen wir beim Abschleppen helfen?«

»Schon erledigt«, winkte Danner ab. »Der Wagen steht jetzt erst mal in einer Werkstatt.« Er machte eine ausholende Armbewegung. »Die Pension hat ein bisschen was vom Hexenhaus in *Hänsel und Gretel*.«

Esther lächelte. »Keine Angst, wir sperren niemanden ein, und es wird auch keine alte Frau im Backofen verbrannt.«

Er lachte. »Da bin ich aber froh.«

Esther lachte ebenfalls. »Dann wünsche ich eine gute Nacht. Aber wir sind eine lockere Runde und duzen uns. Ich bin übrigens die Esther.«

»Dominik, manche sagen auch Dom zu mir.«

»Okay, dann Dominik.«

Julius ging an Esther und dem Neuankömmling vorbei und wedelte mit dem Autoschlüssel seines Jeeps. »Ich fahre nach Starnberg zur Tankstelle und drehe noch eine kleine Runde.«

Julius kurvte gerne mit seinem Jeep in der Gegend rum. Vor allem an so milden Sommerabenden, wenn er das Verdeck des Wagens öffnen konnte.

»Ist gut«, gab sie zurück.

Sie sah Dominik nach, wie er den Koffer hinauf in den ersten Stock schleppte, dann ging sie wieder zu den anderen.

Mehrere Zitruskerzen auf dem großen Tisch verströmten einen angenehmen Duft, allerdings verfehlten sie ihren Zweck, die Stechmücken fernzuhalten, weshalb Esther eine chemische Räucherspirale anzündete, die allerdings nach kurzer Zeit bei Aaron zu einem Hustenreiz führte. Esther stellte die Spirale weg und verteilte stattdessen Insektensprays an die Gäste. Jan machte davon ausreichend Gebrauch und sprühte sich von oben bis unten ein, woraufhin Esther und auch Cindy tränende Augen bekamen. Und Aaron hustete noch mehr als vorher.

In der Ferne grollte der Himmel. Esther blickte nach oben. Immer mehr Wolken zogen sich zusammen, die Luft hatte sich verändert. Es roch jetzt anders, nach bald einsetzendem Regen. Die Schwalben, die in Esthers Gartenhaus nisteten und dort durch das immer offene Fenster hinein- und hinausflogen, sausten nun im Tiefflug durch den Pensionsgarten. Esther dachte an die alte Bauernregel: *Wenn die Schwalben niedrig fliegen, werden wir bald Regen kriegen.*

»Okay, jetzt ist es Zeit für eine Kennenlernrunde, bevor ein Sommerregen uns ins Haus treibt«, schlug Esther vor, als sich Tränen- und Hustenprobleme legten. »Beginnen wir mit Cindy.«

Die junge Frau räusperte sich, nippte schnell an ihrem Sektglas und drehte es in der Hand, als überlegte sie, wie sie beginnen sollte. »Also, ich bin zweiunddreißig Jahre alt, meine Hobbys sind Judo und das Gucken von alten Filmklassikern.«

»Eine Kampfmaus«, kam es von Jan.

»Die den Zweiten Dan besitzt und alles andere als eine Maus ist«, maßregelte sie Smokey-Joe mit funkelnden Augen.

»Vorsicht, Jan!«, warnte Aaron.

»Ich sag ja schon nichts mehr«, trat Jan kleinlaut den Rückzug an.

»Und wo wohnst du?«, wollte Rochus wissen.

»Ich komme von der Insel Rügen.«

»Ah, super«, warf Esther begeistert ein. »Das hört sich toll an. Da wollte ich schon immer mal hinfahren. Ich liebe das Wasser, nicht nur den Starnberger See, auch das Meer.«

»Kann ich dir nur empfehlen. Wenn du willst, gebe ich dir gerne ein paar Tipps, was man dort unbedingt anschauen sollte.«

»Das Angebot nehme ich doch glatt an«, stimmte Esther zu. »Was machst du beruflich, wenn ich fragen darf?«

»Physiotherapeutin in einer kleinen Praxis.« Sie seufzte. »Aber da habe ich gekündigt. Beziehungen am Arbeitsplatz sind kompliziert und sollte man vermeiden. Mein Freund arbeitet dort ebenfalls, aber ich sollte eher sagen: *Ex*-Freund. Wir haben uns getrennt. Deshalb bin ich auch hier gelandet. Durch Zufall bin ich im Netz auf deine Annonce gestoßen, Esther. Da dachte ich mir: Hey, Cindy, du brauchst dringend Urlaub, vielleicht kommst du bei einer Gartentherapie zur Ruhe und gewinnst den nötigen Abstand zu deiner geplatzten Beziehung.«

»Gute Idee«, meinte Aaron und seufzte.

»Aha, da geht es jemand anderem genauso. Und was ist dein Problem?«, fragte Cindy.

»Wieso sollte ich ein Problem haben?«, stellte Aaron eine Gegenfrage.

»Oh, sorry. Wahrscheinlich sollte ich nicht von mir auf andere schließen«, antwortete Cindy.

»Nein, schon gut. Ist ja nicht weit hergeholt und stimmt auch. Aber es hat nichts mit einer geplatzten Beziehung zu tun.«

»Schieß los, ich bin neugierig«, forderte Cindy ihn zum Weiterreden auf.

»Ach, wirklich, bist du das?«, brummte Jan.

Cindy warf ihm einen feurigen Blick zu.

»Ich sage nur *Zweiter Dan*«, kommentierte Rochus mit einem Augenzwinkern.

Der Geschäftsmann hob entschuldigend die Hand und sagte in süffisantem Tonfall: »Schon gut, wahrscheinlich wollen wir alle wahnsinnig gerne über Aarons Problem Bescheid wissen.«

Nun erntete Jan auch einen wütenden Blick von Aaron, dem wohl eine scharfe Erwiderung auf der Zunge lag, die er aber offensichtlich hinunterschluckte. »Eigentlich bin ich Friseur«, sagte Aaron und fuhr sich geistesabwesend durch seine Lockenmähne.

»Mit *der* Tolle kannst du tatsächlich Werbung machen«, lobte Rochus die Frisur.

»Danke, dein Haarwuchs ist auch nicht von schlechten Eltern«, gab Aaron prompt das Lob zurück.

»Oh Mann«, ätzte Jan. »Wenn ihr zwei einen Trauzeugen braucht, fragt mich einfach.«

Rochus achtete nicht auf Jan. »Was heißt *eigentlich*?«, wollte er von Aaron wissen.

»Nebenbei fahre ich Rallye, und nicht schlecht, obwohl Eigenlob stinkt.«

»Wow!«, rief Esther aus.

»Super«, stimmte Cindy zu.

»Respekt!«, sagte auch Jan anerkennend.

Das erste Mal, dass er eine positive Regung zeigte, stellte Esther fest. Vielleicht war der Geschäftsmann gar nicht so übel, und man musste ihm nur Zeit lassen.

»Hey, Alter.« Rochus klopfte Aaron auf die Schulter. »Und da kommst du mit dem Zug nach Starnberg?«

»Genau da liegt mein Problem, ich habe keinen Führerschein.« Aaron schnappte nach Luft wie ein Ertrinkender.

»Besoffen Auto gefahren«, sagte Cindy und nickte wissend.

Aaron schüttelte den Kopf »Noch nie einen Führerschein besessen.«

Cindy öffnete den Mund, schloss ihn wieder, machte ihn wieder auf. »Du fährst ohne Führerschein?«

»Eben nicht«, gab Aaron zurück. »Deshalb bin ich mit der Bahn gefahren, mache ich immer. Oder mit dem Bus. Fürs Ralleyfahren brauchst du keinen Führerschein, die Rennen finden auf abgesperrten Pisten statt.«

»Aber wieso machst du nicht einfach den Lappen?«, fragte Cindy. »Du bist wie alt?«

»Sechsunddreißig«, kam die Antwort. »Ich war in der

Fahrschule und ja, ich habe die Prüfung versucht. Die Betonung liegt auf *versucht*.«

»Wie oft?«, hakte Esther nach.

»Zehnmal!« Aaron blähte die Backen und stieß Luft aus.

»Immer vergeigt?«, fragte Esther in sanftem Tonfall nach.

Aaron nickte, die Lippen aufeinandergepresst.

»Theorie oder Praxis?«, fragte Rochus.

»Mal dieses, mal jenes.«

»Ach du Scheiße!« Cindy schaute Aaron mitfühlend an.

»Kannst du laut sagen.«

»Aber wieso, du fährst doch Rallye, du kannst Auto fahren.« Esther verstand das Problem nicht.

»Weil ich eine beschissene Prüfungsangst habe, Esther. Deshalb bin ich hier bei deinem Kurs.«

»Ich soll dir bei deiner Führerscheinprüfung helfen?« Esther bekam es mit der Angst zu tun. »Ich biete einen Gartenkurs an, ich bin keine Psychologin«, wehrte sie entschieden ab.

»Bei der Psychologin war ich schon. Ich habe wirklich alles versucht, aber sobald ich in eine Prüfung muss, bekomme ich einen Blackout. Das war schon in der Schule so, bei der Friseurprüfung auch, aber da habe ich es irgendwie hingekriegt und mich so durchgemogelt. Zwar mehr schlecht als recht, aber ich habe es geschafft. Doch bei dem scheiß Führerscheintest gehen mir regelmäßig die Nerven durch. Ich bin eine Lachnummer.«

»Bist du nicht«, widersprach Esther und legte ihm sanft die Hand auf den Unterarm.

»Meine Psychologin ist auf dein Gartenseminar aufmerksam geworden.«

Wahnsinn, dachte Esther. Sie hätte nicht geglaubt, dass ihre Online-Werbung dermaßen ankäme.

Aaron seufzte. »Sie hat mir geraten, teilzunehmen. Quasi als Stressabbau, um meine Prüfungsangst in den Griff zu kriegen. Esther, du bist meine letzte Hoffnung.«

Sie schluckte. So hatte sie sich das nicht vorgestellt mit ihrem Vorhaben. Das artete ja in eine psychologische Beratungsstelle aus. »Rochus, was gibt es über dich zu erzählen?«, wandte sich Esther rasch an den blonden Hünen, um vom Thema abzulenken.

»Ich lebe in Köln mit meiner Frau und zwei Kindern. Elias ist zwölf, Marie schon vierzehn. Man mag es mir vielleicht nicht ansehen, aber ich arbeite als …«

»Security«, unterbrach Aaron und hob sein Glas. »Ich wette fünf Euro, dass du Leute aus Clubs wirfst.«

»Ähm, nein. Ich bin Buchhändler, habe sogar einen eigenen Laden in der Kölner Innenstadt.«

»Ach, schau einer an«, kommentierte Cindy. »Hätte ich echt nicht gedacht. Haben die Leute keine Angst vor dir? Ich will dir ja nicht zu nahetreten. Aber du siehst aus, als gäbe es bei dir zum Frühstück rohes Fleisch.«

»Ich bin doch Vegetarier, wie du vorhin mitbekommen hast.«

»War auch als Scherz gedacht«, antwortete sie und lachte.

Esther wollte gerade intervenieren, denn der Alkohol schien Cindys Zunge allzu sehr zu lockern. Sie wollte keinesfalls, dass es schon am ersten Abend eskalierte. Jan war bereits eine tickende Zeitbombe, wenn jetzt auch Cindy aneckte, gäbe es bald ein echtes Problem innerhalb der Gruppe.

Rochus stimmte in Cindys Lachen ein. Anscheinend

war er überhaupt nicht beleidigt. »Meine Kunden kennen mich. Außerdem muss ich so aussehen bei meinem Hobby.«

»Was ist denn dein Hobby?« Cindy beugte sich neugierig vor.

»Ich gehe auf Live-Rollenspiele für Wikinger.«

Cindy prustete los. »Was du nicht sagst. Das passt aber wie die Faust aufs Auge.«

»Interessant«, sagte Aaron und prostete Rochus mit einem norwegischen »Skål!« zu.

Rochus packte ebenfalls sein Glas und rief: »Skål!«

Cindy stimmte mit einem gackernden »Skål!« ein.

Auch Esther schloss sich an. »Skål!«

Jan brummte ein leises »Skål!« und trank hastig einen Schluck.

»Und was führt dich nach Starnberg in meine Pension?«, fragte Esther.

»Ganz ehrlich, mir geht das Stadtleben langsam auf den Geist. Der ganze Dreck auf den Straßen, der Verkehrslärm und die Abgase. Dazu die vielen Menschen jeden Tag. Wirklich, irgendwann braucht man mal Abstand. Selbst mein Leben als Wikinger ... ähm ... also mein zweites Leben, das als Wikinger, hat mir zuletzt keinen Spaß mehr gemacht. Wenn ich mich früher beim Lagerleben erholt habe, brachte es mir in letzter Zeit nicht mehr viel, obwohl ich da auch an der frischen Luft und in der Natur bin. Also habe ich beschlossen, vorerst das Leben als Ragnar bleiben zu lassen.«

»Ragnar?« Esther hob fragend die Augenbrauen.

»Wie Ragnar Lodbrok, der berühmte Wikingerfürst«, mischte sich Cindy ein. »Ich kenne die Serie *Vikings,* war klasse.«

Rochus nickte. »Genau wie Ragnar Lodbrok. So nenne ich mich, wenn ich als Wikinger unterwegs bin.« Er knetete seinen gezwirbelten Bart.

»Ich gehe ins Bett«, sagte Jan und stand unvermittelt auf.

»So früh?«, fragte Esther enttäuscht. »Du hast noch gar nichts von dir erzählt.«

»Da gibt es nicht viel«, wiegelte er ab. »Es war eine lange Anreise, ich bin müde und würde gerne ins Bett gehen. Gute Nacht.«

»Was für eine Spaßbremse«, lästerte Cindy, als Jan in der Pension verschwunden war. »Smokey-Joe ist bestimmt Beamter.«

»Geschäftsmann«, korrigierte Esther.

»Was für ein Geschäft?«, wollte Aaron wissen.

Esther zuckte mit den Schultern. »Keine Ahnung. Hat er so in der Online-Anmeldung reingeschrieben.«

»Bestimmt Import-Export«, vermutete Cindy.

»Meinst du?«, fragte Rochus.

»Solche Typen machen immer auf Import-Export«, erklärte die zierliche Schwarzhaarige. »Ich verwette meinen Hintern, dass der auch Illegales importiert beziehungsweise exportiert. Vielleicht Drogen.«

»Wir sollten nicht spekulieren«, warf Esther ein und versuchte, das beginnende Feuer auszutreten. Immerhin wollten sie die nächsten Tage gemeinsam gut miteinander auskommen. Wenigstens einigermaßen, sonst würde das mit dem entspannenden Gartenseminar gleich am Beginn in die Hose gehen.

Auf einmal schnitt ein Schrei durch die Nacht. Esther und die anderen zuckten zusammen.

»Verdammt, was war das denn?«, fuhr Rochus auf.

»Klang wie der Wilhelmsschrei«, sagte Cindy. »Schaut grad jemand deiner anderen Gäste einen Western und hat die Lautstärke voll aufgedreht?«

»Das kam nicht aus der Pension«, gab Esther zurück, der nun eine ganze Armee an Ameisen über den Körper lief.

»Was, zum Teufel, ist ein Wilhelmsschrei?« Aaron starrte Cindy entgeistert an.

»Der Schrei eines Menschen, der in allen möglichen Filmen vorkommt. Ist ein Soundeffekt«, klärte Cindy auf. »Kam zum ersten Mal 1951 in dem Western *Die Teufelsbrigade* vor und später in zahlreichen anderen Kinostreifen.«

»Und der Tontechniker, der ihn erfunden hat, hieß vermutlich Wilhelm«, schob Aaron nach.

»Irrtum«, widersprach Cindy. »So hieß eine Nebenfigur in *Der brennende Pfeil*, die von einem Indianerpfeil getroffen wird.«

Esther erhob sich. »Deine Filmkenntnisse in allen Ehren, Cindy, aber da hat gerade ein Mensch aus Fleisch und Blut geschrien, der stammte ganz sicher aus *keinem* Film, da bin ich mir sicher.«

»Genau genommen war es der Schrei einer Frau«, stellte Rochus fest.

»Wir müssen nachsehen, was da los ist«, entschied Esther und lief bereits zu der Treppe, die in den Garten führte. Das Rücken von Stühlen sagte ihr, dass sie nicht alleine war, die anderen liefen ihr nach.

KAPITEL 5

Rochus kramte einen Haargummi aus der Hosentasche und band seine wilde Mähne zu einem Zopf, damit er besser sehen konnte und ihm keine Strähnen ins Gesicht fielen. Bei dem Tempo, das Esther anschlug, wäre er sonst leicht ins Straucheln geraten. Überall gab es Stolperstellen, zuerst die als Treppe dienenden Eisenbahnschwellen mit der rauen Oberfläche, die in den Garten führten. Dann der Kiesweg und zwischendurch Steinplatten. Beinahe wäre er auf sie hinten draufgelaufen, als sie abrupt stoppte. Mit einem Ausfallschritt kam er im Kies schlitternd einen halben Meter seitlich neben ihr zum Stehen.

Esther legte den Kopf schief, schien zu horchen. Ihre langen roten Haare fielen ihr über die Schulter. Sie schob sich die Brille auf der Nasenwurzel nach oben.

»Wo kam der Schrei her?«, fragte Rochus.

»Von da drüben«, rief Cindy hinter ihnen und deutete in eine unbestimmte Richtung.

»Nein, das war hinter dem Weiher«, korrigierte Aaron, der nun neben Rochus trat.

»Ihr liegt alle falsch«, widersprach Esther. »Links vom Pensionsgarten führt ein Trampelpfad in den Wald. Ich bin sicher, es kam von dort.«

»Von dem Bunker, den du erwähnt hast?«, flüsterte Cindy.

»Nein, der liegt viel weiter nördlich.«

»Westen, Norden, Süden, ich habe keine Orientierung da draußen«, sagte Cindy.

»Esther kennt sich hier aus. Wir sollten auf sie hören«, schlug Rochus vor und folgte der Hausherrin, die, ohne auf die anderen zu warten, den Weg nach links einschlug. Quer durch den Garten, Trittsteine führten auf einem schmalen Weg zwischen einem Bouquet an duftenden Blumen und Sträuchern hindurch. Rochus hätte am liebsten seine Nase in die Pflanzen gesteckt. Es roch nach Beeren, Vanille, Zimt, Nelken und anderen betörenden Aromen. Die Trittsteine endeten an einer Sitzecke mit einem kleinen runden Tisch und zwei Holzstühlen. Ein metallener Rankobelisk von bestimmt fast drei Metern Höhe war mit blau blühender Clematis bedeckt.

Den Holzzaun direkt dahinter hätte Rochus beinahe übersehen, auch er war von Clematis überwuchert.

Esther öffnete ein Gartentürchen, das leise quietschte.

Ein etwa fünfzig Zentimeter breiter Fußweg führte in die Dämmerung und verschwand hinter einem dichten Spalier von Fichten und Birken, die fast bis zum Zaun wuchsen.

Rochus verspürte ein abstraktes Gefühl von Beklemmung, als sie zu viert nach ein paar Metern ringsum von Mischwald umgeben waren. Durch die Baumwipfel drang nur noch wenig Licht, denn die Sonne begann, mit dem Horizont zu verschmelzen. Außerdem zogen sich die Wolken zu einem schwarzen Vorhang zusammen, ein Donnergrollen kam näher. Mit jedem weiteren Schritt, den sie machten, wurde das restliche Licht des Tages aus dem Wald gesaugt. Beinahe sofort sank die Temperatur um gefühlt mehrere Grad.

»Wir sollten umkehren, Esther«, drängte Aaron.

Die Stimme des Friseurs klang, wie Rochus sich fühlte. Obwohl von Natur aus kein ängstlicher Mensch, spürte er etwas wie Widerstand. Als wollte der Wald nicht, dass sie weitergingen. Als lauerte etwas Böses auf sie. Er schüttelte die Gedanken ab, wahrscheinlich spielten ihm seine Erinnerungen an alte Wikingersagen einen Streich.

»Hier ist es bald stockdunkel«, mahnte Aaron. »Was, wenn wir uns verirren?«

»Das wird nicht passieren«, entgegnete Esther. »Ich kenne mich aus.«

Aaron schien nicht überzeugt, denn er grummelte eine Weile, folgte ihnen aber.

»Sei kein Schisser!«, zog Cindy ihn auf und summte eine Melodie, fügte dann auch noch den Text hinzu. »Weil ich 'n Mädchen bin, weil ich 'n Mä-Mä-Mädchen bin.«

Ein Lied von Lucilectric, wie Rochus sofort wusste.

»Blöde Kuh«, konterte Aaron, meinte es aber nicht ernst, denn er lachte dabei.

Sofort war die trübe Stimmung weg. Beeindruckend, wie Cindy den zögerlichen Aaron motivierte.

Die langen Baumstämme der Fichten wogten im Abendwind, das Holz knarrte und knackte. Wieder das Donnergrollen, diesmal zuckte ein Blitz auf.

Plötzlich endete der Trampelpfad. Ein Bach grub sich direkt vor ihnen quer durch den Wald, das Wasser plätscherte sanft dahin. Mehrere Steine lagen im Bachbett und wurden vom Wasser umspült. Dahinter ging der Pfad nicht weiter. Dort gab es nur jede Menge Moos und Reisig, außerdem Tannen- und Fichtenzapfen. Dazwischen zahlreiche Baumstümpfe und, wahrscheinlich durch den letzten Sturm, entwurzelte Bäume, die ein Weiterkommen zu einem Hindernisparcours machen würden.

Das nächste Donnern ließ Rochus innehalten. Aaron prallte auf seinen Rücken.

»Verdammt, kannst du nicht aufpassen, du Goliath.«

Aaron wandte sich bereits in die entgegengesetzte Richtung. »Okay, hier ist endgültig Schluss. Lasst uns umkehren. Wenn es zu einem Sturm kommt, möchte ich nicht von einem Ast oder gar einem umstürzenden Baum erschlagen werden. Esther, du hast dich getäuscht. Der Schrei kam bestimmt von der anderen Seite des Weihers, wir sind falsch.«

»Nein, das denke ich nicht.« Esther deutete mit dem ausgestreckten Arm nach rechts. »Dort liegt was.«

Rochus kniff die Augen zusammen. »Wo?«

»Na da, der kleine Hügel, direkt neben den drei Fichten, die etwas abseits in einer Gruppe zusammenstehen.«

Ihrem ausgestreckten Arm mit dem Blick folgend, fand er die Stelle schräg gegenüber auf der anderen Seite des Bachs. Drei einzelne Fichten, als hätten sie sich vom Rest des Waldes abgesondert. Je weiter sie nach oben wuchsen, desto mehr lehnten sich ihre Stämme aneinander, als wollten sie sich etwas zuflüstern.

Esther machte ein paar Schritte zurück. Dabei hob sie mit den Händen ihr langes Sommerkleid hoch, damit sie nicht mit den Sandalen über den Saum stolperte. Dann nahm sie Anlauf und sprang mit einem Satz über den Bach, der eher ein Bächlein war. Auf der anderen Seite ging sie in die Knie, das Sommerkleid verheddertete sich zwischen ihren Beinen. Sie war dabei, das Gleichgewicht zu verlieren, und ruderte wild mit den Armen.

»Oh Mann.« Aaron seufzte.

Rochus seufzte ebenfalls, er sah Esther bereits rückwärts ins Wasser stürzen.

Er machte einen großen Schritt, für einen Sprung war der Bach für einen Mann seiner Größe zu schmal, und stieß den Absatz seines rechten Turnschuhs in die Böschung, um

Halt zu bekommen. Mit dem linken Schuh stützte er sich auf der anderen Seite ab. Die rechte Hand legte er flach auf Esthers Rücken, dann schob er sie sanft nach vorne. Sie griff mit beiden Händen nach einem Strauch und zog sich endgültig auf sicheren Untergrund.

»Danke.« Sie reichte Rochus die Hand, um ihm zu sich rüberzuhelfen.

Auch wenn er es ohne Hilfe geschafft hätte – schließlich musste er einfach nur den linken Fuß nachziehen, als machte er einen einzigen großen Schritt –, griff er Esthers Hand und stand im nächsten Augenblick neben ihr.

»Uns nach!«, befahl Rochus, hob den Arm wie ein Feldherr und lief Esther hinterher, die bereits auf dem Weg zu den drei Fichten war. Verdammt, war die Frau tough und energiegeladen.

Cindy und Aaron sprangen problemlos über den Bach.

Vorsichtig näherten sie sich zu viert dem vermeintlichen Erdhaufen, der sich beim Näherkommen als Mensch entpuppte. Als Mensch mit langen blonden Haaren. Als ziemlich lebloser Mensch mit langen blonden Haaren, wie Rochus feststellte.

»Das ist ja eine Frau«, rief Cindy überrascht.

»Ist sie tot?«, wollte Aaron wissen. »Wir sollten den Rettungsdienst rufen.«

»Wenn sie tot ist, braucht es das nicht«, kommentierte Rochus nüchtern.

»Woher willst du wissen, dass sie tot ist?«, hielt Aaron dagegen.

»Wie sie da liegt, das ist ... nicht natürlich«, betonte Rochus.

»Und deshalb soll sie tot sein?«, warf Aaron zweifelnd ein.

»Für mich sieht sie eindeutig tot aus«, sprang Cindy Rochus zur Seite.

»Ihre Augen sind geöffnet und starren ins Nichts«, mischte sich jetzt auch Esther in die Diskussion ein.

»Wie wahnsinnig blau die Augen sind«, stellte Cindy fest.

»Ihre blonden Haare sind ihr ins Gesicht gefallen, auch über die Nase. Würde sie atmen, würde man das an den Haaren sehen, die würden sich durch die Atemluft bewegen«, blieb Rochus bei seiner Meinung.

»Wie es scheint, hat er recht, sie sieht richtig tot aus.« Esther trat näher, wollte in die Knie gehen.

»Vorsicht!«, warnte Rochus. »Keine Spuren vernichten.«

Esther runzelte die Stirn. »Welche Spuren?« Sie richtete sich wieder auf.

»Hast du den Schrei vergessen? Was, wenn sie ermordet worden ist?«

Cindy schlug die Hand vor den Mund, unterdrückte offensichtlich einen Aufschrei. Panisch blickte sie sich um. »Der Mörder könnte noch da sein, uns beobachten. Kennt ihr den Film *Wrong Turn*, das ist ein Horrorfilm, in dem Kannibalen ...«

»Wie kommst du auf Mord?«, wollte Aaron wissen und unterbrach Cindys Ausflug in die Filmwelt. »Ich sehe jedenfalls kein Blut. Vielleicht ist sie gestürzt und hat sich das Genick gebrochen. Dann war es ein Unfall.«

»Oder sie ist von einer Fichte gefallen.« Esther blickte nach oben. »Oder von der Buche da drüben, die ist hoch genug. Wenn du da runterfällst, brichst du dir hundertprozentig den Hals.«

»Warum sollte jemand auf einen Baum klettern?« Rochus runzelte die Stirn. »Noch dazu auf eine Fichte? Das ergibt doch keinen Sinn.«

Esther wischte sich Schweiß von der Stirn. »Was weiß ich? Leute gehen in den Wald und stellen die seltsamsten Dinge an. Es sind auch schon Mountainbiker vom Rad gefallen und gestorben.«

»Ich sehe kein Mountainbike«, gab Rochus zurück.

»Vielleicht liegt es irgendwo.« Cindy lief in einem Kreis um die Tote herum und suchte die nähere Umgebung ab. Kurz verschwand sie aus seinem Blick, tauchte aber gleich wieder auf.

Rochus und die anderen sahen sie fragend an.

Cindy schüttelte den Kopf. »Kein Rad.«

»Dann scheidet ein Unfall nach Radsturz aus«, folgerte Rochus. Er musterte die Gruppe der drei Fichten, besah sich außerdem die von Esther genannte Buche. Rinde schälte sich von ihr wie abgestorbene Haut. »Da ist sie definitiv nicht hochgeklettert. Keine Spuren, die darauf hindeuten. Wieso sollte sie auch auf einen Baum klettern?«, wiederholte er seine Frage von eben.

»Weil sie Hobbyornithologin war und nach einer bestimmten Spechtart gesucht hat. Was weiß denn ich?« Esther zuckte die Schultern. »Oder sie war eine Verrückte, die mit Bäumen sprach.«

»Oder doch Kannibalen wie in *Wrong Turn*, die Jagd auf Menschen im Wald machen«, flüsterte Cindy.

Rochus sah sie zweifelnd an, wusste nicht, ob Cindy einen Witz machte oder nicht, sie verzog keine Miene. »Ich weiß nicht, ob dein Beitrag wirklich zur Lösung der Sache beiträgt.«

»Gehen wir einfach von einem dummen Unfall aus«, kam es wieder von Esther.

Rochus zwirbelte die mittlere seiner drei geflochtenen Bartsträhnen. »Du klingst, als wolltest du unbedingt, dass sie an einem Unfall gestorben ist.«

»Die Alternative macht mir Angst«, konterte Esther und schlang die Arme um den Oberkörper, als fröstelte es sie.

»Wenn du denkst, was ich gerade denke, dann macht mir das ebenfalls Angst«, sagte Cindy und tat einen Schritt auf Rochus zu, stellte sich direkt neben ihn, als wäre dort der sicherste Platz der Welt.

»Wehe, du laberst wieder was von Kannibalen«, warnte Rochus sie.

»War bloß eine Theorie.«

»Du solltest weniger Filme schauen, das tut dir eindeutig nicht gut.« Dann wandte er sich an alle. »Auf jeden Fall dürfen wir keine Spuren vernichten und erst recht auf gar keinen Fall unnötige neue Spuren setzen.«

»Du redest wie ein Forensiker.« Cindy verzog den Mund zu einem schiefen Grinsen.

»Ich habe einen Buchladen und lese natürlich viel. Da waren auch ein paar gute Fachbücher über Polizeiarbeit drunter.«

»Hörst du immer noch die Lämmer, Clarice?«, raunte Cindy und verstellte ihre Stimme so, dass sie tatsächlich wie Hannibal Lecter klang.

Respekt, war die Kleine gut! Rochus biss die Zähne zusammen, um nicht laut loszulachen, was er angesichts der Situation unpassend fand.

»Boah, Cindy! Jetzt habe ich doch glatt eine Gänsehaut bekommen«, beschwerte sich Aaron bei ihr. »Du schaust *eindeutig* zu viele Filme.«

»Apropos Polizei«, kam Rochus aufs Wesentliche zurück. »Die sollten wir dringend an den Tatort rufen«, entschied er. »Außerdem den Rettungsdienst, man weiß nie, vielleicht ist sie ...«

»... scheintot? Im Ernst?«, sagte Aaron.

Esther ging neben der Toten in die Knie und legte ihren Zeigefinger an den Hals der Frau. »Kein Puls, also tot.«

»Verdammt, kein Netz«, schimpfte Rochus und blickte frustriert auf das Display seines Handys.

»Handynetz funktioniert generell nicht in und um die Pension. Liegt vermutlich am Wald. Das hatte ich ganz vergessen, euch zu sagen«, bemerkte Esther.

»Schöner Mist.« Rochus blickte sie an.

Esther schien einen Moment zu überlegen, bevor sie einen Entschluss fasste. »Ich gehe zurück zur Pension und wähle vom Festnetz aus die 110. Dann komme ich mit Taschenlampen wieder und bringe die Polizisten mit. Die muss jemand führen, in nicht mal einer halben Stunde sieht man hier die Hand vor den Augen nicht mehr. Wegen des aufziehenden Gewitters wird es schneller dunkel.«

»Ganz toll, Gewitter und eine Leiche. Super Kombination«, jammerte Aaron.

»Dann bleibe ich da und pass auf die Leiche auf«, übernahm Rochus Verantwortung. Er hob sein Handy hoch. »Mit der Taschenlampen-App habe ich Licht und kann euch als Lotse dienen.«

»Du willst alleine hierbleiben? Ich bin an deiner Seite«, beschloss Aaron und reckte kampflustig den Kopf vor.

»Ich kann auf mich selbst aufpassen, Aaron. Aber die Mädels brauchen jemanden, der auf sie achtgibt, wenn sie zurücklaufen.«

Aaron fuhr sich durch die Locken. »Wenn du meinst. Hm, ja, ich denke, du hast recht.«

»Ist besser so.«

Cindy stimmte zu. »Ja, Aaron, du gehst mit uns. Immerhin könnte ein Mörder in der Nähe sein. Da habe ich gerne einen starken Mann an meiner Seite.«

An Cindys Tonfall konnte Rochus nicht erkennen, ob sie das sarkastisch oder tatsächlich ernst meinte.

Die drei liefen los, das Geräusch ihrer Schritte wurde leiser, je weiter sie sich entfernten. Jetzt war nur noch Rochus da. Er und die Leiche zu seinen Füßen. Der stetig plätschernde Bach löste was in ihm aus. Seine Blase begann zu drücken. Immerhin hatte er auf der Terrasse jede Menge getrunken. Nicht nur Sekt und Bier, auch Wasser und Spezi. Das musste dringend raus. Allerdings konnte er schlecht direkt neben der Leiche auf den Waldboden schiffen, ein paar Meter Abstand müssten schon sein. Er wollte auch nicht, dass es nach Urin stank oder er neue Spuren hinterließ, die andere überdeckten.

Rochus umrundete die drei Fichten, die die Leiche abschirmten, und bahnte sich einen Weg durchs Unterholz. Er nahm sein Handy und schaltete die Taschenlampenfunktion ein. Irgendwas raschelte, dann verschwand irgendein kleines Tier aus dem Lichtkreis. Kurz zuckte Rochus zusammen, gleich darauf atmete er erleichtert aus, als er das flüchtende Eichhörnchen erkannte. Mit dem Handy leuchtete er sich einen Weg, bis er einigermaßen sicher war, eine passende Stelle gefunden zu haben. Erleichtert atmete er auf, als der Druck nachließ. Wieder ein Geräusch aus dem Unterholz. Wahrscheinlich dasselbe Eichhörnchen oder ein anderes Tier. Mit geschlossenen Augen genoss er den Moment, dann machte er sich wieder auf den Rückweg.

Als er die drei Fichten passierte, stoppte er und kratzte

sich ratlos am Hinterkopf. »Moment, was ist das …?«
Er drehte sich im Kreis, musterte die Bäume. »Habe ich
mich etwa verlaufen? Verdammte Finsternis!« Er leuchtete
mit dem Handy umher und erblickte die auffällige Buche
drei Meter rechts von ihm. »Doch, hier bin ich richtig.«
Er starrte zu Boden. Dort, wo vorhin eine Frauenleiche
gelegen hatte, da war jetzt …

… niemand!

Keine Leiche, nichts.

Da spürte er etwas Nasses auf seiner Nase und tastete
mit dem Zeigefinger danach. Ringsum fielen Tropfen auf
den Boden. Es regnete, und das anscheinend ziemlich heftig, denn das Wasser suchte sich bereits einen Weg an den
Stämmen und zwischen den Ästen hindurch und klatschte
auf den Waldboden.

KAPITEL 6

»Und Sie sind sicher, dass die Leiche an genau dieser Stelle gelegen hat?«, fragte einer der beiden uniformierten Polizisten und rümpfte abfällig die Nase. Schließlich schaute er einen nach dem anderen an. Zuerst Esther, dann Rochus, Aaron und zum Schluss Cindy. Sein Partner folgte synchron dem Blick seines Kollegen, sodass Esther erst der eine Beamte, dann der andere zweifelnd ansah, als hätte sie gerade behauptet, die Erde sei eine Scheibe.

»Ja, doch«, bekräftigte sie genervt und leuchtete mit der Taschenlampe auf die jetzt leere Stelle im Moos vor der Fichtengruppe. »Genau *da*! Wie oft soll ich es denn noch wiederholen?«

»So lange, bis wir das Ganze verstehen«, entgegnete der kleinere Polizist, offenbar der Streifenführer.

Jedenfalls hatte er mehr Sterne auf den Schulterklappen als der andere, fünf an der Zahl, der größere Beamte besaß lediglich vier Sterne. Esther kannte sich mit den Dienströngen der bayerischen Polizei nicht aus. Mit knirschenden Zähnen musterte sie den Waldboden, wo sie und die anderen Gartler vorher die Frauenleiche entdeckt hatten. »Genau hier lag sie«, wiederholte sie zum x-ten Mal.

»Hmmm«, machten beide Polizisten gleichzeitig.

»Jetzt liegt da nichts mehr«, sagte der größere.

Die Beamten hatten sich zwar vorgestellt, allerdings hatte Esther die Namen bereits wieder vergessen. Wahrscheinlich war der Zorn daran schuld, der in ihr loderte, weil sie sich nicht ernst genommen fühlte. Aufgrund dessen nannte sie die zwei im Stillen lediglich Irrlichter, weil sie anscheinend nicht verstehen *konnten* und ihre Gedanken ziellos herumirrten, statt sinnvolle Fragen zu stellen. Wenn alle Beamten der Starnberger Polizei so arbeiteten, wunderte es Esther nicht, dass die Aufklärungsquote im letzten Jahr in den Keller gerauscht war. So hatte es jedenfalls kürzlich in der lokalen Zeitung gestanden.

»Ich sehe aber beim besten Willen keine Leiche«, spottete das kleine Irrlicht und wandte sich an seinen Kollegen. »Du etwa?«

»Nein«, antwortete das lange Elend und leuchtete noch einmal mit seiner Taschenlampe die Gegend ab. »Auch keinen Abdruck, wo sie vielleicht gelegen haben könnte. Müsste ein Körper nicht Spuren im Moos hinterlassen?« Er kratzte sich an der Nase.

»Nicht unbedingt«, erwiderte Rochus in dem Versuch, die Situation zu retten. »Wenn sie nicht lange da gelegen hat, gibt es wahrscheinlich keinen Abdruck, außerdem hat es zu regnen begonnen, gleich nachdem sie verschwunden ist. Das verfälscht die Bodenbeschaffenheit.«

Zur Unterstützung seiner Theorie erscholl ein heftiges Donnergrollen gefolgt von einem Blitz, der die Szenerie kurzzeitig in gleißend helles Licht tauchte.

»Ich glaube, bei Blitz und Donner sollte man sich nicht unbedingt in einem Wald aufhalten«, folgerte der wortführende Polizeibeamte. »Also wollen wir es kurz halten.« Er deutete mit dem Finger auf Rochus. »Herr Friesenstein, richtig?«

Rochus nickte.

»Sie sind derjenige, dem die *Leiche* abgehauen ist, wenn ich das richtig verstanden habe.«

»Abgehauen würde bedeuten …«

»... dass die Person von alleine wieder aufgestanden und auf eigenen Beinen weggelaufen ist. Ja, das bedeutet es, und das meine ich«, sagte der Polizist entschieden und wandte sich mit dem nächsten Satz an alle zusammen. »Haben Sie die ... ähm ... am Boden liegende Person ebenfalls gesehen?«

»Natürlich haben wir das«, fauchte Esther.

Rochus und die anderen nickten heftig, sagten aber nichts weiter dazu. Offenbar überließen sie ihr das Reden.

Mittlerweile hatte der Regen zugenommen, und obwohl sie mitten im Wald waren, boten die Bäume keinen Schutz vor dem Wasser mehr. Kein Wunder, sie standen an einer Stelle, wo die Bäume ziemlich weit auseinander wuchsen, bis auf die drei Fichten. Die blauen Schirmmützen der Polizisten glitzerten im Regen. Die Tropfen klatschten auf die Mützen und zerplatzten. Esther und die anderen waren mittlerweile tropfnass. Da es aber ein warmer Sommerregen war, bestand keine Gefahr, sich eine Erkältung einzufangen. Sie strich sich eine nasse Strähne aus dem Gesicht. Ihr Blick fiel auf die anderen, die wie begossene Pudel dastanden. Die Kleidung klebte allen auf der Haut.

»Noch mal von vorne«, beharrte das kleine Irrlicht.

Esther seufzte. »Okay. Also, wir vier haben in meiner Pension auf der Terrasse gesessen. Diese drei sind Gäste, es gab ein Begrüßungsessen und ...«

»... natürlich was zum Trinken«, vermutete das lange Elend.

»Bestimmt alkoholische Getränke«, führte sein Kollege weiter aus.

»Bestimmt!«, sagte der andere und grinste.

Ein Grinsen, das ihm Esther am liebsten aus dem Gesicht gewischt hätte. Das Adrenalin, die Aufregung und ja, der für sie ungewohnte und übermäßige Alkoholgenuss ließen leichte Aggressivität in ihr aufsteigen.

Der kleine Polizist schnüffelte in der Luft und kam Esther unangenehm nahe. Dann wiederholte er die Prozedur bei Rochus, Aaron und Cindy. Schließlich wandte er sich an den Langen. »Meinst du, wir sollten den Alkomaten holen?«

»Was soll das?«, schnappte Esther. »Sie sollten lieber nach der Leiche suchen.«

Beide Irrlichter schauten sie mitleidig an. »Würden wir ja, wenn es denn eine gäbe«, kam es synchron aus ihren Mündern.

»Die gibt es. Hier stehen vier Zeugen vor Ihnen, die das beschwören.«

»Nun ja«, entgegnete das kleine Irrlicht. »Zeugen? Hmmm!«

Dieses Hmmm war so lang gezogen, dass es Esther beinahe als Beleidigung auffasste.

»Was, hmmm?«, hakte sie nach und grub vor Zorn die Fingernägel in ihre Handfläche, bis es wehtat.

»Es wäre nicht das erste Mal, dass Leute zusammen feiern, etwas trinken und dann … sagen wir mal so, vielleicht Dinge zu sehen und zu hören glauben, die nicht existieren.«

»Sie wollen sagen, wir halluzinieren? Alle *vier*?«

»So krass hätte ich es nicht ausgedrückt, aber sinngemäß trifft es schon zu. Sehen Sie, heute ist Samstagabend, mitten im Juni. Sie sind nicht die erste Feier, bei der wir in unserer Schicht auftauchen. Ein halbes Dutzend haben wir schon hinter uns. Dreimal mussten wir wegen Ruhestörung erscheinen, einmal haben sich der Gastgeber und einer seiner Gäste in die Haare gekriegt und sich gegenseitig ein blaues Auge verpasst. Ein anderes Mal hat sich die Ehefrau des Geburtstagskinds mit seinem besten Freund im Eheschlafzimmer vergnügt. Streit schlichten half da nicht mehr, kann ich Ihnen sagen. Beide schlafen heute und vermutlich die nächste Zeit in getrennten Betten. Vor einer halben Stunde schwor eine komplette Partyrunde Stein und Bein, ein UFO gesichtet zu haben, das auf dem Sportplatz nebenan gelandet sei. Doch Sie, liebe Frau Dumanski, können durchaus mithalten. Sie behaupten, mitten im Wald auf eine Leiche gestoßen zu sein. Eine Frauenleiche, um genau zu sein. Diese ist aber urplötzlich verschwunden, prompt als wir auftauchen. Was, meinen Sie, sollen wir davon halten?« Er unterdrückte ein Gähnen und schielte auf seine Armbanduhr. »Vielleicht lag da wirklich jemand, eine Frau möglicherweise. Ganz so weit will ich nicht gehen und Ihnen völlige Blindheit vorwerfen. Wahrscheinlich war die Abhandengekommene heute Abend dem Alkohol genauso zugetan wie Sie.« Ein schelmisches Zucken seiner Mundwinkel.

»Jetzt aber«, begehrte sie auf.

Der Polizist hob jedoch die Hand. »Lassen Sie mich ausreden, Frau Dumanski. Diese ominöse Frau ist im Wald spazieren gegangen, hat eine kleine Pause gemacht, sich womöglich hingelegt, ist wieder aufgestanden und davonstolziert. Wahrscheinlich dachten Sie wirklich, die Person wäre tot. Aber hey, es hat sich doch alles in Wohlgefallen aufgelöst. Niemand ist zu Schaden gekommen, Sie alle sind einem dummen Irrtum zum Opfer gefallen. Es besteht also kein Grund zur Sorge. Lassen Sie uns deshalb zurück zur Pension gehen. Hier gibt es nichts zu sehen, geschweige denn zu ermitteln. Außerdem sind Sie bis auf die Knochen durchnässt und sollten sich trockene Sachen anziehen. Das Gewitter dürfen wir nicht unterschätzen. Nicht, dass einen von uns noch der Blitz trifft und wir tatsächlich einen Todesfall zu beklagen haben.«

Ihr entging sein süffisanter Tonfall nicht. »Wollen Sie keinen Hubschrauber rufen, keine Suchhunde holen?«, blieb Esther hartnäckig und erntete daraufhin lediglich ein Schulterzucken der beiden Polizisten, die sich bereits abwandten und losmarschierten. Die Lichtkegel ihrer Lampen tanzten über dem Waldboden. »Selbst, wenn ich wollte, würde ich auf die Schnelle keine Diensthunde herbekommen. Nächsten Freitag kommt der US-Präsident nach München zu Besuch. Die Polizeiführung ist in heller Aufregung, die Vorbereitungen für den Einsatz laufen seit Monaten, da sich Hunderte, wenn nicht Tausende Demonstranten angesagt haben. Das Erscheinen von Mr President ist *das* Ereignis des Jahres für die Sicherheitskräfte. Nicht auszudenken, wenn es ausgerechnet in München zu einem Zwischenfall käme. Wie stünde da unser Ministerpräsident da? Alle möglichen Kräfte sind deshalb bereits in München, auch fast alle Schutzhunde der bayerischen Polizei. Nur im äußersten Notfall kriege ich einen Spürhund genehmigt. Und einen Notfall sehe ich hier beim besten Willen nicht. *Kein* Notfall, *keine* Hunde. So einfach ist das. Von einem Polizeihubschrauber will ich gar nicht erst reden.«

Wie eine schmollende Schulklasse, deren Ausflug frühzeitig beendet war, folgten Esther und die Gartler im Gänsemarsch den irrlichternden Polizisten. An der Pension warteten auf der Terrasse Dominik Danner und Jan Kohnle. Sie standen unter dem Sonnenschirm, der nun als Regenschirm fungierte.

Jan rieb sich die müden Augen und grummelte. »Was hat denn der ganze Lärm zu bedeuten? Erst stürmt eine Horde Menschen ins Gebäude und schreit immer wieder nach der Polizei. Dann kommt ein Streifenwagen mit heulender Sirene angebraust. Wie soll man bei dem Lärm schlafen?«

Dominik blickte neugierig die Polizisten an und wippte auf den Fußballen.

»Ah, weitere Gäste. Guten Abend«, grüßte das kleine Irrlicht mit erhobener Hand. »Und Sie sind?«

»Dominik Danner«, sagte Danner.

»Kohnle.« Jan hielt sich kürzer.

»Waren Sie auch Ohrenzeugen?«, wollte der Polizist wissen.

»Ohrenzeugen?«, echote Dominik.

»Vom Schrei«, präzisierte der Beamte. »Oder haben Sie was gesehen, dann wären Sie Augenzeugen.«

»Welcher Schrei?« Dominik sah ihn verständnislos an.

»Dann haben Sie also keinen Hilferuf gehört? So gegen«, er kramte sein Notizbuch aus der vorderen Hemdtasche und schlug es auf, »halb zehn.«

»Hilferuf?«, wiederholte Dominik. »Nein. Nicht, dass ich wüsste. Allerdings habe ich bereits geschlafen, und ich habe einen festen Schlaf, müssen Sie wissen.«

»Und Sie?«, wandte der Polizist sich an Jan.

»Ich bin früh zu Bett gegangen und habe ein Schlafmittel genommen. Ein pflanzliches«, fügte er hinzu. »Mir ist auch nichts aufgefallen. Was ist denn passiert?«

Esther wollte bereits »Wir haben eine Leiche gefunden«, antworten, aber der Polizist kam ihr zuvor. »Nichts!« Er blickte sie scharf an. »Gar nichts!«

Das Geräusch rollender Reifen auf Kies zog die Aufmerksamkeit der Polizisten auf sich. »Wer kommt denn da?« Der Streifenführer ging links an der Terrasse am Haus vorbei zur Hofeinfahrt.

Esther und die anderen Gartler folgten ihm, bis auf Jan und Dominik, die auf der Terrasse blieben.

Julius stieg gerade aus dem Jeep und musterte verwundert den Streifenwagen, der quer vor der Garage parkte, sodass er selbst dort nicht reinfahren konnte.

»Das ist mein Mann«, klärte Esther die Irrlichter auf.

»Was ist los?«, fragte Julius alarmiert über das Wagendeck hinweg.

»Kein Grund zur Sorge«, beruhigte ihn der kleine Polizist, als er bei ihm angekommen war.

»Was machen Sie dann auf unserem Grundstück, wenn es keinen Grund zur Sorge gibt?«

»Das fragen Sie am besten Ihre Frau«, ließ der Kleinere ihn im Unklaren und bedeutete seinem langen Kollegen, in den Streifenwagen zu steigen.

Esther sah dem Polizeiauto mit den beiden Irrlichtern nach, das aus der Einfahrt fuhr. Die roten Rücklichter verschwanden, als der Wagen um die nächste Kurve bog.

»Kann mir mal jemand erklären, was vorgefallen ist?« Julius verschränkte die Arme vor der Brust.

KAPITEL 7

Sonntag 16. Juni

Esthers Kopf dröhnte, sie war am Morgen mit einem ordentlichen Kater aufgewacht. Folge des Alkohols, den sie gestern eindeutig in zu großer Menge getrunken hatte.

Cindy schien es ähnlich zu gehen, sie trug eine blau getönte Sonnenbrille, während Aaron ziemlich verquollene Augen hatte. Rochus dagegen sah frisch und ausgeschlafen aus, anscheinend war er Alkohol gewohnt. Dominik und Jan wirkten ebenfalls frisch, während sie sich gelbe Gartenhandschuhe überzogen.

Nach dem gemeinsamen Frühstück hatte Esther ihre Gartler zur ersten Einführungsstunde auf die Terrasse gerufen. Sie wollte möglichst wenig über den Vorfall im Wald sprechen und für Ablenkung sorgen. Vom Gewitter am Vorabend war nichts mehr zu spüren, die Sonne brannte bereits jetzt, um kurz nach neun, heiß vom Himmel. Esther verteilte zur Sicherheit Strohhüte und stellte eine Flasche Sonnencreme mit Lichtschutzfaktor fünfzig auf einen kleinen Tisch. Nach ein paar Fragen wusste sie, dass alle ziemliche Anfänger waren und keine Vorstellung hatten, was sie in der *Pension Sonnenblume* erwartete.

Nervös knetete Esther ihre Hände und führte ihre Schüler in den Garten, wo sie zusammen mit Julius in der letzten Woche ein Hochbeet gezimmert hatte, das groß genug war, dass ein halbes Dutzend Leute bequem darum Aufstellung nehmen und gärtnern konnten. Es stand seitlich zwischen

Terrasse und der Gartenhütte, ein großer Schirm war aufgespannt, damit sich niemand einen Sonnenstich holte.

Esther war es wichtig, eine Gruppendynamik zu entfachen, gemeinsamen Spaß an der Arbeit zu erzeugen. Dazu gehörte natürlich, dass ihre Schüler nicht überwiegend kriechend durchs Beet robbten und sich die Knie aufschürften und abends mit Rückenschmerzen ins Bett gingen. Esthers Plan war, die Sache locker anzugehen, niemanden zu überfordern und zwischendurch genügend Pausen einzulegen.

Auf einem Holztisch lagen diverse Arbeitsgeräte. Auf Außenstehende musste die Gruppe leicht seltsam wirken, wie sie alle mit den Strohhüten unter einem riesigen Sonnenschirm um einen viereckigen Kasten standen. Alle trugen kurze Hosen, T-Shirts und Gartenclogs.

Streunerkater Rosewood lag nicht weit entfernt an einem Schattenplatz und beobachtete die zusammengewürfelte Truppe unter halb geöffneten Lidern. Ein Gähnen von ihm zeigte, dass er wenig Interesse an ihrer Tätigkeit hatte, dann rollte er sich auf die Seite und wandte ihnen den Rücken zu.

»Ich weiß ja nicht, wie viel Platz ihr zu Hause habt«, begann Esther. »Ein kleines Hochbeet nimmt nicht viel Raum ein. Sollte euer Balkon selbst dafür zu klein sein, versucht es mit einem Blumenkasten. Der muss gar nicht aus Plastik sein, es gibt schöne Holzkisten oder Korbkästen, also ein Hochbeet in Miniformat. Die sind sogar hübsch anzuschauen und dienen als Dekoration auf dem Balkon.«

Esther erklärte die wichtigsten Arbeitsgeräte, zeigte Handschaufel, dreizinkige Handharke und eine Ballbrause. »Die Brause ist für die Ansaat geeignet. Wenn ihr eine Gießkanne nehmt, spült ihr womöglich die Samen weg. Ein sanfter Wasserstrahl ist da besser.« Dann griff sie zu einem Messer und hob es hoch. Die Sonne glänzte auf der Klinge. »Zweiunddreißig Zentimeter Gesamtlänge inklusive Holzgriff«, sagte sie stolz. »Die Schneidenlänge beträgt satte neunzehn Zentimeter, eine Längsseite ist gezahnt, die andere so scharf, dass es ein Haar zerteilt, wenn man es einfach aus der Luft drauffallen lässt. Das ist ein Hori-Hori, ein japanisches Pflanz- und Grabemesser. Es ist für mich zum unersetzlichen Werkzeug geworden. Ich habe mir gleich mehrere angeschafft, weil sie so verdammt gut sind. Ihr werdet es selbst sehen. Ich habe eins mit Holzgriff und zwei mit Kunststoffgriffen. Die Messer sind rostfrei und extrem stabil und wirklich in Japan hergestellt. Eins kostet etwas mehr als dreißig Euro.« Sie gab es Rochus, der es wie Rambo durch die Luft sausen ließ.

»Vorsicht!«, warnte Esther. »Das ist kein Spielzeug.«

»Gefällt mir«, erwiderte er mit einem breiten Grinsen und reichte es an Cindy weiter, die es vorsichtig mit Daumen und Zeigefinger am Griff anfasste.

»Es beißt nicht«, spottete Rochus.

»Sieht gefährlich aus«, meinte Dominik.

»Man kann damit Pflanzen teilen, ausgraben und natürlich jäten«, sagte Esther.

»Und bestimmt einen Menschen spielend leicht töten«, ergänzte Cindy und schob ihre Sonnenbrille auf die Stirn.

Atemlose Stille setzte ein. Da war es wieder. Das Thema, dem Esther nicht nur während des Frühstücks aus dem Weg gegangen war, sondern vorhatte, es auch nicht in die Gartenstunde einzubringen.

»Die Blondine von gestern ist nicht erstochen worden«, brach Rochus das anhaltende Schweigen.

»Stimmt«, bestätigte Jan. »Sie ist nicht einmal ermordet worden.«

»Vielleicht hat sie jemand erwürgt oder ihr das Genick gebrochen. Erschlagen wäre auch eine Möglichkeit«, hielt Rochus hartnäckig dagegen.

Jan schüttelte den Kopf. »Rochus, du redest von einer Leiche, die es gar nicht gibt. Sonst wären die Polizisten nicht wieder gefahren, sondern hätten das ganz große Aufgebot rangekarrt.«

Cindy bohrte abwesend einen Finger in die Erde des Hochbeets. »Haben wir gestern Abend alle geträumt? Oder waren wir wirklich so betrunken, dass wir einen Geist gesehen haben?«

»Wenn, dann haben wir eine *Tote* gesehen.« Aaron schob saugend seine Unterlippe ein, bevor er fortfuhr. »Da lag eine blonde Frau, basta! Rochus war nicht blind, ich war nicht blind, wir alle waren nicht blind.«

»Ich sage ja gar nicht, dass ihr vier nicht mehr alle Latten am Zaun habt«, beschwichtigte Jan. »Möglicherweise habt ihr was gesehen.«

»Haben wir, nämlich eine Leiche«, beharrte Esther. Sie war doch nicht blöd. Und die anderen auch nicht, wie Aaron richtig festgestellt hatte. Jetzt, wo das Thema auf dem Tisch war, konnte sie sich nicht mehr zurückhalten.

Jan hob die Hand. »Moment, ich war noch nicht fertig. Vielleicht habt ihr eine Frau im Wald liegen sehen, aber sie war vermutlich gar nicht tot und ist quicklebendig aufgestanden, als ihr sie für einen Moment alleine gelassen habt.«

»Das haben die Polizisten auch gemeint«, erwiderte Esther.

»Siehst du.« Jan trommelte mit den Fingern auf die

Holzumrandung des Beets. »Die Beamten haben ihren Job gemacht und wichtige von unwichtigen Mitteilungen getrennt.«

»Eine Leiche nennst du eine unwichtige Mitteilung?«, fuhr Cindy auf.

Esther bemerkte, wie Jan auf Cindy herabsah, als wäre sie ein kleines Kind, dessen Meinung man nicht ernst nehmen könnte.

»Esther hat doch ihren Puls gefühlt, da war keiner«, widersprach Aaron.

»Das besagt nichts«, gab Jan mürrisch zurück. »Esther, du hattest schon was getrunken, als ich ins Bett gegangen bin.«

»Wie wir alle«, verteidigte Cindy sie, was Esther mit einem dankbaren Nicken quittierte.

»Aber nur Esther hat der ...«, Jan malte mit den Fingern Anführungszeichen in die Luft, »... *Leiche* den Puls gefühlt, wie ihr gesagt habt. Wie hat sie das denn gemacht?«

Esther ärgerte sich, dass Jan in der dritten Person über sie sprach. »Sie hat mit dem Zeigefinger am Hals gefühlt«, antwortete sie daraufhin ebenfalls in der dritten Person und fuhr auch so fort. »Da *Esther* eindeutig keinen Puls gefühlt hat, hielt sie die junge Frau für tot. So war das!« Esther merkte erst jetzt, wie sie mit dem Hori-Hori wild im Beet herumstocherte.

Jan schienen weder ihre Worte noch ihr Rumgehacke mit dem japanischen Messer zu irritieren, jedenfalls zeigte er keine Regung. »Okay, aber das Fühlen mit dem Finger alleine reicht nicht. Du warst bestimmt sehr aufgeregt, wie alle anderen, nachdem ihr eine leblose Person gefunden habt«, fuhr er in nüchternem Tonfall fort. »Das Adrenalin ist dir nur so durch deine Adern gerauscht, dein eigener

Puls hat dir bis zu den Schläfen gepocht. Da ist es logisch, dass du den Puls einer fremden Person nicht spürst.« Jan verschränkte die Arme vor der Brust. »Daraus schließe ich, ihr habt weder eine Tote noch einen Geist gesehen, aber ihr rennt einem Geist hinterher. Nämlich einem Geist, der nicht existiert.«

»Die Augen der Frau waren offen und haben ins Leere gestarrt«, sagte Rochus.

Wieder schüttelte Jan den Kopf. »Das ist kein Beweis, nicht mal ein Indiz. Schon gar kein sicheres Todeszeichen. Habt ihr noch nie einen Besoffenen gesehen, der ins Nichts glotzt, weil er total weggetreten ist? Ganz klarer Fall, eure *Leiche* hatte sich gehörig einen hinter die Binde gekippt, sich im Wald verirrt und ist vermutlich gegen einen Baum gelaufen. Es war Samstag, es ist Sommer. Bestimmt waren jede Menge Feiern gestern Abend, da kann es schon sein, dass jemand durch die Gegend torkelt.«

Esther erinnerte sich, dass die Polizisten diese Möglichkeit auch in den Raum gestellt hatten.

»Mitten in den Wald?« Cindy war immer noch skeptisch.

»Besoffene haben doch keinen eingebauten Kompass. Wenn die mal loswackeln, dann in jede Richtung«, erläuterte Jan.

Esther wollte nicht, dass das Gespräch entgleiste, und griff ein. »Jan denkt einfach sehr analytisch. Das ist nicht gegen uns gerichtet.«

»Bis du dir da sicher?«, giftete Cindy.

Nein, war sie nicht, sie wollte nur keinen Streit unter den Gartlern.

»Esther hat recht«, sagte Jan in versöhnlichem Tonfall. »Ich versuche lediglich, den Vorfall aus einem gewissen

Abstand heraus zu beurteilen. Was euch wahrscheinlich wegen eurer Betriebsblindheit schwerfällt. Wenn ihr logisch denkt, kommt ihr zur gleichen Schlussfolgerung, die da wäre, dass ihr es mit einer Betrunkenen zu tun hattet.«

»Meinst du wirklich?« Cindys Tonfall war nicht mehr ganz so auf Krawall gebürstet. Anscheinend fand die sachliche Art von Jan langsam bei ihr Gehör.

Klar, als Geschäftsmann verstand er sich aufs Verkaufen, das war Esther klar. Aber sie würde sich nicht einlullen lassen. Adrenalin hin oder her, sie hatte nun mal keinen Puls bei der Frau gefühlt, und sie war der Leiche näher gekommen als die anderen. Das waren nicht die Augen einer im Vollrauschkoma liegenden Frau, nein, das waren die gebrochenen Augen einer Toten gewesen.

»Vielleicht sollten wir uns den Fundort noch mal vornehmen«, schlug Rochus vor. »Und wenn es nur darum geht, uns zu vergewissern, dass die Polizisten nicht falschlagen. Dann könnten wir mit der Erniedrigung besser klarkommen.«

»Welche Erniedrigung?«, wollte Jan wissen.

»Na, die durch die Polizisten«, erklärte ihm Esther, die den Vorschlag von Rochus nicht übel fand. »Die Cops haben uns hingestellt, als wären wir nicht ganz dicht. Dabei waren die selbst nicht die Hellsten. Der Große von den beiden war sogar mit dem Schnaufen überfordert.«

»Diese beiden Vollpfosten, die sich Polizisten schimpften, haben uns sogar ein bisschen veralbert, habt ihr das mitbekommen?«, schüttete Aaron Öls ins Feuer.

»Die beiden Irrlichter«, sinnierte Esther.

»Wer?« Cindy kräuselte die Nase.

»Der kleine und der große Bulle«, präzisierte Esther. »Meine Spitznamen für sie.«

Rochus lachte. »Hahaha, das ist gut, gefällt mir.«

In diesem Moment flog eine Elster schnatternd durch den Garten und ließ sich auf den Eisenbahnschwellen vor der Terrasse nieder. Diese hatte Esther im Baumarkt gekauft und zusammen mit Julius nachträglich als Treppe verbaut, als sie das Haus gekauft hatten. Die alten Holzstufen waren bereits am Vermodern gewesen. Der schwarzweiße Vogel machte einen Höllenlärm, als er auf den Schwellen herumhüpfte.

»Achtung, Taggart ist unterwegs«, warnte Esther vor der Elster. »Ich hoffe, ihr habt auf der Terrasse nichts liegen lassen. Uhr, Brieftasche oder andere Wertgegenstände. Taggart kann alles gebrauchen. Und was er nicht gebrauchen kann, versenkt er während des Flugs im Weiher.«

Der rote Streuner Rosewood erwachte plötzlich zum Leben und schlich durch den Garten, pirschte sich an den Vogel heran. Doch Taggart erhob sich rechtzeitig wieder in die Lüfte und flatterte davon. Rosewood starrte ihm mit funkelnden Augen enttäuscht nach.

»Irgendwas hatte er aber im Schnabel«, sagte Cindy. »Was Glänzendes.«

»Verdammt, mein Zippo-Feuerzeug.« Jan tastete seine Kleidung ab. »Es ist nicht mehr da, es muss mir aus der Hose gefallen sein, als wir in den Garten gegangen sind.«

»Deshalb ist Taggart auf den Eisenbahnschwellen gelandet«, vermutete Esther. »Er hat das glänzende Feuerzeug dort entdeckt und sich sofort geschnappt. Tja, tut mir leid, Jan. Aber das siehst du wohl nicht wieder.«

»Smokey-Joe ohne sein Zippo ist nur ein halber Smokey-Joe«, zog ihn Cindy auf.

»Keine Sorge, ich habe immer Ersatz dabei«, erwiderte er, machte aber keinen glücklichen Eindruck.

Cindy kicherte. »Wenn ich Taggart schnattern höre, muss ich wieder an *Beverly Hills Cop* denken. Hast du gestern nicht erwähnt, dass wir Eddie, Murphy und Billy kennenlernen würden?«, fragte sie.

Esther nickte. »Richtig, das sind meine drei Schildkröten. Wenn ihr wollt, könnt ihr sie später füttern, sie leben im Sommer in einem Außengehege auf der anderen Seite der Pension.

»Apropos Taggart«, sagte Rochus. »Im Film war das ein Polizist in Beverly Hills. Das bringt mich zu unserem Leichenthema zurück.«

»Nicht schon wieder«, grummelte Jan. »Hört diese Leichenscheiße denn nie auf!«

Esther schaltete sich in den aufkommenden Streit ein. »Was haltet ihr von folgendem Vorschlag? Eigentlich wollte ich euch zuerst die Grundlagen der Gartenarbeit beibringen. Angefangen haben wir bereits. Vielleicht wäre es an der Zeit für eine Unterbrechung. Mir schwebt eine Kräuterwanderung im Wald vor. Die wollte ich sowieso mit euch machen. Wandern im Wald entspannt und bringt auf andere Gedanken, und das haben wir durchaus nötig. Warum nicht jetzt? Nebenbei untersuchen wir die Fundstelle. Wer weiß, vielleicht stoßen wir auf etwas. Und wenn es nur die Vermutung von Jan und den beiden Polizisten stützt.« Esther sah sich um, hoffte auf Zustimmung und fand sie.

»Bin dabei«, stimmte Rochus zu und reckte ihr den ausgestreckten Daumen entgegen.

»Natürlich, wir lassen uns nicht für blöd verkaufen«, sagte Cindy.

»Klasse Vorschlag«, lobte Aaron.

»Super«, rief sogar Dominik begeistert. »Da bucht man

ein Gartenseminar und findet sich mitten in einer Krimi-tour wieder.«

»Kräuterwanderung«, korrigierte Esther ihn.

Jan verzog angewidert das Gesicht. »Das ist nicht euer Ernst«, bremste er die Euphorie.

»Könnte doch spannend werden, Smokey-Joe«, sagte Cindy.

»Ja, klar«, maulte Jan.

Esther überlegte kurz, ob sie nicht verantwortungslos handelte. Sie alle waren schließlich keine Polizisten, aber angesichts des Enthusiasmus, der bei allen aufblühte – Jan ausgenommen –, war es vielleicht doch eine gute Idee.

»Okay, abgemacht«, rief sie. »Wir treffen uns in einer Viertelstunde am Zaun hinter dem Pensionsgarten. Kurze Hosen und Gartenclogs sind aber definitiv die falsche Wahl. Vergesst nicht, wir streifen durch den Wald und hohes Gras. Die Wald- und Schotterwege sind ebenfalls nicht gerade bequem. Achtet also auf festes Schuhwerk und lange Hosen, das ist auch wichtig wegen der Zecken. Stechmücken und Bremsen gibt es jede Menge, also nehmt genügend Insektenspray mit. Was zum Trinken schadet auch nicht. Wurst- und Käsebrote sowie Äpfel packe ich in meinen Rucksack. Unterwegs gibt es vielleicht die Mög-lichkeit, irgendwo einzukehren. Wenn ihr wollt, auch mit Blick auf den Starnberger See.«

Jan griff nach der Handschaufel und einer Salatpflanze. Dann grub er ein Loch und versenkte die Pflanze darin. »Geht ihr mal schön alleine ermitteln, aber ohne mich. Während ihr euch jede Menge Zecken und Mückenstiche holt, werde ich einen angenehmen Tag im Garten verbrin-gen und zwischendurch eine Zigarette rauchen. Du hast doch sicher nichts dagegen, Esther. Schließlich ist es das, was meine Frau für mich geplant hat. Stressabbau durch Gartenarbeit. Also schnappe ich mir Schaufel, Hacke und das Hori-Hori und bearbeite das Hochbeet.«

Rosewood tappte herbei und rieb seinen Kopf an Jans Schienbein.

»Seht ihr«, sagte der mit einem triumphierenden Grinsen im Gesicht. »Rosewood ist auf meiner Seite.« Er bückte sich und streichelte den Kater. »Braver Rosewood.« Der Stubentiger legte sich auf den Rücken und streckte Jan den Bauch entgegen, den dieser zu kraulen begann, was der Kater mit einem lauten Schnurren quittierte.

»Na schön, Jan. Wenn du willst«, antwortete Esther und bekam ein schlechtes Gewissen. Durfte sie Jan sich selbst überlassen? Streng genommen hatte er recht, gebucht hatte er ein Gartenseminar. Ach, was soll's. Andererseits gehörte eine Kräuterwanderung ebenfalls zu ihrem Angebot. Hoffentlich bezahlte Jan trotzdem den vollen Seminarpreis. Da er ein Geschäftsmann war, traute sie ihm zu, dass er noch nachverhandeln würde, weil er genau das haben wollte, für was er gezahlt hatte.

»Der kriegt sich wieder ein, Esther«, raunte ihr Rochus ins Ohr. »Lass ihn mal ein paar Stunden alleine rumwerkeln. Außerdem scheint er Gefallen an Rosewood gefunden zu haben. Ich bin sicher, der Kater wird ihm gute Gesellschaft leisten.«

»Hoffentlich«, murmelte Esther. Einen Miesepeter konnten sie in der Gruppe nicht gebrauchen.

KAPITEL 8

»Es ist immer noch nass vom Regen«, stellte Esther ernüchtert fest, als sie wieder bei den drei Fichten angelangt waren. Weißer Wasserdampf stieg wie Herbstnebel vom Boden auf.

Cindy berührte mit der Hand den feuchten Stamm einer der drei Nadelbäume, bückte sich und streifte mit den Fingern durch den tropfnassen Farn. »Ist das normal im Wald? Ich dachte immer, das Blätterdach hält das Wasser fern.«

»Es war ein richtiger Platzregen«, hielt Esther dagegen. »Wasser findet immer seinen Weg, natürlich auch im Wald, außerdem stehen die Bäume hier nicht so eng, dass die Wipfel einen undurchdringlichen Schutzschild bilden. Und wenn es mal nass ist, dauert es, bis es wieder trocken wird, denn die Bäume halten die Hitze ab.«

Mit vorgeschobener Lippe ging sie in die Knie. »Farn und Gräser sind durch den Regen niedergedrückt worden. Keine Chance zu erkennen, ob und wo hier jemand durchgelaufen ist. Oder seht ihr eine Spur?«

»Nein, man sieht gar nichts mehr.« Aarons Stimme klang enttäuscht.

Esther stieß einen Seufzer aus. »Hatte ich fast befürchtet, nachdem wir schon gestern Abend nicht einmal mehr Abdrücke von der liegenden Frau gefunden haben.«

Rochus ging neben Esther in die Hocke, ihre Knie berührten sich beinahe. Er tastete mit den Fingern im Gras und Farn, als suchte er nach etwas. »Selbst wenn sie geblutet haben sollte, was wir in der Nacht vielleicht nicht sehen konnten, ist jetzt alles weggewaschen.«

»Wie auch sämtliche Spuren des Täters«, räumte Esther ein.

»Des *vermeintlichen* Täters«, schränkte Dominik ein, der als Einziger von ihnen gestern nicht dabei gewesen war und seine Zweifel nicht zu unterdrücken vermochte.

Rochus stand auf, etwas knackte in ihm, vermutlich das Knie. Er wischte die Hände an seiner Hose trocken. »Schade, mit ein bisschen Glück hätten wir Schleifspuren feststellen können. Der Täter muss das Opfer irgendwie weggebracht haben. Da ich in der Nähe war, musste es schnell gehen, er hatte nicht viel Zeit.«

»Hättest du dir das Brunzen nicht verkneifen können?«, tadelte ihn Aaron. »Dann wäre die Leiche noch da und wir würden nicht wie die Volldeppen dastehen.«

»Entschuldige, dass mir fast die Blase geplatzt ist«, maulte Rochus und strich sich mehrere Strähnen seines wallenden Haars aus dem Gesicht.

»Du musst doch was gehört haben, wenn jemand die Frau weggeschafft hat«, fuhr Aaron fort.

»Kann schon sein, dass ich was gehört habe. Gesehen habe ich außerdem ein Eichhörnchen, das weggerannt ist. Aber vergiss nicht, wir sind in einem Wald. Da raschelt es dauernd, und irgendwo knackt immer ein Ast.«

»Na, das Eichhörnchen wird die Leiche sicher nicht mit auf einen Baum gezogen haben«, lästerte Aaron.

»Keinen Streit, Jungs«, mahnte Esther. »Wir alle haben bestimmt schon einmal ganz dringend gemusst und können nachvollziehen, dass es manchmal einfach nicht mehr auszuhalten ist.«

»Sorry, Rochus«, entschuldigte sich Aaron.

»Kein Problem.« Der blonde Hüne streckte Aaron eine Gettohand entgegen.

Der Friseur tat es ihm gleich und stieß seine rechte Faust gegen Rochus' Handknöchel.

»Meinst du, wir hätten tatsächlich Spuren bemerkt, selbst wenn es nicht geregnet hätte?«, zweifelte Cindy. »Wir sind nicht gerade Kriminalisten.«

Rochus zwirbelte die mittlere seiner drei geflochtenen Bartsträhnen. »Stell dir vor, du ziehst einen leblosen Körper an den Füßen oder Händen hinter dir durchs Unterholz. Das Gras wird niedergedrückt, der Farn auch. Ich denke schon, dass man das erkennen kann, wenn man genau hinsieht. Da muss man nicht unbedingt ein begnadeter Spurenleser sein.«

»Rochus hat recht«, sagte Esther. »Das Gras mag sich wieder aufgerichtet haben, aber abgebrochene Zweige bleiben abgebrochen. Die kann der Regen nicht weggespült haben. Suchen wir danach, dann finden wir vielleicht die Richtung, in welcher der Mörder die Frauenleiche weggeschafft hat.«

»Ihr glaubt also immer noch daran?«, fragte Dominik und kratzte seinen Dreitagebart.

Wieder fiel Esther die Ähnlichkeit mit Don Johnson aus *Miami Vice* auf. »Natürlich!«, rief sie und musterte ihn. Seine blonden Haare waren zerstrubbelt, in seinen blauen Augen lag kein spöttischer Blick, eher ein wissbegieriger.

Rochus schnaubte. »Hey, Dominik, was denkst du denn von uns?«

Cindy und Aaron nickten stumm.

»Okay«, sagte Dominik. »Wollte nur sichergehen, dass ihr heute im nüchternen Zustand genauso tickt wie gestern, als ...« Er verstummte.

»… als wir hackedicht waren, wolltest du wohl sagen«, beendete Cindy seinen Satz und grinste. »Auf jeden Fall sollten wir der Sache auf den Grund gehen.«

Esther teilte ihre Gruppe auf, und sie schwärmten einzeln in verschiedene Richtungen aus. Sie setzte vorsichtig Fuß vor Fuß und nahm Bäume, Äste, Zweige in Augenschein. Außerdem suchte sie den Waldboden ab, ob Täter oder Opfer irgendetwas verloren hatten oder vielleicht irgendwo hängen geblieben waren. An einer Wurzel etwa oder an einem wilden Brombeerstrauch. Kleiderfetzen an einem Zweig zum Beispiel wären hilfreich. Mitten in der Nacht konnte doch kein Mensch völlig spurlos eine Leiche durch den Wald zerren.

»Ich glaube, ich habe da was«, hörte sie Aaron rufen.

Esther brach ihre eigene Suche ab und lief zu ihm, er war ungefähr ein paar Dutzend Schritte querfeldein entfernt. Als sie bei ihm ankam, betrachtete er mit zusammengekniffenen Augen den abgebrochenen Zweig einer Fichte.

»Was?«, fragte sie atemlos und beugte sich vor, um Luft zu holen.

»Sieht verdächtig aus.«

Rochus kam ebenfalls angetrabt.

Zu dritt inspizierten sie den Fichtenzweig auf dem Waldboden.

Aaron tippte mit der Schuhspitze dagegen und drehte ihn vorsichtig um.

»Ich sehe beim besten Willen nichts«, meldete sich Rochus nach einer gefühlten Ewigkeit zu Wort.

»Ich auch nicht«, sagte Esther enttäuscht. »Was soll da verdächtig sein, da hängt nirgends eine Textilfaser oder dergleichen, was uns weiterhilft.«

»Das ist ein abgebrochener Ast«, sagte Aaron überflüssigerweise.

»Das sehe ich«, gab Esther zurück.

»Nach so was suchen wir doch«, beharrte er. »Den könnte jemand abgebrochen haben, der hier entlanggelaufen ist.«

Seufzend blickte sich Esther um. »Hier liegen überall welche rum. Durch den Regen sind wahrscheinlich nicht nur welche abgebrochen, sondern auch einfach umgeknickt. Die Idee, nach am Boden liegenden Zweigen zu suchen, war vielleicht etwas zu optimistisch gedacht.«

»Umgeknickt oder abgebrochen alleine reicht nicht«, belehrte Rochus den anderen Gartler. »Dazu gibt es tatsächlich zu viele. Wenn aber ein Stück Stoff dranhängt, dann kannst du uns rufen, Aaron.«

Cindy und Dominik meldeten sich ebenfalls zu Wort, beide reckten die Hand in die Luft, als hätten sie gerade einen archäologischen Sensationsfund gemacht. »Ich gehe zu Cindy, du zu Dominik«, wandte Esther sich an Rochus. »Du, Aaron, suchst in der gleichen Richtung weiter«, verteilte sie Aufgaben, als wäre sie die Leiterin einer Spurensicherung der Kriminalpolizei. Doch auch diesmal wurde sie enttäuscht. Weder Cindy noch Dominik waren wirklich auf was gestoßen. Auch diese beiden waren lediglich auf abgebrochene Zweige aufmerksam geworden. Nirgends ein Schuhabdruck im Matsch oder ein Teil einer Hose oder sonst was.

Esther und die anderen irrten noch eine Zeit lang sinnlos umher, bis sie die Gruppe zu einer Lagebesprechung rief. Auf einem umgestürzten Buchenstamm, der als Sitzgelegenheit diente, nahmen sie alle Platz. Aus ihrem Rucksack holte Esther die belegten Brote und teilte sie aus. Was zu trinken hatte jeder selbst dabei. Schweigend vesperten sie. Nur die Geräusche des Waldes waren zu hören. Ein hämmernder Specht, knackende Äste und Zweige, summende Insekten. Dazwischen das Schmatzen und Kauen der Gartler, das Öffnen einer Getränkeflasche, das Zischen der Kohlensäure, gefolgt von gierigen Schlucken. Ein unterdrückter Rülpser, entspanntes Seufzen.

Niemand sprach, alle hingen ihren Gedanken nach. Irgendwann wandte sich Cindy an Dominik. »Hey, Dominik, du hast noch gar nicht erzählt, wo du herkommst.«

»Aus Bremerhaven«, antwortete er zwischen zwei Bissen in eine Wurstsemmel. »Ich arbeite in einem Autohaus als Verkäufer.«

»Was für eine Marke?«, wollte der autobegeisterte Aaron wissen.

»Gebrauchtwagen aller Art«, kam es von Dominik.

»Und wieso verschlägt es dich nach Bayern zu einem Gartenkurs? Was sagt deine Freundin dazu? Oder bist du verheiratet?«, schoss Cindy eine Frage nach der anderen ab.

Beinahe glaubte Esther, dass die hübsche Physiotherapeutin ein Auge auf den attraktiven Don-Johnson-Verschnitt geworfen hatte. »Aufgebrochen sind wir eigentlich zu einer Kräuterwanderung«, grätschte sie deshalb unvermittelt in den Small Talk und deutete auf eine Pflanze mit blauvioletten Blüten, die ein paar Meter entfernt von ihnen wuchs. »Dann solltet ihr auch ein paar Kräuter kennenlernen.«

»Hübsch«, meinte Cindy. »Was ist das?«

Esther nahm einen Schluck aus ihrer Wasserflasche, steckte sie wieder in den Rucksack und antwortete: »Man nennt sie kleine Braunelle. Es ist ein Heilkraut, das unter anderem gegen Mandel- und Kehlkopfentzündung helfen soll, wie ich gelesen habe. Selbst habe ich es allerdings noch nicht ausprobiert. Aber es wächst hier überall im Wald. Und das da drüben ist Giersch.«

»Das ist doch ein Unkraut«, quatschte Aaron dazwischen.

»Gemeinhin sagt man das, aber er ist auch als gut schmeckende Beilage im Salat verwendbar. Aufgrund des hohen Vitamin-C- und Eisengehalts ist Giersch sehr gesund. Er ist auch als Zipperleinskraut bekannt und wurde früher bei Rheuma und Gicht eingesetzt.« Esther stand auf und pflückte eines der weiß blühenden Kräuter. Sie reichte den Giersch an Cindy weiter.

Die schnupperte dran. »Riecht nach Petersilie, finde ich.«

»Ganz genau. Aber aufgepasst. Man kann ihn durchaus mit dem gefleckten Schierling verwechseln, und der ist giftig.«

Cindy gab den Giersch Aaron, der ihn zuerst nicht nehmen wollte.

»Na los, du Angsthase«, zog ihn Cindy auf und wedelte mit dem Giersch vor seiner Nase herum.

»Esther, du bist sicher, dass das tatsächlich Giersch ist? Nicht, dass ich mich vergifte.«

»Vertrau mir«, beruhigte sie ihn lächelnd. »Ein bisschen sollte ich euch vielleicht von Giftpflanzen erzählen. Wer im Wald unterwegs ist, um Heilpflanzen oder Wildgemüse zu sammeln, sollte von den einheimischen Giftgewächsen nicht nur mal gehört haben, sondern sie auch erkennen können. Euch rate ich dringend davon ab, etwas zu pflücken und zu essen, was ihr nicht zu einhundert Prozent kennt. Manche Pflanzen kommen heimtückisch daher, zum Beispiel die Tollkirsche, auch Belladonna genannt. Ihre schwarzen Früchte schmecken süß, der Genuss von einer Handvoll Beeren kann einen Erwachsenen allerdings töten. Wo der Name herkommt, ist übrigens nicht ganz geklärt. Mir gefällt die Erklärung, dass er vom italienischen Begriff *bella donna* stammt, was *schöne Frau* bedeutet. Es gab anscheinend einen Brauch, da haben sich Frauen den Pflanzensaft in die Augen geträufelt, weil sich durch den enthaltenen Wirkstoff die Pupillen vergrößern, was als Schönheitsideal galt. Außerdem gibt es auf den Wiesen rund um die Wälder Jakobskreuzkraut und Herbstzeitlose. Beides Pflanzen, die vor allem Pferden gefährlich werden können, wenn sie im Heu landen. Es gibt auch eine Stelle hier im Wald, wo die wahrscheinlich giftigste Pflanze Europas wächst. Der Blaue Eisenhut! Sein Hauptgift ist das Akonitin, und es ist sogar stärker als Strychnin.«

»Wow!« Dominik pfiff durch die Zähne.

»Das Kraut kenne sogar ich«, rief Cindy begeistert. »Es wird auch Wolfswurz genannt und hilft gegen Werwölfe.«

Esther und die anderen schauten Cindy an.

»Was ist? Ich habe alle Folgen von *Teen Wolf* gesehen, das gehört zum Standardwissen in der Serie. Kennt ihr nicht? Es gibt sechs Staffeln davon. Da sieht man mal, Serien schauen ist zu was gut, ehrlich«, betonte Cindy mit einem breiten Grinsen.

»So, zurück von den Heil- und Giftpflanzen zu unseren Ermittlungen.« Esther wechselte lieber das Thema.

»Es hat keinen Zweck«, kam ihr Aaron zuvor. »Wir gehen viel zu dilettantisch vor. Man sieht einfach, dass wir nicht die geringste Ahnung haben, wie man sich an einem Tatort verhält.«

»Moment, ich …«, widersprach Rochus, der noch an einem Rest Brot kaute.

»Ein paar gelesene Forensikbücher machen aus dir noch keinen Kriminalisten«, unterbrach ihn Aaron.

Der Einspruch hielt Rochus nicht ab, weiter zu fachsimpeln. »Wenn wir keine Spuren finden, sollten wir versuchen, uns in den Täter hineinzudenken.«

»Interessanter Ansatz«, fand Esther.

»Lass mal hören, Sherlock Holmes«, forderte Cindy ihn zum Weiterreden auf.

Rochus rieb seine Handflächen aneinander, dann legte er die Finger zusammen und führte sie zur Nase, als wollte er seine Gedanken sammeln. Oder aber, um sich in die Psyche des Täters reinzuversetzen. Er schloss kurz die Augen, öffnete sie wieder. »Stellt euch vor, ihr werdet bei dem Mord gestört. Von einer Gruppe Leute, also uns. Der Mann …«

»Wieso ein Mann?«, legte Cindy Widerspruch ein. »Es könnte auch eine Frau sein.«

»Statistisch gesehen handelt es sich überwiegend um Männer, die eine Gewalttat begehen. Frauen sind eher als Giftmischer unterwegs«, dozierte er.

Cindy runzelte die Stirn. »Welche Bücher hast du gelesen? Aus dem Mittelalter wahrscheinlich. Wer mordet heutzutage noch mit Gift?«

»Das habe ich so gelesen«, verteidigte sich Rochus. »War auch nur so ein Beispiel. Außerdem ist unser Opfer eine Frau«, fuhr er fort. »Dass eine Frau eine andere Frau umbringt, ist schon eher selten. Können wir uns wenigstens darauf als Diskussionsgrundlage einigen?«

»Hmmm«, machte Aaron. »Wenn Eifersucht im Spiel ist, könnte eine Frau schon auch zur Mörderin werden und ihre Nebenbuhlerin um die Ecke bringen.«

Rochus schnaufte tief durch. »Ja, das stimmt natürlich. Aber der Einfachheit halber gehe ich von einem männlichen Täter aus. Ich werde jetzt ganz bestimmt nicht anfangen zu gendern, diesen Scheiß könnt ihr vergessen. Wikinger machen so was nicht.«

»Keine Grundsatzdiskussion bitte«, beschwichtigte Esther. »Mach einfach weiter.«

Rochus sah zu Dominik. »Hast du auch einen Einwand vorzubringen?«

Dominik hob die Hände. »Nein, ich bin ganz Ohr. *Du* bist der Belesene von uns allen.«

»Gut. Also von vorn. Der M-Ö-R-D-E-R«, Rochus betonte jeden einzelnen Buchstaben und das R besonders intensiv, »hat schnell die Flucht ergriffen, als wir angelaufen kamen.«

»Wenn es einen Mord gab«, schränkte Dominik ein.

Rochus schnaubte. »Ich dachte, dieses Thema hätten wir längst abgehakt.«

»Haben wir«, gab ihm Esther recht.

»Ich bin ja schon ruhig«, wiegelte Dominik ab.

Rochus fasste sein langes blondes Haar hinter dem Kopf zusammen und bändigte es mit einem Knoten, dann fuhr er fort: »Der Täter hat uns kommen hören, besonders leise waren wir ja nicht. Deshalb hat er sich versteckt und auf eine günstige Gelegenheit gewartet, die Leiche verschwinden zu lassen.«

»Deine Brunzerei hat alles verbockt«, warf Cindy ein.

Rochus stockte kurz, schließlich nickte er. »Richtig, das war meine Schuld. Aber ich war höchstens dreißig Sekunden weg. Maximal eine Minute.«

»Aha, ein Schnellschiffer«, spottete Cindy.

»Okay, vielleicht eineinhalb Minuten oder gar zwei. Ich

musste erst noch die richtige Stelle finden. Worauf ich hinauswill: Der Täter musste schnell handeln. Er ist wie ein Irrer durchs Unterholz gerauscht, bis ich wieder da war.« Rochus hob abwehrend die Hände. »Und ja, ich habe ihn nicht gehört, weil ich mich zu sehr darauf konzentriert habe, mein Wasser wegzutragen. Den Vorwurf hatten wir schon. Also: Er ist vielleicht in dieser kurzen Zeit ein oder maximal zwei Dutzend Schritte vorangekommen. Anschließend muss er die Leiche vorsichtig, ohne viel Lärm zu machen, weitergezerrt haben. Sonst hätte ich ihn wahrscheinlich gehört.«

»Okay, jetzt ist Brainstorming angesagt«, beendete Esther den Monolog von Rochus. »Wir machen jetzt etwas, das ich im Rahmen eures Aufenthaltes sowieso mit euch machen wollte. Nennt es Waldyoga oder progressive Muskelentspannung im Wald, egal. Das Ziel ist, den Geist zu erweitern, maximale Entspannung zu erreichen und dadurch eventuell ein paar neue Inputs zu bekommen. Sonst fahren wir uns fest und kommen mit unseren Nachforschungen nicht weiter.« Sie horchte dem Klang ihrer Worte nach und fand sie ziemlich professionell. »Jeder sucht sich einen Platz. Entweder auf dem Baumstamm oder da im Moos.« Sie wartete, bis alle so weit waren, und nahm selbst im Schneidersitz auf einer Stelle mit trockenem Moos Platz. »Schließt die Augen und genießt die Ruhe des Waldes. Horcht in euch hinein und achtet auf die Natur, die euch umgibt. Atmet ganz langsam ein und doppelt so lange und ebenso langsam wieder aus.« Esther plauderte einfach drauflos, was ihr grade einfiel, und hoffte, zu klingen, als hätte sie so was schon zigmal gemacht.

»Das tut gut«, murmelte Cindy.

»Ja, nicht wahr«, sagte Esther und faltete die Hände vor der Brust.

Ein Klatschen durchbrach die Konzentration.

»Verdammte Mücken«, schimpfte Aaron.

Esther öffnete ein Auge und sah, wie er sich den Nacken rieb. »Ruhe und Konzentration, bitte.«

Esther nahm die Geräusche um sich herum bewusster wahr. »Denkt dran, langsam einatmen. So ist es gut. Und jetzt: Wieder ausatmen, und zwar gaaanz langsam.« Ein Zweig ganz in ihrer Nähe knackte. Er lag auf dem Boden, ein Tier huschte darüber hinweg. Stellte sich jedenfalls Esther vor. Dann vernahm sie ein Kratzen an einem Stamm. Womöglich ein Eichhörnchen oder Baummarder. Der Duft von Harz drang in ihre Nase. Vögel zwitscherten. Esther kramte in ihrer Erinnerung nach den Namen von Vögeln, die im Wald lebten, und fand schließlich Schwarzspecht und Kleiber.

»Ich hab's«, platzte es plötzlich aus Cindy heraus. »Er ist mit ihr den Bach entlang.«

Esther öffnete die Augen und starrte Cindy an.

Die anderen Gartler musterten sie ebenfalls.

»Natürlich, das Plätschern hat das Schleifen der Leiche durchs Unterholz übertönt. Deshalb haben wir ihn gestern nicht gehört«, schlussfolgerte sie.

Esther ballte die Faust. »Ich wusste, es funktioniert. Super, Cindy!« Sie stand mit einem Satz aus dem Schneidersitz auf. »Los, kommt, wir folgen dem Bach.«

Sie gingen wieder zurück, bis sie am vermeintlichen Tatort angelangt waren. Nicht weit davon entfernt grub sich der Bach durch den Wald. »Wir teilen uns auf. Ich und Cindy auf der linken Seite, die anderen marschieren rechts am Ufer entlang«, entschied Esther.

Konzentriert auf den Boden achtend liefen sie neben dem Bach her.

»Riecht ihr das?«, fragte Esther.

»Baldrian, ziemlich intensiv«, antwortete Rochus.

Sie deutete auf einige Pflanzen mit weißen und rosaroten Blüten, die neben dem Bach wuchsen. »Echter Baldrian. Wächst gerne am fließenden Gewässer, aber auch im Unterholz.«

Cindy verzog leicht angewidert das Gesicht. »Also, ich finde den Geruch nicht gerade prickelnd. Ich kenne den von den kleinen Baldrian-Kissen meiner Mutter für unsere Katzen. Die liegen in den Katzenkörbchen und müffeln furchtbar. Die Miezis lieben es aber. Eins dieser Kissen hat die Form eines Hasen. Mama sagt immer Baldi-Hase dazu.« Cindy verdrehte die Augen. »Typisch Katzenmutti.«

»Wusstet ihr, dass es früher als hexenwidriges Zauberkraut galt?«, schob Esther nach.

»Habe ich irgendwo gelesen«, kam es von Rochus. »Bei meinen Wikingerausflügen spielt das Kraut durchaus eine Rolle. Man sagt, der Name der Pflanze leite sich von Baldur ab, dem Sohn des nordischen Gottes Odin. Wir haben es bei unseren Rollenspielen über unsere Zelte gehängt, da es Hexen fernhalten soll.«

»Hat es gewirkt?«, wollte Aaron wissen.

»Ich habe keine Hexe gesehen, also hat es gewirkt.«

Aaron grinste. »Gut zu wissen. Schön, dass ich hier was für meine Bildung tue.«

»Weg von Hexen, hin zu unseren Nachforschungen«, meldete sich Cindy zu Wort. »Was, wenn unser Unbekannter ins Wasser gestiegen ist? Wie in den Filmen, wenn der Flüchtige durchs Wasser watet, um Spuren zu verwischen und um die Bluthunde auf eine falsche Fährte zu locken?«

»Siehst du irgendwo Bluthunde?«, lästerte Dominik.

»Du weißt, was ich meine.«

Esther blieb abrupt stehen. Daran hatte sie gar nicht gedacht.

»Alle Achtung, Cindy«, lobte Rochus. »Du lernst schnell, wie ein Mörder zu denken.«

»Verdammt!«, fluchte Aaron. »Wenn der Mörder so schlau war, finden wir nie was.«

Esther spürte, wie die Enttäuschung von der Gruppe Besitz ergriff, und spornte sie an. »Der Bach führt dort hinten aus dem Wald, bis dahin sollten wir mindestens laufen.«

Als sie kurze Zeit später zwischen den schattigen Bäumen aus dem Wald hinaustraten, blendete sie die Sonne. Überall gab es Felder und Wiesen. Esther musste sich erst einmal orientieren, legte die flache Hand wie einen Schutzschirm an die Stirn, um nicht geblendet zu werden. Über ihnen brannte die Sonne gnadenlos aus einem wolkenlosen Himmel herab. Die Uhrzeit näherte sich der Mittagsstunde, es war heiß. Esther fühlte den Schweiß auf Stirn und Wangen, ihr T-Shirt war klitschnass. Die Luft war außerhalb des Waldes schwül wie in einem Treibhaus. Sie schaute nach rechts. Dort lag in mehreren Hundert Metern Entfernung die Siedlung Harkirchen. Links ging es nach Manthal, ebenfalls so groß oder klein wie Harkirchen. Je nach Sichtweise. Eine Ansammlung von ein paar Häusern.

Esthers Gartler gruppierten sich um den Bach, der gurgelnd aus dem Wald kam, eine Biegung nach rechts machte und am Waldrand entlang weiterfloss. Der Bach wurde optisch immer schmaler, bedingt durch Gras und Schilf, das von beiden Seiten die kleine Böschung zuwucherte.

»Was ist das?« Cindy hatte ebenfalls die Hand an die Stirn gelegt. Ihr ausgestreckter Arm folgte dem Lauf des Baches.

Vielleicht fünfzig Meter entfernt quetschte sich ein Haus an den Wald, umsäumt von zahlreichen Birken, die wie Wachsoldaten um das Gebäude aufgereiht waren.

»Das war mal die Ferienwohnung eines Arztes. Jetzt lebt ein Eremit drin, den die Leute Öko-Emil nennen«, sagte sie und erinnerte sich an das unheimliche Zusammentreffen am Vortag.

»Vielleicht sollten wir ihn fragen, ob er was gesehen hat«, schlug Rochus vor. »Immerhin wohnt er nicht weit weg von dem Bach. Möglicherweise ist ihm jemand aufgefallen, der sich Samstagnacht verdächtig benommen hat, vielleicht hat er ein fremdes Auto gesehen, sich das Kennzeichen gemerkt oder dergleichen. Er könnte bestenfalls eine Personenbeschreibung haben.«

»Er ist kein angenehmer Zeitgenosse«, beschrieb ihn Esther und spürte, wie es ihr kalt den Rücken hinunterlief. Ein Gedanke machte sich breit in ihrem Kopf. Zuerst noch schwach erahnbar, undeutlich, wie von Nebel umwabert. Dann lösten sich die Nebelfetzen rasch auf, als würde die aufgehende Sonne ihn vertreiben. Aus dem Dunst tauchte eine Gestalt auf, die Umrisse wurden klarer. Es war Emil, wie er nachts aus dem Wald tritt, hinter sich eine Frauenleiche herziehend.

»Halloo, Erde an Esther. Esther, wo bist du gerade?«, hörte sie eine weibliche Stimme.

Esther schüttelte sich, anscheinend hatte sie einen Tagtraum erlebt. Einen sehr realistischen Tagtraum.

»Ja, was ist passiert?« Esther hielt sich die Hand an die Schläfen, dort pochte es wie wild. Erst jetzt bemerkte sie, dass die anderen in einem Halbrund um sie standen und sie sorgenvoll beobachteten.

»Du warst für einen Moment total weggetreten. Hast wie unsere Leiche in die Ferne gestarrt. Als wäre dir ein Geist erschienen. Der Geist unserer Toten vielleicht?« Cindy legte ihr mitfühlend die Hand auf die Schulter.

»M-mir ge-geht's gut. Es ist nur. E-Emil«, stammelte Esther. »Vielleicht ... wie gesagt, er ist ein ... er ist ... unheimlich.« Esther schnappte nach Luft. Die Vision hatte ihr den Atem geraubt. Normalerweise neigte sie nicht zu Tagträumen, aber dieser Traum war dermaßen real gewesen, dass es ihr beinahe die Schuhe ausgezogen hätte.

»Du meinst, er könnte sogar was mit der *Sache* zu tun haben?« Aaron musterte den Bach, der hinter ihnen aus dem Wald gurgelte, dann folgte sein Blick dessen weiterem Verlauf direkt hinter dem Haus des Eremiten vorbei. »Scheiße!«, entfuhr es ihm, als ihm offensichtlich die Tragweite seiner Worte bewusst wurde.

»Vielleicht ist es an der Zeit, die Polizei zu rufen«, räumte Cindy ein und trat von einem Bein aufs andere.

»Was sollen die deiner Meinung nach tun?«, fragte Dominik, der die letzten Minuten auffallend still gewesen war. Er hatte kein Wort mehr gesagt, seit sie aus dem Wald gekommen waren. »Wir haben haltlose Vermutungen, eine nicht auffindbare Leiche und einen Eremiten, der am Wald wohnt. Weswegen sollte jemand, sollte die Kripo ermitteln? Wegen eines Hirngespinstes?«

»Dann bleibt nur eines übrig«, flüsterte Esther und neigte den Kopf.

Vier gespannte Gesichter blickten sie an.

»Wir müssen näher ans Haus und den Öko-Emil ausspionieren.«

»Verdammt gute Idee!«, stimmte ihr Rochus begeistert zu. Seine Augen funkelten vor Tatendrang, er ballte die Fäuste und sah mit einem Mal aus wie ein Wikinger auf Raubzug.

Wenigstens hatten sie einen Hünen an ihrer Seite, das vermittelte Esther eine gewisse Beruhigung. Außerdem waren sie zu fünft und Emil ein alter Mann. Was sollte da passieren?

KAPITEL 9

Schon seit geraumer Zeit fühlte sich Cindy beobachtet. Sie hatte es den anderen bislang nicht erzählt, weil sie es für ein Hirngespinst hielt. Aber jetzt, nach Esthers kurzer geistiger Auszeit, drängte sich das Gefühl mit aller Macht wieder in den Vordergrund. Beinahe glaubte sie, Esther ginge es ebenso, allerdings schien die Pensionswirtin mit ihren Gedanken bei diesem Öko-Emil zu sein. Unauffällig schaute Cindy sich um, bemerkte jedoch nichts. Wahrscheinlich war es doch lediglich eine Täuschung, hervorgerufen durch die Anspannung in ihr, möglicherweise einem Verbrechen auf der Spur zu sein. Doch irgendwann glaubte sie eine Bewegung hinter einem Gestrüpp auszumachen. Etwa dreißig Meter entfernt, direkt im Wald. Saß da jemand und ließ die Gartler nicht aus den Augen? Sie kniff die Augen zusammen, doch dann entpuppte sich der vermeintliche Beobachter als Hase, der dort herumhoppelte. Dennoch wurde sie das Gefühl nicht los, dass ...

Plötzlich zuckten alle zusammen, als in unmittelbarer Nähe von ihnen etwas aus dem hohen Gras sprang.

»Zum Teufel ...!«, rief Aaron, während Rochus Kampfstellung einnahm.

Dominik ging in die Knie, Esther machte einen halben Schritt rückwärts.

Ein Schreck fuhr Cindy durch die Glieder, als das aufgescheuchte Reh mit großen Sätzen durchs Gras davonhüpfte.

Ein lang gezogenes »Puuuh!« entwich zischend ihrem Mund.

»Wir sind alle ganz schön angespannt«, stellte Esther fest, ein gequältes Lächeln im Gesicht.

Aaron stieß einen langen Seufzer aus. »In die Hosen hätte ich mir fast gemacht. Ich dachte, da stürmt ein wildgewordener Hillbilly auf uns zu, um uns abzumurksen.«

»Der Gedanke kam mir auch«, sagte Cindy.

»Vielen Dank auch«, spottete Aaron. »Du hast mich mit deinem Kannibalenfilm ganz kirre gemacht.«

»Du schaust eindeutig zu viele Horrorfilme«, meinte Dominik. »Wir sollten ordentlich durchschnaufen.«

»Okay, in Zukunft keine Anspielungen auf Filme mehr«, versprach sie, wofür sie dankbares Kopfnicken aus der Gruppe erntete.

Sie näherten sich dem Haus des Eremiten im Gänsemarsch und hielten sich dabei geschützt im Wald auf, rechts von dem Bach, dessen Plätschern sie zwar hören, ihn selbst aber nicht sehen konnten. Schilf, Farn und hohe Gräser verdeckten das Bachbett komplett. Hin und wieder hörten sie, wie etwas ins Wasser plumpste. Einmal erhaschte Cindy einen Blick auf eine fette Kröte, die sie anstarrte, bevor sie ins Wasser glitt. Als sie direkt hinter dem Haus anlangten, duckten sie sich.

»Wer ist dieser Öko-Emil?«, flüsterte sie.

»Das weiß niemand so genau«, antwortete Esther. »Im Frühjahr war er auf einmal da. Keiner hat eine Ahnung, woher er gekommen ist, was er ausgerechnet in Starnberg will und wie lange er in der Gegend bleiben möchte. Er spricht so gut wie mit keiner Menschenseele, lässt sich auch sonst nicht in der Stadt sehen. Er geht den Leuten aus dem Weg.« Esther verstummte für eine Weile, schien über etwas nachzudenken, bevor sie fortfuhr: »Zuerst habe ich gar nicht mitbekommen, dass es ihn überhaupt gibt, aber meine Freundin Kyra hat mir von ihm erzählt, weil er ihr seltsam vorgekommen ist. Man sieht ihn auch kaum, er lebt vollkommen zurückgezogen. Erst gestern ist er mir aber auf dem Weg in die Stadt begegnet, als ich durch den Wald geradelt bin. Bislang habe ich ihn auf dieser Strecke noch nie getroffen. Hat sich mir einfach mit seinem Hund in den Weg gestellt. Seltsamer Vogel!«

Cindy fragte nach: »Hast du nicht gerade gesagt, er geht den Menschen aus dem Weg?«

»Deshalb habe ich vorhin kurz überlegt, wieso er ausgerechnet mir aufgelauert hat.« Die Pensionswirtin schien über ihre Worte nachzugrübeln. »Ja, das ist das richtige Wort: *auflauern*! Genau das hat er nämlich getan.«

»Du denkst, er hat dich abgepasst?«, hakte Cindy nach.

»Kam mir fast so vor.« Esther schüttelte sich. »Mir stellen sich jetzt noch die Armhaare auf, wenn ich daran denke. Der Typ ist ein komischer Kauz, sag ich euch.«

»Denkst du, er hat was mit der verschwundenen Blondine zu schaffen?«, wollte Aaron wissen.

Cindy fiel auf, dass er nicht mehr von einer Leiche sprach, sondern bloß noch von einer verschwundenen Blondine. Als ob sie noch leben würde. Anscheinend bekam seine bisherige Gewissheit über eine Tote im Wald erste Risse. Nicht nur bei ihm, wie Cindy mittlerweile feststellte. Komischerweise waren ihr selbst ausgerechnet während der Waldwanderung erste Zweifel gekommen. Möglicherweise hatte die Frau ihnen tatsächlich einen Bären aufgebunden und sich sogar tot gestellt. Aber weshalb? Cindy wollte Esthers Autorität nicht untergraben und behielt ihre aufgetretenen Zweifel für sich. Es käme sicherlich nicht gut an, wenn sie plötzlich anfinge, auf dem fehlenden Puls rumzureiten, den Esther nicht gefühlt hatte, weshalb sie alle die Frau für tot erklärt hatten. Wahrscheinlich war das ein Fehler gewesen. Eventuell würde sie später mit Aaron darüber sprechen, dessen Stirnfalten inzwischen immer mehr wurden. Die Zweifel standen ihm richtiggehend ins Gesicht geschrieben. Trotzdem: Irgendwas stimmte hier nicht, ob Leiche oder nicht.

»Der Öko-Emil lebt alleine«, durchbrachen Esthers Worte Cindys Grübleien.

Dominik vertrieb mit der Hand eine lästige Bremse. »Vielleicht hatte er Besuch, mit dem es Streit gab«, sinnierte er. Er schlug sich auf den Hals und zerdrückte den Plagegeist. »Mistviech«, schimpfte er und erschlug gleich den nächsten Blutsauger.

»Danach ist sie in den Wald gelaufen, glaubst du?«, führte Cindy seinen Gedanken weiter.

»Möglich«, antwortete Aaron. »Vielleicht wurde vorher ordentlich gebechert.«

»Und was ist dann passiert?«, stellte Rochus die wahrscheinlich wichtigste Frage, auf die niemand eine Antwort wusste.

»Wenn wir Antworten wollen, finden wir sie auf diesem Grundstück«, sagte Esther und nickte Richtung Haus, dessen Umgebung sie von ihrer höher gelegenen Position aus gut überblicken konnten.

»Wir sind wie Generäle auf einem Feldherrnhügel, die über den nächsten Angriff beratschlagen«, sagte Cindy und knuffte Esther in die Seite. »Du bist die Obergenerälin, was machen wir also?«

»Hat dieser Emil es gekauft oder wohnt er zur Miete?«, fragte Aaron.

Esther zuckte mit den Schultern. »Keine Ahnung, jedenfalls hat er einen großen Zaun drumgebaut, als gehörte ihm das Anwesen. Würde mich nicht wundern, wenn er den unter Strom gesetzt hat.«

»Sieht aus, als lebte er autark«, überlegte Rochus. »Ich sehe einen Brunnen, dazu ein Gewächshaus, ein Gemüsebeet. Außerdem so was, das wie ein Windrad aussieht.«

»Für was das Windrad ist, weiß ich nicht«, sagte Esther.

»Strom?«, stellte Dominik die naheliegende Frage.

»Mit diesem mickrigen Teil?«, konterte Rochus zweifelnd.

»Oh, es gibt Strom«, erklärte Esther. »Der Vorbesitzer, ein Herzchirurg, hat sich das einiges kosten lassen. Kanalanschluss, Strom etc. pp. Ein gewisser Doktor Aiwanger. Den habe ich manchmal bei Spaziergängen getroffen. Irgendwann war er nicht mehr da. Vielleicht ist er gestorben und die Erben haben das Wochenendhaus verkauft.«

»Glaubst du, er weiß was?«, fragte Dominik und fügte ein »Ich meine den Emil. Nicht den Aiwanger« hinzu.

Die Pensionswirtin strich sich eine rote Haarsträhne aus dem Gesicht. »Kriegen wir es raus.«

»Jawohl, mon Général«, pflichtete Cindy ihr mit französischem Einschlag bei.

»Zuerst müssen wir wissen, wer die Frau überhaupt war, in welcher Beziehung sie zu ihm steht«, flüsterte Esther.

Cindy legte sich auf den Bauch. »Ich schlage vor, wir beobachten erst mal.« Anschließend robbte sie ein Stück nach vorne, hinein in hohes Gras. Sie drückte ein paar hohe Wedel auseinander und starrte auf das Haus in knapp dreißig Metern Entfernung.

»Vorsicht, Zeckenalarm!«, warnte Dominik sie.

Cindy zuckte kurz zusammen und ließ dann den Blick schweifen. Überall um sie herum wuselte es. Ameisen,

Käfer und Spinnen. Wahrscheinlich waren auch Zecken dabei. »Fallen die nicht von Bäumen?«, fragte sie laut.

»Ein Irrglaube«, klärte Esther sie auf. »Meistens streift man sie ab, wenn man durch hohes Gras läuft.« Sie lachte leise. »Oder kriecht.«

Vorsichtig robbte Cindy zurück. Mit wackligen Knien richtete sie sich auf und wischte mit den Händen über ihre Hosenbeine. »Oje, hoffentlich habe ich mir keine Zecke geholt. Die übertragen doch schlimme Krankheiten.«

»Moment, ich taste dich überall ab«, sagte Esther und half ihr, jeden Zentimeter abzusuchen.

Tatsächlich fand Esther eines dieser dreckigen Tiere, ließ es auf ihren Zeigefinger krabbeln und setzte es in sicherer Entfernung auf einen Farnwedel.

»Danke«, sagte Cindy zu Esther, faltete die Hände und verbeugte sich vor ihr.

»Nicht dafür«, entgegnete die Pensionswirtin und ließ ebenfalls ihren Blick schweifen. »Dort drüben ist ein Hochstand, von dem haben wir eine sehr gute Sicht, können das Wochenendhaus noch besser überblicken als von hier. Außerdem lauern da keine Zecken auf uns.« Esther klopfte auf ihren Rucksack. »Ich habe ein Fernglas dabei.«

Kurze Zeit später kletterten sie zu fünft die hölzernen Stiegen zu dem Beobachtungsturm hoch.

Cindy war überrascht, wie geräumig es da oben war. Sie mussten sich zwar etwas zusammenquetschen, aber es war nicht so eng, wie sie gedacht hatte.

Esther schaute angestrengt durch das Fernglas. »Wie ausgestorben«, berichtete sie. »Keine Menschenseele zu sehen. Auch hinter den Fenstern nicht die geringste Bewegung.«

»Darf ich mal?«, fragte Cindy.

»Hier.« Esther reichte ihr das Glas.

Es dauerte einen Augenblick, bis sich Cindys Augen an den Nahblick gewöhnt hatten. Sie schwenkte das Fernglas. Das Wochenendhaus sah gepflegt aus, war erst kürzlich in einem warmen Braunton gestrichen worden, die Farbe glänzte noch frisch. Der Garten war sauber angelegt, das winzige Rasenstück gemäht, ein Elektromäher mit Kabel stand in einer Ecke. Ein Komposthaufen rechts daneben. Der Fangkorb des Mähers lag seitlich auf dem Kompost, als wäre er gerade erst ausgeleert worden. Grasschnitt quoll aus dem Korb. Cindy ließ das Fernglas weiterwandern, blieb kurz an der Wand über der Terrasse hängen. Irgendetwas war ihr aufgefallen, sie schwenkte das Glas zurück. »Ah, jetzt«, murmelte sie und las, was in weißen Buchstaben direkt über der Tür auf das braune Holz gemalt war.

»Bedenke, dass der Tod nicht zögert«, las sie laut vor.

»Was ist das für ein kryptischer Schmarrn?«, wollte Aaron wissen. »Bist du unter die Zeugen Jehovas gegangen?«

Sie wedelte mit der rechten Hand, während sie mit der linken weiter das Fernglas an ihre Augen drückte. »Quatsch! Das steht da. Hat jemand, wahrscheinlich der Eremit, mit weißer Farbe an die Holzwand gepinselt.«

»Ist er ein religiöser Fanatiker?« Diese Frage von Dominik war offensichtlich an Esther gerichtet, denn diese antwortete: »Woher soll ich das wissen? Ich bin nicht besonders religiös und gehe sonntags selten bis gar nicht in die Kirche. Also habe ich den Emil dort auch nicht antreffen können.«

»Er muss kein Fanatiker sein, nur weil er in die Kirche geht«, meinte Dominik.

»Ich weiß ja auch gar nicht, ob er in die Kirche geht«, hörte Cindy wieder Esthers Stimme.

»Ich glaube, das ist ein Spruch aus der Bibel«, kommentierte Rochus, ihr belesener Buchhändler. »Allerdings habe ich ihn irgendwie anders in Erinnerung. Leider kenne ich mich mit unserer Religion auch nicht so gut aus«, entschuldigte er sich. »Mit Thor und Odin dagegen schon eher.«

Plötzlich öffnete sich die Terrassentür. »Da kommt jemand raus«, verkündete Cindy und starrte weiter durch das Fernglas. Neben ihr kam es zu einem kleinen Tumult, weil wohl alle nach vorn drängelten, um vom Hochsitz zu schauen. Cindy setzte das Glas ab, auch ohne konnte man den Eremiten gut erkennen, der weiße Vollbart und die weißen Haare hoben sich deutlich von dem braunen Hintergrund der Holzwand ab. Das Licht der Sonne spiegelte sich in seinen Brillengläsern. Es schien, als würde er direkt zu ihnen hinauf starren.

Hatte er sie etwa entdeckt? Cindy schielte nach rechts. Die anderen vier reckten ihre Hälse weit genug über die Holzbalustrade, dass man sie von unten sehen konnte. Wie eine Horde Schwalbenbabys aus ihrem Nest.

Dann wandte er sich um und langte mit dem Arm ins Innere des Hauses und holte einen länglichen Gegenstand heraus. War das ein Regenschirm? Schließlich schlug er die Tür zu und deutete mit der linken Hand auf die Inschrift über dem Türsturz.

Bedenke, dass der Tod nicht zögert.

Dann schwenkte er den Arm und richtete den ausgestreckten Zeigefinger auf sie, als wäre er ein römischer Eroberer. Dabei schaute er sie unentwegt an. Jetzt zeigte er wieder auf den Spruch an der Wand.

Bedenke, dass der Tod nicht zögert.

Nun hob er den länglichen Gegenstand in die Luft.

»Er weiß, dass wir ihn beobachten«, flüsterte Cindy.

»Was hat der alte Mann in der Hand, einen Gehstock?«, fragte Dominik.

Cindy blickte wieder durchs Fernglas. »Oh Scheiße, nicht gut, das ist gar nicht gut.«

»Was hat er in der Hand?« Diesmal war es Esthers Stimme. Drängender.

»Ein *Gewehr!*«, warnte Cindy und zog den Kopf ein.

Die anderen taten es ihr nach.

»Ich sag's ja, der Kerl ist unheimlich«, stieß Esther atemlos hervor.

»Unheimlich?«, piepste Cindy. »Der ist irre! Total durchgeknallt.«

»Er hat uns eine deutliche Warnung zukommen lassen«, betonte Rochus.

»Warnung?«, zischte Aaron. »Das war eine *Drohung*, verdammt noch mal. ›Bedenke, dass der Tod nicht zögert.‹ Auf diesen scheiß Spruch hat er zweimal gezeigt und anschließend das Gewehr gehoben. Für was hältst du das? Ich nenne es eine Drohung! Der will uns kaltmachen. Lasst uns verschwinden. Für mich war das heute genug Adrenalin.«

Langsam hob Cindy ihren Kopf und lugte über die Balustrade. »Er ist weg, glaube ich.«

»Glaubst du oder weißt du?«, hakte Dominik nach.

Sie nahm das Fernglas, blickte hindurch und ließ es langsam kreisen. Sie kam sich vor wie ein U-Boot-Kommandant, der durchs Periskop nach feindlichen Schiffen sucht. »Tatsächlich weg. Die hintere Tür ist zu, im Garten ist er nicht. Wahrscheinlich wieder im Haus.«

»Oder auf dem Weg zu uns, um uns hinterrücks aus diesem beschissenen Baumhaus zu knallen«, zischte Aaron. Er hob die Hände. »Okay, ich bin raus.« Schneller, als sie es ihm zugetraut hätte, verschwand er durch die Öffnung und rutschte die Holzleiter nach unten. Beinahe wäre er abgestürzt, konnte sich gerade so noch an den Sprossen festhalten.

Als sie alle unter dem Hochsitz versammelt waren, fragte Cindy: »Und jetzt?« Sie blickte in ratlose Gesichter.

Nach einem Moment des Schweigens übernahm Esther wieder das Kommando. »Lagebesprechung!«, entschied die Pensionswirtin mit ernster Miene. Ihr Gesicht war von der Aufregung gerötet, Shirt und Hose komplett durchgeschwitzt.

Cindy schaute an sich herab. Auch sie sah aus, als wäre sie in voller Montur ins Wasser gesprungen. Sie triefte nur noch. Die anderen boten keinen besseren Anblick. Einerseits lag es an der Hitze, andererseits an der unausgesprochenen Drohung, die von dem Eremiten ausging. Das Gewehr zusammen mit dem düsteren Wandspruch hatte nicht nur bei Cindy für einen ordentlichen Schweißausbruch gesorgt. Mücken stürzten sich auf ihr Gesicht, Cindy schlug nach den Plagegeistern. Den anderen erging es nicht anders. Hände fuchtelten durch die Luft, begleitet von Fluchen und Schimpfen. Offenbar rochen sie alle zu verlockend für die kleinen Biester.

»Wir brauchen dringend eine Pause«, sagte Esther. »Eine richtige Mahlzeit, ein Eis, danach Kaffee und Kuchen. Jedenfalls eine anständige Auszeit nach dem Vorfall eben. Vor allem müssen wir hier weg, bevor wir noch von den fliegenden Monstern aufgefressen werden. Ihr habt bei mir Vollpension gebucht, also ist es Zeit für eine Rückkehr in die Pension.«

»Wenn wir schon unterwegs sind, wieso wollen wir

nicht direkt an den See«, schlug Rochus vor. »Ich glaube, wir alle brauchen jetzt dringend einen beruhigenden Ausblick aufs Wasser. Nicht falsch verstehen, Esther, deine und Kyras Kochkünste sind toll, aber nach dieser Erfahrung von eben zahle ich gerne extra für mein Mittagessen. Wie seht ihr das?«, wandte er sich an die anderen.

Cindy fand das super und nickte heftig. Zustimmendes Gemurmel der restlichen Truppe bestätigte Rochus' Idee.

»Also gut«, sagte Esther. »Ich kenne ein gemütliches Lokal direkt am Starnberger See. Dort besprechen wir die Lage.«

»Gute Idee«, stimmte Cindy zu. »Bloß schnell weg von diesem Ort.«

🌿 🌿

Nach einem kurzen, aber knackigen Fußmarsch saßen sie jetzt in einem Biergarten direkt am Ufer des Starnberger Sees. Esther hatte ihre Gartler auf direktem Weg dorthin geführt und zwischendurch Kyra angerufen und gebeten, für den zurückgelassenen Jan ein Mittagessen zu kochen. Bei ihrem Marsch hatte sie ein ordentliches Tempo vorgelegt, dem Cindy kaum folgen konnte. Sie waren an einer Ansammlung von ein paar Häusern vorbeigekommen. »Das ist Manthal«, hatte Esther lapidar erklärt und war weitergestiefelt. Vorbei an einer Klinik, die nach der Ehefrau eines früheren Ministerpräsidenten benannt war, den selbst Cindy noch kannte, weil er als bayerische Urgewalt galt.

Während sie auf den im Sonnenlicht glänzenden See blickten und eine sanfte Brise zu ihnen wehte, kam der Kellner und nahm die Bestellung auf.

Esther bestellte gegrillten Fisch mit Petersilienkartoffeln und dazu gebratenes Gemüse, als Getränk ein Radler. Für Rochus gab es als Vegetarier Kaiserschmarrn mit Apfelmus. Aaron wollte ein Rahmschnitzel mit Spätzle, und Dominik bestellte einen Rinderbraten mit Semmelknödeln.

Cindy hatte sich für Leberkäse mit Kartoffelsalat entschieden. Ihr Leibgericht, wie sie bereits bei dem Kennenlernabend auf Esthers Terrasse fröhlich erzählt hatte. Dieser Abend, er schien so lange zurückzuliegen und war doch erst gestern gewesen. Was war seitdem nicht alles passiert? Cindy war hergekommen, um bei einem Gartenkurs Abstand von ihrem Ex-Freund zu bekommen und nicht mehr an die gescheiterte Beziehung zu denken. Das zumindest war ihr gelungen.

Mit einem Seitenblick bemerkte Cindy, dass alle das Essen in sich hineinschaufelten, als wären sie eine Horde Schiffbrüchiger, die seit Langem die erste heiße Mahlzeit vor sich hatten. Anschließend gab es Nachtisch. Vanilleeis mit heißen Himbeeren für alle, dazu Kaffee und Cappuccino.

»Den Nachtisch übernehme ich«, begann Esther zwischen zwei Löffeln Eis. »Wenn ihr schon fürs Hauptgericht bezahlt, das ihr eigentlich bei mir gebucht habt, ist das nur recht und billig. Ansonsten sollten wir überlegen, wie wir weiter vorgehen.«

»Ganz einfach, wir machen mit dem Gartenkurs weiter«, warf Aaron sofort ein. »Dafür sind wir hergekommen, das haben wir gebucht, das sollten wir endlich machen. Es wird Zeit, zu entspannen, anstatt noch zusätzlich Spannung aufzubauen.«

Cindy merkte an seinem Tonfall, dass er immer mehr wie Jan klang. Anscheinend hatte ihn die Drohung des

Eremiten bis ins Mark getroffen. Zugegeben, ihr war es anfangs ebenfalls ähnlich gegangen. Mittlerweile hatte sie sich jedoch vom ersten Schreck erholt.

Rochus ließ sich nach hinten sinken, die Lehne seines Plastikstuhls knarrte unter seinem Gewicht. »Also ich fühle mich *entspannt*. Sehr sogar. Das ist viel besser als ein Life-Rollenspiel.«

»Weil es kein Rollenspiel *ist*«, verbesserte Aaron. »Das ist purer Ernst. Wir haben wahrscheinlich *doch* eine Leiche gefunden.«

»Von der die Polizei glaubt, ihr fantasiert«, grätschte Dominik dazwischen.

Aaron starrte ihn finster an. »Und warum hätte uns dieser Emil sonst bedrohen sollen?«

Dominik streckte ihm, offensichtlich als Friedensangebot, die Handflächen entgegen. »Keine Ahnung. Ich wollte nicht sagen, dass *ich* euch nicht glaube. Dieser Öko-Spinner hat mir auch Angst eingejagt, das könnt ihr mir glauben. Seine Drohung gibt eurer Beobachtung tatsächlich neue Nahrung.«

»Allerdings ...« Dominik legte zweifelnd den Kopf schief. »Ob uns die Polizei glauben wird, dass wir bedroht wurden? Wahrscheinlich halten sie uns einfach nur für Wichtigtuer. Viel anzubieten haben wir ja nicht, keinerlei Beweise, nur Vermutungen.«

»Dominik hat recht«, stellte Esther fest. »Wenn wir mit dem, was wir *bislang* haben, zur Polizei gehen, weisen die uns ins nächste Bezirkskrankenhaus ein.«

»Was wir *bislang* haben? Heißt das etwa, du denkst dran, weiterzumachen?«, fragte Aaron.

»Ich hätte nichts dagegen«, warf Rochus ein. »Macht Spaß!«

»Bislang waren wir nicht gerade erfolgreich bei unseren Nachforschungen«, gab Cindy zu bedenken.

Esther nickte ihr zu. »Genau deshalb sollten wir überlegen, in welche Richtung wir ermitteln.«

»Ihr redet, als wärt ihr bei der Kripo«, sagte Aaron und schüttelte den Kopf. »Also ich weiß nicht. Aber wenn ihr alle dabei seid. Ein Feigling bin ich nicht, und auch kein Quertreiber wie dieser Jan. Na gut, spielen wir weiter Polizei.«

Wie wild löffelte er das Eis in sich hinein, als müsste er sich abkühlen. Zwischendurch warf er misstrauische Blicke nach allen Seiten.

»Fühlst du dich beobachtet?«, wollte Esther wissen.

»Seit wir durch den Wald geirrt sind.«

»Ging mir genauso«, meldete sich Cindy zu Wort und war froh, dass es nicht nur ihr so ergangen war. »Hast du jemanden gesehen?«

Aaron kniff die Lippen zusammen. »Leider nein.«

Esther bemerkte offensichtlich, wie Cindy nachdenklich wurde. »Du hast auch jemanden gesehen?«

»Nein, nicht *gesehen*. Mir ging es wie Aaron, ich hatte ein komisches Gefühl. So, als würde mir jemand über die Schulter schauen. Aber da war nie jemand.«

»Vielleicht war es dieser Eremit«, überlegte Rochus und trank einen Schluck Kaffee.

Cindy grübelte einen Augenblick über Rochus' Idee nach. »Glaube ich nicht, wir haben ihn doch aus seinem Haus kommen sehen, als wir auf dem Hochsitz hockten. Er war es nicht, der uns durch den Wald gefolgt ist. Wie hätte er unbemerkt an uns vorbeikommen sollen, wenn er uns vorher die ganze Zeit beobachtet hat? Der Öko-Emil scheidet aus.«

»Möglicherweise hat er einen Komplizen?« Dominik beugte sich konspirativ über den Tisch. Alle taten es ihm gleich, sie steckten die Köpfe zusammen.

»Du meinst, wir haben es mit zwei Verdächtigen zu tun?«, raunte Cindy, während ihr langsam das Herz in die Hose rutschte.

»Wäre möglich«, sagte er.

»Gehen wir analytisch vor«, sinnierte Rochus.

»Der Forensiker wieder«, lästerte Aaron, machte aber eine auffordernde Handbewegung. Also interessierte ihn Rochus' Meinung wirklich.

Der blonde Hüne leckte sich kurz über die Lippen, bevor er weitersprach. »Wer wusste von unserer Wanderung, unserem Vorhaben, den Tatort zu untersuchen und auf Spurensuche zu gehen?« Neugierig blickte er von einem zum anderen.

»Na, wir fünf«, antwortete ihm Cindy nach einer kleinen Bedenkzeit.

»Wer noch?«, hakte er nach.

»Kyra hat bestimmt unsere Gespräche am Frühstückstisch mitgehört«, überlegte Esther. »Außerdem habe ich ihr gegenüber so was angedeutet. Sie ist immerhin meine beste Freundin«, sagte sie.

Cindy fand, es klang wie eine Entschuldigung.

Rochus winkte ab. »Kyra meinte ich nicht.«

»Jan!«, zischte Cindy.

»Ganz genau«, gab Rochus zurück. »Er spielt die ganze Zeit den Bremser und versucht, uns die Ermittlungen madig zu machen. Und zwar richtig vehement, als wollte er verhindern, dass wir Nachforschungen anstellen. Als wollte er nicht, dass wir auf etwas stoßen.«

»Wieso sollte Jan uns heimlich verfolgen, das ergibt

keinen Sinn«, sagte Esther. »Er ist erst gestern angekommen wie ihr auch. In welcher Verbindung sollte er zu der Frau im Wald stehen?«

»Das ist eine der Fragen, die wir klären müssen«, murmelte Rochus und stocherte mit dem Löffel in der leeren Eisschale herum. »Wissen wir tatsächlich, dass er nicht schon länger in der Gegend ist?«

Stille breitete sich am Tisch aus, niemand sprach, alle machten einen bestürzten Eindruck.

Auf dem See brach unterdessen ein Tumult aus. Zwei schwarze Enten mit weißen Schnäbeln kämpften miteinander. Wasser spritzte auf. Es sah aus, als führten sie seltsame Tänze auf. Ein Balztanz? Dann kehrte wieder Ruhe ein, die Enten schwammen in verschiedene Richtungen davon. Kleine Wellen breiteten sich vom Ort des Schauspiels aus und schwappten schließlich ans Ufer, direkt unterhalb ihres Sitzplatzes am Biergarten.

Esther brach endlich das Schweigen. »Sind wir uns alle einig, dass wir am Ball bleiben und uns weiter umhören?«

Cindy spürte ihre Schläfen pochen. Obwohl ihr eine innere Stimme abriet, flüsterte sie ein »Ja!«.

Der Reihe nach stimmten die anderen ebenfalls zu.

Lediglich Aaron hatte noch was beizutragen. »Sobald wir Beweise finden, dass ein Verbrechen geschehen ist, verständigen wir aber sofort die Polizei. Die *richtige* Polizei, meine ich. Einen echten Hauptkommissar von der Kriminalpolizei, der das macht, was ein Polizist eben so macht und wir eigentlich nicht machen sollten.«

Esther hob wie zum Schwur die Hand. »Versprochen, Aaron.«

Cindy kniff Aaron in die Seite. »Die *echte* Polizei?« Sie lachte.

KAPITEL 10

Kriminalhauptkommissar Tiberius Gabler von der Kripo Fürstenfeldbruck hätte sich den Sonntagnachmittag anders vorstellen können, als Bereitschaftsdienst im Kommissariat zu schieben. Das Wochenende lud zum Baden oder einfach nur Faulenzen auf dem Balkon ein. Es war heiß und stickig im Büro, der Ventilator auf dem Tisch gab sich zwar alle Mühe, verschaffte aber nicht wirklich Abkühlung. Die Jalousien waren heruntergelassen, das Fenster geschlossen. Gabler hatte es zwischendurch geöffnet, um frische Luft ins Innere zu lassen, aber es hatte sich angefühlt, als hielte er sich einen Föhn ins Gesicht. Er hatte die Ärmel seines Hemds nach oben gekrempelt und hoffte, heute nicht in den Außendienst zu müssen. Bevor er in der Gluthitze an einem Tatort rumlief, machte er doch lieber Bürokram und arbeitete an alten Fällen.

Außerdem war es immer noch besser, als in München bei den Vorbereitungen zum Einsatz für den Besuch des US-Präsidenten am kommenden Freitag zu helfen. Ein Großteil der Kripo-Kollegen war abgeordnet und musste Überstunden machen, um den Einsatz zu stemmen. Unbemerkt von der Öffentlichkeit fiel da im Vorfeld jede Menge Arbeit an. Die Vorbereitungen liefen seit Wochen, der Führungsstab war sogar vor mehreren Monaten mit der ersten Planung beauftragt worden. Kaum zu glauben, was so ein Staatsbesuch an Aufwand und vor allem Geld kostete. Obwohl der Präsident bereits am Samstag nach Berlin zum Empfang beim Bundeskanzler weiterreiste, war die Arbeit für die Polizei enorm aufwendig. Und jetzt, ein paar Tage, bevor der meistgefährdete Mann der Welt in Bayern eintraf, waren alle ganz aufgeregt. Vor allem der Innenminister. Gabler war froh gewesen, nicht für den Einsatz abgerufen worden zu sein. Allerdings musste er dafür umso mehr Wochenenddienste übernehmen. Tja, man konnte nicht alles haben.

»Hey, Captain«, begrüßte ihn ein Kollege vom KDD, Bernd Krumpholz, der kurz den Kopf zur Tür reinstreckte. »Man merkt, dass bald Vollmond ist. Letzte Nacht waren wieder nur Deppeneinsätze, schau mal in den Lagebericht.« Mit einem »Servus, Captain« verschwand Bernd wieder.

Captain war sein Spitzname unter den Kollegen. Lag an seinem Vornamen Tiberius, den ihm sein Vater als eingefleischter *Star-Trek*-Fan verpasst hatte. Captain James T. Kirk vom Raumschiff *Enterprise*. Das *T* stand für Tiberius. Gablers Vater vergötterte William Shatner, den Schauspieler, der Kirk verkörperte. Kein Wunder, dass er seinen Sohn Tiberius nannte. Immerhin besser als James oder William, fand Gabler. In der Schule hatten sie ihn Tibby gerufen. Manch ein Kollege verwendete spöttisch immer noch diesen Namen. Da gefiel ihm Captain deutlich besser, das hatte etwas Respektvolles. Außerdem war er als leitender Ermittler wirklich so eine Art Captain. Sein Vater hatte ihm die Liebe zur Science-Fiction vererbt. Gabler schaute regelmäßig die alten *Star-Trek-* und *Star-Wars*-Filme. Seine Frau schüttelte zwar immer den Kopf und wies ihn auf sein Alter von Ende vierzig hin. Sie konnte einfach nicht begreifen, dass es für diese Filme keine Altersbegrenzung gab, man konnte sie selbst als Greis noch mit Freude anschauen. Vielleicht sogar heute Abend.

Gabler lächelte, widmete sich den Berichten vom bisherigen Wochenende und blieb bei einer Meldung hängen, die ihn schmunzeln ließ. Eine erkennbar betrunkene Person hatte am Notruf eine Leiche im Wald im Starnberger Ortsteil Percha gemeldet. Nach einer Überprüfung der Streife vor Ort handelte es sich um den üblichen Schmarrn, wenn Leute bei einer Feier zu tief ins Glas schauten. Es war beileibe nicht die einzige Störung von Besoffenen, um die sich die Streifenkollegen letzte Nacht hatten kümmern müssen. Gabler würde nächstes Frühjahr fünfzig werden und war heilfroh, dass er sich nicht mehr die Nächte als Streifenpolizist um die Ohren schlagen musste. Im Gegensatz zur landläufigen und durch die Fernsehkrimis geförderten Meinung standen die Uniformierten nicht bloß am Tatort blöd in der Gegend rum, öffneten den Kommissaren die Tür oder holten Kaffee. Das war ein Vorurteil, das ihn selbst nervte, denn die Streifenbeamten waren immer zuerst am Einsatzort, hatten oft mit stressigen Situationen zu tun, mussten Entscheidungen in Sekundenbruchteilen treffen und waren in letzter Zeit sehr oft in körperliche Auseinandersetzungen verwickelt. Nein, um kein Geld der Welt wollte er zurück zur Streife. Bei der Kripo hatte er zwar schwerere Fälle zu bearbeiten, aber deutlich weniger Stress und kaum Nachtschichten. Gut, ab und zu musste er am Sonntag ran wie heute.

Gabler legte die Wochenendlage zur Seite, stand auf und ging in den Aufenthaltsraum, um sich einen Kaffee zu holen. Die Gänge des Präsidiums waren verwaist, erst morgen früh würde es hier wieder wie in einem Bienenstock zugehen. Mit dem Kaffee in der Hand schritt er gemächlich in sein Büro zurück. Den Nachmittag würde er auch noch schaffen, und morgen fing eine neue Arbeitswoche an. Mal sehen, was ihn da wieder an Irrsinn erwartete.

KAPITEL 11

Esthers Idee, den Uferweg am See entlangzulaufen und nebenbei Erkundigungen bei Starnberger Bürgern über den Öko-Emil einzuholen, fanden alle gut. So bekamen sie ein bisschen Seepanorama zu Gesicht, außerdem tat die Brise gut, die vom Wasser wehte und ihnen milde Luft ins Gesicht blies. Das Geräusch von ins Wasser tauchenden Paddeln erregte ihre Aufmerksamkeit, ein Kanu glitt vorbei.

Der Starnberger See war nach Esthers Meinung eines der schönsten Gewässer im bayerischen Voralpenland, was sie ihren Gartlern gerne vermitteln wollte. »Er liegt etwa zwanzig Kilometer südwestlich von München und hat eine Wassertiefe von fast einhundertdreißig Metern. Er ist fünf Kilometer breit und einundzwanzig Kilometer lang«, schilderte sie im Stile einer Reiseführerin ihren Schülern, welche die Infos interessiert aufsogen wie ein Schwamm. »Bei gutem Wetter kann man den Blick auf die Alpen genießen, vom Karwendelgebirge bis zur Zugspitze.« Sie atmete tief ein und aus. »Ich liebe es, hier zu leben.«

»Kann ich mir vorstellen«, sagte Cindy. »Berge haben wir in Rügen leider nicht zu bieten.«

»Aber dafür das Meer, was auch nicht schlecht ist.« Esther grinste.

»Schöner als in Köln. Jedenfalls dort, wo ich lebe«, kommentierte Rochus neidisch.

»Wir befinden uns am Ostufer, von hier aus haben wir einen super Alpenblick, wie ihr seht.«

Aaron schaute staunend auf die Menschenmasse am Uferweg. »Ganz schön viele Leute hier.«

»Ein normaler Sonntag im Sommer«, erklärte Esther sarkastisch. »Die Münchner fallen am Wochenende wie die Heuschrecken über den Starnberger See her und machen ihn zu einer Riviera bavarica. Die Städter nennen ihn gerne ihre Badewanne, so als gehörte er ihnen alleine.« Sie seufzte. »Unter der Woche über ist es deutlich angenehmer am See.«

»Rügen ist auch ziemlich überlaufen«, kam es von Cindy.

Esther blieb stehen und deutete auf das gegenüberliegende Ufer. »Habt ihr gewusst, dass Kaiserin Elisabeth von Österreich am Starnberger See einen Teil ihrer Kindheit verbracht hat?«

»Elisabeth?« Dominik runzelte die Stirn.

Vielleicht war er zu jung, um sie zu kennen. Esther wollte gerade zu einer Erklärung ansetzen, da leuchteten seine Augen wissend auf.

»Sisi? Ja, die kenne ich natürlich. Sorry, habe grad auf dem Schlauch gestanden.«

»Kein Problem«, gab Esther zurück.

»Auch bekannt als Elisabeth Amalie Eugenie von Wittelsbach, sie war gebürtige Münchnerin«, schob Rochus, ihr belesener Buchhändler, ein.

»Angeber!«, foppte ihn Aaron.

»Da kennt sich jemand aus«, sagte Esther anerkennend.

»Habe mich vor dem Urlaub ein bisschen vorbereitet und ein paar Bücher in meinem Laden durchgeschaut.«

»Auf der anderen Seeseite hat Sisi im Possenhofener Schloss gelebt«, fuhr Ester fort. »Wenn ihr wollt, zeige ich es euch in den nächsten Tagen. Man kann es leider nur von außen betrachten, es ist mittlerweile in Privatbesitz. Außerdem wohnten am See Otto von Habsburg und natürlich unser Kini, König Ludwig II.«

»Loriot, glaube ich auch«, meldete sich Dominik zu Wort.

Esther nickte.

»Der ist schon tot, oder?«, fragte Cindy.

»Leider«, antwortete Esther. »Ein feiner Mensch war der. Um mal zu den Lebenden zu kommen, Peter Maffay wohnt auch am Starnberger See, genau genommen in Tutzing.«

Esther lief wieder los. »Wollt ihr noch ein bisschen Kultur?«

»Schadet nicht«, stimmte Cindy zu. Von den anderen kam zustimmendes Gebrabbel.

»Wir kommen jetzt in die Gemeinde Berg«, erläuterte Esther. »Hier am Ostufer stehen zahlreiche Villen und Landhäuser. Am besten sieht man sie vom See aus, bei einem Ausflug mit einem Schiff zum Beispiel. Folgt mir mal diese Treppe hinauf.«

»Was für ein Palazzo Prozzo!«, stellte Cindy ehrfürchtig fest.

»Das ist die neubarocke Villa de Osa. Anfang des zwanzigsten Jahrhunderts hat die Witwe des kolumbianischen Botschafters, eine Augusta de Osa, sie bauen lassen.«

Dominik legte den Kopf in den Nacken. »Beeindruckend, dieser Rundbau in der Mitte, von dem die halbkreisförmigen Seitenflügel abgehen. Von der Terrasse dort muss man einen atemberaubenden Blick auf den See haben.«

»Vor ein paar Jahren hätten wir uns dort in ein Café setzen können. Die Villa wurde nämlich in den Achtzigerjahren mit einem Anbau versehen und das ganze Areal in eine Klinik umgewandelt. Die Klinik gibt es nicht mehr, das Gelände und auch die Villa de Osa werden nicht mehr genutzt.«

»Wie schade«, sagte Cindy. »So ein herrschaftlicher Bau.«

»Zurück zu den de Osas«, sagte Esther. »Im Zweiten Weltkrieg hat die Wehrmacht das Gebäude für sich vereinnahmt, später besetzten es die Amerikaner, bevor es nach dem Krieg zurück an die Eigentümer fiel. Federico de Osa, oder auch Fritz, wie er mittlerweile genannt wurde, ist nach der Renovierung dort eingezogen. Im September 1951 kam es allerdings zu einem wahrhaft mörderischen Ereignis.« Esther hielt die Luft an, um die Spannung zu erhöhen. Sie bemerkte, wie alle Gartler ihr gebannt an den Lippen hingen. Die Stimme zu einem Flüstern senkend, fuhr sie fort: »In einer tragischen Nacht hat jemand die gesamte Familie ausgelöscht, alle wurden ermordet. Federico alias Fritz, seine Frau und die gemeinsame Tochter.«

»Wer war der Mörder?«, raunte Cindy.

»Ein Angestellter, der Hausmeister und Gärtner in einer Person war.«

»Ha!«, machte Dominik. »Der Mörder ist immer der Gärtner.«

»In diesem Fall schon«, sagte Esther. »Danach hat er sich selbst umgebracht. Das Motiv der Tat blieb unklar. Die Erben verkauften das Anwesen an einen Arzt, der es, wie bereits erwähnt, als Klinik nutzte.«

»Spannende Geschichte!«, entgegnete Aaron. »Du solltest dir überlegen, neben deiner Gartentage auch eine Krimitour rund um Starnberg anzubieten.«

»Gute Idee«, stimmte Cindy zu.

»Ein bisschen Mythologie rund um Nordmänner würde so eine Tour schön abrunden«, schlug Rochus vor. »Gab es überhaupt Wikinger in Starnberg? Da müsste ich mal recherchieren.«

»Das mit der Krimitour überlege ich mir vielleicht«, grübelte Esther laut. »Apropos Krimi, was ist mit unserem eigenen Krimi? Schluss mit Kultur, jetzt ermitteln wir wieder.«

Cindy rieb unbewusst an ihrem Schlangenohrstecker. »Und wie stellen wir das an?«

»Ein Anfang wäre es, in Hotels und Pensionen nach vermissten weiblichen Hotelgästen zu fragen. Wer weiß, vielleicht ist die ominöse Blondine darunter. Und wenn sie uns tatsächlich einen Streich gespielt hat und gar nicht tot ist«, Esther zuckte mit den Schultern, »läuft sie uns vielleicht über den Weg.«

»Ziemlich viele Vielleichts dabei, wenn du mich fragst«, gab Dominik zu bedenken.

»Ein bisschen Glück braucht der Mensch«, machte Cindy ihnen Mut.

»Oder einfach den berühmten Kommissar Zufall«, sagte Rochus.

Aaron wiegte zweifelnd den Kopf. »Ich weiß nicht, ich weiß nicht.« Dann wiederholte er: »Ich weiß nicht, ich weiß nicht.«

»*Was* weißt du nicht?«, wollte Esther ungeduldig wissen.

»Wie wir unsere Befragung durchführen sollen. Wir können ja nicht einfach in die Lobby eines Hotels oder an die Rezeption einer Pension stürmen und nach irgendwelchen Gästen fragen. Gibt es da nicht so was wie Datenschutz?« Er wandte sich an Esther. »Wie würdest du reagieren, wenn eine wildfremde Person dich nach einem deiner Gäste ausfragen möchte?«

»Sie wahrscheinlich hinauswerfen«, musste sie zugeben.

»Eben!«, bekräftigte Aaron. »Diese Fragen, die du stellen möchtest, wären eigentlich Aufgabe der Polizei.«

»Richtig, wenn die Polizisten denn ihre Aufgabe ernst genommen hätten. Was aber nicht der Fall war.« Esther überlegte, wie sie mit Aarons berechtigtem Einwand umgehen sollte. Eine Duftfahne wehte zu ihr herüber, irgendwas Edles, von Gucci oder so. Eine langbeinige Blondine stöckelte an ihnen vorbei.

»Das ist sie nicht«, raunte Rochus.

»Ich weiß«, antwortete sie und blickte der Frau nach, als sie die Stufen zu einem kleinen Hotel hochschritt. Das Parfum vermengte sich mit dem Geruch des Seewassers, der immerfort über dem Starnberger See lag.

»Mir ist nur grad eingefallen, dass ich in dem Hotel da jemand von den Angestellten kenne. Lisa arbeitet dort, sie ist in meiner Yoga-Gruppe. Es kann nicht schaden, wenn ich ihr mal auf den Zahn fühle.«

»Was sollen wir in der Zwischenzeit machen?«, fragte Cindy.

»Flaniert einfach auf dem Uferweg entlang und haltet Ausschau nach *unserer* Blondine«, gab sie den anderen mit auf den Weg und marschierte geradewegs in das Hotel. Esther hatte Glück, Lisa saß an der Rezeption und telefonierte. Nach wenigen Augenblicken war sie fertig und blickte Esther fragend an.

»Servus, Lisa«, grüßte sie.

»Hallo, Esther«, kam es zurück. Sie runzelte die Stirn. »Was führt dich denn zu mir?«

»Ach, ich war zufällig mit einigen meiner Gäste am Ostufer unterwegs. Du weißt schon, ein bisschen Sehenswürdigkeiten zeigen und so.«

»Ah«, zeigte Lisa sich beeindruckt. »Das kommt sicher gut an, wenn die Chefin persönlich mit den Gästen …«

»Wer sollte es denn sonst machen?«, unterbrach sie eine spöttische Stimme. »Soviel ich weiß, hat die liebe Esther kaum Personal.«

Oh nein! Musste Esther dieser Person unbedingt über den Weg laufen? Langsam drehte sie sich um und sah sich Auge in Auge mit Carolin Bahl, der Hotelbesitzerin.

»Hallo, Caro, wie geht's dir?«

»Bestimmt besser als dir, wie man so hört«, entgegnete sie schnippisch.

»Was hört man denn so?« Esther bemerkte, wie Lisa unruhig auf ihrem Stuhl hin- und herrutschte.

»Dass die *Polizei* bei dir war, der Chefin der *Pension Sonnenblume*.« Die Worte Polizei und Pension Sonnenblume betonte sie auffallend stark und vor allem so laut, dass ein paar Hotelgäste aus dem angrenzenden Café neugierig zu ihnen rüberblickten.

Esther begann die Unterhaltung unangenehm zu werden. Was für eine blöde Idee, ausgerechnet in das Hotel zu marschieren, in dem Caro Bahl die Verantwortung hatte. Die alte Giftspritz'n hatte von Anbeginn was gegen Esthers Pension gehabt. Wann und wo immer möglich hatte sie gegen die *Pension Sonnenblume* gewettert, als wäre sie die größte Konkurrenz auf Erden. Esther war sicher, dass die bösen und schlechten Bewertungen über ihre Pension im Internet von dieser hinterfotzigen Alten stammten. Wahrscheinlich hatte sie ihre Bekannten dazu aufgefordert, negative Kommentare abzugeben.

»Ich war grad in der Gegend und wollte mit Lisa plaudern.«

»Plaudern? Soso. Meine Angestellte wolltest du von der Arbeit abhalten, so schaut's aus! Und spionieren wolltest du bestimmt, um rauszukriegen, was ich besser mache als du.«

»Keineswegs wollte ich ...«

Caro ließ Esther kaum zu Wort kommen. »Willst jetzt Aufmerksamkeit haben, indem du eine Leiche erfindest, häh?«

»Bitte?«

»Irgendwie muss man ja Gäste akquirieren, nicht wahr? Anscheinend schreckst du vor nichts zurück. Das ist ja widerlich!«

»Was?« Esther fehlten die Worte. Dass man ihr so was zutraute, war nicht zu fassen. Sie machte auf dem Absatz kehrt und flüchtete ins Freie.

Caro ließ sich nicht abschütteln, sondern verfolgte sie nach draußen.

»Du machst dich zum Gespött von ganz Starnberg«, keifte sie ihr nach.

Esthers Gartler standen in einer Gruppe auf der anderen Seite zusammen und blickten auf.

»Was ist passiert?«, wollte Cindy wissen.

»Das war eindeutig keine gute Idee«, gab Esther zurück und lotste ihre Schüler weg.

»Was hast du rausgefunden?«, fragte Rochus.

»Was habt *ihr* rausgefunden?«, antwortete sie mit einer Gegenfrage.

Rochus machte den Mund auf, doch Cindy kam ihm zuvor. »Bislang nichts. So lange warst du auch nicht da drinnen. Wir wollten uns gerade aufteilen und fächerförmig ausschwärmen, um nach der unbekannten Person zu fahnden«, antwortete sie im Stile eines Polizeibeamten.

»Ich glaube, das bringt nichts. Das alles hier bringt nichts«, sagte Esther und war sich ihres resignierten Tonfalls nur zu bewusst. »Wenn wir schon mal in Berg sind, will ich euch noch was anderes zeigen. Ein bisschen Sightseeing muntert uns auf.«

»Wir brauchen Aufmunterung?«, fragte Dominik.

»Ich auf alle Fälle«, murmelte Esther und führte die Gartler nach einem Marsch von etwa fünf Minuten zu einer kleinen Kirche am Seeufer. Als sie auf den Treppen davor standen, fuhr sie fort: »Das ist die Gedächtniskirche St. Ludwig, auch Votivkapelle genannt. Sie wurde zu Ehren von König Ludwig II. von Bayern errichtet, etwa zehn Jahre nach seinem Tod.« Sie wandte sich zum See um. »Dort unten im Wasser seht ihr ein Holzkreuz. Ungefähr dort fand man den Kini am 13. Juni 1886 im seichten Wasser, zusammen mit seinem Arzt Dr. von Gudden. Beide waren tot. Wie es dazu gekommen ist, darüber gibt es jede Menge wilde Spekulationen, aber keinerlei handfeste Beweise. Selbstmord, Unfall oder gar Mord wird genannt. Jedes Jahr zum Todestag von Ludwig treffen sich hier viele *Königstreue* und gedenken ihres Kini.«

»Was denkst du, wie der Märchenkönig ums Leben gekommen ist?«, wollte Aaron von ihr wissen.

»Solange das Haus Wittelsbach die Öffnung des Sargs und eine Untersuchung der sterblichen Überreste mit modernen wissenschaftlichen Methoden verweigert, wird es weiterhin nur wilde Theorien geben.« Sie seufzte. »Es ist wie mit der verschwundenen Frau im Wald. Solange wir sie nicht finden und der Sache auf den Grund gehen, kann gestern alles Mögliche geschehen sein.«

»Wow, deine Stimme klang gerade richtig düster«, sagte Cindy. »Ich habe am ganzen Körper Gänsehaut. Du solltest wirklich eine Krimitour anbieten.«

»Könnte durchaus funktionieren, Esther«, pflichtete Rochus ihr bei. »Wirklich interessant, was du alles zu erzählen hast. Vor allem bringst du es sehr lebendig rüber, ich höre dir gerne zu«, lobte er sie.

Esther spürte, wie ihr das Blut in die Wangen schoss. Hoffentlich wurde sie nicht allzu rot wegen des Kompliments.

KAPITEL 12

Esther kam müde aus dem Bad geschlichen, wo sie eine lange Dusche genommen hatte. Jetzt trug sie nur noch ein kurzes Nachthemd, sie wollte bald schlafen gehen, setzte sich aber noch in den Sessel gegenüber vom Bett. Julius hatte es sich bereits darin bequem gemacht, die Nachttischlampe eingeschaltet und las in einem Krimi.

Der Tag war anstrengend gewesen und wenig erfolgreich. Sowohl was die kriminalistischen Ermittlungen betraf als auch die Situation mit ihrer Pension. Nach dem unschönen Zwischenfall mit Carolin Bahl hatte Esther den restlichen Tag über immer das Gefühl gehabt, als tuschelte ganz Starnberg hinter vorgehaltener Hand über sie und ihre Pension. Manche Blicke deutete sie vielleicht falsch, aber einige waren eindeutig spöttisch. Das hatte sie sehr verletzt, trotzdem hatte sie gegenüber ihren Gartlern versucht, sich nichts anmerken zu lassen, und sie nach der Kräuterwanderung und dem Ausflug ans Ostufer des Sees wieder zurück zur Pension geführt. Dort hatten sie den Tag zusammen mit Jan bei einem gemütlichen Abendessen auf der Terrasse ausklingen lassen. Kyra hatte sich wieder mächtig ins Zeug gelegt und genügend Speisen aufgefahren, sodass alle satt geworden waren.

Ihr Mann bemerkte offensichtlich, wie sie ihn musterte, ließ das Buch auf die Brust sinken und sah sie neugierig an.

Sie faltete die Hände und legte sie auf ihre nackten Oberschenkel.

»Du bist sehr nachdenklich, was geht in dir vor?« Julius
schob das Kopfkissen in seinem Rücken höher, rutschte
nach hinten und setzte sich auf.

»Der Tag heute«, begann sie, nur um gleich wieder zu
verstummen. »Und dann die Nacht davor.« Sie betrachtete
ihre lackierten Fußnägel.

»War ziemlich viel, hm?«

Es ehrte ihn, dass er nicht nach der Frau im Wald fragte
und ihre Wahrnehmung in Zweifel zog. An seinem Gesichtsausdruck Samstagnacht hatte sie jedoch abgelesen,
dass er ebenso wie die Polizisten keine Minute lang an eine
Leiche geglaubt hatte. Nur kam ihm kein Vorwurf über
die Lippen. Auch jetzt nicht.

»Julius, ich weiß, dass du denkst, wir bilden uns die
Frauenleiche nur ein.«

»Das habe ich nicht gesagt.«

»Aber gedacht.«

Er legte den Kopf schief.

»Siehst du.«

»Was?«

»Du neigst den Kopf immer so, wenn du mir nicht widersprechen willst. Ich kenne dich gut, immerhin sind wir
seit fast fünfzehn Jahren verheiratet.«

»Eine lange Zeit.«

»Ja, eine lange Zeit«, murmelte sie.

Julius musterte sie.

Allerdings lag in seinem Blick kein körperliches Be-
gehren, obwohl sie einen Hauch von einem Nichts trug. In
letzter Zeit waren die Zärtlichkeiten zwischen ihnen weniger geworden, hatten seit ein paar Monaten sogar ganz
aufgehört. Jeder von ihnen drehte sich abends im Bett sofort auf die andere Seite. Esther vermutete die finanziellen

Probleme der Pension als Grund für die schleichend eingetretene Distanz zwischen ihnen. Sie schuftete den ganzen Tag, hielt das Haus so gut es ging am Laufen, versuchte auf allen möglichen Wegen neue Gäste zu akquirieren – mit mäßigem Erfolg, dafür stiegen die Ausgaben, denn Werbung kostete schließlich auch. Am Ende blieb fast nichts übrig, ihre Ersparnisse waren nahezu aufgebraucht. Keine einfache Zeit für sie beide. Vor allem, weil sie nicht wollte, dass Julius sein Gehalt, das er als Zollbeamter erhielt, in die Pension steckte. Nein, das Leben als Pensionswirtin war *ihr* Traum gewesen, dafür wollte sie mit ihrem eigenen Geld geradestehen. Julius übernahm sowieso schon genügend Kosten, wie Strom, Heizung und die Ausgaben für ihre beiden Autos. Auch den Caddy hatte er gekauft und ihr vor fünf Jahren zur Einweihung geschenkt.

»Was bedrückt dich?«

»Du meinst, außer der finanziellen Lage, die ziemlich beschissen ist?«

»Leider sind ein paar Aktiengeschäfte schlecht gelaufen«, ging er sofort darauf ein, obwohl sie ein ganz anderes Thema ansprechen wollte.

Sie runzelte die Stirn. Ihre eigenen bislang nicht aufgebrauchten Ersparnisse und eine Rücklage für absolute Notfälle hatte sie in die Hände ihres Mannes gegeben, der für Geldgeschäfte normalerweise ein besseres Händchen als sie hatte. »Du hast doch gesagt, das Geld wäre sicher angelegt. *Konservativ* hast du die Anlage genannt.«

»Schon, aber die Weltlage hat sich geändert.« Er seufzte. »Da gehen auch mal konservative Anlagen den Bach runter, übertrieben gesagt. Wir müssen nur ein bisschen abwarten, bis sich die Situation entspannt, dann haben wir wieder mehr Geld zur Verfügung. Aber momentan wäre es mehr als unklug, die Wertpapiere zu verkaufen. Sie steigen wieder im Wert, vertrau mir.«

»Das tue ich«, versicherte sie ihrem Mann und unterdrückte mühsam ihren Zorn. Klar vertraute sie ihm in Geldangelegenheiten. Aber gerade jetzt, wo sie knapp bei Kasse war, brauchte sie das Gefühl einer sicheren Rücklage. »Ich hoffe wirklich, dass es wieder aufwärtsgeht mit dem Ersparten. Außerdem liegt mir was anderes auf dem Herzen.« Nervös knetete sie ihre Finger.

»Nun schieß schon los!«, forderte er sie auf.

»Ich will gar nicht groß über die Leiche reden, von der du sowieso nicht glaubst, dass sie existiert.«

Julius wollte protestieren, aber Esther hob die Hand.

»Nein, schon gut. Ist eh nicht gut gelaufen, das mit den Ermittlungen, meine ich. War sowieso eine blöde Idee. Wahrscheinlich habe ich mich da in was hineingesteigert, weil ich so motiviert war mit meinen Gästen.«

»Du meinst, du wolltest ihnen mehr bieten als einen Gartenkurs?«

»Kann schon sein. Immerhin war die Stimmung gut unter uns, auch wenn es beim Öko-Emil ziemlich …« Sie stockte.

»… ziemlich was?«

Esther winkte ab. »Ach, egal. Ist nicht wichtig. Vielmehr hat mich die Stimmung in Starnberg traurig gemacht.«

»Welche Stimmung?«

»Unter den Leuten, wir … *ich*«, sie deutete mit dem Daumen auf die eigene Brust, »bin das Gespött der ganzen Stadt.«

»Sagt wer?«

»Carolin Bahl.«

»Die gschupfte Henne, ach geh! Jeder weiß doch, dass

die alte Schabracke sich für was Besseres hält. Der würde ich keinen Meter weit über den Weg trauen. Die lügt, wenn sie die Gosch aufmacht.«

»Danke für deine Worte, aber ich habe schon das Gefühl, dass sich die Geschichte mit der *vermeintlichen* Leiche in ganz Starnberg und darüber hinaus rumgesprochen hat. Man sieht das doch an den Menschen, wie sie einen anschauen. Die Besitzer der ansässigen Hotels und Pensionen machen sich bei den Gästen über mich lustig.«

»Carolin Bahl macht sich lustig über dich. Dass die anderen so sind, bezweifle ich. Und was diese Frau betrifft, das ist üble Nachrede, was die betreibt«, schimpfte Julius, griff sich das Buch und warf es verärgert auf den Nachttisch.

»Was soll ich dagegen machen? Das Gerede ist da. Mir war das vor meinen Gartlern ganz schön peinlich. Caro ist mir aus dem Hotel nachgerannt. Am liebsten würde ich den Gästen das Geld zurückerstatten und sie heimschicken.«

»Hey, mein Schatz, bloß keine voreiligen Entscheidungen! Du hast mit dem Gartenseminar gerade erst angefangen.«

»Vielleicht will ich das gar nicht mehr.«

»Wieso? Du hast es bis vor Kurzem für eine gute Idee gehalten.«

»Jetzt nicht mehr. Bereits heute Abend habe ich drei neue negative Bewertungen auf einer Internetseite erhalten, auf denen Starnberger Übernachtungsmöglichkeiten angepriesen werden. Von Leuten, die gar nicht hier übernachtet haben. Das ist gemein. Schon in den letzten Wochen haben sich die miesen Kommentare gehäuft.« Sie war den Tränen nahe.

Julius wälzte sich aus dem Bett, kam zu ihr, setzte sich auf die Stuhlkante und nahm sie in den Arm. Er drückte ihr einen Schmatz auf die Wange. »Das wird bestimmt wieder, glaub mir.«

»Wird es nicht! Wahrscheinlich sollte ich nicht nur die Gartensache aufgeben, sondern darüber nachdenken, die Pension zu verkaufen. Lieber ein Ende mit Schrecken als ein Schrecken ohne Ende. Echt, ich würde am liebsten alles hinschmeißen, so beschissen geht es mir.« Jetzt begannen die Tränen doch zu fließen. Sie schniefte und wischte mit der Hand über die Wangen.

»Ach, Schatz. Das tut mir leid. Aber du solltest wirklich genau abwägen, was du tust.«

»Du warst doch auch immer gegen die Pension, hattest mir prophezeit, dass die Lage im Wald mies ist und es genügend Konkurrenz um den See gibt.«

Julius schwieg.

»Du hattest recht mit deiner Einschätzung, und ich war zu blauäugig.« Zornig stampfte sie mit den nackten Füßen zweimal auf den Dielenboden. »Ich blöde Kuh!«

»Schlaf mehrere Nächte darüber, bevor du eine Entscheidung triffst«, riet Julius und ging wieder ins Bett.

Es schmerzte sie, dass er ihr den Verkauf nicht sofort auszureden versuchte. Stattdessen solle sie in Ruhe überlegen. Ha, in Ruhe überlegen. Das hörte sich beinahe so an, als würde er sich wünschen, dass sie am Ende ihrer Überlegungen zu dem Entschluss eines Verkaufs käme. Sie knirschte mit den Zähnen.

Ihr Mann rollte sich bereits auf die Seite und löschte das Licht. Gespräch beendet für ihn.

Sie stand wütend auf und stellte sich ans Fenster, blickte in die Nacht hinaus. Silbriges Mondlicht fiel ins Zimmer.

Der Mond strahlte wie eine gewaltige Leuchtkugel vom Himmel, morgen oder übermorgen war Vollmond.

Esther ließ nie die Rollläden herunter, weder den am Fenster noch den an der Balkontür. Sie liebte es, wenn sie Mond und Sterne von ihrem Bett aus sehen konnte. Außerdem wollte sie gerne mit den ersten Sonnenstrahlen geweckt werden.

Das Schlafzimmer mitsamt Balkon ging nach hinten raus. Morgens konnte sie von oben ihren geliebten Pensionsgarten überblicken. Im Sommer tappte sie nach dem Aufstehen gerne barfuß auf den Balkon, lehnte sich minutenlang ans Geländer, schloss die Augen und genoss das Zwitschern der Vögel, das Quaken der Frösche vom Weiher und das Summen der Bienen und Hummeln, die den Tag ebenso früh begannen wie sie. Wenn sie dann das Streicheln der Sonne auf ihrer Haut spürte, fühlte sie sich glücklich. War es jedenfalls in den letzten Jahren gewesen, als sie noch voller Hoffnung für das Projekt Selbstständigkeit war. Die Hoffnung war vergangen, die Trübsal dagegen gekommen.

Esther nahm das Feuerzeug, das neben einer Stumpenkerze auf dem Fenstersims lag, und zündete die Kerze an. Ein Ritual in jeder Nacht. Das Flackern des Lichts half ihr beim Einschlafen. Am Fensterrahmen spannte sich ein Insektennetz, ohne das sie sonst niemals bei geöffnetem Fenster hätten schlafen können, da die Mücken sie aufgefressen hätten. Auch jetzt flogen zahlreiche Schnaken immer wieder gegen das schwarze Netz und versuchten ins Innere zu gelangen. Diese elenden Blutsauger! Voller Genugtuung beobachtete sie die sinnlosen Versuche der kleinen Biester.

Auf einmal fiel Esther eine Bewegung auf. Unten, direkt am Zaun zum Pensionsgarten. Dort, wo sie gestern Vormittag noch das Jakobskreuzkraut ausgestochen hatte.

Jemand beobachtete das Haus, genau genommen den Balkon mitsamt Schlafzimmer. Das Mondlicht fiel auf die Statur der Person. Den Umrissen nach handelte es sich um einen Mann. Das Gesicht schwebte als blasses Oval in der Luft, eingerahmt von einem weißen Vollbart.

Ein Hund jaulte einmal auf, gefolgt von einem »Psst, Charlie!«.

Dann trat die Person direkt ins Mondlicht, die Gesichtszüge waren deutlich zu erkennen, eine Pfeife steckte im Mundwinkel des heimlichen Beobachters.

Esther zuckte zusammen. Dort unten lauerte Öko-Emil, der unheimliche Eremit, der sie und ihre Gartler am Mittag mit einem Gewehr verscheucht hatte. Was wollte er um diese Zeit vor dem Haus?

Von dort unten musste Esther gut zu sehen sein, direkt neben der flackernden Kerze. Unwillkürlich legte sie die Hände auf den Ausschnitt ihres Nachthemds und machte einen Schritt zur Seite. Sie zitterte am ganzen Körper. Sollte sie Julius auf den Eremiten aufmerksam machen? Ein leises Schnarchen vom Bett zeigte ihr, dass ihr Mann fest schlief. Sie näherte sich mit dem Kopf wieder dem Fenster und lugte vorsichtig um die Ecke nach draußen.

Am Zaun war niemand mehr.

Der Öko-Emil war verschwunden.

KAPITEL 13

Bei den Gartlern war die Stimmung auf dem Tiefpunkt angelangt, wie Esther an den blassen Gesichtern ablas. Kyra und sie hatten ihr Bestes gegeben und ein Frühstücksbuffet auf die Beine gestellt, das eigentlich keine Wünsche offen ließ. Dennoch war der Hunger überschaubar an diesem Montagmorgen. Lediglich Jan hatte ordentlich Appetit und griff beherzt zu, auf seinem Teller türmten sich Toastscheiben zu einem kleinen Turm. Da Julius schon früh am Morgen zu seinem Dienst nach München aufgebrochen war, waren Esther und Kyra bis zum Nachmittag auf sich alleine gestellt. Julius' Grillkünste würden allerdings am Abend gefragt sein, wenn der Tag am Ausklingen war. Esther hatte nämlich einen gemütlichen Grillabend für ihre Gäste geplant.

»Wir sind halt doch Amateure!«, fasste Aaron ihre gestrigen Bemühungen zusammen.

»Und die Profis von der Polizei wollen nicht ermitteln«, grummelte Rochus.

»Beamte!«, stieß Cindy abfällig aus.

»Schade, mir hat es gestern Spaß mit euch gemacht«, versuchte es Dominik mit einer Aufmunterung, die aber ins Leere lief.

»Ich schätze mal, das war's«, sagte Esther. »Unsere Ressourcen sind erschöpft, was sollen wir sonst noch unternehmen? Niemand hat etwas Verdächtiges gesehen.

Jedenfalls keiner von denen, die wir befragt haben.« Was eine überschaubare Zahl war, denn Esther hatte durchaus gespürt, dass sie sich mit ihren stümperhaften Befragungen immer lächerlicher angestellt hatten, bis Esther die Notbremse gezogen hatte und sie zur *Pension Sonnenblume* zurückgekehrt waren.

»Im Gegenteil, wir wurden sogar ausgelacht«, empörte sich Cindy und stocherte mit einer Gabel in ihrem Müsli rum, spießte hin und wieder eine Rosine auf und steckte sie sich in den Mund.

»Eigentlich wurde *ich* ausgelacht«, stellte Esther richtig und spielte auf Carolin Bahl an, die sie lautstark aus ihrem Hotel vertrieben hatte.

Aaron rührte mit einem Löffel in seinem Kaffee. »Auf jeden Fall sind wir mit unserem Latein am Ende.« Wütend warf er den Löffel auf den Tisch, wo er sich im Kreis drehte, braune Kaffeeflecken verteilte, langsamer wurde und schließlich liegen blieb.

Kyra wieselte immer mal wieder zwischen ihnen hindurch, brachte neuen Kaffee, weil der alte kalt geworden war, servierte weiche und harte Eier, die nur Jan anrührte, und fragte, ob jemand Rührei wolle, was alle, bis auf Jan, verneinten.

»Ihr solltet was essen«, schaltete sich der Geschäftsmann, von dem sie immer noch nicht wussten, welches Geschäft er betrieb, mampfend in das missmutige Gespräch ein.

»Keinen Hunger«, gab Rochus zurück und schob seinen Teller mit dem angebissenen Marmeladenbrot von sich weg.

»Gerade jemand mit deiner Statur braucht seine Kalorien«, belehrte ihn Jan. »Schau mich an.«

Aaron schwang sich zum Verteidiger von Rochus auf, als er tönte: »Jan, hör mal. Rochus ist muskulös, du dagegen bist ein …«

»Kinder, keinen Streit!«, unterbrach ihn Esther schnell, bevor er die Beleidigung aussprechen konnte.

Jan schien das wenig zu stören. Er schob sich Löffel um Löffel von dem Rührei in den Mund, das ihm Kyra zuvor hingestellt hatte.

Unter dem Tisch lag Kater Rosewood, der wieder die Nähe von Jan suchte. Hin und wieder ließ Jan etwas von seinem Rührei fallen, das der Kater gierig verschlang.

»Gebt doch einfach zu, dass ich von Anfang an recht hatte«, sagte er. »Es gab nie eine Leiche, ihr habt einen über den Durst getrunken. Ich war dabei und habe gesehen, was ihr alle gebechert habt. Das ist kein Vorwurf, wirklich nicht. Alkohol gehört zu einem geselligen Abend dazu. Jetzt ist es aber an der Zeit, endlich zu dem überzugehen, weswegen wir alle hier sind.« Er blickte Esther fragend an.

»Gärtnern?«, antwortete sie.

»Ganz genau!« Jan hob die Arme wie ein Prediger. »Mit was machen wir heute weiter? Mit dem Hochbeet? Da habe ich schon ordentlich vorgelegt, Salat, Radieschen und Möhren eingepflanzt beziehungsweise den Samen eingearbeitet, wie ihr gestern bei eurer Rückkehr ja noch mitbekommen habt. Learning by doing war angesagt, da ihr lieber Inspektor Columbo gespielt habt.«

Seine Worten hörten sich zwar nach einem Vorwurf an, klangen aber ganz anders, eher motiviert. Esther war erstaunt. Was ein Tag Gartenarbeit doch bewirkte. Das gab ihr die Hoffnung, dass die anderen Gartler aus ihrem Tief herausfänden. Wenn ihnen schon kein Erfolgserlebnis als Privatermittlerteam beschieden gewesen war, würde nun eben die Gartenarbeit für eines sorgen. Obwohl sich Esther am Vortag große Mühe gegeben hatte, das Ermitteln mit einer Kräuterwanderung zu verbinden, um ihren Schülern Wissenswertes nahezubringen, blieb am Ende doch die Enttäuschung über die fehlenden Ergebnisse der kriminalistischen Arbeit. Sie dachte an den Öko-Emil, der letzte Nacht ums Haus geschlichen war.

»Gibst du uns einen kurzen Abriss, wie man auf einem Balkon Gemüse anbauen kann?«, drangen Jans Worte wieder an ihr Ohr und beendeten fürs Erste ihre Überlegungen zu dem Eremiten. »Übrigens hattest du recht mit dem Hori-Hori, Esther. Das japanische Messer ist ein außergewöhnliches Werkzeug. Ich habe es mir bereits im Internet bestellt und nach Hause schicken lassen.«

🌿 🌿

Nach dem Frühstück fanden sich alle wieder in den üblichen kurzen Hosen, T-Shirts und Gartenclogs im Garten ein. Wie eine Schulklasse versammelten sich die Gartler in einem Halbkreis um Esther.

»Ich glaube, das Prinzip des Hochbeets haben alle verstanden, eine kleine Einführung hattet ihr gestern bereits«, begann sie. »Ihr könnt euch mal das Beet nachher in Ruhe ansehen und Jans Arbeit begutachten. Jan, du hast das wirklich schön gemacht. Wenn ihr euren Balkon oder die Terrasse im Sommer mit was Blühendem auffrischen wollt, sind Kübelpflanzen eine gute Idee. Oleander zum Beispiel oder Zitruspflanzen.« Sie deutete mit dem Arm auf ihre eigene Terrasse. »Macht sich doch gut, oder?«

»Richtig mediterran«, gab Cindy zu. »Auf deiner Terrasse fühlt man sich ein bisschen wie in Italien.«

»Little Italy«, kommentierte Aaron.

»Erinnert mich an meinen Vater, der hat Zitruspflanzen über alles geliebt«, flüsterte Dominik, seine Stimme klang traurig.

»Was ist mit deinem Vater?«, fragte Esther vorsichtig nach.

Dominik sah betreten zu Boden. »Er ist letztes Jahr gestorben.«

»Oh, das tut mir leid.«

Die anderen Gartler stimmten in die Beileidsbekundungen ein. Eine kleine Pause entstand, niemand wollte etwas Falsches sagen.

Bevor es unangenehm wurde, räusperte sich Dominik. »Er war nicht alt, erst fünfundfünfzig. Herzinfarkt! Papa ist einfach umgefallen. Seine große Leidenschaft war sein Garten, er war ein begeisterter Gärtner. Ihn hat es immer gewurmt, dass ich mit seinem Hobby nichts anfangen konnte. Er wollte ständig, dass wir gemeinsam dies und das anbauen.« Eine Träne kullerte aus seinem rechten Auge und lief ihm über die Wange. »I-Ich dachte mir, wenn ich einen Gartenkurs besuche und mit anderen zusammen bin, die eine ähnliche Leidenschaft für das Gärtnern entwickeln, dann könnte ich auf diese Art und Weise meinem Vater emotional näherkommen.«

Esther bemerkte, wie alle auf Dominik starrten, tief ergriffen von seiner kurzen Ansprache.

»Okay, Dominik«, rief sie. »Dann hoffe ich, dir ein bisschen was beizubringen.« Sie lief zu einer kleinen Kiste. »Apropos Blumenkübel. Jetzt zeige ich euch meinen Spezialdünger für die Kübelpflanzen.« Sie öffnete den Deckel der Kiste und gab daraus mehrere Handschaufeln Erde in einen Eimer. Dann winkte sie ihre Schüler zu sich. »Schaut her, das ist mein selbst gebautes Regenwurmhaus. Der Dünger, den die Regenwürmer produzieren, ist sagenhaft. Probiert es aus.« Sie reichte den Eimer weiter an Cindy. »Nehmt und verteilt das Zeug bitte in den Blumenkübeln, die dort drüben stehen. Die habe ich schon mal vorbereitet.« Esther folgte ihnen und beaufsichtigte ihre Gartenschüler.

Jan griff mit der Hand in einen Eimer. »Was genau muss ich mir unter dem Zeug vorstellen?«

»Das ist Wurmkot«, erklärte Esther.

»*Scheiße?*«, fragte Jan und starrte auf die Erde in seiner Hand. »Ich habe Wurmkacke zwischen meinen Fingern? Verdammt, ich hätte mir lieber die Handschuhe überstreifen sollen.«

»Ach was.« Esther winkte ab. »Sieht doch gut aus, oder? Und stinken tut es auch nicht sonderlich. Durch die Struktur der Krümel kann man den Dünger wunderbar mit der Gartenerde vermischen. Der Kot von Regenwürmern verfügt über jede Menge Nährstoffe, deshalb ist er als Dünger geeignet und so wertvoll.«

»Und er stinkt wirklich nicht so, wie man das von Scheiße erwartet«, sagte Cindy und nahm einen tiefen Atemzug von dem Dünger auf ihrer Schaufel. Im Gegensatz zu Jan hatte sie nicht gleich mit der Hand in den Eimer gegriffen, sondern die kleine Schaufel bevorzugt.

»Auf eurem Balkon könnt ihr so was natürlich nicht aufstellen. Ihr seht ja, die Kiste ist ziemlich groß, muss sie auch sein, um genügend Dünger zu erzeugen.«

»Was muss denn rein in die Kiste, ich meine, außer Regenwürmern?«, fragte Rochus.

»Erstens muss die Kiste gut belüftet sein, dann füllt ihr sie mit ein paar Zentimetern Sand auf. Darüber kommt das Futter für die Würmer. Zum Beispiel Obst- und Gemüseschalen, verwelkte Blumen oder auch im Herbst Laub. Es fällt in der Küche immer genügend an, was man reinwerfen kann. Salat, wenn man mal zu viel davon gekauft hat. Und dann natürlich die Regenwürmer, und zwar jede Menge davon.«

»Wo hast du deine her?« Aaron runzelte die Stirn. »Es müssen doch Hunderte sein.«

»Tausend sollten es schon sein bei der Größe meiner Kiste. Entweder kann man sie bei Wurmzüchtern kaufen oder …«

»Die gibt es?«, unterbrach Dominik sie zweifelnd.

»Natürlich«, gab Esther lachend zurück. »Man kann die Würmer aber auch sammeln. Ich habe einen Teil gekauft, den anderen Teil über Monate gesammelt. Wir leben hier auf dem Land. Wenn man bei Regen spazieren geht und eine Plastikdose mitnimmt, ist sie nach einer Stunde locker voll. Je nach Größe der Dose natürlich.«

»Aha«, machte Jan und kräuselte die Nase.

»Ist nicht jedermanns Sache, ich weiß«, kommentierte Esther. »Aber es lohnt sich, glaubt mir.«

»Der Oleander blüht jedenfalls toll«, bekräftigte Cindy beeindruckt und gab reichlich Regenwurmdünger in den Kübel.

Esther bemerkte, wie Cindy immer mal wieder zum Rosenbeet schielte.

Irgendwann fragte sie Esther. »Warum hängen diese kleinen Tontöpfe umgekehrt zwischen deinen Rosen?«

Esther freute sich, dass die Gartler mit so viel Enthusiasmus bei der Arbeit waren und ihre Augen offen hatten. Sie spürte, wie die gestrige Enttäuschung von ihr abfiel.

»Das sind Ohrwurmhäuser«, klärte sie auf. »Wenn ihr

wollt, zeige ich euch, wie man die selbst macht. Geht ganz einfach.«

»Für was sollen die gut sein?«, fragte Jan neugierig. Das Gärtnern machte ihm sichtlich Spaß, seine Brummbärigkeit war kaum noch vorhanden.

»Die helfen gegen Blattläuse. Die Ohrwürmer klettern in der Nacht aus dem Haus und fressen die Eier der Schädlinge.«

»Das funktioniert tatsächlich?« Jan ging zu dem Rosenbeet und inspizierte eines der Häuschen.

»Das tut es«, bekräftigte Esther. »Ihr müsst nur eine Schnur durch das Loch im Boden eines Tontopfs ziehen und mit einem Holzstück verknoten. Danach befüllt ihr den Topf mit Stroh und spannt ein Drahtgeflecht drüber, damit das Stroh nicht rausfällt. Mit der Öffnung nach unten hängt ihr den Topf mit der vorher durch das Loch gezogenen Schnur zwischen die Rosen. Entweder an einer Stange zwischen den Rosen. Oder aber direkt an die Rosen, wenn es zum Beispiel wie hier ein Rosenbäumchen ist. Die Ohrwürmer ziehen ein und zahlen die Wohnungsmiete ab, indem sie Schädlinge vernichten. Gut, oder?«

»Wahnsinn, was wir alles von dir lernen.« Cindy schnalzte anerkennend mit der Zunge. »Selbst Smokey-Joe ist begeistert und kein solcher Ätzbrocken mehr«, tönte sie und knuffte Jan mit ihrem Ellenbogen in die Rippen. »Er hat sogar vergessen, zum Rauchen zu gehen.«

Jan verzog angesäuert das Gesicht, trotzdem zuckten seine Lippen ein wenig.

Die Stimmung war so gut, dass Esther ihr Vorhaben, ihren Schülern vom Herumlungern des Öko-Emil zu berichten, erst mal noch weiter aufschob. Jetzt war einfach nicht die richtige Zeit dafür.

Da kam Kyra auf die Terrasse gelaufen und rief: »Esther, da will ein neuer Gast einchecken.«

Als Esther sah, wer hinter Kyra aus der Pension trat, verschlug es ihr die Sprache.

KAPITEL 14

»Oh mein Gott! Ich glaube, ich falle in Ohnmacht«, flüsterte Cindy ihr ins Ohr.

»Ich falle mit dir mit«, entgegnete Esther und nestelte an ihrer Brille herum. Aus dem Augenwinkel bemerkte sie, wie Rochus und Aaron mit aufgerissenen Mündern den Neuankömmling anstarrten.

Jan durchbrach die allgemeine Fassungslosigkeit. »Zugegeben, die Blondine hat eine klasse Figur. Aber muss euch deswegen allen das Wasser aus dem Mund tropfen? Das ist alles andere als höflich. Bei Aaron und Rochus als Männern verstehe ich es ja noch einigermaßen, aber seit wann reagieren Frauen so auf das eigene Geschlecht?«

»Das ist keine gewöhnliche Blondine«, gab Esther zurück. »Cindy, bitte kneif mich mal.«

»Nur, wenn du mich im Gegenzug zwickst. Ich fasse es nicht.«

Die Blonde stakste auf High-Heels hinter Kyra her. Ihre eisblauen Augen leuchteten.

»Das ist sie!«, raunte Rochus. »Diese blauen Augen werde ich niemals vergessen.«

»Ich auch nicht«, antwortete Esther. »Wie ist das möglich?«

»Scheint so, als kennt ihr die Dame. Wer ist …?«, wollte Dominik wissen, wurde jedoch von Rochus unterbrochen.

»Der gleiche sinnliche Mund, die gleiche Stupsnase.«

»Die gleiche Frisur«, bestätigte Aaron. »Dazu das gleiche sommerliche Weizenblond der Haare. Einhundert Prozent! Sie ist es.«

»Die gleiche Gesichtsskoliose, das sehe ich sofort«, stellte Cindy fest.

Esther schaute Cindy neugierig an. »Gesichts... was?«

»Gesichts*skoliose*. Das ist eine Asymmetrie im Gesicht, bei ihr ist es das rechte Ohr, es ist leicht nach oben verschoben. Dadurch wirkt das Auge kleiner und die Backe voller.«

»Für mich ist da gar nichts verschoben«, widersprach Rochus. »Das ist ein 1A-Gesicht mit zwei klasse Ohren.«

»Wo er recht hat, hat er recht«, sprang ihm Aaron zur Seite. »Sie ist perfekt!«

»Typisch Männer«, ätzte Cindy. »Ich bin Physiotherapeutin, schon vergessen? Ihr mögt das nicht erkennen, ich dagegen schon. Die Skoliose kann vererbbar sein, möglicherweise hat sie es von ihrer Mutter. Zugegeben, es ist für Laien schwer zu erkennen, aber mein professionelles Physioauge hat es sofort erblickt. Man sieht sogar, dass ihre rechte Augenbraue höher ist als die linke. Das ist die Frau aus dem Wald.«

»Von wem, verdammt, sprecht ihr?«, blaffte jetzt Jan und erntete ein dankbares Nicken von Dominik.

»Würde ich auch gerne wissen«, sagte der.

»Die Leiche«, flüsterte Esther und konnte es kaum fassen. »Also jedenfalls die Frau, die wir für eine Leiche gehalten haben. Sie ist es, sie muss es ein. Die Ähnlichkeit ...« Esther spürte, wie ihr der Schweiß ausbrach.

»Das ist Lydia Sommer«, stellte Kyra die Frau vor, als sie bei ihnen im Garten angekommen waren. »Liebe Frau Sommer, das hier ist die Pensionschefin, Frau Esther Dumanski.«

»Hallo«, grüßte sie und streckte Esther die Hand entgegen.

Erst als sie den unsicheren Blick der Frau bemerkte, stellte Esther fest, dass sie wie zu einer Salzsäure erstarrt war. Ihre Arme hatte sie fest an ihre Oberschenkel gepresst.

Cindy, Rochus und Aaron neben ihr atmeten hörbar aus und ein.

Als Jan ein »Sie sind mir aber eine ...« hören ließ, löste sich Esthers Starre, sie versuchte ein Lächeln und griff hastig nach der ausgestreckten Hand.

Lydia Sommer sah irritiert zu Jan. »Kennen wir uns etwa?«

»Nicht, dass ich wüsste«, antwortete er und nickte ihr freundlich zu. »Mein Name ist Jan Kohnle, ich mache hier Urlaub.«

»Das will ich auch, also Urlaub machen«, erklärte Lydia.

»Sie sehen ... so *lebendig* aus«, sagte Jan.

Esther warf ihm einen wütenden Blick zu.

»Danke für das Kompliment.« Lydias Lider flatterten, als wüsste sie nicht recht, wie sie auf Jans Aussage reagieren sollte.

»*Wirklich*, als wären Sie gerade von den Toten auferstanden«, fügte er hinzu.

Lydia furchte die Stirn, ihre makellosen Augenbrauen schoben sich zusammen.

Jan beugte sich zu Esther. »Quietschlebendig ist sie, ihr habt euch doch geirrt«, flüsterte er ihr ins Ohr.

Hoffentlich hatte Lydia das nicht gehört. Aber sie war gerade mit dem Ausblick auf den Garten beschäftigt und ließ ihren Blick schweifen. »Schön angelegt. Wirklich sehr schön, Frau Dumanski.«

»Vielen Dank. Das ist übrigens meine Gartentruppe, ich biete seit Neuestem Gartenkurse an. Das sind meine ersten Schüler, sie sind sehr gelehrig«, versuchte sie ein bisschen Small Talk.

»Guten Tag«, grüßte Lydia in die Runde.

»Sie wollen in meiner Pension Urlaub machen?«, fragte Esther, legte fürsorglich eine Hand auf die Schulter von Lydia Sommer und führte sie weg von den anderen, zurück zur Terrasse.

»Leider gab es in meinem Hotel in Starnberg ein Problem mit meinem Zimmer. Irgendwas von Überbuchung hat man gefaselt, sich zwar tausendmal entschuldigt, mir aber keine Ersatzlösung angeboten. In den anderen Hotels und Pensionen der näheren Umgebung war kein einziges Bett mehr frei, kaum zu glauben. Aber anscheinend ist Hochsaison und irgendeine dumme Tagung. Außerdem soll am Wochenende der US-Präsident nach München kommen, weshalb viele Zimmer von bereits angereisten Sicherheitsleuten belegt sind.«

»Deshalb hat man Sie zu mir geschickt?« Esther atmete innerlich auf, dann gab es doch Kollegen, die an sie verwiesen.

»Nein, eigentlich nicht. Man hat mir sogar von dieser Pension abgeraten. Zu klein, hieß es. Zu abgelegen. Lauter Ungeziefer, keine sauberen Zimmer.«

Zu früh gefreut, Esther biss die Zähne zusammen. »Das wurde behauptet?« Sie stieß empört die Hände in die Hüfte.

»Anscheinend haben Sie in der Übernachtungsbranche keine Freunde, liebe Frau Dumanski. Aber was schert mich das Geschwätz anderer Leute! Ich habe dringende Angelegenheiten in Starnberg zu erledigen, deshalb ist mir beinahe jede Übernachtungsmöglichkeit recht. Und wenn ich mich so umschaue, gefällt es mir bei Ihnen, das sieht doch sehr gemütlich aus.«

Sie blieben auf der Terrasse einen Moment stehen.

»Kann es sein, dass wir uns von irgendwoher kennen?«, fragte Esther die Blondine, die sie auf Mitte dreißig schätzte. Ihr Gesicht war gebräunt, die tiefblauen Augen stachen daraus hervor. Sie hatte eine super Figur, die durch enge Jeans und das knapp geschnittene blaue Top betont wurde. An den Füßen trug sie Riemchensandalen. Fuß- und Fingernägel waren hellblau lackiert, passend zur Augenfarbe.

»Ach, ich werde öfter mal verwechselt. Anscheinend sehe ich einer amerikanischen Countrysängerin ähnlich, deren Namen ich nicht einmal kenne. Aber Sie wissen sicherlich, wie das ist, denn Sie könnten die jüngere Schwester von Esther Schweins sein. Witzig, Sie beide haben sogar den gleichen Vornamen.«

Esther griff sich unwillkürlich an ihr Brillengestell.

»Bis auf die Brille«, präzisierte Lydia. »Frau Schweins trägt keine, soviel ich weiß. Aber sie steht Ihnen, das hellgrüne Gestell passt hervorragend zu ihren roten Haaren und den blauen Augen.«

Lediglich ein »Danke« brachte Esther hervor, sie war von dem Kompliment überrascht. Ja, es war nicht das erste Mal, dass jemand sie mit Esther Schweins verglich. Sie musste zugeben, es gefiel ihr, obwohl sie selbst keine Ähnlichkeit mit der Schauspielerin bemerkte, wenn sie in den Spiegel sah. Nach einer kurzen Pause fuhr sie fort: »Grün ist meine Lieblingsfarbe, ich besitze Brillen in unterschiedlichem Design, aber das Gestell ist immer grün, meistens hellgrün.«

»Ich dagegen favorisiere blau, wie Sie bestimmt bemerkt haben.«

Esther nickte. Dabei fiel ihr auf, wie hinter Lydias Rücken im Garten unter den anderen heftig diskutiert und gestikuliert wurde.

»Wie lange wollen Sie denn bleiben, Frau Sommer?«

»Eine Woche, vielleicht zwei.«

»Dann folgen Sie mir bitte, ich gebe Ihnen den Zimmerschlüssel. Als Begrüßungsgetränk serviere ich Ihnen gerne einen selbst gemachten Kräutertrank aus einheimischen Pflanzen. Anschließend können Sie auf die Terrasse zum Frühstücken kommen. Meine Assistentin Kyra wird Ihnen Kaffee bringen oder Tee. Je nachdem, was Sie wünschen. Im Speiseraum ist ein kleines Buffet aufgebaut, an dem Sie sich bedienen dürfen. Außerdem gibt es Rührei, wahlweise mit Speck. Dazu frisches Obst, Käse in verschiedenen Sorten und Wurst. Sie haben die Wahl.«

Während Esther mit Lydia sprach, musterte sie die Dame. Ihre Halsschlagader pochte, ihr Herz schlug eindeutig in einem ruhigen Rhythmus. Wie hatte sie sich nur so täuschen können? Sie hatte den Puls eindeutig *nicht* gefühlt, als Lydia wie tot vor ihr im Moos gelegen hatte, die blauen Augen starr in den Abendhimmel gerichtet.

Ihr brannte es auf den Nägeln, Lydia damit zu konfrontieren und sie zu fragen, was am Samstag in sie gefahren war, Esther und ihre Gartler dermaßen zu erschrecken. Und obendrein die Kühnheit zu besitzen, zwei Tage später in der Pension aufzutauchen, als wäre nichts gewesen. Genau diesen Eindruck machte Lydia Sommer auf Esther. Als wäre tatsächlich nichts vorgefallen und sie das erste Mal in der Gegend.

KAPITEL 15

Als Esther wieder bei ihren Gartlern ankam, überschütteten diese sie mit Nachfragen.

»Hat die Blonde was gesagt?«

»Was will sie hier?«

»Warum lag sie wie tot im Wald?«

Weitere Fragen prasselten auf Esther ein, die sie mit einer kurzen Geste zum Verstummen brachte.

»Lydia Sommer kommt nachher zum Frühstücken. Ich denke, da stellt ihr besser selbst die Fragen. Gesellt euch wie zufällig zu der Dame. Ich als Pensionswirtin halte mich lieber vorerst zurück. Sie ist ein zahlender Gast, den ich nicht gleich verprellen möchte. Da kann ich nicht einfach so mit der Tür ins Haus fallen. Ihr seht ja, wir haben uns alle geirrt, sie ist keineswegs tot. Also lag sie nur bewusstlos im Wald, kaum zu fassen. Wahrscheinlich war sie total betrunken, wie die Polizisten und ...«, sie blickte zu Jan, »... andere bereits vermutet haben. Wir sind vielleicht welche! Haben uns in was hineingesteigert. Verzeiht, dass ich euch so in die Bredouille gebracht habe, das war meine Schuld. Hätte ich euch bloß nicht so beeinflusst mit meiner Spintisiererei.« Sie schnaufte lautstark aus. »Mannomann! Ihr seid ebenfalls Gäste, euch kann ich keine neugierigen Fragen verbieten, wenn ihr wisst, was ich meine. Löchert sie einfach.«

»Verstehe«, sagte Rochus. »Aber du musst dich nicht entschuldigen. Ich bin auch wie vor den Kopf geschlagen und weiß nicht, was ich sagen soll. Sie hat aber keinen

Zucker gemacht, als sie uns gesehen hat. Entweder ist sie eine super Schauspielerin, oder sie hat uns im Wald nicht wahrgenommen.«

»Wenn sie bewusstlos war, konnte sie uns ja nicht sehen«, hielt Aaron dagegen. »Als sie aufgewacht ist, waren wir in der Pension und du, lieber Rochus, beim Brunzen.«

Esther knetete mit den Fingern ihr Kinn. »Bislang weiß ich von ihr nur, dass sie Urlaub machen möchte und Angelegenheiten in Starnberg zu erledigen hat.«

»Was jetzt? Urlaub oder Angelegenheiten?«, hakte Cindy nach. »Sind das geschäftliche Angelegenheiten? Dann ist es kein Urlaub.«

Esther seufzte. »Frag sie einfach nachher selbst. Bis dahin machen wir mit dem Gartenyoga weiter.«

»Gartenyoga?«

»Anderes Wort für Garteln. Ob es das schon gibt, weiß ich nicht, ist mir aber grade eingefallen. Passt auch irgendwie zu meiner Idee mit der Entspannung durch Gartenarbeit. Findet ihr nicht, dass ein Wort, wo *Arbeit* drinsteckt, sich nicht gerade toll anhört? Eher sogar abstoßend. Gartenyoga dagegen finde ich toll. Wollt ihr ein paar Weisheiten von mir hören?«

Cindy schielte auf die Terrasse, hörte anscheinend gar nicht zu. Ihr Blick war auf die Glastür gerichtet, hinter der Lydia Sommer verschwunden war, um auf ihr Zimmer zu gehen.

Rochus und Aaron tuschelten miteinander. Esther glaubte was wie »… komische Geschichte ist das schon« herauszuhören.

Lediglich Dominik und Jan klebten an ihren Lippen und schienen wenigstens für den Moment das Erscheinen von Lydia Sommer vergessen zu haben. Im Gegensatz zu den anderen. Und im Gegensatz zu Esther. Aber sie musste auf andere Gedanken kommen, sich ablenken. Im Augenblick gingen ihr so viele Dinge durch den Kopf, dass sie kein klares Bild bekam. Vielleicht half es, sich auf etwas anderes zu fokussieren: auf ihre Schüler zum Beispiel. Esther fühlte sich tatsächlich wie eine Lehrerin vor einer Schulklasse. Sie schnippte mit den Fingern, um die Aufmerksamkeit aller zu haben. »Hier spielt die Musik!«, tadelte sie, lächelte aber dabei, wenn es sich auch gezwungen anfühlte. »Kommen wir zu einem anderen Thema. Unkräuter sind zwar Ansichtssache, aber es befriedigt ungemein, einige dieser Mistdinger auszustechen. Ich glaube, das brauchen wir im Moment. Kommt mit, als Erstes holen wir Kniepolster und Hacken aus der Hütte.«

»Was hat Unkräuter auszugraben mit Yoga zu schaffen?«, beschwerte sich Aaron und blickte immer wieder zweifelnd auf die Terrasse, so als wäre das Auftreten des Neuankömmlings eine Fata Morgana gewesen. Mehr als einmal schüttelte er den Kopf und tauschte Blicke mit Rochus aus, der schließlich mit den Schultern zuckte.

Sie führte die Gartler zu einem Abschnitt des Blumenbeets. Über ihnen flatterte Elster Taggart hinweg und ließ ihr übliches Gekeife hören. Esther hob die Stimme, um Taggart zu übertönen. »Eigentlich liebe ich Löwenzahn, aber nicht zwischen meinen prächtigen Sommerblumen. Da grabe ich ihn aus. Genauso wie Giersch, der wuchert auch an Stellen, wo er nicht soll. Kniet nieder!«, befahl sie und war erstaunt, wie folgsam die Schüler waren. Esther begab sich ebenfalls auf alle viere und hackte los.

»Irgendwas ist da faul mit dieser Lydia Sommer«, vermutete Cindy keuchend. Ihr Gesicht war gerötet. Folge der anstrengenden Arbeit auf den Knien.

Rochus dagegen hackte sich durchs Unkraut, als hätte er nie was anderes gemacht. Ein Naturtalent!

Jans Mund war zugekniffen. Sein Wohlstandsbauch schleifte auf dem Boden.

Dominik legte sich gerade mit einem widerspenstigen Löwenzahn an, den er einfach nicht mitsamt Wurzel aus dem Boden bekam. Wie wild hackte er drum herum und stieß ein »Jaaa!« aus, als er endlich die komplette Pflanze in den bereitstehenden Eimer warf. Dabei stieß er mit den Schuhsohlen eine olivgrüne Gießkanne hinter sich um, Wasser sickerte in die Erde.

Aaron nutzte Cindys Anmerkung zu einer kleinen Pause und richtete sich auf. »Stimmt, da ist was oberfaul! Wir sind uns alle einig, dass wir Lydia im Wald gefunden haben.«

»Fangt ihr schon wieder mit der Geschichte an?« Jan wischte sich mit der Hand Schweiß von der Stirn und verteilte dabei Erde, sodass ihm ein brauner Streifen wie eine Kriegsbemalung auf der Haut klebte.

Aaron wischte den Einwand mit einer abfälligen Geste seiner Gartenhacke beiseite. »Komisch ist es schon, die Tussi liegt bewusstlos im Wald, tot war sie ja nicht, wie wir jetzt alle wissen, und taucht zwei Tage später in Esthers Pension auf, um einzuchecken. Kommt nur mir das spanisch vor?«

»Angeblich gab es in ihrem Hotel eine Überbuchung«, warf Esther ein.

»Okay, aber Lydia ist seit mindestens Samstagabend in Starnberg«, fuhr Aaron fort. »Wo hat sie die zwei Nächte seitdem übernachtet, wenn alles belegt ist? Im Auto wohl kaum.«

»Hmmm.« Daran hatte Esther gar nicht gedacht.

In diesem Augenblick trat wie eine Erscheinung Lydia Sommer auf die Terrasse. Statt Jeans und ultrakurzem Top hatte sie jetzt eine cremefarbene Leinenhose und eine zitronengelbe Bluse an. Ihre blonden Haare hatte sie zu einem Zopf gebunden, eine Pilotensonnenbrille schirmte ihre Augen ab. Sie setzte sich an einen Tisch und wurde prompt von Kyra bedient.

»Der Vormittag ist ziemlich fortgeschritten. Ich schlage eine Pause vor, wir müssen alle was trinken. Das ist sehr wichtig bei diesen Temperaturen.« Esther richtete sich auf. »Zeit für ein Verhör!« Sie ging zu dem Brunnen im Steintrog, der aus Granit gefertigt war. Sie pumpte mit dem Handschwengel Wasser in den nur noch zur Hälfte gefüllten Trog. Bei jedem Strahl, der sich in den Trog ergoss, quietschte die Pumpe laut. Dann wusch Esther sich mit dem kühlen Wasser ihre Hände und spritzte sich eine Handvoll ins Gesicht.

Ihre Schüler machten es ihr nach.

Erfrischt gingen sie auf die Terrasse und nahmen an einem langen Tisch Platz. Aufgrund der kleinen Terrasse war es unumgänglich, dass sie in unmittelbarer Nähe zu Lydia saßen.

Kyra stellte eine Kanne mit Eistee auf den Tisch, außerdem eine große Karaffe mit Esthers selbst gemachtem Kräutertrank. Von einer Anrichte holte sie ein Tablett mit kleinen Trinkkrügen.

Esther schenkte aus der Karaffe allen ihren Kräutertrank ein. »Den trinkt ihr als Erstes, der wirkt Wunder. Ist nicht nur gegen Durst, sondern bringt euch die Kraft zurück, die ihr beim Unkrautstechen verloren habt.«

»Unkrautjäten ist nichts für mich«, sagte Lydia Sommer und warf ihnen mitleidige Blicke rüber.

»Gartenyoga ist nicht immer bequem«, entgegnete Esther. »Manchmal muss man leiden, um sich danach besser zu fühlen. Gehört alles zu meinem Kurs«, sagte sie in dem Wissen, dass sich das furchtbar neunmalklug anhörte. Mit einem entschuldigenden Kopfnicken stand sie auf. »Ich muss kurz mit Kyra was zum heutigen Grillabend besprechen.« Sie sah Cindy tief in die Augen, als sie ins Innere verschwand. Es war besser, sie würde die Gruppe kurz alleine lassen, und stellte sich im Inneren hinter den Vorhang vor dem Fenster.

»Jetzt mal unter uns Klosterschwestern«, hörte sie Cindy vorpreschen. »Auf was für einer geilen Feier warst du am Samstagabend?«

Kurze Stille, dann ein leises Klirren, als würde eine Kaffeetasse auf dem Unterteller abgestellt.

»Feier, was für eine Feier?« Das war Lydia.

»Komm schon, Lydia! Wir erzählen es nicht weiter, falls du es nicht willst. Vor allem nicht vor Esther, obwohl ich nicht weiß, wieso sie es nicht wissen darf.«

»Tut mir leid, ich kann dir nicht folgen.« Wieder Lydias Stimme.

Ein tiefes Räuspern, vermutlich Rochus. »Samstagabend haben wir einen Schrei gehört und sind in den Wald gelaufen. Gleich hinter der Pension. Da haben wir dich gefunden.«

»Wie? Mich gefunden?«

»Zuerst dachten wir, du wärst abgekratzt! Also ehrlich.« Rochus lachte. »So wie du da gelegen hast, ordentlich vollgetankt. Wir wollten schon die Polizei rufen, weil wir wirklich dachten, du wärst tot, also eine Leiche.«

»Ihr wolltet nicht nur, ihr habt die Polizei gerufen«, verbesserte Jan ihn.

»Einen Schrei?« Lydias Stimme klang gereizt. Und neugierig. Gereizt und neugierig zugleich, eine seltsame Kombination.

»Ja, einen Schrei, und dann fanden wir dich. Allerdings warst du auf einmal weg«, sagte Cindy.

»Weg?«, echote Lydia. »I-ich war das nicht«, stammelte sie, was für Esther ein Zeichen war, dass die blauäugige Blondine log und ein Geheimnis vor ihnen verbarg.

»Wenn du das nicht warst, dann hättest du eine Doppelgängerin, die dir aufs Haar gleicht«, schob Aaron nach.

»Doppelgängerin?«, echote Lydia. »Ich glaube, ich kriege grad wieder meine Migräne. Entschuldigt mich.« Ein Stuhl kratzte über die Terrassenfliesen.

Esther schob sich hinter den Vorhang, um sich zu verstecken.

Sekundenbruchteile später stürzte Lydia an ihr vorbei, mitten durch den Speiseraum.

Die Blondine hatte sie bei ihrem schnellen Aufbruch offenbar nicht bemerkt. Esther ging wieder auf die Terrasse.

»Was war *das* jetzt?«

»Sie hat was zu verbergen«, verkündete Cindy.

»Das war aber eine eigenartige Reaktion«, wunderte sich Rochus.

»Seltsam«, sagte Aaron und kratzte sich am Kopf.

Dominik schwieg und nippte an seinem Krug.

Cindy trommelte mit den Fingern auf der Tischplatte. »Warum lügt sie?«

»Wieso sollte sie lügen?«, meldete sich Jan zu Wort.

»Weil wir alle sie im Wald gesehen haben«, hielt Rochus dagegen. »Sie streitet es aber ab.«

»Mag schon sein«, brummte Jan. »Wenigstens ist sie am Leben.«

Cindy kaute auf ihrer Unterlippe. »Warum gibt sie es nicht einfach zu? Ich meine, es ist doch nichts dabei, wenn man mal besoffen ist und sich danebenbenimmt.«

»So, ist es das?«, wunderte sich Jan. »Von wegen, da ist nichts dabei«, äffte er Cindy nach. »Ich finde, man sollte sich schon im Griff haben.«

»Vielleicht ist es ihr peinlich«, vermutete Dominik.

»Klingt einleuchtend«, stimmte Jan zu und hatte sich offensichtlich wieder im Griff. »Vielleicht merkt ihr gar nicht, wie ihr mit eurer Fragerei diese Frau Sommer nervt. Denkt an Esther, ihr vergrault womöglich einen zahlenden Gast, der bis zu zwei Wochen in der Pension verbringen will.«

Esther musterte Jan und wusste nicht, ob er ihr wirklich helfen oder lieber weiteres Nachfragen bei Lydia verhindern wollte. »Trotzdem verschweigt sie etwas«, entgegnete sie. »Wieso gibt sie nicht zu, im Wald gewesen zu sein? Aus welchem Grund auch immer.«

»Keine Ahnung«, knurrte Jan. »Vielleicht ist die naheliegendste Möglichkeit die richtige.«

»Die da wäre?« Rochus blickte Jan fragend an.

»Weil sie es selbst nicht mehr weiß.«

»Gedächtnisverlust?« Aaron runzelte die Stirn.

Jan nickte. »Wieso nicht? Vielleicht war es tatsächlich ein Unfall, und sie ist mit dem Kopf auf einen Baumstamm geknallt. Oder einfach ein Blackout durch Alkohol.«

»Ach, komm«, sagte Esther. »Das ist aber arg an den Haaren herbeigezogen.«

»K.-o.-Tropfen!«, warf Dominik ein. »Hey, das könnte die Lösung sein. Sie wurde auf einer Feier betäubt, ist anschließend umhergeirrt und schließlich im Wald gelandet.«

»Auch eine Möglichkeit«, gab Jan zu.

»Das wäre aber genauso eine Sache der Polizei«, sagte Rochus.

»Wenn sie es aber nicht zur Anzeige bringen möchte?« Cindy schenkte sich Eistee ein.

»Dann ist es auch ihr Bier und nicht unseres. Ihre Angelegenheiten«, meinte Jan.

»Angelegenheiten, Angelegenheiten«, murmelte Esther. »Das hat sie gesagt. Sie will eine Angelegenheit erledigen.«

»Meinst du, sie macht das Gleiche wie wir?«, überlegte Cindy. »Heimlich ermitteln? In eigener Angelegenheit sozusagen?«

Nach einem erfolgreichen Tag im Garten war Esther zufrieden. »Gar nicht mal schlecht«, murmelte sie, als ihre Schüler müde, aber zufrieden an ihr vorbeischlurften, um sich auf ihren Zimmern frisch zu machen und etwas auszuruhen. Später würde Julius für sie alle grillen. Er war vor einer halben Stunde vom Dienst nach Hause gekommen. Sie hoffte sehr, Lydia Sommer ebenfalls beim Essen zu begrüßen. Gleich nachdem sie das Frühstück überstürzt abgebrochen und aufs Zimmer gestürmt war, war sie auch schon wieder unten gewesen. Sie hatte sich in ihr schickes Audi Cabriolet gesetzt und war mit offenem Verdeck davongebraust. Beinahe hätte Esther befürchtet, Lydia wäre vorzeitig abgereist. Aber dann hätte sie ja ihr Gepäck mitgenommen und wäre nicht nur mit ihrer Handtasche in den Wagen gestiegen. Als sie später auf den Parkplatz schaute, stand das Cabriolet wieder vor der Tür. Mittlerweile war es Abend geworden, Zeit zum Grillen. Esther trat auf die Terrasse, wo Julius mit den Vorbereitungen beschäftigt war. Es roch bereits nach Kohle, die glühend im Grill lag.

Solarlichter warfen ein warmes Licht auf den Pensionsgarten. Esther hatte über ein Dutzend dieser Lampen überall im Garten verteilt. Fackeln, die im Boden steckten, brannten und verströmten eine mittelalterliche Atmosphäre. Kyra hatte die Tische wieder zusammengeschoben und gedeckt. Nach und nach kamen Esthers Schüler und versorgten sich mit Getränken. Ihr fiel auf, dass beim Alkohol vornehme Zurückhaltung herrschte. Der Samstagabend und die Folgen waren jedem noch schmerzlich im Gedächtnis. Auch Esther blieb beim Wasser. Julius fragte die Leute nach ihren Wünschen, achtete auf den Vegetarier Rochus, für den er dicke Zucchinischeiben auf den Grill legte, außerdem vegane Würstchen. Für die anderen gab es Steaks und Rostbratwürste. Salate aus Esthers Garten rundeten das Essen ab. Manche aßen am Tisch, andere im Stehen im Garten oder hockten auf den Eisenbahnschwellen, die normalerweise als Treppe dienten. Es lief so ungezwungen ab wie auf einer gewöhnlichen Party. Esther ging von einem zum anderen und versuchte sich im Small Talk. Irgendwann, es war so gegen acht Uhr, erschien Lydia Sommer in einem blauen Sommerkleid, das ihr bis knapp über die Knie reichte. Sie war ein richtiger Hingucker und war sich dessen bewusst. Ihre blonden Haare trug sie offen, sie fielen ihr über die Schulter.

Ein Hustenanfall von Julius lenkte Esthers Aufmerksamkeit ab. Er schüttelte sich und klopfte auf seine Brust. Im Gesicht war er ganz fahl geworden. Rochus gab ihm ein Glas Wasser, das er hastig trank.

»Alles gut, habe mich bloß verschluckt. Das Steak,

das ich probieren wollte, war eindeutig zu heiß.« Julius lächelte verlegen und winkte Esther entschuldigend zu.

Esther hieß Lydia willkommen und wünschte ihr einen schönen Abend und guten Appetit. Sie stellte Lydia ihrem Mann Julius vor, der verlegen wegsah. Offenbar waren Rochus und Aaron nicht die Einzigen, die Gefallen an der heißen Blondine gefunden hatten. Eifersucht flammte in Esther auf, aber Lydia schien kaum Interesse an Julius zu haben. Nachdem sie einen Teller mit einem Steak von ihm bekommen hatte, ging sie in den Garten.

Es kam Esther so vor, als beobachtete Lydia das Treiben. Irgendwann verschwand die Blondine aus Esthers Blickfeld. Wahrscheinlich sah sie sich im Garten um.

Mittlerweile herrschte ein Kommen und Gehen, offensichtlich trieb es die Anwesenden regelmäßig aufs Klo, was nicht am vielen Alkohol liegen konnte. Aber Julius war für sein herzhaftes Essen bekannt, auf das man viel trinken musste. Dominik hatte immer mal wieder sein Handy in der Hand, als erwartete er einen dringenden Anruf. Der dann auch kam, denn er verschwand mit dem Handy am Ohr irgendwo im Dunkeln hinter dem Haus.

Jan entschuldigte sich mehrmals, um in Ruhe seine Zigaretten zu rauchen. Bei ihm hatte Esther den Eindruck, dass ihm die Gesellschaft auf den Geist ging. Am liebsten wäre er wahrscheinlich auf seinem Zimmer verschwunden, aber ein bisschen Anstand musste er wahren, was ihm sichtlich schwerfiel. Anscheinend entspannte er sich nur beim Garteln, denn da war er heute wie ausgewechselt gewesen. Jetzt fiel er in alte Verhaltensmuster zurück. Auffallend fand Esther, mit welchen Blicken er Lydia beinahe verfolgte. Gefiel sie ihm etwa mehr, als er am Vormittag zugegeben hatte? Da hatte er noch über Rochus und Aaron gelästert, weil sie ihre Blicke von der attraktiven Lydia nicht lassen konnten. Fragen zu seinem Privatleben oder seinem beruflichen Hintergrund wehrte er auch jetzt erfolgreich ab. Esther hatte es vorhin versucht, es war nichts aus ihm rauszubringen, immer lenkte er gekonnt auf ein anderes Thema um. Wenn es allerdings ums Gärtnern ging, wurde er redseliger, stellte auch von sich aus hier und da eine Fachfrage an Esther. Er war es sogar, der den Mondzyklus bei der Gartenarbeit ins Spiel brachte.

Sie suchte den Himmel ab. Es war noch taghell, aber manchmal konnte man den Mond im Sommer um diese Zeit bereits deutlich am Himmel erkennen. Ein Blick auf ihre Armbanduhr, kurz vor neun. Sie beschloss, Lydia Sommer Gesellschaft zu leisten und ihr vielleicht die eine oder andere Frage zu stellen. Eventuell gelang es ihr, bei einem ungezwungenen Gespräch eine Antwort auf Samstagabend zu bekommen. Esthers Blicke suchten den Garten ab, allerdings fand sie die Blondine nirgends.

Da dröhnte ein Schrei durch den Abend.

Esther zuckte erst zusammen, dann ließ sie die Schultern hängen.

»Nicht schon wieder!«, murmelte sie.

KAPITEL 16

»Wer hat da geschrien?« Esther blickte sich um. Ein Déjà-vu! Es passierte schon wieder. Automatisch suchte ihr Blick erneut nach Lydia Sommer, fand sie aber immer noch nicht.

»Keine Ahnung«, antwortete Rochus. »Aber mir scheint, es kam nicht aus dem Wald, wie letztens.«

»Hilfe, so helft mir doch!«, hörten sie jetzt klar und deutlich. Davor war es ein Schreckensschrei gewesen, jetzt rief jemand nach Hilfe.

»Das kommt vom Weiher«, sagte Cindy.

»Stimmt.« Aaron nickte.

Esther war da bereits losgelaufen. Zum Glück trug sie diesmal kein Kleid, sondern eine Jeans. Sie spurtete durch den Garten, öffnete die kleine Tür im Zaun und rannte über die Streuobstwiese. Eine Hütte stand vor dem See, darin konnte man sich umziehen, wenn man baden wollte. Danach folgte eine kleine Landzunge, die drei Meter in den Weiher reichte, darauf wuchs eine Birke, an die sich eine grob gezimmerte Holzbank lehnte, davor stand ein Holztisch.

Und auf diesem Tisch lag Lydia Sommer, die Arme links und rechts ausgebreitet, die Hände voller Blut. Aus ihrem linken Auge ragte Esthers Hori-Hori, das rechte Auge blickte glasig nach oben. Außerdem hatte ihr jemand die Kehle aufgeschlitzt. Die klaffende Wunde sah aus wie ein zweiter Mund, es war grässlich. Eine Blutlache hatte sich unter Lydias Kopf ausgebreitet, war über die Holzbank geflossen, färbte die blonden Haare tiefrot und perlte schließlich in dicken Tropfen nach unten ins Gras.

Diesmal bestand kein Zweifel. Lydia war eindeutig tot. Toter als tot!

Über sie beugte sich Jan, mit seinem linken Schuh direkt in der Blutlache. Sein Blick wirkte gehetzt, seine Pupillen waren erweitert.

Esther schlug die Hände vor den Mund.

Cindy sah die Leiche, lief sofort an ihr vorbei zum Weiher und übergab sich prustend und gurgelnd ins Wasser.

Kyra ließ einen gellenden Schrei hören und fiel in Ohnmacht.

Rochus fing sie auf und bettete sie vorsichtig auf den Boden, tätschelte ihre Wangen und sprach beruhigend auf sie ein.

Aaron ging schwer schnaufend in die Knie. »Oh mein Gott!«

Dominik dagegen war der Erste, der sprach. »Jan, was hast du getan?«

Alle starrten daraufhin Jan an.

»Ich? Wieso ich? Die Frau war bereits tot, als ich sie gefunden habe.« Er machte einen Schritt zur Seite und atmete schwer, seine Augenlider zuckten. »I-ich war das nicht, nein, das war i-i-ich ni-icht«, stotterte er und geriet ins Wanken, musste sich mit einem Arm an der Birke abstützen.

Plötzlich kam Julius angelaufen. »Was ist los?«, rief er atemlos, bückte sich und stützte die Hände auf den Oberschenkeln ab. »Ich habe Schreie und Rufe gehö...«, er richtete sich abrupt auf. »Ach du Scheiße!«

»Wer hat das getan?« Esther blickte sich um, dann

wandte sie sich an Jan. »Hast du jemanden gesehen, ist jemand weggelaufen? Ein weißhaariger Mann mit Mütze?«

»Was? Nein, ich habe niemanden gesehen. Überhaupt niemanden. Nur ...«, er deutete auf Lydia, »sie.«

KAPITEL 17

Kriminalhauptkommissar Tiberius Gabler wippte auf den Fußballen und musterte die gespenstische Umgebung. Vor ihm, in etwa fünf Metern Entfernung durch rot-weißes Flatterband mit der Aufschrift *Polizeiabsperrung* als Tatort gesichert, lag eine schrecklich zugerichtete weibliche Leiche.

Links und rechts davon begannen die Frauen und Männer der Spurensicherung mit dem Aufbau von Halogenscheinwerfern. In Kürze würde es stockdunkel sein, die Tatortarbeit hatte gerade erst angefangen. Sie würden Licht benötigen, denn in den nächsten Stunden war jede Menge zu erledigen für die Leute des Erkennungsdienstes und der Rechtsmedizin.

Als ihn der Anruf aus der Einsatzzentrale erreicht hatte, hatte Gabler mit seiner Frau auf dem Balkon ihrer gemeinsamen Eigentumswohnung bei einem Glas Wein gesessen. »Ziemlich grausiger Mord in Starnberg«, hatte der Kollege am Telefon gesagt. Für Starnberg war die Kriminalpolizei Fürstenfeldbruck zuständig, und Gabler hatte immer noch Bereitschaft, die ganze Woche über, also traf es ihn als Beamten vom zuständigen Fachkommissariat. Nachdem er seinen Kollegen, Oberkommissar Marius Flötzner, verständigt hatte, war er aufgebrochen.

Die Kollegen des Kriminaldauerdienstes waren bereits vor Ort gewesen und hatten erste Maßnahmen getroffen. Dazu gehörte die Personalienfeststellung aller Anwesenden, die Koordinierung einer ersten Tatortbereichsfahn-

dung mit zahlreichen Streifenwagen und einem Polizeihubschrauber, der mit seiner Wärmebildkamera den Wald
überflog und nach verdächtigen Personen suchte. Außerdem war der für Kapitaldelikte zuständige Staatsanwalt
informiert worden, der zwar nicht an den Tatort kam,
aber über die neuesten Entwicklungen immer auf dem
Laufenden gehalten werden wollte. Die Rechtsmedizin aus
München hatte zugesichert, sofort jemanden nach Starnberg zu schicken.

Gabler streifte den knisternden Einwegoverall über,
den ihm Klaus Weidenhiller reichte, der Leiter der Spurensicherung. Dann schlüpfte er in Schuhüberzieher, zog
Plastikhandschuhe an, die dabei ein schmatzendes Geräusch von sich gaben. Zum Schluss eine Haube auf den
Kopf, um zu verhindern, dass seine Haare den Tatort ver-
unreinigten. Seinen Kollegen, den jungen Flötzner, hatte
Gabler unterdessen zum Einsatzleiter der örtlichen Polizei-
inspektion geschickt. Flötzner sollte sich um die Fahndung
nach einem eventuellen flüchtigen Täter kümmern, Straßensperren organisieren und Aufnahmen aller möglichen
Verkehrskameras der nahen Autobahnen sichern.

Erst als Gabler wie jemand aussah, der zu einer Mars-
expedition aufbrechen wollte, ließ ihn Klaus Weidenhiller
in die Nähe der Leiche. Trotzdem hielt Gabler einen Si-
cherheitsabstand zur Toten. Bevor nicht jemand von der
Rechtsmedizin draufgeschaut hatte und die Kriminaltech-
niker alles nach Spuren abgesucht hatten, war das Vor-
schrift.

Gabler verengte die Augen zu Schlitzen. »Verdammt,
da muss jemand einen gehörigen Brass gehabt haben!
Kehle aufschlitzen reicht wohl nicht, man muss zusätzlich
noch das Auge verstümmeln. Eindeutiger Fall von Über-

tötung, wenn du mich fragst. Was ist das überhaupt für ein Messer?«

»Ein Hori-Hori«, antwortete Klaus.

»Was, zum Teufel, ist ein Hori-Hori?«

»Ein japanisches Gartenwerkzeug«, klärte ihn der Leiter der Spurensicherung auf.

»Suchen wir jetzt einen Samurai als Mörder?«, versuchte Gabler die düstere Stimmung mit einem schlechten Witz aufzuhellen.

»Hätte der Mörder dann nicht einen Tanto benutzt, einen Dolch, wie ihn die Samurai für den Seppuku, den Selbstmord, verwenden?«

»Klaus, das war ein Scherz«, antwortete er mit einem Seufzer. So genial der Mann als versierter Spurensicherer war, manchmal schien er nicht von dieser Welt. Kein Wunder, verbrachte der Single doch jede freie Minute vor dem Fernseher und schaute alle möglichen Dokus an. Mochte an Mordschauplätzen von Vorteil sein, wenn man eine gewisse Bildung besaß und nach den außergewöhnlichsten Spuren suchte. Aber seltsam fand es Gabler dennoch.

Er schloss die Augen und konzentrierte alle Sinne auf den Schauplatz. Das war seine Art, sich in den Tatort zu fühlen. Er glaubte, das Blut zu riechen, man sagte, es schmecke nach Metall. Roch es auch danach oder bildete sich Gabler das nur ein? Egal, wie an jedem Tatort war da diese blutige Duftnote in seinem Kopf. Eine milde Brise strich über sein Gesicht, das leise Plätschern von Wasser drang an sein Ohr, irgendwo wurde anscheinend der Weiher aus einem Bach gespeist. Hin und wieder quakte auf der gegenüberliegenden Seite ein Frosch, als würde er sich über das blendende Licht der Scheinwerfer beschweren. Enten schnatterten. Die große Birke, unter der die Leiche auf dem Tisch lag, knarrte und knackste. Er öffnete die Augen, warf einen letzten Blick auf die Tote und drehte sich um.

Gabler hatte sich einen ersten Eindruck verschafft und stieg aus den Einwegklamotten. Nachdem er sie in einem Plastiksack entsorgt hatte, ging er über eine Wiese mit Obstbäumen, öffnete an einem Holzzaun eine kleine Tür und schritt durch einen mit Solarlampen beleuchteten Garten. Die Sohlen seiner Schuhe knirschten auf dem Kiesweg zur Terrasse. Auch dort waren diese Solarlampen, die er einfach nur kitschig fand. Außerdem brannten mehrere Kerzen auf den Gartentischen. Überall standen Kübelpflanzen herum, als befände er sich in einem Gartencenter. Zitruspflanzen dominierten die Kübel, dicke gelbe Früchte hingen an den Zweigen. Er schüttelte den Kopf. Bei sich auf dem Balkon hatte er mehrmals vergeblich versucht, einen Zitronenbaum einzugewöhnen. Jedes Mal war das Bäumchen kläglich eingegangen. Na ja, er hatte einfach keinen grünen Daumen.

Er stieg über Eisenbahnschwellen auf die Terrasse, klopfte an die Glastür, dahinter lag anscheinend eine Art Speisezimmer. An dem einzigen Tisch saß eine bunt zusammengewürfelte Truppe. Gäste einer Pension, die sich vermutlich nicht kannten und in Starnberg ein paar Tage Urlaub verbringen wollten. Jetzt waren sie auf einmal in einen brutalen Mordfall verwickelt worden. War einer von ihnen der Mörder? Oder die Mörderin, es waren auch Frauen darunter.

Eine Rothaarige in Jeans und T-Shirt ließ ihn hinein. »Ich bin Esther Dumanski, die Leiterin der *Pension Sonnenblume*.«

Er gab ihr die Hand und nickte den anderen zur Begrüßung zu. »Mein Name ist Tiberius Gabler, ich bin von der Kriminalpolizei Fürstenfeldbruck und leite zusammen mit meinem Kollegen, Herrn Flötzner, die Ermittlungen. Wie es aussieht, muss ich von einem Mordfall ausgehen«, erklärte er unnötigerweise. Von einem Selbstmord oder Unfall konnte selbstverständlich nicht die Rede sein, das war den Anwesenden bestimmt klar.

Gabler zückte Notizblock und Kugelschreiber. »Natürlich werden ich und mein Kollege Sie einzeln noch zu einer förmlichen Zeugenvernehmung ins Kommissariat bitten. Für den Anfang und um mir ein erstes Bild zu verschaffen, bin ich aber auf formlose Befragungen angewiesen. Dazu werde ich mir Notizen machen«, klärte er sie über seine Vorgehensweise auf.

»Haben Sie bereits einen Verdächtigen?«, rief jemand von ihnen, ein großer Blonder mit mächtigem Vollbart.

»Wir sind erst am Anfang unserer Ermittlungen, natürlich haben wir umfangreiche Fahndungsmaßnahmen eingeleitet, falls der Täter von außerhalb stammt.«

»Falls?«, echote eine junge Frau mit schwarzen Haaren. »Verdächtigen Sie etwa einen von uns?«

»Momentan schließe ich nichts aus«, entgegnete er unverbindlich. »Bitte unterstützen Sie mich nach Kräften, dann werde ich bald Licht ins Dunkel bringen.« Er wandte sich an die Pensionswirtin. »Frau Dumanski, mit Ihnen fange ich an. Gibt es einen Ort, wo wir ungestört reden können?«

Kurze Zeit später saßen sie im Büro der Pension, einem kleinen, aber aufgeräumten Zimmer. Es war nüchtern eingerichtet mit Schreibtisch, Drehstuhl, Laptop, Aktenschrank, Papierkorb und zwei Bildern an der Wand, die das Alpenpanorama über dem Starnberger See zeigten.

Frau Dumanski hatte ihm einen Holzstuhl aus dem Vorraum hingestellt, darauf wälzte er seinen Hintern hin und her, denn dieser Stuhl war äußerst unbequem und tat seiner Bandscheibe gar nicht gut.

Neidisch blickte er auf den Drehstuhl aus Leder, auf dem die Pensionschefin saß, die Arme auf dem Schoß.

Ihr Gesicht war kalkweiß, was die Sommersprossen deutlich zur Geltung brachte. Sie war offensichtlich in keiner guten Verfassung, sie zitterte. Ihr feuerrotes Haar war zu einem dicken Nackenknoten zusammengefasst. Nervös setzte sie ihre Brille ab, nahm ein Putztuch und säuberte die Gläser.

»Können Sie mir den Namen des Opfers nennen?«

Sie blickte ihn an. »Sommer. Lydia Sommer.«

»Ein Gast?«

Frau Dumanski nickte und setzte ihre Brille wieder auf. »Erst heute Morgen eingecheckt.«

Und am Abend bereits tot, dachte Gabler. »Wir müssen natürlich das Zimmer der Verstorbenen durchsuchen. Die Staatsanwaltschaft hat hierfür bereits einen Beschluss beim Ermittlungsrichter erwirkt. Wenn die Frau mit einem Auto angereist ist, müssen wir auch das unter die Lupe nehmen.«

Automatisches Nicken von Frau Dumanski. Sie murmelte etwas vor sich hin und spielte an dem Ring an ihrem rechten Zeigefinger. Wahrscheinlich der Ehering.

»Was haben Sie gesagt?«

Sie blickte ihm in die Augen. »Ich habe gerade laut nachgedacht.«

»Lassen Sie mich an Ihren Gedanken teilhaben, das könnte durchaus wichtig für mich sein.«

»Dabei war sie schon tot. Dachten wir jedenfalls.«

Frau Dumanski senkte das Kinn. »Das habe ich gerade zu mir selbst gesagt.«

Gabler glaubte, nicht richtig gehört zu haben. »Wie bitte?«

Sein Gegenüber räusperte sich. »Samstagabend waren Ihre Kollegen bereits da.«

»Die Kripo?«, fragte er verständnislos.

»Nein, die in Uniform.«

»Weshalb?«

»Na, wegen der Leiche.«

»Welche Leiche?«

»Von Lydia Sommer.«

»Die am Weiher. Mit dem Messer im Auge?«

Esther Dumanski furchte die Brauen und sah ihn an, als wäre er schwer von Begriff. Was er auch war in diesem Fall. Wahrscheinlich stand die Pensionswirtin unter Schock. Sie fantasierte wirres Zeug.

»Vermutlich ist es besser, die Befragung zu einem anderen Zeitpunkt fortzuführen, wenn Sie … ähm … in besserer Verfassung sind. Ich mache mit den Gästen weiter.« Er wollte bereits aufstehen, dann erinnerte er sich an den Bericht, den er am Sonntag gelesen hatte. Von der Horde Betrunkener, die eine Leiche im Wald gemeldet hatten. Er ließ sich wieder auf den Stuhl fallen. »Sie haben am Samstag über Notruf eine Leiche im Wald gemeldet? Meinten Sie das?«

»Richtig, habe ich. Lydia Sommer.«

»Die Leiche vom Weiher?«

»Genau die.«

»Ich dachte, die hat erst heute eingecheckt.«

»Hat sie auch. Trotzdem haben wir sie vor zwei Tagen im Wald gesehen und dachten, sie wäre tot.«

»Wer ist wir?«

»Na, ich und meine Gartenschüler.«

»Aha.« Gabler grübelte nach.

»Sie w-wa-war tot, dann tauchte sie heute lebendig auf.« Die Pensionswirtin schlug schluchzend die Hände vors Gesicht.

Gabler machte sich Notizen. »Sie ist aufgetaucht, um dann endgültig tot zu sein?« Er stöhnte leise über die verzwickte Aussage von Frau Dumanski.

»Fragen Sie die anderen, die bestätigen Ihnen das. Ich bin nicht verrückt.«

»Habe ich nicht behauptet.«

»Ihr Blick sagt was anderes.«

»Verzeihen Sie, aber ich glaube nicht, dass Sie meinen Blick deuten können, Frau …«

»Sagen Sie Esther zu mir.«

»Okay, Frau … ähm … Esther. Ich erinnere mich an ein Einsatzprotokoll vom Samstag, das ich überflogen habe. Die Kollegen sind von keiner Straftat ausgegangen. Immerhin gab es keine Leiche, heute dagegen schon.«

»Aber das hat vielleicht was zu bedeuten, dass Frau Sommer am Samstag im Wald lag.«

»Mag sein«, stimmte er zu. »Das heißt, dass das Opfer nicht erst seit heute in Starnberg war, sondern bereits mindestens seit Samstag. Wo hat sie übernachtet?«

»Bei mir jedenfalls nicht, da müssen Sie die anderen Pensionen abklappern.«

»Werden wir«, antwortete er und machte sich eine diesbezügliche Notiz auf seinem Block. Gabler raufte sich die wenigen braunen Haare, die er noch hatte. »Liebe Frau Esther«, fuhr er leicht durcheinander fort. »Wir werden Sie und die anderen ausführlich zum Sachverhalt vernehmen. Es gibt da einige Ungereimtheiten bezüglich des Opfers, wie ich gerade von Ihnen erfahren habe. Wegen des ... ähm ... Vorfalls vom Samstag. Was Frau Sommer da in der Nähe Ihrer Pension gesucht hat, muss unbedingt geklärt werden. Haben Sie eine Idee?«

Esther sah ihn aus verweinten und rot geränderten Augen an. »Woher soll ich eine Idee haben, ich kannte die Frau doch nicht.«

Gabler räusperte sich. »Wie gesagt, wir sind erst am Beginn der Ermittlungen. Ob, wie und weshalb die Tote bereits in und um Starnberg aufgetaucht ist, werden wir in den nächsten Tagen herausfinden«, antwortete er. »Dazu bedarf es sicherlich noch einiger Nachfragen bei Ihnen und den Gästen.«

Die Pensionswirtin hantierte an einer der Schubladen des Schreibtischs, kramte ein Papiertaschentuch heraus und schnäuzte sich, warf das Tuch in den Mülleimer. Holte ein neues und tupfte sich die Augen trocken. Die Schminke war leicht verschmiert. Sie atmete tief ein und aus, knetete das Taschentuch in den Händen. »Es hört sich komisch an, aber ich und meine Gartengruppe ...«

»Verzeihen Sie, wenn ich unterbreche. Was meinen Sie mit Gartengruppe?«

»Ich biete ein Gartenseminar an, am Samstag war der erste Tag.«

»Verstehe ich Sie richtig? Für Gartenarbeit verlangen Sie Geld?«

Esther kniff die Lippen zusammen.

»Dafür reisen tatsächlich Leute aus dem Bundesgebiet an? Nicht nur welche aus der Gegend hier?« Gabler schüttelte den Kopf. Verrückte Welt. »Egal, zurück zum Thema. Erzählen Sie mir von Ihrer ersten Begegnung mit Frau Som-

168

mer vom Samstag. Als sie noch nicht tot war, aber Sie und Ihre ... ähm ... Gartengruppe ... die Frau für tot hielten.« Gabler lauschte den Worten nach und merkte, wie unlogisch sich das anhörte.

»Also«, fuhr Esther Dumanski fort. »Wir fanden eine blonde Frau mitten im Wald. Leblos. Zwei Tage später taucht sie plötzlich bei mir an der Rezeption als Lydia Sommer auf und bucht ein Zimmer. Dabei war sie anscheinend tot«, gab sie ihm eine äußerst kurze Zusammenfassung.

»Scheinbar«, korrigierte er.

»Bitte?«

»*Anscheinend* tot bedeutet höchstwahrscheinlich tot, also allem Anschein nach. Da Ihre Leiche allerdings gar nicht tot war und wieder lebendig aufgetaucht ist, war sie nur *scheinbar* tot. Verstehen Sie, sie war nur zum *Schein* tot.«

Anscheinend und nicht bloß scheinbar verwirrte er Esther Dumanski mit seinem Deutsch-Nachhilfekurs komplett, denn sie öffnete den Mund, schloss ihn wieder, nur um ihn erneut zu einem »Verstehe« zu öffnen.

»Wer hat die Leiche gefunden?«

»Jan.«

»Nachname?«

»Kohnle. Jan Kohnle hat sie gefunden.«

Gabler notierte sich das, stand mit einem »Danke, das wäre es fürs Erste« auf und ging zurück ins Speisezimmer.

Die Anwesenden quasselten bei seinem Erscheinen wild durcheinander. Immer wieder faselten einige von ihnen von der toten Frau, die bereits tot war. Alle wiederholten quasi die Ausführungen von Esther Dumanski. Er beschloss, gleich morgen mit einem Team aus seinem Kommissariat vorbeizuschauen und die ganze Truppe vor Ort zu vernehmen. Von wegen einzeln vorladen. Drei Laptops und drei Vernehmungsbeamte, und er würde das in der Pension erledigen.

Mittlerweile müsste schon jemand von der Rechtsmedizin eingetroffen sein. Auf dem Weg zum Tatort gesellte sich Marius Flötzner an seine Seite. Neidisch blickte er auf den jungen Kollegen in seinem tadellos sitzenden blauen Sakko. Die verwaschene Jeans und die grauen Sneakers verliehen Flötzner ein cooles Aussehen. Allem Anschein nach machte dem Kollegen die schwüle Abendtemperatur nichts aus. Im Gegensatz zu Gabler, der seinen eigenen Schweiß roch und sich fühlte, als lebte er bereits seit Tagen in seinen Klamotten. Obwohl er seine Jacke längst ausgezogen hatte und im kurzen Hemd und einer leichten Leinenhose sommerlich gekleidet war, fühlte er sich wie in einem Backofen. Flötzner dagegen sah frisch aus und verströmte eine Duftnote, die Gabler bekannt vorkam. Cool Water von Davidoff, vermutete er und wandte sich an den Kollegen.

»In der Pension sitzt ein gewisser Jan Kohnle, er hat die Leiche gefunden. Bitte vernimm ihn zu den Umständen, wie es zu dem Fund gekommen ist. Hat er die Tote angefasst? Wenn ja, wo? Hat er sonstige Veränderungen am Tatort vorgenommen? Wenn ja, welche? Das müssen die Leute von der Spurensicherung und der Rechtsmediziner wissen.«

»Okay, Captain«, kam es von Flötzner, der ihn mit seinem Spitznamen ansprach. »Eine Ringalarmfahndung wurde ausgelöst, Straßensperren eingerichtet, jede Polizeidienststelle im Landkreis weiß Bescheid. Allerdings wissen wir nicht, nach wem wir fahnden. Es gibt weder eine Beschreibung eines flüchtigen Fahrzeugs noch Hinweise zu einer Person«, berichtete er. »Ach, übrigens, die Rechtsmedizinerin ist angekommen.«

»Eine Frau?«, fragte Gabler überrascht. Er hatte mit Dr. Kleinle gerechnet, der in den meisten Fällen an den Tatorten erschien.

Als er wieder an den Weiher kam, war der Tag der Nacht gewichen. Außer dem Mond waren als einzige Lichtquelle mehrere Scheinwerfer vorhanden, die den Tatort in ein grelles Licht tauchten. Jemand von der Spurensicherung turnte um die Leiche herum, als hätte er die Gene eines Steinbocks. Eines ziemlich kleinen Steinbocks, wie Gabler beim Näherkommen feststellte. Eines ziemlich kleinen und übergewichtigen Steinbocks. Die in weiße Plastikhaut gehüllte Gestalt hielt etwas Schwarzes in der Hand und sprach hinein. Beim nächsten Schritt erkannte Gabler zweierlei: Das kleine Schwarze war ein altmodisches Diktiergerät, und in dem Overall der Spurensicherung steckte kein Steinbock, sondern Anna Albrecht, die Rechtsmedizinerin aus München. Er kannte sie von anderen Todesfällen, bei denen sie vor Ort war, allerdings immer am Tag und unter der Woche. Nie in der Nacht oder am Wochenende. Kein einziges Mal. Was vielleicht an ihrem Alter lag, sie hatte die sechzig bereits überschritten.

»Ah, Tiberius«, grüßte sie Gabler, als sie ihn bemerkte. »Schön, dich zu sehen.«

»Grüß Gott, Frau Albrecht«, sagte er förmlich.

Ihr Verhältnis hatte irgendwas von Schüler und Lehrerin, aber das ging nicht nur ihm so. Dr. Albrecht duzte grundsätzlich alle mit ihr zusammenarbeitenden Polizeibeamten. Und nicht nur die, sämtliche Mitarbeiter in der Rechtsmedizin ebenfalls, angefangen vom Wachmann über die Reinigungskraft bis zum ärztlichen Leiter der Münchner Rechtsmedizin, Professor Dr. Leitner. Hinter ihrem Rücken wurde sie allerdings die *schwarze Anna* genannt, da sie ihre langen Haare pechschwarz färbte. Der tiefrote Lippenstift und die bleiche Gesichtshaut verliehen ihr etwas Hexenhaftes. Trotzdem hatte sie den Ruf, eine Koryphäe auf ihrem Gebiet zu sein. Kurz gesagt: Gabler mochte sie.

»Zu so später Stunde habe ich nicht mit Ihnen gerechnet, Frau Doktor.«

»Ich auch nicht, mein Junge, ich auch nicht. Aber Dr. Kleinle hat Urlaub, seine erste Vertretung Dr. Müller ebenfalls. Und die Aushilfe, Dr. Lorenz, hat sich das Bein gebrochen.« Sie seufzte. »Dieser Idiot ist vom E-Bike gefallen. Diese Teufelsdinger sind eben nicht für jedermann. Jetzt muss ich diese und nächste Woche ran, wenn Not am Mann ist. Eigentlich bin ich zu alt für diesen Scheiß!«, grummelte sie. »Immerhin werde ich bald dreiundsechzig.«

»Sie sollten in Rente gehen«, riet er ihr.

»Sollte ich, du hast recht. Kann sein, dass ich das wirklich bald in Angriff nehme. Aber dann kommt bestimmt wieder der Chef angekrochen und bettelt und bittet, dass er ohne mich aufgeschmissen ist. Kennst du wahrscheinlich selbst. Na ja, oder vielleicht auch nicht.«

Gabler überhörte geflissentlich die kleine Spitze, sie war nicht ernst gemeint. Er wollte bereits seine erste Frage stellen, als ihm Albrecht zuvorkam.

»Stell deine Frage.«

»Wollte ich gerade.«

»Ich meine, diese eine Frage, die immer als Erstes kommt. Du weißt schon.«

»Können Sie mir bereits was zum Tathergang sagen?«

Sie winkte ihn mit ihrem Zeigefinger näher. »Stopp! Das reicht.«

Gabler streckte seinen Hals und ging auf die Zehenspitzen, um besser sehen zu können.

Dr. Albrecht legte ihren behandschuhten Finger an die Halswunde. »Siehst du das?«

Er räusperte sich. »Was genau?«

»Wir haben es hier mit einer fast vollständigen Durchtrennung des Halses zu tun, mit Eröffnung der Halsschlagadern.«

»Mhm«, machte er.

»Sieht fast wie ein zweiter Mund aus, was?«

Das hatte er vorhin ebenfalls gedacht.

»Man könnte in diesen falschen Mund beinahe ein Lächeln hineininterpretieren, nicht wahr? Ist natürlich Unfug, denn jeder weiß: *Tote lächeln nicht!* Das ist übrigens der Titel eines ziemlich guten Krimis, den musst du unbedingt mal lesen. Spielt auch gar nicht so weit weg, nämlich in Augsburg. Wie heißt der Autor gleich wieder?« Sie legte einen Zeigefinger an die Oberlippe und schien angestrengt zu überlegen. »Fritz? Nein, Franz! Franz Hafermeyer. Solltest du wirklich lesen, vielleicht lernst du was für deine Ermittlungen.« Die schwarze Anna lachte.

»Mach ich«, log Gabler. Er sah und las keine Krimis, die erlebte er in der Arbeit jeden Tag am eigenen Leib. Da brauchte er in seiner Freizeit bestimmt nicht die geistigen Ergüsse irgendwelcher Drehbuchautoren oder Krimischreiberlinge.

Albrechts Finger bewegte sich fort von der Halswunde und weiter bis zum Hori-Hori im linken Auge des Opfers. »Das ist ein …«

»… Hori-Hori«, sagte Gabler rasch.

»Beeindruckend!« Albrecht hob eine Augenbraue.

»Allgemeinwissen«, winkte er ab.

»Das Hori-Hori ist bis zum Heft ins Auge gestoßen worden. Dazu gehört eine unglaubliche Brutalität, findest du nicht auch, Tiberius?«

»Auf alle Fälle. Hat man mit dem … Hori-Hori auch die Kehle …?«

»Davon ist auszugehen. Der Täter hat ihr mit einem raschen Schnitt den Hals aufgeschlitzt und die Frau auf den Tisch gestoßen. Die Hände hat sie um ihren Hals gelegt, wahrscheinlich in dem sinnlosen Versuch, die Blutung zu stoppen. Als das Leben aus ihr rausgeflossen ist, hat der Mörder ihr das Messer ins Auge getrieben. Das wäre aber nicht notwendig gewesen, an der Halswunde wäre sie ohnehin verblutet.« Albrecht strich beinahe zärtlich über den Holzgriff des Messers. »So ein schönes Werkzeug«, sagte sie mit sanfter Stimme. »Ich habe auch so eines für meinen Garten.«

Gabler warf ihr einen irritierten Blick zu, straffte sich und rang sich zur nächsten Frage durch. »Gibt es Abwehrverletzungen?«

Dr. Albrecht schüttelte den Kopf, das Plastik ihrer Haube knisterte dabei. »Nein, weder an Armen noch Händen. Sie muss vom Angriff total überrascht worden sein. Ich habe an ihr keine Spuren eines Kampfes gefunden.«

»Todeszeitpunkt?«

»Ich wusste, dass diese Frage kommt.«

»Selbstverständlich kommt sie.«

»Wie spät ist es jetzt?«

Gabler blickte auf die Uhr. »23.03 Uhr.«

»Man hat mir gesagt, die Leiche wurde kurz nach neun gefunden.«

»Der Notruf ging um 21.07 Uhr ein, also kommt das hin.«

»Dann geh von einem Todeszeitpunkt maximal eine halbe Stunde vorher aus. Plus/minus zehn Minuten.«

»Also circa 20.30 Uhr?«

»Korrekt«, gab sie zurück. »Jetzt lass mich in Ruhe zu Ende arbeiten, dann lässt du die Tote durch den Bestatter zu mir nach München bringen. Morgen am späten Vormittag führe ich die Obduktion durch, am Mittag ... sagen wir eher am frühen Nachmittag, hast du die Ergebnisse. Was ist?«

»Was soll sein?«

»Du schaust so komisch?«

»Ich?«

»Nein, Barack Obama.«

Er schaute sie verständnislos an.

»*Natürlich* du.«

»Ich schaue nicht komisch.«

»Aber vorwurfsvoll. So, als wolltest du fragen, wieso schnippelt die Alte nicht schon um sieben Uhr früh an der Leiche rum.«

»Das habe ich nicht gesagt.«

»Dein Blick verrät dich, mein lieber Tiberius. Aber ich brauche in meinem Alter meinen Schönheitsschlaf. Bis ich ins Bett komme, ist es locker ein Uhr in der Nacht. Vor neun Uhr stehe ich nicht auf, frühestens um zehn, wahrscheinlich erst halb elf bin ich in der Rechtsmedizin.«

Gabler hob beide Arme. »Schon gut, Frau Doktor. Sie sind der Boss. Lassen Sie sich alle Zeit der Welt.«

Dr. Albrecht sah ihn mit einem lauernden Blick an. »Du kannst aber bei der Obduktion dabei sein, dann erfährst du im Liveticker die Ergebnisse.«

»Nein, Sie kennen meinen empfindlichen Magen. Ich schicke den Flötzner.«

»Ah, den jungen Kollegen von dir. Ist mir auch recht, der ist ziemlich knackig.«

Gabler verdrehte die Augen zum Himmel und wandte sich zum Gehen.

KAPITEL 18

Dienstag, 18. Juni

Am nächsten Tag saß Esther dem Kriminalbeamten Gabler in ihrem Büro erneut gegenüber. Mittlerweile war sie einigermaßen gefasst und froh, dass der Polizist noch mal mit ihr sprechen wollte. Sie hatte ihm einen Kaffee gebracht.

Er rührte in der Tasse, trank einen Schluck und stellte sie auf den Arbeitstisch. Zog ein Notizbuch aus seiner Hemdtasche und überflog mit gefurchter Stirn seine Eintragungen. Gabler griff erneut nach der Tasse und nippte.

Diesmal hatte Esther ihm einen bequemeren Stuhl aus dem Speiseraum hingestellt. Gestern schien er die ganze Zeit auf dem Holzstuhl herumgerutscht zu sein. Zugegeben, der Stuhl war eigentlich nur zur Deko vor der Rezeption gedacht, er war alles andere als komfortabel.

»Ziemlich gut, der Kaffee«, lobte der Polizist. »Nicht zu vergleichen mit der dünnen Brühe bei uns im Präsidium.«

Esther musterte den Kripobeamten, der heute mit einem weißen Kurzarmhemd und einer dunkelblauen Leinenhose bekleidet war, dazu weiße Turnschuhe. Angesichts der sommerlichen Temperaturen hatte der Beamte auf Krawatte und Jacke verzichtet. Aus einem Gürtelholster ragte der Griff einer schwarzen Pistole. Gablers Alter war schwer einzuschätzen, wahrscheinlich Ende vierzig oder Anfang fünfzig. Zahlreiche Falten gruben sich in sein frisch rasiertes Gesicht wie kleine Mondkrater. Wahrscheinlich Zeichen eines herausfordernden Berufslebens oder privater Schicksalsschläge. Wer wusste das schon. Sein kurzes Hemd sah ebenso zerknittert aus wie er selbst. Die schütteren Haare waren in einem Kurzhaarschnitt gehalten.

»Haben Sie schon rausgefunden, wer der Täter war?«

»Deshalb bin ich hier, Frau Dumanski. Um den Täter zu ermitteln.«

»Glauben Sie etwa, es war einer der Gäste?« Ihre Stimme zitterte vor Aufregung. Erschrocken schlug sie die Hand vor ihren Mund.

»Ich glaube gar nichts«, versicherte Gabler. »Glauben bringt einen Polizeibeamten nicht weit. Ich brauche Beweise!«

»Haben Sie denn gestern keine Beweise gesichert? Fingerabdrücke, DNA, Gewebeproben und was weiß ich, was es da alles gibt?«

»Das ist kein Fernsehkrimi«, belehrte sie der Polizeibeamte. »Die Kollegen des Erkennungsdienstes werten die Spuren noch aus, das kann mehrere Tage, vielleicht auch Wochen in Anspruch nehmen. Ob was Verwertbares darunter ist, weiß ich nicht. Es ist ja so, dass uns Fingerabdrücke oder DNA-Material nur dann zum Täter führen, wenn der bereits in der Datenbank gespeichert ist. Damit komme ich zu meiner nächsten Bitte.«

Sein Tonfall klang allerdings gar nicht wie eine Bitte, seine Augen blickten streng.

»Wir brauchen von allen Gästen und Mitarbeitern der Pension Vergleichsfingerabdrücke. Außerdem eine Speichelprobe.«

»Sie meinen, falls Sie einen Treffer landen und der nicht in Ihrer Datenbank ist, könnte …«

Gabler hob die Hand. »In erster Linie geht es darum, dass wir die gesicherten Spuren auseinanderhalten können. Es gibt Personen, die sich berechtigt am oder in der Nähe des Tatorts aufgehalten haben, die müssen wir logischerweise aussondern. Was übrig bleibt, das ist das Interessante.« Der Kommissar trank erneut einen Schluck vom Kaffee. »Lydia Sommer war Ihr Gast, und wie ich erfahren habe, gestern ebenfalls auf dem Grillfest. Es gab Small Talk, man stand beieinander, hat sich sogar vielleicht berührt. Dabei gab es einen berechtigten Spurenaustausch, wenn Sie verstehen, was ich meine. Es ist eine hochkomplexe Angelegenheit, diese Spuren von denen zu unterscheiden, die der Täter gesetzt hat.«

Esther nickte, sie hatte verstanden.

Gabler beobachtete sie, eine Falte zog sich quer über seine Stirn. »Das Tatwerkzeug ist ein Pflanzmesser. Ich gehe davon aus, es gehört Ihnen?«

»Ja, das ist ein …«

»Hori-Hori, ich weiß.«

»Ich habe mehrere, aber nur eins mit einem Holzgriff.«

»Genau jenes wurde bei der Tatausführung verwendet. Wer hatte alles Zugang zu dem Messer, abgesehen von Ihnen, Frau Dumanski?«

Eine Weile überlegte Esther »Jeder natürlich. Das Gartenzeugs liegt in der Hütte, die ist nicht abgesperrt. Immerhin gebe ich ein Gartenseminar, das Hori-Hori hatten alle meine Schüler in der Hand, ich habe es rumgehen lassen.«

»Na toll«, brummte der Polizist und verzog missmutig das Gesicht. »Also sind alle möglichen Fingerabdrücke drauf.«

»So ist es«, sagte Esther.

»Wäre zu schön gewesen«, murmelte er. »Damit hat

das Messer als Spurenträger nahezu keine Beweiskraft mehr. Ich frage mich, ob der Täter genau dies beabsichtigt hat.«

Esther spürte Gablers misstrauischen Blick auf ihr, sie sah ihn an. »Ihre Frage irritiert mich. Verdächtigen Sie etwa mich?« Sie schob ihr Kinn angriffslustig vor.

Gabler zeigte sich unbeeindruckt und antwortete mit einer Gegenfrage. »Wann haben Sie die Tote zuletzt lebend gesehen?«

Sofort wusste Esther Bescheid. Gablers Vorgehen, nicht auf ihre Frage zu antworten und stattdessen sofort eine Gegenfrage abzuschießen, war leicht als Taktik der Verunsicherung zu durchschauen. *Natürlich* schloss der Kommissar nicht aus, dass einer von ihnen Lydia umgebracht hatte. Als guter Ermittler durfte er das wahrscheinlich auch gar nicht. Aber trotzdem war nur der Gedanke daran so was von an den Haaren herbeigezogen. Esther kannte die tote Frau überhaupt nicht, und ihre Gäste noch viel weniger.

»Wann haben Sie die Tote zuletzt lebend gesehen?«, wiederholte der Kommissar, diesmal drängender.

Esther überlegte. »Es war ein ständiges Kommen und Gehen, eine lockere Grillparty, wenn Sie verstehen.«

»Nein, ich verstehe nicht.«

Deutlich hörbar atmete Esther aus.

Gabler tat es ihr gleich. Ungeduldig.

»Ich meine, es war ungezwungen, wir saßen schließlich nicht einfach an einem Tisch. Die Gäste hatten sich aufgeteilt. Auf der Terrasse und im Garten. Manche wanderten umher, andere gingen eine Zigarette rauchen.«

»Lydia Sommer?« Gabler musterte Esther eingehend.

»Die holte sich vom Grill was zum Essen und ging dann in den Garten«, erinnerte sie sich. »Ich habe mich die meiste Zeit mit den Gästen unterhalten, irgendwann gab es einen Schrei.«

»Wer hat geschrien, etwa Frau Sommer?«

»Nein, ein Mann. Es war Jan, er hatte Lydia gefunden. Deshalb hat er um Hilfe gerufen.«

»Wann hatte Jan die Grillfeier verlassen?«

»Keine Ahnung, er ist ein starker Raucher und ist ständig gegangen, um eine durchzuziehen. Deshalb hat Cindy ihm auch den Spitznamen Smokey-Joe verpasst.«

»Trauen Sie Jan einen Mord zu?«

»Trauen Sie *mir* einen Mord zu?«, nahm sie seine Taktik der Gegenfrage auf.

»Ich versuche mir lediglich ein Bild von der Situation zu machen.«

»Kann nicht jeder Mensch zu einem Mörder werden?«, fragte sie. »Ich kenne meine Gäste nicht näher, also kann ich darauf keine Antwort geben.«

»Kannte einer Ihrer Gäste denn das Mordopfer?«

»Soviel ich weiß, nicht. Ich glaube kaum, dass jemand der Gäste was mit dem Mord zu tun hat.«

»Woher wollen Sie das wissen? Eben sagten Sie, dass Sie die Gäste nicht kennen«, konterte Gabler.

»Das sagt mir mein Bauchgefühl.«

»Soso, das Bauchgefühl.«

Sie bemerkte seinen spöttischen Blick, ging darauf aber nicht ein, sondern grübelte. Ja, sie glaubte schon, dass der Mörder von außerhalb kam. Andererseits warf das Hori-Hori Fragen auf. Wieso sollte ein Außenstehender ausgerechnet das japanische Gartenmesser aus der Hütte stehlen, um einen Mord zu begehen? Außer, er beobachtete Esther und die Pension seit geraumer Zeit und wusste, wo er ein ideales Werkzeug für einen Mord finden würde, um es dann so aussehen zu lassen, als wäre ein Insider für die Tat verantwortlich. War das zu viel um die Ecke gedacht von ihr? Wer sollte so viel Planung investieren, aus welchem Grund? Da fiel ihr auf einmal die passende Antwort auf diese Frage ein.

»Ich wüsste, wo Sie genauer ermitteln sollten.«

»Da bin ich aber gespannt.« Gabler deutete mit einer Handbewegung an, dass sie fortfahren sollte.

»Auf der anderen Seite des Waldes lebt ein Eremit. Erst seit diesem Frühjahr, das ist ein seltsamer Kauz. Nehmen Sie den mal unter die Lupe.«

»Wie kommen Sie ausgerechnet auf ihn?«

»Er hat mich am Samstagmittag im Wald abgepasst, hat mir regelrecht mit seinem Hund aufgelauert.«

»Wollte er was von Ihnen?« Gabler beugte sich neugierig vor.

»Nein, aber er war … unheimlich. Irgendwie jedenfalls.«

»Unheimlich?«

»Mhm.«

»Ihr Gefühl hat keinen besonders hohen Beweiswert, es ist nicht mal ein Indiz.«

Esther spielte ihren nächsten Trumpf aus. »Weshalb steht er dann Sonntagnacht unten am Gartenzaun und beobachtet mein Schlafzimmer? Einen Tag nach dem Vorfall im Wald!«

»Das hat er getan?«

Sie nickte heftig. »Es ist doch sonnenklar, dass der Kerl etwas zu verbergen hat.« Auf einmal lag die Absicht des Eremiten klar vor ihren Augen. Esther schnippte mit den Fingern. »Bestimmt hat er die Örtlichkeit ausgekundschaftet. Möglich, dass er die Gartenhütte durchstöbert und dabei das Hori-Hori als ideale Mordwaffe entdeckt hat. Finden Sie es nicht komisch, dass dieser Mann im Wald rund um meine Pension spioniert, das riecht doch geradezu danach, dass er mit der bewusstlosen Frau im Wald zu tun hat.«

»Vielleicht war dieser Eremit aber auch lediglich ein Spanner, der ein Auge auf Sie geworfen hat.«

Spöttisch lachte sie auf. »Nein, der wollte was anderes. Es ging um die bewusstlose Frau im Wald. Basta!«

Gabler kräuselte die Nase. »Zu dieser Geschichte mit der *scheinbar* bewusstlosen Person wollte ich gleich kommen. Lassen Sie uns zuerst ...«

So in Fahrt, wie sie war, schnitt sie dem Beamten einfach das Wort ab. »Vielleicht kannte der Mann diese Frau, bei der es sich um Lydia Sommer gehandelt hat.«

Gabler machte ein zweifelndes Gesicht.

»Kann doch sein«, beharrte Esther. »Folgende These: Lydia war bei dem Eremiten im Haus, aus welchem Grund auch immer. Es gab Streit, sie ist in den Wald gelaufen, er hat sie eingeholt und niedergeschlagen. Dummerweise hat sie vorher so laut geschrien, dass wir aufmerksam geworden sind. Da musste der alte Mann schnell verduften. Als wir Hilfe holen wollten, ist Lydia Sommer wieder zu sich gekommen und hat ihrerseits das Weite gesucht. Deshalb hat der Eremit auch meine Pension beschattet, weil er dachte, Lydia wäre da untergetaucht. Was sie kurz darauf auch tat, wie wir mittlerweile wissen. Bestimmt hatte sie einen Racheplan gegen den Mann geschmiedet. Dummerweise ist er ihr zuvorgekommen und hat sie heimtückisch umgebracht. Ausgerechnet mit meinem Hori-Hori!« Esther lehnte sich zufrieden zurück und dachte über ihre Vermutung nach, die ihr jetzt absolut logisch vorkam.

Gabler machte sich einige Notizen.

Allerdings fand sie, dass der Kommissar nicht recht überzeugt von ihrer These war.

Also setzte sie noch einen drauf. »Außerdem haben wir bei unseren Nachforschungen ...«

Gabler hob die Hand und stoppte ihren Redefluss. »Moment, was war das eben? Ihre *Nachforschungen*, was ist damit gemeint?«

»Auf meiner Kräuterwanderung haben ich und meine Gartenschüler ein bisschen die Augen aufgehalten. Logisch, oder? Immerhin dachten wir, am vorangegangenen Abend eine Leiche im Wald gefunden zu haben. Auf unserer Wanderung sind wir zufällig am Haus dieses Eremiten vorbeigekommen.«

»*Zufällig*, soso.« Gabler schmunzelte.

Esther fiel die süffisante Bemerkung durchaus auf, sie ignorierte sie allerdings genauso wie sein Grinsen. »*Genau*, rein zufällig. Der Mann ist aber dermaßen unverschämt geworden, er hat uns mit einer billigen Drohung davongejagt.«

»Er hat Sie bedroht?« Gabler zog die Augenbrauen zusammen, bis sie sich beinahe berührten.

»Mit einem Gewehr.«

»Er hat auf Sie *geschossen*?«

Sie zuckte aufgrund der plötzlichen Lautstärke erschrocken zusammen. »Nein, Gott bewahre! Er hat es in der Hand gehalten.«

»Und auf Sie gezielt?«

»Nein, er hat es nur in der Hand gehalten. Habe ich das nicht gerade gesagt?«

»Das sollte eine Drohung sein?«

»Zusammen mit dem Spruch schon.«

»Welcher Spruch?«

»Auf der Wand über seiner Terrassentür. *Bedenke, dass der Tod nicht zögert*, stand da in weißer Schrift.«

»Hmmm.«

Esther begründete ihren Verdacht weiter. »Wenn man dem Bach folgt, der nicht weit vom Haus des Eremiten in den Wald führt, gelangt man genau zu der Stelle, wo wir die Frau gefunden haben. Das ist doch jetzt ein Indiz, oder etwa nicht?«

Nachdenklich rieb sich der Kommissar das Kinn. »Hat der Eremit auch einen Namen?«

»Öko-Emil.«

»Mit Nachnamen?«

»Moment.« Esther stand auf und rief in die Küche. »Kyra, kommst du mal?«

Kurz darauf stand ihre Freundin im Büro und knetete aufgeregt ihre Hände.

»Weißt du, wie der Öko-Emil mit Nachnamen heißt?«

»Wirstle.«

»Emil Wirstle?«, schnappte Gabler.

»Sie kennen ihn?« Esther ballte die Fäuste. »Aha, ein ehemaliger Kunde von Ihnen? Da haben Sie Ihren Tatverdächtigen.«

»Kann ich nicht glauben, Emil war Polizist.«

»Polizist?« Esther lehnte sich überrascht zurück.

Kyra schnappte nach Luft.

»Habe gar nicht gewusst, dass er nach Starnberg gezogen ist«, murmelte Gabler.

»Polizist?«, wiederholte Esther. »Soso, und da ist es für Sie anscheinend sofort sonnenklar, dass er unschuldig ist. Eine Krähe hackt der anderen kein Auge aus, verstehe. So läuft die Sache also.«

Gabler sah auf, sein Blick ging allerdings in die Ferne, glatt durch sie hindurch. Ihren Vorwurf hatte er offensichtlich überhört. »Ja, er war ein Streifenbeamter in Pfaffenhofen an der Ilm. Emil ...« Gabler blickte sie an. »Eigentlich brauche ich Ihnen das nicht zu sagen. Aber um Sie von weiteren dummen Nachforschungen abzuhalten, erzähle ich Ihnen eine Geschichte über Emil Wirstle. Außerdem ist der Fall damals durch die Presse gegangen, daher verrate ich keine Dienstgeheimnisse. Vor fünfzehn Jahren kam es in Pfaffenhofen zu einem tödlichen Schusswaffengebrauch. Wirstle war als erster Beamter zu einem Einbruch in einen Getränkeladen gerufen worden. Als er und sein Kollege das Gebäude betraten, stand ihnen der Einbrecher gegenüber und hatte eine Schusswaffe in der Hand. Emil und sein Partner haben den Einbrecher aufgefordert, die Waffe niederzulegen.«

»Was er aber nicht getan hat«, flüsterte Esther.

»Was er nicht getan hat«, bestätigte Gabler. »Emil hat sich bedroht gefühlt und einmal geschossen. Es waren schlechte Sichtverhältnisse, Taschenlampenlicht, es war Nacht. Die Kugel traf den Täter ins Herz, er war auf der Stelle tot.«

»War das nicht ein Fall von Notwehr?«, fragte Kyra.

»Rechtlich auf jeden Fall. Es gab Ermittlungen, die aber eingestellt wurden. Emil traf keine Schuld. Aber es hat sich nachträglich rausgestellt, dass der Täter nur eine Schreckschusswaffe in der Hand hielt.«

»Das konnte Emil doch unmöglich erkennen in der Dunkelheit«, nahm Esther reflexhaft den Eremiten in Schutz.

»Viel schlimmer war, dass der Einbrecher ein fünfzehnjähriger Junge war.«

»Oh Gott!« Kyra schlug die Hände vor den Mund.

Esther brachte keinen Ton mehr über die Lippen.

»Eine Tragödie!«, flüsterte Gabler. »Ich kann mich an den Fall gut erinnern. Zur selben Zeit war ich ebenfalls Streifenbeamter und hatte in der gleichen Nacht Dienst in Starnberg. Pfaffenhofen ist nicht aus der Welt, natürlich haben innerhalb kürzester Zeit alle bayerischen Polizisten von der Geschichte erfahren. Ein paar Jahre später habe ich Emil zufällig bei einem Lehrgang in Ainring getroffen. Da war er schon lange nicht mehr im Streifendienst, das schaffte er nicht mehr. Man hatte ihn in den Innendienst nach München versetzt. Soviel ich gehört habe, ist mittlerweile seine Ehe zerbrochen, man hat ihn frühpensioniert. Aus Pfaffenhofen war er schon relativ schnell nach dem Vorfall weggezogen. Damals gab es zwar noch kein Social Media, aber Vorwürfe an ihn gab es trotzdem. Anonyme Schreiben im Briefkasten, eingeworfene Fenster. Graffitischmierereien an der Hauswand: *Kindermörder!* Und weitere schlimme Ausdrücke. Das hat er nicht ausgehalten, deshalb wollte und konnte er in Pfaffenhofen nicht mehr leben.«

Esther war erschüttert über das, was dem Eremiten in seinem Leben widerfahren war. Gleichzeitig schämte sie sich für ihr Verhalten und ihre Gedanken.

Gabler machte eine Pause. »Warum ich Ihnen das erzähle? Ganz einfach, ich halte Emil für keinen Mörder. Ja, er hat ein Menschenleben auf dem Gewissen. Aber er hat diese junge Frau nicht umgebracht, das glaube ich einfach nicht. Trotzdem werde ich ihn auf meine Liste der zu überprüfenden Personen setzen, denn genau das ist mein Job. Wie ich schon erwähnt habe, Glauben heißt nicht Wissen. Und in meinem Beruf habe ich alles erlebt, deshalb will ich nichts ausschließen. Also greift Ihr Vorwurf ins Leere, ich wäre auf diesem Auge blind und würde einem Kollegen automatisch kein Verbrechen zutrauen. Ich werde in nächster Zeit ein Gespräch mit Emil führen. Aber ich denke, den Mörder von Lydia Sommer müssen wir woanders suchen.«

KAPITEL 19

Den ganzen Dienstag verbrachten Gabler und seine Kollegen auf dem Gelände und stellten den gesamten Betrieb auf den Kopf. Ständig wurde jemand von Esthers Gartentruppe zu einer Befragung durch Gabler oder seine Mitarbeiter gerufen. Kurz: An eine gemeinsame Gartenstunde war nicht zu denken. Selbst Streunerkater Rosewood war es zu viel Tohuwabohu auf dem Grundstück, er ließ sich nicht blicken. Taggart flog immer wieder über das Areal und keifte die Beamten an, als wollte er sie mit dem Geschrei vertreiben. Die Enten Axel und Foley zogen unterdessen ungerührt ihre Kreise auf dem Weiher und paddelten im Wasser herum.

Um ein wenig Normalität in den Tag zu bringen und sie von dem furchtbaren Geschehnis wenigstens ein bisschen abzulenken, gab Esther ihren Schülern Gartenaufgaben.

Aaron und Dominik sollten sich um das Gemüsebeet kümmern, während Cindy und Rochus die Rosen wässerten. Einzelgänger Jan arbeitete eifrig am Hochbeet. Esther ging zwischen ihren Schülern hin und her und gab Tipps und Hinweise. Für Belustigung sorgten Eddy, Murphy und Billy, die Schildkröten, die Esther ihren Schülern zeigte. Die drei lagen faul im Außengehege und ließen sich die Sonne auf den Panzer scheinen. Zwischendurch blickten alle Gartler immer wieder zum Weiher, wo Polizeibeamte eifrig nach Spuren suchten, den Tatort vermaßen und Foto- sowie Videoaufnahmen anfertigten.

Weder Esther noch ihre Schüler waren bei der Sache,

deshalb schickte sie die Gartler zu einer Pause auf die Terrasse. Ohnehin wäre es bald Zeit fürs Mittagessen, und angesichts der hochsommerlichen Temperaturen und der gnadenlos herabbrennenden Sonne wollte sie bei ihren Gästen keinen Sonnenstich riskieren.

Nachdem sie den salbeigrünen Gartenschlauch aufgerollt hatte, gesellte sie sich zu den anderen, denen Kyra gerade einen Eistee servierte. Cindy blätterte in einer Gartenzeitschrift, während Rochus und Aaron in ihre Smartphones vertieft waren. Es gab zwar kein Handynetz im Wald, aber das WLAN der Pension funktionierte einigermaßen. Jedenfalls bis zur Terrasse, im Garten versagte die Reichweite. Jan und Dominik beobachteten unterdessen die Polizeibeamten bei ihrer Arbeit.

»Esther, willst du auch einen Eistee?«, fragte Kyra.

»Im Kühlschrank müsste noch was vom Kräutertrank übrig sein. Den brauche ich jetzt, und zwar mit vielen Eiswürfeln.«

»Kommt sofort«, entgegnete Kyra und rauschte ab nach drinnen.

Esther sah sie in der Küche verschwinden.

Kommissar Gabler eilte vom Weiher zurück in den Pensionsgarten und begrüßte dort in diesem Moment ein Dutzend uniformierte Beamte, die an der Pension vorbei in den Garten marschierten. Sie trugen schwarze Einsatzkleidung, Lederstiefel und schwere Einsatzgürtel.

Esther richtete sich alarmiert auf, ihr wurde angst und bang um ihre Pflanzen.

Kyra kam wieder und stellte Esther ihr Getränk auf den Tisch.

»Danke, Kyra«, sagte sie und trank das Glas halb leer. »Ah, das war gut.«

»Was wollen die?«, wollte Cindy wissen.

»Die sind von der Einsatzhundertschaft«, erklärte Kyra. »Die haben vorhin geklingelt, ich habe sie in den Garten zu Gabler geschickt.«

Esther beäugte misstrauisch die klobigen Stiefel der Frauen und Männer. »Hoffentlich zertreten die mir nicht meine Blumenbeete.« Sie stand auf und ging hinunter zu den Beamten, die sich auf dem Kiesweg hintereinander aufreihten. Gabler hielt anscheinend eine Ansprache. Um besser hören zu können, traten zwei riesige Polizisten seitlich in das Beet mit den Rosen und trampelten mehrere Pflanzen nieder.

»Hey, Vorsicht!«, rief Esther. »Was glaubt ihr, was das für eine Arbeit mit den Blumenbeeten ist?«, fauchte sie die beiden Polizisten an, die groß und breit wie Grizzlybären waren. Esther musste den Kopf in den Nacken legen, um ihnen ins Gesicht zu schauen. Obwohl körperlich ausgewachsen, hatten sie nicht einmal einen richtigen Bart, höchstens ein leichter Flaum war zu sehen. Esther schätzte sie auf Anfang zwanzig.

»Sorry«, entschuldigten sie sich sofort und traten zurück auf den Kiesweg.

»Frau Dumanski, Sie stören gerade meine Einsatzbesprechung«, beschwerte sich Gabler.

»Und Sie *zer*stören meinen Garten«, zischte sie. »Machen Sie Ihre Besprechung bitte woanders. Wie wäre es mit der Obststreuwiese? Da ist Platz genug.«

»Geht nicht, denn um diese geht es gerade. Die Leute von der Einsatzhundertschaft werden diese Wiese durchkämmen und nach Spuren absuchen. Später erweitern wir den Radius und werden auch den Wald einbeziehen. Der Täter muss ja irgendwohin geflüchtet sein.«

»Der Wald ist ziemlich groß«, hörte Esther eine Stimme im Rücken.

Julius trat an Esthers Seite und legte den Arm um ihre Hüfte.

Er war heute daheimgeblieben, hatte freigenommen angesichts des Mordes. Julius wollte ihr zur Seite stehen. Dankbar lächelte sie ihn an.

»Wenn Sie wollen, kann ich Ihnen helfen, Herr Kommissar. Ich verfüge über Karten, die jeden einzelnen Wald- und Feldweg zeigen. Das erleichtert Ihnen bestimmt die Koordination der Suche.«

»Vielen Dank, Herr Dumanski, das Angebot nehme ich gerne an. So, Leute, ihr wisst Bescheid mit der Wiese. Wenn ihr fertig seid, teile ich euch für den Wald ein.« Während die Beamten an ihm vorbei Richtung Streuobst- wiese liefen, wandte Gabler sich an Julius. »Okay, wo können wir uns die Karten ansehen?«

Julius zeigte zum Freisitz. »Dort hinten ist ein schat- tiges Plätzchen. Ich schlage vor, Sie warten da auf mich, dann bringe ich Ihnen alles, was wir brauchen.«

Esther hielt das für eine gute Idee. »Ich sage Kyra, sie soll euch was zum Essen und Trinken bringen. Es ist so- wieso bald Mittag. Und Ihren Kollegen von der Spuren- sicherung und den Leuten von der Einsatzhundertschaft können Sie ausrichten, dass es für alle was zum Essen gibt.«

»Ohne Mampf kein Kampf«, sagte Gabler und nickte. »Vielen Dank, das ist sehr nett von Ihnen.«

»Wo ist eigentlich Ihr Kollege, der Herr Flötzner?«

»Einer muss im Büro die Stellung halten, und das ist er. Oberkommissar Flötzner hält den Kontakt zur Staats- anwaltschaft und anderen Behörden, die uns unterstützen.

Außerdem ist er bei der Obduktion des Mordopfers dabei.« Er verstummte und biss sich auf die Unterlippe.

An seinen Augen sah Esther, dass er sich über seinen Redefluss ärgerte. Was die Aussicht auf ein gutes Mittagessen doch mit einem machte, dachte sie und lachte in sich hinein. Dann ging sie in die Küche und sprach mit Kyra. Angesichts der Vielzahl der Polizeibeamten würde sie ihre Freundin heute den ganzen Tag brauchen. Sie war eine hervorragende Köchin.

※ ※

Je länger die Polizisten die Pension belagerten, umso mehr sank Esthers Laune in den Keller. Natürlich fand sie es schockierend, dass ein Menschenleben auf so brutale Weise genommen worden war. Allerdings verdrängte ein anderer Gedanke im Laufe des Tages dieses Ereignis. Der Mord hatte sich bestimmt in ganz Starnberg rumgesprochen, wahrscheinlich längst im Landkreis.

Was das bedeutete, war klar. Ihre Pension konnte sie komplett dichtmachen. Wenn jetzt schon kaum Gäste kamen, wer würde in Zukunft bei ihr Urlaub machen wollen? An einen Ort, wo ein furchtbarer Mord passiert war, kämen doch keine Familien mehr her. Und einen entspannenden Gartenkurs anbieten, wo in nächster Nähe einer Frau die Kehle aufgeschlitzt worden war? Aussichtsloses Unterfangen! Vielleicht kämen irgendwelche Freaks, die neugierig waren, den Schauplatz eines Mordes zu begutachten. Darauf hatte Esther allerdings keine Lust. Während sie durch den Garten schlenderte und ihren trüben Gedanken nachhing, fiel ihr Tiberius Gabler auf, der mit dem Handy am Ohr am kleinen Tisch unter der nachtblau blühenden Clematis saß. Sie ging wie zufällig in die Richtung, machte eine kleine Biegung und verschwand hinter der hohen Buchenhecke, die die Sitzecke vom Rest des Gartens abtrennte.

»Verdammt, ich kriege hier einfach kein Netz! Das muss an den ganzen Bäumen liegen.«

Der Kommissar hantierte mit irgendwas, dann ertönte seine Stimme. »Einsatzzentrale für Gabler vom K1, kommen.«

Ein Rauschen zeigte Esther, dass der Beamte offensichtlich ein Funkgerät benutzte.

»Einsatzzentrale hier«, kam es kurz darauf laut scheppernd aus dem Funk.

»Kacke, ist das laut!«, fluchte Gabler. »Ich bin hier draußen am Mordschauplatz *Pension Sonnenblume* und habe keinen Handyempfang. Stellen Sie mich bitte in mein Kommissariat durch.«

Die Antwort war leise und kaum zu verstehen, offensichtlich hatte Gabler die Lautstärke runtergedreht.

Eine Wespe lenkte Esthers Aufmerksamkeit kurz ab, das Insekt interessierte sich stark für ihr Sommerkleid.

Als sie sich wieder auf Gablers Unterhaltung konzentrierte, war dieser bereits im Gespräch mit seinen Leuten.

»Habt ihr schon die Angehörigen der Toten verständigt?«, hörte sie den Polizisten.

Falls jemand Esther zufällig beobachtete, tat sie so, als würde sie einen Rosenstock nach Läusen oder Mehltau absuchen, während sie lauschte. Ihr Herz schlug bis zum Hals, sie hatte das Gefühl, der Polizist auf der anderen Seite der Hecke musste es unbedingt hören. Das schlechte Gewissen nagte an ihr, allerdings nicht lange, es gelang ihr, die negativen Gedanken zu verdrängen. Immerhin war das ihre Pension. Da war es ihr gutes Recht, es zu erfahren, wenn der Kommissar Neuigkeiten hatte. Schließlich war das ihr Grundstück, auf dem der verabscheuungswürdige Mord begangen worden war. Mit einer Atemtechnik, die sie beim Yoga gelernt hatte, schaffte es Esther, ihren hämmernden Puls herunterzufahren.

Die Antwort aus dem Funkgerät war nicht zu verstehen.

»Sie war nicht verheiratet?«, kam es von Gabler.

Wieder eine undeutliche Replik aus dem Funk.

»Was ist mit den Eltern?«

Nuscheln und Krächzen aus dem Funk.

»Beide tot? Bruder und Schwester, wie sieht es da aus?«

Esther glaubte, aus dem Rauschen den Namen Sommer herausgefiltert zu haben.

»Eine Schwester namens Lena Sommer, aha.«

Aha, es gab also eine Schwester.

»Wo wohnt sie?«

»...hafen«, verstand Esther.

»In Cuxhaven, soso.«

Blöder Funk. Esther beschloss, sich ausschließlich auf Gabler zu fokussieren und die Antworten auszublenden, die waren sowieso zu undeutlich.

Gabler fuhr fort. »Die Kollegen aus Cuxhaven haben Lena Sommer nicht angetroffen, als sie die Todesnachricht überbringen wollten? Die sollen es weiter versuchen, irgendwer muss schließlich die Bestattung und alles Weitere veranlassen. Wo hat Lydia Sommer gewohnt? In Hamburg, aha. Da soll auch jemand vorbeischauen und die Nachbarn aushorchen.«

Unverständliches Rauschen aus dem Funk.

»Was die Kollegen fragen sollen? Na, ob Lydia Sommer irgendwelche Feinde hatte, einen eifersüchtigen Liebhaber oder einen missgünstigen Arbeitskollegen. Jemand, der ein Motiv haben könnte, sie am Starnberger See so brutal zu ermorden. Und wenn die Nachbarn einen Ansprechpartner aus Lydias Familie kennen, wäre das auch nicht schlecht. Das Nachlassgericht verständige ich inzwischen, die müssen sich sowieso um die Erbangelegenheiten kümmern. Alle Wertgegenstände aus ihrem Zimmer in der Pension schicke ich dem Nachlassgericht. Allerdings erst, wenn die Spurensicherung drüber ist. Außerdem parkt ihr Auto vor der Pension, ein Cabriolet. Momentan kann es stehen bleiben, aber irgendwann muss es weg.«

Der Kommissar beendete das Gespräch und fluchte. »Mann, ist das heiß heute. Ich brauche jetzt unbedingt was Kaltes, ein Eis wäre super.«

Esther entfernte sich schnell und war mit mehreren raschen Schritten bei der Gartenhütte angelangt. Sie sah, wie Gabler den Kiesweg zur Terrasse entlanglief, dabei hatte er die Hände hinter dem Rücken verschränkt. Sie hastete hinter der Hütte vorbei bis zum Kellereingang. Rasch hüpfte sie die paar Stufen hinunter und schlüpfte durch die Tür. Dann ging es wieder nach oben, wo sie den Kommissar gerade im Speiseraum antraf, als er sich von der Anrichte ein Glas nahm, es mit Mineralwasser vollschenkte und mit gierigen Schlucken trank. Dabei sprang sein Adamsapfel auf und ab.

»Wie wäre es mit einem Vanilleeis und ein paar Erdbeeren aus dem eigenen Garten?«, fragte sie beiläufig.

Gabler setzte das Glas ab und musterte sie.

Einen Moment glaubte Esther, er hätte sie vorhin beim Lauschen bemerkt und würde sie jetzt zur Rede stellen.

»Können Sie Gedanken lesen, Esther? Sehr gerne, vielen Dank.«

Erleichtert nickte sie und verschwand in der Küche, um das Eis zu holen, das sie ihm mit einer Handvoll Erdbeeren und einer Waffel servierte.

Schweigend löffelte Gabler das Vanilleeis in sich hinein. »Die Erdbeeren«, schmatzte er, »die sind hervorragend. Man schmeckt sofort, dass die nicht aus dem Supermarkt sind. Einfach lecker.«

»Freut mich, die sind aus eigenem Anbau«, sagte sie und sah ihm zu, bis er fertig war und den Teller auf den Tisch stellte.

»Leider muss ich noch mal dienstlich werden, Frau Dumanski«, sagte Gabler und legte sofort eine Pause ein, wiegte den Kopf und ließ seinen Blick auf ihr ruhen. Als wolle er seinen folgenden Sätzen eine besondere Bedeutung zukommen lassen. »Ich gehe davon aus, dass keiner Ihrer Gäste in den nächsten Tagen abreist.« Sein Tonfall duldete keinen Widerspruch. Als wollte er klarmachen, dass ein Eis und vorher ein reichhaltiges Mittagessen ihn nicht eine Spur kompromissbereiter werden ließen. »*Alle* haben sich zu meiner Verfügung zu halten, dies ist eine Mordermittlung. In den nächsten Tagen werde ich bestimmt noch die eine oder andere Nachfrage haben. Die will ich persönlich stellen, von Angesicht zu Angesicht.«

»Geht das rechtlich überhaupt?«

»Wie meinen Sie das?« Gablers Gesichtsausdruck wirkte lauernd, seine Augen verengten sich zu Schlitzen.

»Die Abreise verbieten. Braucht es da nicht einen Beschluss von einem Richter oder so?«

Gabler verschränkte die Arme vor der Brust und kniff verärgert die Lippen zusammen. Er stieß einen langen Seufzer aus, bevor er in ernstem Ton weitersprach. »Eigentlich hatte ich auf Ihre Mithilfe gehofft. Es ist für die

Ermittlungen von Vorteil, dass momentan alle Anwesenden an einem Fleck sind. Das sollte für die nächsten zwei bis drei Tage noch so sein. Nach der ersten Spurenauswertung, wenn ich alle Vernehmungen gegengelesen habe und es fürs Erste keine Rückfragen mehr gibt, erteile ich die Erlaubnis zur Abreise. Vorher nicht! Ich denke, der Staatsanwalt wird das genauso sehen. Da wir alle vernünftige Leute sind, glaube ich nicht, dass ich einen Beschluss benötigen werde. Sie können bestimmt auf Ihre Gäste einwirken, damit es zu keinen Problemen kommt. Nicht wahr, Frau Dumanski?«

Sein Blick bohrte sich förmlich in Esthers Augen.

Stumm nickte sie.

KAPITEL 20

Gabler saß alleine in seinem Büro in Fürstenfeldbruck und dachte über den Tag nach. Sein Kollege Flötzner war längst im Feierabend, schließlich war es schon nach neun Uhr. Lediglich einen Zettel des Kollegen hatte er vorgefunden, auf dem in Krakelschrift *Bin bei der Obduktion* geschrieben stand. Bis kurz nach sieben war Gabler auf dem Grundstück der Pension geblieben und hatte alle polizeilichen Maßnahmen überwacht. Leider war die Absuche der Kollegen aus der Einsatzhundertschaft überschaubar geblieben. Weder auf der Obstwiese noch rund um den Weiher oder im Wald waren sie auf etwas gestoßen, was dem Täter zugeordnet werden konnte. Auch einen möglichen Fluchtweg durch den Wald konnten sie nicht nachvollziehen. Sogar ein Maintrailerhund der Hundestaffel namens Benno war im Einsatz gewesen, doch auch der hatte bei der Nachsuche keinen Erfolg gehabt, was der Hundeführer mit einem *Hab-ich-doch-gesagt*-Gesichtsausdruck und einem Schulterzucken quittiert hatte.

Ja, das hatte er, wie sich Gabler erinnerte. Aber Schäferhund Benno und sein Hundeführer, Polizeihauptmeister Dösinger, waren als Einzige verfügbar gewesen, die anderen waren in München wegen des g'schissenen US-Präsidenten. Und Benno mitsamt Herrchen waren direkt von einem längeren Einsatz aus Füssen gekommen, eigentlich hätten sie auf dem Heimweg sein sollen, waren aber von der Leitstelle sofort zur *Pension Sonnenblume* geschickt worden.

»Ich sag's dir gleich«, hatte Hauptmeister Dösinger prophezeit. »Das wird nix. Benno ist müde, vor allem seine Nase ist müde. Er ist auch nicht mehr konzentriert. Der Hund braucht seine Pause.«

»Probieren müssen wir es trotzdem«, war Gabler standhaft geblieben.

»Schon klar«, brummte der Kollege, während Benno in der Hitze hechelte.

Eine Stunde liefen Benno und Dösinger durch den Wald, Gabler neugierig hintendrein. Jedes Mal, wenn der Hund stehen blieb und bellte, hoffte Gabler, auf ein wichtiges Beweisstück gestoßen zu sein. Aber einmal war es eine tote Maus, das andere Mal eine lebende Maus und das dritte und letzte Mal ein Eichhörnchen, das vor Benno auf den Stamm einer Fichte floh. »So, Schluss! Das bringt nix«, entschied Dösinger und führte den Polizeihund zurück zum Fahrzeug.

Gabler schaute missmutig Hund und Herrchen nach, wie sie in den Transporter stiegen. Benno hinten auf der Ladefläche, Dösinger anschließend vorne auf dem Fahrersitz.

Gablers Gedanken lösten sich von der Erinnerung an Benno, er kehrte ins Hier und Jetzt seines Büros zurück. An den Lippen kauend sortierte er die vor ihm liegenden Zeugenvernehmungen und ging sie noch einmal durch. Seine Lektüre begann er mit Rochus Friesenstein, der einen Buchladen in der Innenstadt von Köln besaß. Als er an den blonden Hünen dachte, schmunzelte er. Man sollte nicht vom Äußeren aufs Innere schließen, diese Erfahrung hatte er als Polizeibeamter bereits mehrmals gemacht. Friesenstein schien optisch ein grober Klotz zu sein, aber der Vernehmungsbeamte hielt ihn für einen sensiblen

Menschen, wie Gabler an einer Randnotiz bemerkte, die der Kollege mit Bleistift hinzugekritzelt hatte. Friesenstein war zweiundvierzig Jahre alt, verheiratet und hatte zwei Kinder. Seinen Angaben zufolge war er die meiste Zeit auf der Terrasse der Pension gewesen und hatte gegessen. Ein- oder zweimal wäre er aufs Klo gegangen. Vielleicht auch mal in den Garten, um mit den anderen Gästen zu quatschen. So genau wusste er das nicht mehr. Verdächtiges war ihm nicht aufgefallen, vor allem keine fremde Person. Kurz gesagt, seine Aussage war wertlos. Gabler wandte sich der nächsten Vernehmung zu.

Cindy Adler, eine Physiotherapeutin aus Rügen, einunddreißig Jahre alt, Single, keine Kinder. Bei ihr war es ähnlich wie bei Friesenstein. Auch sie hatte nichts bemerkt, war erst durch die Rufe von Jan Kohnle aufmerksam geworden. Interessant fand Gabler eine Randnotiz von Marius Flötzner, der Frau Adler vernommen hatte. War klar, dass sich der junge Flötzner die gut aussehende Schwarzhaarige rausgesucht hatte. Frau Adler hatte ihm gegenüber erwähnt, dass sie den Zweiten Dan im Judo besäße. Gabler runzelte die Stirn, körperlich wäre sie also in der Lage, jemand anderem wehzutun. Auch diesen Jemand zu ermorden? Ihm die Kehle aufzuschlitzen und das Auge auszustechen?

Gabler seufzte und widmete sich Aaron Krapf, einem fünfunddreißigjährigen Friseur aus Baden-Baden. Der hatte genauso wenig Erhellendes beizutragen, weshalb Gabler sich Dominik Danner zuwandte, dem jüngsten der Gäste. Ein Autoverkäufer von neunundzwanzig Jahren. Was so ein junger Mensch an einem Gartenkurs fand, war Gabler ein Rätsel. Auf die Frage, ob er das Grillfest verlassen habe, gab er an, dass er mit seiner Mutter in Ruhe telefonieren wollte und sich deshalb eine ruhige Ecke gesucht habe. Allerdings habe er sich nicht in der Nähe des Weihers aufgehalten. Aber ihm sei aufgefallen, dass Jan Kohnle mehrmals zum Qualmen gegangen sei. Smokey-Joe, wie er Kohnle nannte, sei ein starker Raucher. Gabler lehnte sich in seinem Stuhl zurück und blickte durchs Fenster nach draußen, ließ seine Gedanken schweifen. Er dachte an die Vernehmung von Jan Kohnle zurück, der zwar am Tatabend bereits von Flötzner befragt worden war, den er sich allerdings noch einmal persönlich vorgenommen hatte. Seine Aussage deckte sich mit denen der anderen. Als er wieder mal eine rauchen wollte, sei er zum Weiher geschlendert, habe dort die tote Lydia Sommer entdeckt und um Hilfe gerufen. Auch er gab an, keine verdächtige Person am Tatort oder in der Nähe gesehen zu haben.

Die Aussagen von Julius Dumanski und der Küchenhilfe Kyra Aigner waren ebenfalls substanzlos. Keine der befragten Personen wollte das Opfer gekannt haben. Widerlegen konnte Gabler dies bislang nicht. Ein Motiv schien es daher bei keinem der Anwesenden zu geben. Momentan suchten sie also nach dem großen Unbekannten, aber auch von diesem gab es bislang keine Spur.

Gabler richtete sich auf langwierige und schwierige Ermittlungen ein. Da erinnerte er sich an ein Detail aus Kohnles Vernehmung, das ihm gestern ein Schmunzeln entlockt hatte. Er warf noch mal einen Blick auf die persönlichen Daten des Mannes. Als Beruf hatte er Geschäftsmann angegeben. Auf Gablers Nachfrage hatte er hinzugefügt, als Außendienstmitarbeiter in der Firma seiner Frau zu arbeiten. Die Firma stellte Produkte für den SM- und Domina-Bereich her und verkaufte diese auch, hauptsächlich online. Gabler machte sich eine Notiz, bei den Umfeldermittlungen von Lydia Sommer darauf zu achten, ob sie irgendeine Verbindung zur SM- oder Domina-Szene hatte. Die bisherigen Infos zu ihr waren recht spärlich. Vierunddreißig Jahre alt, Single, wohnhaft in Hamburg, außer einer Schwester keine Angehörigen, einen Beruf hatte sie anscheinend nicht. Jedenfalls war keiner bekannt. Weder am Tatort noch im Pensionszimmer oder in ihrem Auto hatten sie ein Handy oder einen Laptop gefunden. Außer einem Koffer mit Kleidung und einer Handtasche mit ein paar persönlichen Dingen wie Wohnungs- und Autoschlüssel, Führerschein, Ausweis und EC-Karte hatten sie nichts weiter entdeckt.

An seinem Computer verfasste Gabler ein schriftliches Ermittlungsersuchen an die Kripo in Hamburg, telefonierte kurz mit dem zuständigen Kommissariatsleiter und setzte ihn vorab in Kenntnis, bevor er ihm per E-Mail alle bislang bekannten Einzelheiten des Gewaltverbrechens schickte. Der Kollege, ein gewisser Olaf Breitsam, sicherte zu, sich persönlich um die Hintergrundermittlungen zum Mordopfer zu kümmern.

Gabler blickte auf die Wanduhr, eigentlich war es höchste Zeit, um nach Hause zu seiner Frau zu gehen, da klingelte das Telefon.

Die schwarze Anna war dran. »Servus, Tiberius, endlich erreiche ich dich. Ich wollte dir doch die Ergebnisse der Obduktion persönlich mitteilen, wenn es auch nicht viel Neues gibt. Du warst wohl heute lange am Tatort. Flötzner hat mir das schon gesagt. Mein Gott, der Arme wäre mir fast umgekippt. Der Junge war wohl noch nicht bei vielen Autopsien dabei. Jedenfalls bin ich auch erst am frühen Abend mit der Prozedur fertig geworden. Die gestrige Nachtschicht steckte mir doch mehr in den Knochen als gedacht. Jedenfalls mache ich jetzt obendrein Überstunden, so wie du.« Sie lachte heiser. »Was ich dir am Tatort bereits gesagt habe, trifft zu. Mit dem Hori-Hori wurde nicht nur das Auge des Opfers verletzt, sondern auch die Kehle durchgeschnitten. Die Tatzeit liegt maximal eine Stunde vor der Auffindezeit. Abwehrspuren habe ich keine finden können. Ein toxikologisches Gutachten habe ich veranlasst, es dauert aber ein paar Tage, bis ich ein Ergebnis habe. Vielleicht sogar drei bis vier Wochen, diese Untersuchung geht nicht so schnell. Das Blutergebnis kann ich dir aber bereits mitteilen. Das Opfer hatte minimal Alkohol im Blut, wahrscheinlich höchstens ein Glas Sekt auf dieser Grillfeier. Gegessen hat sie …«

»Ich glaube, das ist nicht so wichtig für mich«, unterbrach er sie.

»Den ausführlichen Bericht schicke ich dir per Mail, zusammen mit den Fotos der Obduktion. Eine Kurzzusammenfassung habe ich deinem Kollegen Flötzner mitgegeben. Übrigens, das ist ein ganz Netter, den kannst mir gerne mal übers Wochenende ausleihen.« Sie lachte kehlig und legte auf.

KAPITEL 21

Es dauerte bis in die frühen Abendstunden, bis endlich der letzte Polizist das Anwesen verlassen hatte. Dabei hatte es sich um Hauptkommissar Gabler gehandelt, der Esther noch aus seinem Dienstwagen gewunken hatte. Danach saßen sie und die Gartler beim Abendessen auf der Terrasse zusammen. Kyra war längst gegangen, und Julius weilte auf einem Kegeltreffen mit einigen Freunden. Als sie fertig waren, trug Esther das Geschirr in die Küche und stellte ein halbes Dutzend Zitrus-Kerzen auf den Tisch, um die lästigen Stechmücken zu vertreiben. Zur Not gab es Insektenspray, das auf der Anrichte in Griffweite stand.

»Mir sagt niemand, wann ich abzureisen habe«, fuhr Jan plötzlich auf. Während des Essens war er schon die ganze Zeit über aufgebracht gewesen wegen Gablers Anordnung.

»Das ist eine polizeiliche Anweisung«, sagte Esther.

»*Willst* du denn abreisen, Smokey-Joe?«, fragte Cindy. Esther hörte einen misstrauischen Unterton heraus.

»Nein«, gab Jan zurück.

»Was regst du dich dann so auf?«, wollte Rochus wissen.

»Allein die Tatsache, dass man mir das verbieten will, regt mich auf.«

»Chill mal!«, empfahl Aaron.

»Ob die Polizei schon Hinweise hat?«, grübelte Dominik und nippte vom Kräutertrank. »Ah, verdammt, schmeckt das Zeug gut.«

»Wenn die Polizei was weiß, wird sie es uns mit Sicherheit nicht sagen«, brummte Jan.

»Gott, schmeckt das gut«, wiederholte Dominik. »Was ist denn da Tolles drin, Esther?«

»Das Übliche, was du kennst. Minze, Kamille, Fenchel. Außerdem ein paar Zutaten aus meinem Garten und dem Wald. Allerdings verrate ich die dir nicht, das ist mein Geheimnis.«

Cindy spielte an ihrem Schlangenohrring und schielte zu Jan. »Verdächtigen sie dich etwa?«, fragte sie beiläufig.

»Spinnst du?«, bellte Jan.

»Habe nur gefragt«, verteidigte sie sich.

»Niemand verdächtigt mich, ich habe die Frau bloß tot aufgefunden. Das ist alles! Und überhaupt, ich kenne diese Sommer überhaupt nicht. Vielleicht hatte einer von euch ja Kontakt zu ihr.«

Rochus beugte seinen breiten Oberkörper vor. »Ruhig, Brauner, wir fangen jetzt nicht an, uns gegenseitig aufzufressen.«

»Mein großer bärtiger Freund hat recht«, stimmte ihm Aaron zu. »Außerdem glaube ich auch nicht, dass einer von uns mit dem Mord was zu schaffen hat.« Er wandte sich an Esther. »Du hast doch gesagt, Lydia Sommer sei nach Starnberg gekommen wegen einer bestimmten Sache, die sie zu erledigen hat.«

»Genau«, sagte Esther.

»Und welche?«

»Keine Ahnung, das hat sie nicht verraten.«

Cindy spitzte die Lippen. »Hm, saublöd! Wenn wir das wüssten …«

»Das wird die Polizei schon rauskriegen, wir sollten

uns lieber raushalten aus Sachen, die uns nichts angehen«, meinte Dominik.

»Da bin ich nicht dabei«, widersprach Rochus und zwirbelte seinen Bart.

»Wieso, willst du weiterermitteln?«, wunderte sich Aaron.

Rochus räusperte sich. »Es ist doch so, dass es mit dieser Frau Sommer etwas Sonderbares auf sich hat. Erst liegt sie bewusstlos im Wald, quasi scheintot. Dann verschwindet sie plötzlich, als wir sie finden und die Polizei rufen. Und schwupps, kurz darauf ist sie wirklich hinüber, nachdem sie einfach in Esthers Pension eingecheckt hat. Also, ich würde schon ganz gerne meine große Nase in diese Sache stecken, von der du glaubst, die geht uns nichts an.« Rochus verschränkte die muskulösen Arme vor der Brust und kniff die Lippen zusammen.

Dominik pfiff durch die Zähne. »Dieser Öko-Emil muss da mit drinstecken, meint ihr nicht auch? Immerhin hat er uns mit einer Waffe bedroht.«

Zustimmendes Gemurmel von allen.

Esther holte tief Luft. »Das habe ich dem Kripomann schon gesteckt.«

»Was sagt er?«, wollte Cindy wissen.

»Dass er ihn nicht für einen Gewalttäter hält, weil der Eremit früher selbst Polizist war.«

»Ha!«, rief Dominik. »Als wenn das ein Grund wäre. Auch Polizisten können zu Verbrechern werden.«

»Schon«, gab Esther zu. »Aber dieser Emil hat eine ganz besondere Vergangenheit.« Dann gab sie eine kurze Zusammenfassung, was ihr Hauptkommissar Gabler erzählt hatte.

Dominik schob die Oberlippe vor. »Überzeugt mich

nicht hundertprozentig. Emil Wirstle könnte einen an der Klatsche haben. Oder aber, Lydia hat ihn mit etwas Belastendem aus seiner Zeit bei der Polizei erpresst.«

»Spekulationen«, hielt Esther dagegen. »Ich glaube, Gabler hat recht.«

»Wäre aber ein toller Verdächtiger«, raunte Aaron.

»Leute, vielleicht sollten wir tatsächlich die Polizei erst mal ihre Arbeit machen lassen.« Esther schaute auf die Uhr. »Also für mich wird es Zeit, ins Bett zu gehen. Der Tag war anstrengend genug.«

❧ ❧

Esther saß im Dunkeln auf dem Balkon und genoss die warme Nacht. Der Tag war kräftezehrend gewesen. Julius war noch bei seinen Kegelfreunden. Plötzlich hörte sie ein charakteristisches Quietschen. Sie erkannte es sofort, das war die Terrassentür direkt unter ihrem Balkon. Danach ein dumpfer Schlag und ein unterdrücktes Fluchen. Aus eigener schmerzlicher Erfahrung wusste Esther, dass jemand gegen den eckigen Terrakottakübel mit dem Oleander gestoßen war. Julius hatte sie gefühlte hundert Mal aufgefordert, den wuchtigen Kübel woanders hinzustellen, da er selbst schon mehrmals dagegen gerumpelt war und sich den großen Zeh verletzt hatte. Aber Esther fand, man musste halt einfach schauen, wohin man trat, dann passierte schon nichts. Trotzdem blickte sie unwillkürlich auf ihre eigenen Füße, sie glaubte den Schmerz beinahe selbst zu spüren.

Esther beugte sich in ihrem Stuhl nach vorne, spitzte zwischen den Holzbrettern des Geländers hindurch und bemerkte eine Gestalt, die am Rande des Kieswegs im Pensionsgarten entlanghumpelte und sich in Richtung Weiher bewegte. Auffallend war, dass die Person bemüht war, nicht auf den Kies zu treten. Wahrscheinlich, um Lärm zu vermeiden.

Seltsam!

Esther schielte auf ihre Armbanduhr. Die phosphoreszierenden Zeiger leuchteten grünlich. Es war kurz vor Mitternacht. Welcher ihrer Gäste war so spät noch unterwegs? Von der Statur her schien es ein Mann zu sein. Schlafprobleme? Eigentlich kein Wunder, immerhin gab es einen Mordfall. Das konnte jemanden schon um den Schlaf bringen. Esther saß selbst auch auf dem Balkon und wartete, bis sich endlich Müdigkeit bei ihr einstellte.

Am Weiher flammte das Licht einer Taschenlampe auf und tanzte wie ein Derwisch umher. Als wäre jemand auf der Suche.

Auf der Suche nach was?

Die Polizei hatte gewiss jeden Zentimeter Boden umgedreht.

Esther stand auf, lehnte sich ans Geländer, verengte die Augen und beobachtete neugierig, was da vor sich ging. Ihre Hände stützte sie auf dem Holz ab, es knarrte unter der Belastung.

Direkt unter ihrem Balkon nahm sie eine Bewegung wahr, gefolgt von einem Miauen. Dann sah sie zwei funkelnde Augen, die zu ihr hochblickten. Auch Rosewood war um diese Uhrzeit auf den Beinen. Er schaute eine Weile zu ihr hinauf, bevor er miauend im Garten verschwand.

Der Mond leuchtete den Pensionsgarten aus, der Weiher lag dagegen in Finsternis da, geschützt von den ihn umgebenden Bäumen. Hin und wieder drang das Schnattern von Axel und Foley an ihre Ohren, die sich in ihrer

Nachtruhe offenbar gestört fühlten. Nach einer knappen Viertelstunde erlosch das Licht der Taschenlampe, wenige Augenblicke später schlich die unbekannte Person auf demselben Weg zurück.

Esther machte einen Schritt rückwärts in den Schatten. Das Mondlicht fiel auf die Gestalt und erhellte für einen Moment deren Gesichtszüge.

Dominik!

Er blieb stehen und starrte zu ihr hinauf.

Hatte er sie entdeckt?

Esther bewegte sich nicht und hielt unwillkürlich den Atem an.

Dominik machte einen Schritt zur Seite und musterte die Hauswand links von Esther, der Balkon interessierte ihn offensichtlich nicht. Also hatte er sie auch nicht gesehen.

Dann verschwand der junge Mann aus ihrem Blickfeld, allerdings hörte sie nicht das Quietschen der Terrassentür, sondern ein Rascheln. Esther beugte sich übers Geländer und entdeckte Dominik, wie er das Rankgitter mit dem Wilden Wein zum ersten Stock emporkletterte. Die Blätter raschelten, während er sich einen Weg nach oben bahnte. Hin und wieder fiel ein Blatt nach unten. Ein splitterndes Geräusch, offensichtlich hatte Dominik ein Holzgitter zerbrochen.

Leises Fluchen, dann Stille!

Sekundenlang tat sich gar nichts.

Anscheinend horchte Dominik, ob ihn jemand gehört hatte.

Was für ein seltsames Verhalten. Als wäre er ein Einbrecher.

Jetzt hielt nicht nur Esther den Atem an, sondern offenbar auch Dominik.

Nach einigen Augenblicken war wieder das Rascheln zu hören, er kletterte weiter.

Esther trat vor ans Geländer und beobachtete ihn.

An einem Fenster stoppte er.

Was hatte er vor? Er drückte und tastete am Fenster herum und prüfte offenbar den Rahmen nach Schwachstellen. Es war gekippt. Irgendwie gelang es Dominik, es ganz zu öffnen und ins Innere zu schlüpfen.

Esther schluckte, als ihr Dominiks Ziel klar war. Es war das Zimmer von Lydia Sommer, dem Mordopfer.

KAPITEL 22

Mittwoch, 19. Juni

»Hallo, Cindy an Esther, bitte kommen.«

»Was?« Esther blickte auf.

Cindy grinste sie an. »Auf welchem Planeten warst du denn gerade?«

»Ich?«

»Der Mars?« Cindy lachte, hell wie eine Glocke. »Ich habe dich nach der Pflanze dort gefragt. Die blüht wunderbar und duftet unglaublich. Wie heißt sie?«

Esther folgte dem ausgestreckten Arm von Cindy. »Das ist Teppichthymian.« Es durchzuckte sie leicht, denn der Thymian wuchs gleich neben der Stelle, wo gestern Nacht Dominik zu Lydias Zimmer geklettert und eingestiegen war. Direkt unterhalb des Rankgitters mit dem Wilden Wein.

Cindy legte den Kopf schief. »Oh, ist da jemand reingetreten? Der Thymian sieht ziemlich zerknautscht aus.«

Esther warf unauffällig einen Blick auf Dominik, er war mit Jan in ein Gespräch über Pro und Kontra von Unkrautvernichtungsmitteln vertieft.

»Also manchmal hilft nur noch die chemische Keule«, meinte Jan gerade.

»Es gibt bestimmt immer eine Alternative«, widersprach Dominik.

Die beiden schienen heute voll in der Gartenarbeit aufzugehen. Anscheinend hatten der Mord und die anschließenden polizeilichen Ermittlungen sie nicht sonderlich berührt. Oder sie ließen sich nichts anmerken.

Weshalb Dominik nicht heimlich den Zimmerschlüssel aus der Rezeption für sein Vorhaben entwendet hatte, war Esther schnell klar geworden. Lydias Zimmer war mit einem Polizeisiegel versehen worden. Hätte man die Tür geöffnet, wäre das nicht nur ein Siegelbruch, also eine Straftat gewesen. Es wäre natürlich auch sofort aufgefallen. Was sie zur nächsten Frage weiterleitete. Was wollte Dominik überhaupt in Lydias Zimmer? Wollte er auf eigene Faust ermitteln, den anderen Gartlern etwas beweisen?

»Schon möglich, dass da jemand versehentlich seinen Fuß reingesetzt hat«, kam Esther auf Cindys Frage zurück, nur um sofort das Thema zu wechseln. »Wie habt ihr letzte Nacht eigentlich geschlafen? Ich meine, es war ja ziemlich aufregend. Den ganzen Tag die Polizei hier und so.«

»Nachdem ich mir ein Bierchen auf dem Zimmer genehmigt habe, ging es ganz gut«, sagte Cindy.

»Ich habe meine pflanzlichen Tropfen, Schlafen geht da immer«, erwiderte Jan.

»Ich penne sowieso immer wie ein Murmeltier«, kam es von Rochus.

Aaron fuhr sich durchs Haar. »Hoffentlich habe ich euch nicht gestört, ich habe bis zwei Uhr Fernsehen geschaut.«

Dominik antwortete nicht sofort.

»Und du, Dominik?«, hakte Esther nach.

»Habe geschlafen wie ein Toter«, sagte er.

»Wie passend«, entgegnete Cindy.

»Nein, wirklich. Ich bin nach dem Abendessen sofort ins Bett und gleich eingeschlafen.« Er lächelte Esther an.

Dieses Lächeln war so falsch wie Esthers Gucci-Tasche, die sie in ihrem letzten Türkei-Urlaub gekauft hatte.

»Deine Matratze ist erstklassig, kenne ich so nicht von Pensionen«, fuhr Dominik fort.

»Mhm«, sagte Esther, dachte jedoch an was ganz anderes.

Wieso log Dominik?

Er hatte ein Geheimnis, und um dieses zu erfahren, musste Esther denselben Weg einschlagen wie er. Das hieß, Dominiks Sachen in seinem eigenen Zimmer durchsuchen. Dazu musste sie weder ein Siegel brechen noch übers Fenster einsteigen. Sie besaß einen Generalschlüssel.

Sie wartete den passenden Moment ab, indem sie ihren Schülern den Auftrag gab, das Pampasgras am anderen Ende des Gartens zu teilen. Dazu mussten die Gartler den Wurzelballen ausgraben, was ihr Zeit verschaffte, denn das war eine anstrengende Arbeit. »Legt mal los, ich komme in zwanzig Minuten zurück und schaue mir euer Werk an. Wenn ihr wollt, kann jeder ein Stück mit nach Hause nehmen. Das Gras macht sich wunderbar in einem Kübel. Aber lasst mir noch was übrig«, sagte sie und verschwand in der Pension.

Aus ihrem Büro schnappte sie sich den Generalschlüssel und stieg die Treppe zum zweiten Stock hoch. Vor Dominiks Zimmer hielt sie atemlos inne. Sollte sie das wirklich machen? War das nicht ein immenser Vertrauensbruch, einfach das Zimmer eines ihrer Gäste zu durchwühlen? Andererseits, Dominik hatte sich das selbst zuzuschreiben.

Esther warf aus dem Fenster im Gang einen Blick auf den hinteren Garten. Die Gartler waren bemüht, Esthers Aufgabe auszuführen. Beieinanderstehend gestikulierten sie und arbeiteten sich am Pampasgras ab. Esther lachte in sich hinein. »Die sind eine Weile beschäftigt«, murmelte sie und wandte sich Dominiks Zimmer zu. Als sie drinnen war, lehnte sie sich gegen die Tür und schnaufte durch. Ihr war bewusst, dass sie etwas Verbotenes beging. Aufregung erfasste sie, ihr Puls schlug so laut, dass sie glaubte, man müsste ihn bis in den Garten hören. Esther ließ den Blick schweifen. Dominik war am Samstag eingezogen, heute war Mittwoch. Demzufolge hatte Kyra am Morgen das Zimmer sauber gemacht und die Bettwäsche gewechselt. Esther nickte anerkennend, das hatte ihre Freundin richtig gut hingekriegt. Das Zimmer war picobello, es roch gut. Auf dem mittlerweile zerknitterten Bett – Dominik hatte wohl im Laufe des Tages dringelegen – lag eine Hose. Die nahm sich Esther zuerst vor, tastete sie ab, fand aber weder Geldbeutel noch sonst irgendwas.

Dann machte sie einen Schritt zum Fenster und schob den Vorhang zur Seite, blickte hinaus. Das Fenster war gekippt, sie horchte. Draußen, beim Pampasgras, hörte sie Stimmen, konnte sie allerdings nicht unterscheiden. Sehen konnte sie niemanden, das Zimmer lag an der Seite des Hauses, mit Blick auf das Gartenhäuschen.

Esther wandte sich um, auf dem Sideboard mit dem LED-Fernseher lagen mehrere Magazine. Sie schob sie auseinander. Eine Autozeitschrift. Typisch für einen Autoverkäufer. Außerdem mehrere Gartenhefte. Ah, da hatte sich jemand auf seinen Aufenthalt vorbereitet. Daneben ein Krimi, der schon zahlreiche Eselsohren aufwies und dessen Buchrücken verschrammt war. Ein weißes T-Shirt hing über der Stuhllehne. Ein Faltplan von Starnberg lag ausgebreitet auf dem kleinen Beistelltisch. Bislang war alles unauffällig in dem Zimmer. Esther öffnete die Schublade des Nachttisches. Leer! An der Garderobe hing ein Rucksack. Esther durchsuchte ihn, er enthielt aber nichts außer alten Tageszeitungen. Esther wandte sich dem Schrank zu. Darin fand sie einen Koffer und wollte ihn gerade herausnehmen, als die Zimmertür aufgerissen wurde. Sie schrak zusammen und starrte mit offenem Mund auf die Person im Türrahmen, die den Arm erhoben hatte und in der Hand einen Holzstiel hielt, dessen zerborstenes Ende drohend auf sie gerichtet war.

KAPITEL 23

Rochus nahm den Arm herunter. »Esther, *du?*«, fragte er überrascht.

An ihm drängte sich Cindy vorbei.

»Was macht *ihr* denn hier?«, antwortete Esther mit einer Gegenfrage und musterte irritiert das abgebrochene Stück Holz in seiner Hand.

»Mir ist der Spaten zerbrochen.« Er hob den Stiel und deutete auf das spitze Ende, an dem das Spatenblatt fehlte. »Pampasgras ist widerspenstig, und ich habe wohl zu doll gearbeitet. Jetzt ist er hin. Cindy und ich konnten im Schuppen keinen Ersatz finden, aber wir haben von der Gartenhütte einen verdächtigen Schatten in diesem Zimmer gesehen. Angesichts der Umstände dachten wir, dass es nicht schaden könnte, einmal nachzuschauen.« Rochus kniff die Lippen zusammen.

»Da ein Mörder frei herumläuft, wollten wir lieber mal nachsehen«, pflichtete Cindy ihm bei.

»Dass ich es sein könnte und in den Zimmern nach dem Rechten sehe, ist euch nicht in den Sinn gekommen?«

»In einem abgeschlossenen Gästezimmer?« Cindy kräuselte die Nase. »Hier wohnt doch Dominik«, fügte sie hinzu.

»Es musste geputzt werden.«

»Das hat Kyra heute Morgen erledigt. In allen Zimmern«, widersprach Rochus und blickte sie misstrauisch an. Was ging hier vor, und wieso verhielt sich Esther auf einmal so komisch? »Also nein, uns kam nicht in den Sinn, dass du heimlich in die Zimmer deiner Gäste schleichst und deren Sachen durchwühlst. Warst du auch in meinem? Und wenn ja, aus welchem Grund?«

»Das ist nicht das, wonach es aussieht«, verteidigte ihre Pensionswirtin sich mit einem lahmen Spruch. »Eure Zimmer habe ich nicht angetastet, ich schwöre. Und was Dominiks Zimmer betrifft: Ich hatte nicht vor, es zu durchsuchen. Aber …«

»Aber *was*?«, fragte Cindy und trat einen weiteren Schritt nach vorne.

»Ich habe einen Verdacht gegen Dominik«, verkündete Esther.

Rochus fiel auf, wie Esthers Blick unstet hin- und herflog. Sie zupfte sich am Ohr und spielte nervös mit der Zungenspitze zwischen ihren Lippen.

»Was für einen Verdacht?« Er schloss die Tür hinter sich.

»Ich glaube, dass er mit dem Tod von Lydia Sommer zu tun hat«, sprach Esther einen unglaublichen Verdacht aus.

Rochus blieb die Spucke weg. Was zum Teufel war in Esther gefahren?

Kurze Stille, dann platzte es aus Cindy raus: »*Bitte was?*«

Esther hob beschwörend die Hand. »Wenn ihr eine schlüssige Erklärung dafür habt, dass Dominik heute mitten in der Nacht über das Rankgitter des Wilden Weins in Lydias Zimmer eingebrochen ist, dann her damit.« Die Pensionschefin schob angriffslustig ihr Kinn vor. »Vorher hat er mit einer Taschenlampe den Tatort am Weiher abgesucht. Wer schnüffelt denn heimlich herum, wenn er nichts zu verbergen hat, frage ich euch zwei.«

»Ähm, wir! Wir machen so etwas«, kam es von Rochus. »Schon vergessen? Du …«, er zeigte mit dem Zeigefinger auf Esther, dann auf sich und Cindy, »… und wir, außerdem Aaron, *wir* alle haben rumgeschnüffelt und wollten einen Kriminalfall klären.«

»Du sagst es, wir haben *gemeinsam* ermittelt«, entgegnete Esther. »Dominik war dabei in unserem Team. Und jetzt bricht er in Lydias Zimmer ein? Soll das ein Alleingang sein? Ich glaube nicht. Eher denke ich, dass Dominik was anderes im Sinn hatte.«

»Wieso fragen wir ihn nicht einfach?«, wollte Cindy wissen.

»Was, wenn er nicht ganz unschuldig an Lydias Tod ist?«, fragte Esther panisch.

»Du denkst …«, begann Cindy.

»Moment, Cindy!«, unterbrach Rochus sie und hob warnend den Zeigefinger. »Wenn Esther mit ihrer Vermutung richtigliegt, sollten wir Dominik auf gar keinen Fall fragen. Er wäre alarmiert, könnte Spuren vernichten oder so.«

»Wir sollten die Polizei informieren«, riet Cindy.

»Ha!«, machte Esther. »Weil dieser Gabler uns glauben wird.«

Rochus rieb mit dem Zeigefinger über seine Nase. »Okay, Esther, wir helfen dir. Zusammen sind wir schneller.«

Cindy sah ihn fragend an. »Schneller bei *was*?«

»Na, beim Durchwühlen des Zimmers.«

Da hörten sie jemanden rufen.

»Das ist Dominik!«, stieß Cindy alarmiert hervor.

»Los, raus hier«, drängte Rochus.

»Moment, ich muss den Koffer zurückstellen.« Esther verstaute das Gepäckstück wieder im Schrank.

Cindy legte eine Hand auf seinen Arm. »Was ist mit der Durchsuchung des Zimmers?«

»Verschieben wir auf später«, antwortete Esther an seiner Stelle und schob Cindy bereits aus dem Raum in den Flur. »Rochus, komm!«, rief Esther ihm zu.

Unten an der Rezeption begegneten sie Dominik.

»Ah, da seid ihr ja«, sagte der und zeigte ihnen Holzstiel und Spatenblatt. »Meiner ist ebenfalls kaputt gegangen.«

Esther schickte alle hinaus in den Garten. Rochus folgte ihr mit den anderen zur Garage, wo ein weißer Caddy und ein Jeep parkten, außerdem ein nostalgisches Damenrad. Dort holte Esther einen alten Spaten, der eigentlich auf den Sperrmüll gehört hätte, so verrostet, wie er aussah, und gab ihn Rochus. »Der muss zur Not reichen«, erklärte Esther. »Rochus, du musst dich mit Dominik beim Graben abwechseln, ich habe keinen anderen mehr.«

Während Rochus sich zusammen mit Jan und Dominik am Wurzelballen des Pampasgrases abarbeitete, standen Esther und Cindy ein paar Meter entfernt und steckten die Köpfe zusammen.

»So, Dominik, jetzt bist du dran«, sagte Rochus und drückte ihm den Spaten in die Hand. »Wir haben es bald geschafft. Ich hole uns was zum Trinken, bin gleich wieder da.« Rochus gesellte sich zu Esther und Cindy und rief so laut, dass es alle hören konnten: »Esther, Eistee oder dein exzellenter Kräutertrank kämen jetzt gerade recht.«

»Ich kann nicht glauben, dass Dominik ...« Cindy verstummte, als der Angesprochene zu ihnen rübersah.

Rochus hob eine Hand und winkte ihm zu.

»Vielleicht irre ich mich«, sagte Esther und ging in Richtung Terrasse.

Rochus und Cindy folgten ihr.

»Auf jeden Fall müssen wir der Sache auf den Grund gehen«, flüsterte Cindy.

»Ganz recht, das werden wir«, bestätigte Rochus.

Esther verschwand im Inneren und kehrte kurz darauf mit einem Tablett voller Trinkkrüge und einer Karaffe zurück.

Rochus nahm ihr die Karaffe ab.

Als sie wieder bei den anderen ankamen, war der Ballen ausgegraben.

Cindy reckte beide Daumen in die Höhe und rief: »Glückwunsch!«

Rochus fiel durchaus auf, dass der angebliche Freudenschrei nicht von Herzen kam.

Esther hielt ihm nacheinander die Krüge hin, und Rochus goss aus der Karaffe den Kräutertrank hinein. Beiläufig legte er einen Arm um Aaron und drängte ihn zur Seite, die leere Karaffe hielt er in der Hand. Cindy und Esther folgten ihnen, wobei Esther das Tablett mit den vollen Krügen balancierte. In einem von Jan und Dominik unbeobachteten Moment setzte Rochus Aaron über Esthers Verdacht in Kenntnis.

»Was du nicht sagst!« Aaron beäugte Jan und Dominik mit einem abfälligen Blick.

Die beiden unterhielten sich angestrengt und beachteten sie nicht weiter.

»Vielleicht stecken die zwei ja unter einer Decke«, vermutete Cindy, nahm zwei Krüge und gab sie Rochus und Aaron. »Trinkt, sonst sieht das komisch aus, wenn Esther die ganze Zeit mit dem Tablett rumsteht.« Sie selbst nahm sich ebenfalls ein Gefäß.

»Jan hat schon immer den Bremser gespielt, von Anfang an. Er wollte nicht, dass wir selbst ermitteln. Von daher könntest du recht haben, Cindy«, räumte Aaron ein.

»Wir sollten nicht nur Dominiks Zimmer filzen, sondern auch das von Jan«, überlegte Esther und stellte das Tablett ins Gras.

»Ich und Cindy übernehmen Jans Bude«, schlug Rochus vor.

»Das ist illegal, das wisst ihr schon«, warf Aaron ein.

Rochus blickte ihn finster an.

»Aber Illegales macht Spaß«, fügte Aaron mit einem Augenzwinkern hinzu.

Erleichtert atmete Rochus aus. Beinahe hatte er geglaubt, Aaron wollte dazwischengrätschen.

»Aaron, dann nimmst *du* dir Dominiks Zimmer vor«, entschied Esther, was der mit einem Nicken quittierte.

»Was machst *du* in der Zwischenzeit?«, wollte Aaron von Esther wissen.

»Jemand muss unsere Verdächtigen irgendwie ablenken, oder?« Auf Esthers Gesicht legte sich ein grimmiger Ausdruck, was Rochus gefiel. Ihre Pensionswirtin war wie ein Luchs, der Beute gewittert hatte.

»Schon eine Idee, wie du das anstellen möchtest?«, fragte Rochus zweifelnd.

»Ich verwickle sie halt in ein Gespräch«, erklärte Esther selbstbewusst und drückte Rochus den Generalschlüssel in die Hand. »Beeilt euch einfach, dann wird alles gut.« Dann schnappte sie sich zwei Trinkkrüge vom Tablett und ging zu Dominik und Jan.

Kurz darauf stand Rochus mit Cindy in Jans Zimmer.

»Wie gehen wir vor?«, fragte sie.

»Du übernimmst den Schrank, ich alles andere«, antwortete Rochus und machte sich an die Arbeit.

Schweigend wühlten sie sich durch Jans Sachen.

»Schon was gefunden?«, fragte Rochus nach einer gefühlten Ewigkeit, als er erfolglos Jans Rucksack gefilzt hatte.

Cindy saß mit den Knien auf dem Boden vor dem offenem Rollkoffer und tastete durch den Inhalt. »Wenn ich wüsste, wonach ich Ausschau halten soll, wäre es eine Erleichterung«, schnaubte sie.

»Keine Ahnung«, gab er zurück.

»Was machen wir hier eigentlich?« Cindy richtete sich auf und stützte sich mit den Händen auf ihren Oberschenkeln ab. »In anderer Leute Habseligkeiten herumzuschnüffeln gefällt mir irgendwie nicht so gut.«

»Das ist ebenfalls nicht meine Art«, erwiderte er und nahm sich eine schwarze Laptoptasche vor.

»Du willst nicht allen Ernstes in seinen Dateien rumstöbern«, sagte Cindy, als sie zusah, wie er den Computer aus der Tasche hob.

»Nur, wenn er nicht mit einem Passwort geschützt ist.« Rochus stellte den Laptop auf die Kommode mit dem Fernseher und fuhr ihn hoch. In der Zwischenzeit kramte er weiter in der Tasche, wobei er ein paar Dokumente zutage förderte. »Schau mal einer an«, sagte er und pfiff durch die Zähne.

»Was denn?« Cindy stand auf und stellte sich neben ihn.

Rochus tippte mit dem Zeigefinger auf das Schreiben. »Das da ist die Buchungsstornierung eines Hotels mitten in Starnberg. Vom letzten Freitag. Jan wollte anscheinend ganz woanders absteigen. Außerdem wollte er gar keinen Gartenkurs besuchen. Sieh mal hier, Cindy.« Sein Zeigefinger wanderte weiter zum nächsten Dokument. »Das ist eine Art Gesundheitsprogramm eines Sporthotels, das hat er ebenfalls storniert. So kurzfristig, wie er abgesagt hat, ist er auf einem Teil der Kosten sitzen geblieben, wie du der Antwort des Hotels entnehmen kannst.« Sein Zeigefinger schob sich zum nächsten Blatt.

»Wieso hat er das gemacht?«, wunderte sich Cindy.

»Weil es einen Grund für ihn gab, bei Esther einzuchecken.«

»Du meinst, dieser Grund heißt Lydia Sommer?«

Rochus nickte.

Da wurde die Tür aufgerissen, knallte gegen die Wand und federte zurück. Die Türklinke hinterließ einen Abdruck in der Wand, Putz bröselte auf den Teppichboden.

Jan stand auf der Schwelle wie ein Rachegeist, sein Gesicht eine einzige Gewitterwolke.

»Habe ich's mir doch gedacht, als ihr drei plötzlich verschwunden seid.«

Hinter seiner Schulter tauchte Esther auf, ihre Lippen bildeten ein stummes *Entschuldigung*.

Der Geschäftsmann stürmte in den Raum und baute sich vor Rochus auf, was einigermaßen komisch aussah, weil Jan mindestens zwanzig Zentimeter kleiner als er war und den Kopf in den Nacken legen musste, um ihn anzuschauen. Jan merkte das anscheinend selbst, machte einen Schritt zurück und verschränkte die Arme vor der Brust. »War das eure Idee, oder kam das von *ihr*?« Mit *ihr* war eindeutig Esther gemeint, die ebenfalls hereingekommen war.

Jetzt schob auch Dominik seinen Kopf ins Innere, neben ihm erschien Aaron.

Wenigstens hatte es Aaron rechtzeitig aus Dominiks Zimmer geschafft, bevor er ertappt worden war, dachte Rochus erleichtert.

»Euer Schweigen sagt alles«, donnerte Jan, das Gesicht rot wie eine überreife Tomate.

»Vielleicht sollten wir uns alle erst mal beruhigen«, versuchte die Pensionswirtin die Lage zu entschärfen.

Es blieb bei einem Versuch, denn Jan schrie sie an. »Beruhigen? *Ich* soll mich beruhigen?« Er richtete den Zeigefinger auf Rochus und Cindy. »Während die beiden da Polizisten spielen und eine illegale Razzia in meinem Zimmer veranstalten, soll ich mich beruhigen? Ja, geht's noch! Glaubt ihr etwa, ich habe was mit dem Mord zu tun?« Seine Augen schienen Esther durchbohren zu wollen.

»Niemand beschuldigt dich, mein Lieber«, sagte Esther beschwichtigend und hob beide Hände.

»Ich bin nicht dein Lieber, meine Süße«, schnauzte Jan.

Rochus trat zwischen die beiden. Smokey-Joe war so aufgebracht, dass Rochus ihm sogar Handgreiflichkeiten gegenüber Esther zutraute. »Jan, nu komm mal wieder runter.«

»Das sagt ausgerechnet derjenige, der meinen Laptop hochgefahren hat«, spottete Jan, trat zu dem Gerät und klappte den Monitor nach unten. »Und, was *gefunden*? Wisst ihr was, ihr könnt mich alle mal. Ich reise sofort ab. Keinen Tag länger bleibe ich in dieser Bude. Das war von Anfang an eine Schnapsidee.«

»Niemand darf von hier weg«, widersprach Rochus ihm. »Das hat die Polizei verboten.«

Jan kniff die Augen zusammen. »Weißt du was, Rochus, die Polizei kann mich mal. Dann sollen die mich einbuchten, wenn es denen nicht passt. Eigentlich war ich hier, um mich von einem drohenden Burn-out zu erholen.«

Rochus raffte die Papiere zusammen und hielt sie Jan vors Gesicht. »Ach, das sollen wir dir glauben? Eigentlich wolltest du doch gar nicht an Esthers Gartenkurs teilnehmen. Diese kurzfristige Stornierung widerlegt deine Aussagen. Ursprünglich war dein Aufenthalt im *Hotel Bahl* geplant. Du bist ein Lügner!«

»Was?«, schnappte Esther. »Ausgerechnet bei der falschen Caro?«

Rochus warf Esther kurz einen Blick von der Seite zu und fuhr fort. »Da frage ich mich, lieber Jan, was deinen doch sehr kurzfristigen Sinneswandel veranlasst hat. Vielleicht ein Treffen mit Lydia Sommer im Wald in der Nähe der *Pension Sonnenblume*?« Rochus reckte triumphierend die Brust raus.

»Ihr habt sie nicht mehr alle«, antwortete Jan und sackte in sich zusammen.

Ah, ein Beweis seiner Schuld. Rochus trat auf ihn zu und tippte Jan mit dem Zeigefinger auf die Brust.

Jan seufzte. »Das *Hotel Bahl* hat meine Frau gebucht. Auch diesen blöden Gesundheitskurs als Anti-Burn-out-Maßnahme. Dabei ist das Einzige, was ich will, ein bisschen gärtnern.«

»Was?« Rochus sah Jan überrascht an. Das kam unerwartet und war alles andere als ein Geständnis.

»Ich konnte ihr einfach nicht widersprechen, wo sie sich so viel Mühe gegeben hat. Sogar unsere Freunde fanden den Aufenthalt im Gesundheitshotel super, dachten, ich wäre zu überarbeitet mit unserem Online-Handel. Dabei träume ich schon mein halbes Leben von einem eigenen Garten. Leider haben wir keinen, aber das wäre ein tolles Hobby für mich.«

»Moment«, widersprach Rochus. »Hast du nicht bei unserer Ankunft behauptet, deine Frau macht die Gartenarbeit, weil du keinen Bock darauf hast?«

»Das war gelogen«, gab Jan zu. »Meine Frau wollte immer nur eine Eigentumswohnung mit Balkon, mehr nicht. Leider! Ich habe schon an einen Schrebergarten gedacht, aber meine Frau hat mich deswegen ausgelacht. Da habe ich es irgendwann sein lassen. Heimlich habe ich mir Gartenzeitschriften gekauft und drin gelesen. Könnt ihr euch das vorstellen?«

»Nein«, antwortete Rochus.

»Wenn ich meiner Elke vorschwärme, dass ich als Hobby gern gärtnern würde, hält sie mich für ein Weichei.«

»Wieso denn?«, fragte Esther. »Gartenarbeit ist doch nichts für Weicheier, besonders Unkrautrupfen ist mega anstrengend.«

»Dass du deine Frau anschwindelst, verstehe ich ja, aber wieso hast du uns angelogen?«, fragte Aaron.

»Ich wusste am Anfang nicht, wie das hier so wird und was das für eine Gruppe ist. Hätte ja sein können, dass lauter Versnobte den Kurs gebucht haben, da wollte ich nicht gleich als Gartenstreber rüberkommen.«

Cindy spielte mit ihrem Schlangenohrring. »Das hört sich echt krass an, Jan. Du bindest uns doch einen Bären auf. Also, dass du der Gärtner in eurer Ehe bist und deine Frau nicht.«

Jan schüttelte den Kopf. »Meine Frau verkauft SM- und Domina-Zeugs. Vor allem die ganz harten Dinger. Glaubt mir, Elke hält mich garantiert für ein Weichei, wenn ich

ihr mit dem Gärtnern komme. Deshalb meine Heimlich-
tuerei vor ihr. Ich habe nur deswegen ihrem Antistresskurs
in Starnberg zugestimmt, weil ich zufällig Esthers Online-
Werbung gesehen habe. Und diese Carolin Bahl ist eine
ganz üble Person. Als ich telefonisch storniert habe, war
sie total unfreundlich und ist mir mit den Kosten überhaupt nicht entgegengekommen.«

»Typisch Caro«, sagte Esther und kniff die Lippen zusammen.

Jan bekam einen verträumten Blick und verschränkte
die Hände ineinander. »Ich habe mich so auf das Gärtnern gefreut, es sollte mir Ruhe und Entspannung bringen.
Aber ihr wolltet lieber unbedingt Räuber und Gendarm
spielen.«

»Deshalb hast du unsere Recherchen ausgebremst«,
folgerte Rochus. »Und wir dachten ...«

»... dass ich was mit Lydias Verschwinden zu tun habe?
Großartig! Mittlerweile denke ich, es wäre doch besser
gewesen, ins *Hotel Bahl* zu gehen. Meine Burn-out-Ge-
fahr ist nicht weg. Das Gegenteil ist eingetreten, es brennt
lichterloh in mir, mein Stresspegel ist viel zu hoch. Das
habe ich euch zu verdanken. Euch und eurer dämlichen
Hobbyschnüfflerei!« Jan wippte auf seinen Fußballen auf
und ab. »Anstatt die Arbeit der richtigen Polizei zu überlassen, mischt ihr euch in Dinge ein, die euch nichts angehen. Aber das reicht ja nicht«, spie er aus. Speicheltropfen
flogen durch die Luft. »Ihr beschuldigt einen harmlosen
Menschen wie mich eines Mordes und durchsucht deshalb
meine Sachen. Sogar die Polizei braucht einen richterli-
chen Beschluss für das, was ihr gerade gemacht habt. Ich
könnte euch alle anzeigen. Wer weiß«, er legte den Zeigefinger nachdenklich an die Oberlippe. »Vielleicht mache

ich das sogar«, zischte er, nur um im nächsten Augenblick wieder zu toben. »Und jetzt raus aus meinem Zimmer, damit ich endlich packen kann. Ich habe genug von der *Pension Sonnenblume*, vom Gärtnern und überhaupt von jedem Einzelnen von euch. Schert euch zum Teufel, ich will keinem von euch auch nur eine Sekunde länger als nötig ins Gesicht blicken müssen.«

KAPITEL 24

»Das ist ja super gelaufen!«, kommentierte Esther das schiefgegangene Vorhaben mit den Zimmerdurchsuchungen und stellte eine Karaffe mit Wasser auf den Tisch im Speiseraum. Seufzend nahm sie neben den anderen Platz.

»Ihr dachtet im Ernst, Jan hätte was mit dem Tod von Lydia Sommer zu schaffen?«, fragte Dominik in die Runde.

Nicht nur er, sondern auch du, dachte Esther. *Vor allem du!* Stattdessen sagte sie: »Der Gedanke ist mir gekommen.«

»Ihr habt von dem Verdacht gewusst?« Dominik blickte in die Runde.

Allgemeines Nicken.

»Wieso hat mir niemand was von eurem Plan, Jans Zimmer zu filzen, erzählt?«, fragte er.

»Wollten wir«, kam Rochus Esther zuvor. »Aber irgendwie hat es sich nicht ergeben. Du hast die ganze Zeit im Garten mit Jan rumgehangen. Das haben wir dann eher als Ablenkung betrachtet. Als Ablenkung, damit er nichts von unseren Absichten mitbekommt.«

»Das ist gründlich danebengegangen«, bemerkte Dominik trocken.

»Ja, leider«, konnte Esther ihm nur zustimmen. »Im Grunde genommen ist es außerdem so, dass ich es war, die vorgeschlagen hat, dich nicht einzuweihen«, log sie. »Dominik, du hast ein super Verhältnis zu Jan, wie mir aufgefallen ist. Einerseits dachte ich, du wärst mit unserer Aktion nicht einverstanden und würdest ihn warnen. Andererseits wollte ich dein Gewissen nicht mehr als nötig belasten.« Esther horchte ihren Worten nach und fand, dass sie gut und glaubwürdig klangen. Wahnsinn, wie leicht ihr diese Lüge von den Lippen kam. Aber keinesfalls würde sie Dominik auf die Nase binden, dass es hauptsächlich um ihn gegangen war.

»Tja, hättet ihr mir mal lieber die Wahrheit gesagt. Dann hätte ich helfen können, Jan viel besser und wirkungsvoller abzulenken. So ist ihm bald aufgefallen, dass was im Busch war. Du warst aber auch leicht zu durchschauen, Esther. Eine gute Schauspielerin ist an dir nicht verloren gegangen.«

»Echt?«, schnappte sie erschrocken.

Er nickte heftig. »Dass du Cindy, Aaron und Rochus angeblich zum Töpfeholen in den Pensionskeller geschickt hast, klang ziemlich wirr. Vor allem, da jede Menge Töpfe im Schuppen rumstehen. Dann die nicht gerade heimlichen Blicke von dir hinauf zu Jans Zimmer, das man vom Garten aus gut sehen kann. Die darin umherhuschenden Schemen waren einfach nicht zu übersehen. Außerdem waren deine Versuche eines Small Talks mit Jan einfach zu grausig, um nicht sofort einen Ablenkungsversuch dahinter zu vermuten.« Dominik wandte sich an Rochus. »Wieso hat Aaron euch eigentlich nicht gewarnt? Er war doch auch dabei, oder etwa nicht? Ich habe ihn gar nicht in Jans Zimmer bemerkt.« Er legte Aaron seine Hand auf die Schulter. »Wo warst du denn überhaupt? Hättest mal besser Schmiere gestanden. Jetzt hat Esther einen zahlenden Gast weniger.«

Esther biss sich auf die Lippen. Würde Dominik herausfinden, dass Aaron in Wirklichkeit in *dessen* Zimmer war?

Aaron schüttelte Dominiks Hand ab. »Stimmt, ich sollte tatsächlich unten an der Rezeption Schmiere stehen, musste aber dringend mal aufs Klo. Mir ging es wie Rochus im Wald. Wenn es einmal läuft, dann läuft es. Konnte doch nicht ahnen, dass ausgerechnet in diesem kurzen Moment Jan auftauchte.«

Dominik schüttelte den Kopf. »Puh, ihr seid vielleicht Amateure.«

»Ist nicht mehr zu ändern«, gab sich Esther betont zerknirscht und atmete innerlich auf, dass Dominik anscheinend keinen Verdacht schöpfte.

Aaron tippte mit dem Finger auf dessen Oberarm. »Vielleicht solltest du zu Jan gehen und auf ihn einreden. Du bist der Einzige, der das kann. Eine Strafanzeige können weder Esther noch Rochus oder Cindy gebrauchen.«

»Meinst du, er hört auf mich?«

»Unbedingt«, versicherte Aaron.

Dominik lächelte. »Wisst ihr, Jan ist eigentlich ganz okay. Harte Schale, weicher Kern, wie man so schön sagt. Das Gärtnern hat ihm echt gefallen.«

Esther spürte einen Stich im Herzen. Ihr tat es im Nachhinein weh, dass sie Jan verdächtigt hatten. Im Grunde genommen war es echt süß, dass er so an der Gartenarbeit hing und dafür sogar seine eigene Frau anschwindelte. Leider hatte ihn dieses Missverständnis auf Esthers Verdächtigenliste gebracht. Vielleicht wäre es ihre Aufgabe, auf Jan zuzugehen und sich für ihr Verhalten zu entschuldigen. Andererseits war er vorhin so sauer auf sie alle gewesen, dass es wahrscheinlich wenig Sinn hatte und Aarons Vorschlag, Dominik solle sich um Jan kümmern, bestimmt die beste Lösung war.

»Am besten gehst du sofort, bevor er einfach abreist«,

ermunterte Aaron den jungen Mann. »Zuzutrauen wäre es Jan zweifelsfrei.«

Dominik stemmte sich hoch. »Okay, wenn du meinst. Ich gebe mein Bestes.«

Als Dominik gegangen war, beugte sich Aaron konspirativ vor. »Ihr glaubt nicht, was ich in seinem Zimmer gefunden habe.«

»Spann uns nicht auf die Folter«, forderte ihn Esther ungeduldig auf. »Ein Erfolgserlebnis können wir alle gebrauchen nach dem Desaster mit Jan.«

Aaron warf noch einmal einen Blick zur Tür, dann zog er aus seiner Hosentasche ein paar zerknitterte Blätter. »Die habe ich mitgehen lassen. Es waren noch mehr, aber ich wollte lieber nicht alles auf einmal einstecken, das wäre zu auffällig gewesen. So schnallt Dominik es vielleicht nicht, und ich kann sie später unbemerkt zurücklegen.« Vorsichtig breitete er drei Blätter von links nach rechts auf dem Tisch aus und beschwerte die Ecken mit Salz- und Pfefferstreuern.

Es waren zwei handgeschriebene Briefe, offensichtlich von einem Mann an eine Frau gerichtet. Der erste bestand aus zwei Seiten, der zweite lediglich aus wenigen Zeilen.

»Liebe Lydia«, las Esther laut vor.

»Schau mal einer an«, raunte Rochus.

Nickend fuhr Esther fort: »Die gemeinsame Zeit mit dir in unserem Hotel auf Borkum war unbeschreiblich schön. Ich erinnere mich noch immer an den zauberhaften Duft deiner Haut.«

»Boah, ist das schnulzig«, spottete Cindy.

Esther hob die Hand. »Moment, es kommt noch besser.« Sie holte Luft und fuhr fort. »Allerliebste Lydia, du hast mir die Augen geöffnet über mein bisheriges langweiliges Leben. Nur mit dir kann ich mir eine Zukunft vorstellen. Deine Jugend tut mir gut, ich werde mit jedem Tag, den ich an dich denke, selbst jünger. Wann können wir uns endlich wieder treffen? Ich sehne mich nach deinem semmelblonden Haar …«

»Semmelblond, im Ernst?«, prustete Cindy los.

»… nach deinem semmelblonden Haar …«, wiederholte Esther und biss sich auf die Lippen, dann fuhr sie fort, »… und deinen blauen Augen, in denen ich mich verliere und die Zeit vergesse. Aber wir müssen aufpassen, meine Frau und mein Sohn Dominik sind misstrauisch geworden. Wahrscheinlich ahnen sie etwas.«

»Ein Brief an eine Lydia mit blonden Haaren und blauen Augen? Klingelt da was bei euch?«, plapperte Cindy dazwischen.

»Und ob«, bestätigte Aaron.

»Interessant finde ich zudem, dass von einem Dominik die Rede ist«, grübelte Esther.

»Das ist *unser* Dominik«, stellte Rochus fest. »Das ist keine zufällige Namensgleichheit.«

»Sieht verdammt danach aus«, bestätigte Aaron. »Was bedeutet, dass Dominik unser Mordopfer kannte.«

»Die Halskette sieht wunderbar an deinem Hals aus und macht deinen nackten Körper für mich begehrenswert«, las Rochus weiter.

»Jetzt wird es pervers!«, sagte Cindy.

»Das geht die ganze Zeit so weiter«, stellte Aaron fest, der anscheinend schon mit dem Text durch war. Wahrscheinlich hatte er den schnulzigen Abschnitt bereits in Dominiks Zimmer gelesen.

»Wieso schreibt jemand noch Briefe?«, wunderte sich Cindy. »Dafür gibt es doch WhatsApp.«

»Weil das romantischer ist«, erklärte Aaron. »Ein Liebesbrief ist was Besonderes, das geht ans Herz einer Frau. Briefeschreiben ist in letzter Zeit wieder in Mode gekommen. Das kannst du als Buchhändler bestimmt bestätigen, Rochus.«

Der Angesprochene wiegte den Kopf. »Stimmt, aber es gibt auch eine andere Erklärung.«

»Und die wäre?«, hakte Esther neugierig nach.

»Der Schreiber ist ein älteres Semester, also sechzig plus. Männer dieser Generation stehen dem Smartphone, was Liebesbriefe angeht, skeptisch gegenüber. Wenn wir davon ausgehen, dass Dominik der Sohn des Briefeschreibers ist, dann könnte das mit dem Alter von sechzig oder mehr durchaus hinkommen. Dominik ist um die dreißig.«

»In unendlicher Liebe, dein Norbert, so endet das Gesülze«, sagte Esther. »Dieser Norbert ist demnach Dominiks Vater.«

Aaron tippte mit dem Finger auf den zweiten Brief. »Schaut mal, das ist jedoch alles andere als romantisch.«

Cindy beugte sich vor. »Lydia, was ist los mit dir? Wieso tust du mir das an? Ich dachte, wir sind Seelenverwandte und wollen unser restliches Leben miteinander verbringen. Und jetzt das???«

»Drei Fragezeichen und dazu dick unterstrichen«, kommentierte Esther und las laut weiter. »Lydia, was soll das Foto? Und wieso willst du mich erpressen? Ich habe dir Geld und Schmuck geschenkt, weil ich dich liebe. Meine Frau und mein Sohn machen mir die Hölle heiß. Dominik war mit meiner Frau bei der Bank. Sie wissen, wie viel ich von unserem Ersparten abgehoben habe. Was soll ich machen? Lydia, tu mir das nicht an.«

Aaron zog einen Briefumschlag aus der Tasche. »Den

habe ich auch noch eingesteckt. Schaut mal, der Wisch ist an eine Lydia Sommer gerichtet.«

»*Unsere* Lydia Sommer!«, rief Esther und schaute schnell zur Tür. Es fehlte gerade noch, dass ausgerechnet jetzt Dominik zurückkäme. »Oh mein Gott!«

»Der Absender ist ein Mann namens Norbert Rimminger«, kam es von Aaron.

Rochus kratzte sich an der Nase. »Müsste er nicht Danner heißen, wenn er Dominiks Vater ist?«

»Nicht, wenn Dominik gelogen hat.« Esther richtete sich auf. »Er hat ja auch nicht die Wahrheit gesagt, warum er den Gartenkurs besucht.«

»Möglich, dass Dominik auch den Mädchennamen seiner Mutter angenommen hat«, spekulierte Aaron.

Esther deutete auf den Brief. »Wie es aussieht, ist Dominik wegen Lydia Sommer in meiner Pension. Aber woher wusste er, dass sie bei mir einchecken wird?«

»Wann hat Dominik eigentlich das Gartenseminar gebucht?«, wollte Rochus wissen.

»Ziemlich kurzfristig«, antwortete Esther.

»Was hat das Ganze zu bedeuten?« Cindy legte die Handfläche auf die Briefe.

»Dass er Lydia vermutlich zur Rede stellen wollte, weil sie seinen Vater ausgenommen hat wie eine Weihnachtsgans«, vermutete Esther. »Und ausgerechnet meine Pension hat Dominik sich dafür ausgesucht. Bestimmt hat er Lydia hierher bestellt. Um das Geld zurückzufordern!«

»Zur Rede stellen war wohl nicht mehr«, ergänzte Cindy. »Sieht mir eher nach Rachefeldzug aus.«

»Wir sollten die Schreiben Kommissar Gabler geben«, schlug Aaron vor. »Der ist in Kriminaldingen bestimmt schlauer als wir und weiß, was zu tun ist.«

»Nein!«, entschied Esther. »Ich kopiere sie, dann legt Aaron sie wieder heimlich zurück.«

»Bist du verrückt?«, fuhr Aaron auf. »Dominik hat eindeutig was mit den Vorfällen der letzten Tage zu schaffen. Die Briefe belegen das doch.«

»Die Polizei hat uns schon einmal ausgelacht. Denkt an den Abend zurück, als wir die Frau im Wald gefunden haben. Hat uns jemand geglaubt?«

Cindy schüttelte den Kopf. »Nada!«

»Siehst du.« Esther machte eine abfällige Handbewegung. »Das da sind bloß ein paar Blätter Papier. Die könnten alles bedeuten und belegen rein gar nichts. Dominik könnte sich jederzeit herausreden. Nein, wir brauchen stichhaltige Beweise. Erst, wenn wir die haben, gehen wir zu Gabler.«

»Wie willst du das anstellen? Keiner von uns hat Erfahrung in der Polizeiarbeit. Wir haben uns schon mehrmals blöd angestellt«, widersprach Aaron.

»Es gibt jemanden, den wir um Hilfe bitten können. Eine Person, die Erfahrung in kriminalistischen Dingen hat«, entschied Esther.

»Kennst du so jemanden?« Cindy sah sie neugierig an.

»Oh ja, den Öko-Emil!«

❧ ❧

Als Esther überlegte, wie sie und Cindy, ohne dass es Dominik mitbekäme, zum Öko-Emil fahren könnten, kam ein dunkler BMW auf den Hof gebraust, wobei er hinter sich eine Staubwolke aufwirbelte. Er parkte an der Stelle, wo kurz zuvor Jans SUV gestanden hatte. Jan hatte seine

Drohung wahr gemacht und war, ohne groß ein Wort zu wechseln, abgereist. Nicht einmal von Dominik hatte er sich abhalten lassen. Wortlos hatte er bezahlt und anschließend sein Gepäck zum Auto geschleift.

Hauptkommissar Gabler stieg aus dem Wagen, sah sich kurz um, bemerkte Esther hinter der Pension und marschierte schnurgerade auf sie zu.

»Gibt es Fortschritte bei den Ermittlungen?«, empfing sie ihn.

»Kennen Sie eine Theresa Mühlenböck?«, antwortete er mit einer Gegenfrage.

Der Kommissar hatte sie mit der Frage überrumpelt, was wahrscheinlich seine Absicht war. »Sie war ein Gast von mir. Aber was hat sie mit dem Fall zu tun?«

»Ob, wie und was sie mit irgendwas zu tun hat, weiß ich nicht«, knurrte der Kommissar und wischte sich den Schweiß von der Stirn. »Oh Mann, ist das heiß heute.«

»Gehen wir doch hinein«, bot sie an. »Ein Glas kaltes Wasser wird Ihnen sicher guttun.«

»Danke«, erwiderte er.

»Wo ist Frau Mühlenböck?«, fragte Gabler, nachdem er das Glas, das ihm Esther auf den Tisch gestellt hatte, halb leer getrunken hatte.

Sie saßen diesmal in einer Ecke des Speisezimmers. Esther stellte einen Ventilator auf den Nebentisch, der sich knirschend von links nach rechts und wieder zurück arbeitete und ihnen in regelmäßigem Abstand Frischluft zuschaufelte.

»Frau Mühlenböck ist vor ein paar Tagen abgereist. Wegen eines Notfalls in der Familie.«

»Was für ein Notfall?«, hakte Gabler nach.

»Keine Ahnung, da müsste ich meinen Mann fragen.

Julius hat sich ums Auschecken gekümmert, ich war nicht da.«

»Es gibt eine Vermisstenmeldung.«

»Frau Mühlenböck wird vermisst?«

Gabler nickte langsam. »Die Tochter hat sie bei ihrer Heimatdienststelle am Wohnort der Mutter als abgängig gemeldet. Als letzte bekannte Adresse wurde die *Pension Sonnenblume* in Starnberg genannt.«

»Das ist ja hier«, schnappte Esther.

»Ganz genau«, bestätigte Gabler und sah sie misstrauisch an. »Können Sie mir zu Frau Mühlenböck irgendetwas sagen?«

Esther holte tief Luft. »Was soll ich Ihnen denn verraten, ich kenne sie, wie man einen Stammgast eben kennt.«

»Sie war öfters hier?«

»Seit vier Jahren, immer im Juni für zwei Wochen.«

Esther hörte das Knirschen von Reifen auf dem Kies und blickte zum Fenster hinaus. »Da kommt mein Mann gerade von der Arbeit.«

Eine Autotür wurde geöffnet und wieder zugeschlagen. Schritte auf dem Kies, die Haustür ging knarrend auf. Kurz darauf nahm Julius neben Esther Platz.

Gabler wiederholte sein Anliegen.

»Da kann ich Ihnen leider nicht weiterhelfen«, sagte Julius. »Frau Mühlenböck hatte es eilig, weil es einen Notfall in der Familie gab. Sie hat die Rechnung bezahlt, ist in ihren Wagen gestiegen und weggefahren.«

»Was für einen Wagen?«

»Sie fährt einen gelben Toyota Yaris.«

»Mhm, das hat die Tochter auch angegeben. Allerdings ist weder Frau Mühlenböck noch ihr Auto wieder an ihrem Wohnort aufgetaucht. Ihre Eigentumswohnung ist unberührt. Wie es aussieht, ist sie nicht dorthin zurückgekehrt.«

»Das ist aber seltsam«, sagte Julius.

»Sie sagen es.« Dann wandte sich der Kommissar an Esther. »Schon komisch, Frau Dumanski, alles Mögliche führt zu Ihrer Pension. Vermisste, Tote, *vermeintliche Tote.*«

Ihr entging nicht der spöttische Unterton.

»Wie geht es mit Ihrem Gartenkurs voran, sind alle Schüler brav bei der Sache?«

»Alle, bis auf Jan Kohnle«, antwortete sie und biss sich sofort auf die Lippen. Verdammt!

»Wieso?«, fragte Gabler argwöhnisch.

»Kyra hat mir gerade gesagt, Jan sei vorhin überstürzt abgereist, stimmt das?«, wollte Julius wissen.

Sie warf ihm einen giftigen Blick zu. Wieso konnte der Dummkopf nicht seinen Mund halten?

»Was heißt hier *abgereist*?«, bellte Gabler, dessen Kopf sofort rot anschwoll.

»Er wollte nicht länger bleiben«, erklärte sie missmutig.

»Das habe ich schon verstanden, aber Ihnen ist schon klar, dass das gegen meine Anweisung ist.«

»Hätte ich ihn ans Bett ketten sollen?«, fauchte Esther.

Gabler hieb mit der Faust auf den Tisch. »Sie hätten mich verständigen müssen, dann hätte ich mit dem Herrn ein paar ernste Worte gewechselt.«

»Zu spät.«

»Ja, zu spät«, knurrte der Polizist.

KAPITEL 25

Donnerstag, 20. Juni

»Motiv, Mittel und Gelegenheit«, murmelte Gabler.

»Was laberst du in deinen nicht vorhandenen Bart, Captain?«, zog ihn sein Kollege am anderen Tisch auf.

Gabler sah hoch und in das Gesicht von Oberkommissar Marius Flötzner. Der hatte die Rückenlehne seines Stuhls nach hinten gestellt und die Arme hinter dem Kopf verschränkt. Er sah genauso aus, wie sich ein Normalbürger wahrscheinlich einen Beamten vorstellte. Faul im Bürostuhl fläzend, eine dampfende Tasse Kaffee auf dem Tisch, daneben ein Plastikbehälter mit Keksen.

Wobei gegen Kekse nichts einzuwenden war, wie Gabler fand, weshalb er sich einen angelte und in den Mund schob.

Es war Donnerstagmorgen, und sie waren der Lösung des Mordfalls Sonnenblume, wie er den Fall kurzerhand nannte, keinen Schritt nähergekommen. »Motiv, Mittel und Gelegenheit«, wiederholte Gabler mampfend und schluckte den letzten Rest Keks hinunter. »Die drei Säulen der Schuld. Wenn ich denjenigen finde, auf den alle drei Dinge zutreffen, habe ich den Täter. Allerdings hapert es vor allem am Motiv. Niemand aus dem Umfeld der Pension hatte irgendwie Kontakt zu unserem Mordopfer Lydia Sommer. Jedenfalls konnte ich bislang nichts finden, was auf eine Beziehungstat hindeutet.«

»Wenn der Mörder denn aus dem Umfeld kommt«,

spielte Flötzner den Advocatus Diaboli und nahm wieder seine normale Haltung ein, indem er sich gerade hinsetzte und die Hände auf den Tisch legte.

»Vielleicht sollten wir uns diesen Jan Kohnle genauer vorknöpfen. Der ist gestern einfach abgereist, obwohl das gegen meine strikte Anweisung war.« Gabler nahm einen der vor ihm liegenden Schnellhefter in die Hand, auf dessen Vorderseite auf einem Klebeetikett mit Kugelschreiber der Name *Jan Kohnle* geschrieben stand. Er warf den Hefter auf Flötzners Schreibtisch und nahm den nächsten zur Hand. »Rochus Friesenstein«, las er von dem Etikett ab. Dann warf er den Hefter ebenfalls zu Flötzner und blätterte bereits im nächsten, der Details über das Leben von Aaron Krapf enthielt. »Ich habe zu jedem Gast in der Pension, den Inhabern Dumanski und der Mitarbeiterin Kyra Aigner jeweils alles zusammengetragen, was allgemein online zugänglich und im Polizeicomputer zu finden war.«

»Die Hefter sind reichlich dünn«, stellte Flötzner fest.

»In der Tat, denn es gibt nicht viel. Alle aus der Pension sind mehr oder weniger unbeschriebene Blätter, haben bislang kaum mit der Polizei zu tun gehabt. Höchstens ein paar Jugendsünden sind dabei, die sind aber zu vernachlässigen. Es ist keine Gewalttat aktenkundig. Es gibt nicht den Hauch eines Hinweises, dass jemand von ihnen in Kontakt zu unserem Mordopfer stand.«

»Vielleicht kommt der Mörder von außerhalb«, antwortete Flötzner und warf seinerseits einen Aktenhefter auf Gablers Seite.

»Was ist das?«

»Ich habe nicht auf der faulen Haut gelegen und habe mich um die Hintergrundrecherche zu Lydia Sommer gekümmert und den Kollegen aus Hamburg ein bisschen Feuer unter dem Hintern gemacht. Ich weiß ja, dass du manchmal zu nett bist. Hin und wieder muss man etwas Druck machen.«

Gabler schlug die erste Seite auf, an die mit einer Büroklammer ein Bild geheftet war. Darauf war mit einem schwarzen Filzstift in eleganter Schrift der Name Lydia Sommer geschrieben worden.

Flötzner schob sich einen Keks in den Mund und biss die Hälfte ab. »Die Kurzfassung lautet«, nuschelte er, kaute und schluckte, »dass sie kein unbeschriebenes Blatt war und einiges auf dem Kerbholz hatte. Vor allem Betrugsdelikte sind aktenkundig. Betrugsdelikte jeder Art. Betrug mit Produktfälschungen, eBay-Betrug und«, er deutete mit den Händen einen Trommelwirbel an, »neu im Angebot ab heute ...« Der junge Kollege machte eine theatralische Pause und brüllte wie ein Marktschreier. »*Liebesschwindel!*«

Gabler hielt sich spielerisch die Ohren zu. »Was soll das sein, so was wie Heiratsschwindel?«

»Ungefähr, bloß hat Lydia niemanden geheiratet, sondern lediglich die große Liebe *vor*gespielt. Mehrere Opfer haben, blind vor Liebe, Lydia Schmuck, Wertgegenstände und unglaubliche Summen Bargeld gegeben. Irgendwann war die große Liebe vorbei, Lydia weg, und der Mann, dem sie Hörner aufgesetzt hatte, war ein Vermögen los. Manchmal auch die Ehefrau, so sie hinter die Geschichte gekommen ist.«

Gabler pfiff durch die Zähne. »Möglicherweise hat wirklich niemand von der Pension etwas mit dem Fall zu schaffen«, überlegte er. »Was, wenn ein Opfer Lydia nachgereist ist, eine ideale Gelegenheit abgewartet und sie schließlich ermordet hat? Aus Rache, weil sie mit seinen Gefühlen gespielt hat! Ich will alle Namen haben, die im Zusammenhang mit dieser Liebessache und Lydia Sommer im Polizeicomputer gespeichert sind. Deutschlandweit natürlich, denn solche Frauen beschränken sich nicht auf ein einziges Bundesland.«

»Aye, Captain, schon in Auftrag gegeben«, sagte Flötzner. »Ich erwarte jederzeit die Antwort des BKA mit den gesammelten Fällen der Sommer-Schwestern.«

Gabler horchte auf. »Schwestern?«

»Du hast richtig gehört. Lydia Sommer hat nicht alleine gearbeitet. Ihre Schwester Lena war ihre Partnerin.«

»Dass sie eine Schwester namens Lena hat, wusste ich. Immerhin versuche ich sie seit Tagen zu erreichen, um ihr den Tod von Lydia mitzuteilen. Aber dass sie gemeinsame Sache gemacht haben, ist der Hammer.«

»Ich würde sagen, das Kriminelle ist in den familiären Genen verankert.«

»Wo du recht hast, hast du recht«, stimmte ihm Gabler zu.

»Allerdings wurde bislang keine der beiden strafrechtlich verurteilt«, fuhr Flötzner fort.

Gabler blickte überrascht auf.

»Jedenfalls nicht für die Liebesnummer, für die ebaygeschichten dagegen schon. Da stand Lydia Sommer kurz davor, in den Bau einzufahren. Deshalb ist sie auf ein anderes Pferd gestiegen, hat sich auf das Liebesdings spezialisiert.«

»Da ist nirgends ein Bild von Lena Sommer drin«, stellte Gabler fest.

»Weil es keines gibt«, räumte Flötzner ein. »Nur Lydia ist erkennungsdienstlich behandelt worden, ihre Schwester

Lena hingegen nicht. Lydia ist auch immer die treibende Kraft bei den kriminellen Geschichten gewesen. Lena war eher so eine Art Handlangerin. So geht es jedenfalls aus den Akten hervor, die ich mithilfe der Hamburger Kollegen zusammengetragen habe.«

»Wieso sind die Schwestern bislang ungeschoren davongekommen?«

»Beweise *du* mal einer Frau, dass sie dir die Liebe nur vorgegaukelt hat. Es gibt einige Anzeigen gegen Lydia, aber sie hat jedes Mal alles von sich gewiesen und behauptet, dass anfangs natürlich Gefühle von ihrer Seite aus da gewesen seien. Aber die Liebe war halt irgendwann vorbei. Sie gab sich unschuldig. Alles, was sie als«, Flötzner malte mit den Zeigefingern Anführungsstriche in die Luft, »*Gegenleistung* erhalten hat, seien Geschenke. Geschenke der Liebe, wie sie es ausgedrückt hat. Niemals habe sie an Betrug gedacht, bla, bla, bla und so weiter. Das konnte ihr kein Staatsanwalt widerlegen, auch bei einem halben Dutzend weiterer Fälle nicht. Und ihre Schwester Lena bestätigte natürlich die Aussagen von Lydia.«

»Natürlich«, kommentierte Gabler süffisant. »Und trotzdem: Da haben wir unser Motiv! Rache, weil Lydia Sommer jemanden ausgenommen hat, der sich das nicht bieten lassen wollte.«

Ein akustisches Signal auf Flötzners Rechner kündigte eine neue Mail an.

»Sehr schön, das BKA hat geantwortet. Ich leite die Mail an dich weiter. Das sind aktuell alle bundesweiten Strafanzeigen in Sachen Liebesschwindel, bei denen die Namen Lydia und Lena Sommer auftauchen. Es sind insgesamt sieben in den letzten vier Jahren. Zu wenig, um ein wiederkehrendes Muster für die Gerichte zu erkennen und es als Serienstraftat zu werten. Vor allem, da die Fälle auf verschiedene Bundesländer verteilt sind.«

»Und zu viel, um es als Nichtigkeit abzutun«, sagte Gabler. Bei einem Namen blieb er hängen. »Scroll mal zu Fall vier weiter.«

»Norbert Rimminger«, las Flötzner laut vor, der auf seinem Computer inzwischen ebenfalls die Mail vor sich hatte. »Die Tatzeit liegt knapp zwei Jahre zurück.«

»Angezeigt wurde der Fall von seinem Sohn, einem Dominik Rimminger.«

»Ja, weil sein Vater Norbert bereits tot war. Suizid! Laut Sohn war es Scham wegen der angeblichen Erpressungsgeschichte mit einer Frau Sommer.«

Gabler überflog die Zeilen. »Angeblich lag eine Erpressung durch eine Lydia Sommer vor. Das ist aber mal interessant.«

Flötzner nickte und biss in einen Keks. Krumen klebten auf seiner Lippe, als er sagte: »Das ist der vorletzte aktenkundige Fall mit Lydia, und er liegt ungefähr ein Dreivierteljahr zurück. Vor sechs Monaten tauchte das erste Mal *Lena* Sommer als Tatverdächtige auf.« Seine Augen richteten sich wieder auf den Monitor vor ihm. »Tatort war Lübeck. Anscheinend haben sie zuletzt die Rollen getauscht, und Lena wurde zur Haupttäterin. Mit Erfolg, denn die Ermittlungen gegen Lena Sommer wurden nicht groß weiterverfolgt.«

»Logisch, sie war bis dato ein unbeschriebenes Blatt«, brummte Gabler. »Was für durchtriebene Miststücke!« Er tastete nach einem Keks, doch seine Finger griffen ins Leere. Flötzner hatte sich den letzten geschnappt. »Weil es bei Lydia zum ersten Mal einen Toten gab, mussten sie vorsichtiger vorgehen und etwas Gras über die Sache

246

wachsen lassen«, vermutete Gabler. »Deshalb die andere Vorgehensweise. Aber zurück zum Fall Rimminger mit anschließendem Suizid aus Verzweiflung. Vorausgegangen war wieder mal die typische Liebesgeschichte. Teure Geschenke wechselten den Besitzer, vor allem eine große Summe Bargeld. Hoppla, das ist ein starkes Stück.«

»Was meinst du?«, fragte Flötzner.

»Norbert Rimminger hat einen Sparvertrag über eine Summe von fast fünfundsiebzigtausend Euro aufgelöst.«

»Er hat seiner Liebelei so viel Bargeld geschenkt?«, wunderte sich Flötzner.

»Nein, nicht geschenkt. Das war das Erpressungsgeld. Behauptet jedenfalls seine Frau ... ähm ... Witwe.«

»Hat sie Beweise dafür?«

Gabler schüttelte den Kopf. »Laut BKA nicht, es war eine Vermutung von der Familie Rimminger, die sich nicht beweisen ließ. Vonseiten der Staatsanwaltschaft wurde nicht einmal der Anfangsverdacht einer Straftat bejaht, die Ermittlungen daher rasch eingestellt, bevor sie noch richtig begonnen hatten.«

»Das muss übel gewesen sein für die Hinterbliebenen«, sagte Flötzner. »Erst wird die Frau von ihrem Mann betrogen, dann veruntreut er das gemeinsame Vermögen, anschließend bringt er sich um. Und zu guter Letzt wird die dafür verantwortliche Person nicht mal zur Rechenschaft gezogen.«

Da kam Gabler ein Gedanke. »Was, wenn diese komischen Leute aus der Pension doch recht hatten? Was, wenn die vermeintliche Leiche vom Samstag doch Lydia Sommer war, die in einen Streit verwickelt war?«

»Streit mit wem?«

»Jemandem aus dem Umfeld der Pension.«

»Jetzt doch wieder? Dachtest du nicht, der Mörder wäre ihr nachgereist?«

»Das glaube ich immer noch. Aber der Betreffende ist in der *Pension Sonnenblume* abgestiegen und hat als Vorwand den Besuch eines bescheuerten Gartenseminars gebucht.«

»Und dieser Unbekannte hat sich mitten in der Nacht mit Lydia Sommer im Wald getroffen?« Flötzner runzelte die Stirn. »Mein Captain, das ist ziemlich weit hergeholt.«

»Es ist nur eine Theorie, und die ist so gut oder schlecht wie jede andere. Vielleicht hat unser Unbekannter Lydia Sommer zur Rede gestellt und sie an diesen Ort beordert. Es kam zum Streit, er hat sie niedergeschlagen.«

»Was sie aber nicht abgeschreckt hat, sonst hätte sie am Montag nicht in der Pension eingecheckt. Kurze Zeit später hat er sie dann endgültig erledigt.«

Flötzner verschränkte die Arme hinter dem Kopf. »Eine Idee, wer aus der Gartentruppe es sein könnte?«

Gabler blickte auf die Akte in seiner Hand. »Mal sehen, ich werde denen noch mal meine Aufwartung machen müssen.«

Auf einmal schlug Flötzner mit der Faust auf den Tisch, dass es schepperte.

»Jesus! Was ist denn?«, rief Gabler erschrocken.

Flötzner hackte auf der Tastatur seines Computers herum. »Kruzifix, wie konnte ich das übersehen? Ich habe den Bericht einfach ausgedruckt und gar nicht mehr auf die Bilder geachtet.« Er blickte auf und sah Gabler in die Augen. »Letzte Seite. Umblättern. Sofort!«, befahl er stakkatohaft.

Gabler tat wie geheißen und wusste erst nicht, was Flötzner wollte. »Was soll da sein? Das ist eine Übersicht von Lydia …«

»Ist es nicht! Das ist der Lebenslauf von *Lena* Sommer. Schau dir ihr Bild oben rechts an.«

Gabler erstarrte. »Da-das ist eine Verwechslung. Nein, das ist das Foto von *Lydia* Sommer, das haben sie vertauscht.«

»Nein, haben sie nicht«, widersprach Flötzner.

Gabler studierte das Foto. »Es sind ...«

»Zwillinge!«, beendete Flötzner seinen Satz. »Lydia und Lena sind Zwillinge. Schau auf das Geburtsdatum von Lena, es ist derselbe Tag wie von Lydia.«

»Verdammt!«, fluchte Gabler. »Wieso ist das bisher niemandem aufgefallen?«

»Weil wir nicht darauf geachtet haben. Hätte nicht passieren dürfen, ist es aber.«

»Das lässt alles, aber wirklich alles in einem anderen Licht erscheinen. Die vermeintliche Leiche vom Samstag, sie war vermutlich gar nicht vermeintlich, sondern echt.«

»Was meinst du?«

Gabler schluckte. »Dass wir *zwei* Tote haben. Erstens Lena Sommer, ermordet am Samstag. Dann Lydia Sommer, ermordet am Montag. Wir müssen den *angeblichen* Leichenfundort noch einmal genauer absuchen, der jetzt doch kein *angeblicher* Fundort mehr ist. Es ist ein *Tatort!*« Gabler griff zum Hörer und rief das Münchner Lagezentrum an. Er benötigte eine Hundertschaft der Polizei, am besten gleich zwei. Das Waldstück war zu groß, um mit ein paar Streifenbeamten eine lückenlose Suche durchzuführen. Nach ein paar Minuten knallte er den Hörer auf die Gabel.

Flötzner sah ihn neugierig an.

»Der Besuch des US-Präsidenten am Freitag und Samstag in München. Alle Kräfte sind im Einsatz. Keine Chance für uns, auf geschlossene Einheiten zurückzugreifen. Auch Hundeführer stehen nicht zur Verfügung. Die Absuche müssen wir auf Montag oder Dienstag nächster Woche verschieben.«

KAPITEL 26

Esther hatte den Männern ihrer Gartentruppe zum Schein einen eigenen Vormittag verordnet. Einen Männervormittag sozusagen, den sie zusammen genießen sollten. Wahlweise mit ein paar Bierchen sollten sie Karten spielen oder einfach nur rumsitzen und quatschen.

Aaron und Rochus waren von ihr instruiert worden, auf Dominik aufzupassen, während Cindy und Esther einen anderen Plan verfolgten. Nachdem es gestern aufgrund des überraschenden Besuchs von Hauptkommissar Gabler nicht mehr geklappt hatte, wollte sie am heutigen Donnerstag den Öko-Emil aufsuchen. Ohne männliche Ablenkung hoffte Esther, das Misstrauen des Eremiten gegenüber Menschen leichter zu zerstreuen. Ein ehemaliger Polizist würde sicher nicht mit einem Gewehr auf zwei harmlose Frauen zielen. So die Theorie.

In der Praxis standen sie vor einer verschlossenen Tür an einem mannshohen Holzzaun, nachdem sie mit dem Rad die wenigen Kilometer zurückgelegt hatten. Esther hatte drei Leihräder in der Garage stehen, falls mal ein Gast die Lust verspürte, mit dem Drahtesel die Gegend zu erkunden. Eines dieser Räder hatte Cindy benutzt, die allerdings anderen Komfort gewohnt war.

»Wie, kein E-Bike?«, hatte sie mit großen Augen gefragt und sich anschließend abgeplagt, Esther zu folgen. Offenbar besaß die Physiotherapeutin weniger Ausdauer, als Esther gedacht hatte.

»Schöner Mist, war die ganze Plackerei umsonst«,

schimpfte Cindy, als sich der Eremit einfach nicht zeigen wollte. »Den ganzen Weg wieder zurück.«

»Es sind nicht mal drei Kilometer«, warf Esther ein.

»Was, drei Kilometer, so viel?«

»Drei Kilometer sind ein Katzensprung«, erwiderte sie, legte den Daumen auf den Klingelknopf am Gartentor und nahm ihn nicht wieder weg. Seit gefühlt zehn Minuten warteten sie bereits draußen. Auf Rufen und Klingeln hatte sich niemand gerührt. Ab und zu waren ein leises Jaulen und auch mal ein Bellen zu hören gewesen, dem eine kurze Antwort folgte. Wahrscheinlich von Emil, der dem Hund befahl, leise zu sein.

Die Dauerbeschallung schien endlich Wirkung zu zeigen. Das vereinzelte Bellen schwoll zu einem einzigen und durchdringenden Kläffen und Jaulen an.

Auf einmal hörten sie, wie drinnen im Haus die Tür aufgerissen wurde und jemand laut fluchte. Dann vernahmen sie das Stapfen von wütenden Schritten auf Kies. Im Hintergrund bellte weiterhin der Hund, der anscheinend im Ferienhaus blieb. Hinter dem Gartentor endeten die Schritte. An einer Stelle im ansonsten blickdichten Holzzaun gab es eine schmale Lücke. Esther legte das rechte Auge darüber und blickte durch den Spalt. Auf der anderen Seite tat jemand dasselbe. Esther erschrak, als sie das Auge auf sich gerichtet sah. Mit einem »Uii« zuckte sie zurück.

Der Besitzer des anderen Auges lachte heiser, dann wurde ein Schlüssel im Schloss umgedreht und das Tor aufgerissen. »Was soll die Störung?«, bellte ihnen Öko-Emil entgegen, der seinen weiß behaarten Kopf hinausstreckte. Er trug eine blaue Latzhose über einem karierten Hemd und hatte Pantoffeln an den Füßen. Seine Augen funkelten streitlustig. »Mein Hund mag das nicht.«

Nicht nur der Hund, dachte Esther und sagte: »Entschuldigen Sie die Störung, Herr …«

»Ich entschuldige gar nichts, und jetzt können Sie wieder gehen. Habe die Ehre!«

Esther schob ihren Schuh in den Spalt, als der Eremit das Tor zuschlagen wollte.

»Was soll das werden, Hausfriedensbruch?«

»Wir benötigen Ihre Hilfe.«

»Ha!«

Cindy mischte sich ein. »Doch, bitte, das stimmt. Hören Sie uns einfach kurz zu.«

»Ich höre weder zu, noch kriegen Sie irgendeine Art von Hilfe von mir. Was glauben Sie wohl, wieso ich hier alleine lebe?«

»Weil Sie keine Menschen mögen?«, wagte sich Cindy vor.

»Ganz genau!«, schnappte er. »Sie sind gar nicht so dumm, wie Sie aussehen, mit dem ganzen Blech im Gesicht.«

Esther hörte Cindy laut ausatmen. Schnell entgegnete sie: »Herr Wirstle, es gibt keinen Grund, ausfällig zu werden.«

»Sie kennen meinen Namen?« Er schaute sie misstrauisch an.

»Natürlich, wir sind quasi Nachbarn. Mir gehört die *Pension Sonnenblume*.«

»Weiß ich. Sie sind mit ihrem roten Schopf und der grausig grünen Brille kaum zu übersehen. Radeln ständig durch die Gegend.«

»Ich weiß, dass Sie mich beobachten.«

Öko-Emil kniff die Augen zusammen. »Wenn Sie behaupten, ich wäre irgend so ein Spanner, dann schleichen

Sie sich gefälligst. Das mit dem Beobachten könnte ich von Ihnen auch sagen.« Sein Kopf ruckte zu Cindy herum. »Und von Ihnen auch. Sie beide und ein paar Männer haben doch unlängst vor meinem Haus herumgelungert. Ihr wart es doch, die sich auf dem Hochsitz versteckt haben. Habt bestimmt Fotos und Videoaufnahmen gemacht. Es verstößt gegen das Gesetz, wenn ihr die Aufnahmen ohne mein Einverständnis im Internet veröffentlicht.«

»Das hatten wir nicht vor. Außerdem habe ich Sie niemals als Spanner bezeichnet«, ruderte Esther zurück. »Ich glaube viel eher, dass Sie bei Ihren ... *Beobachtungen* ... etwas gesehen haben, das helfen könnte, ein Verbrechen aufzuklären.«

»Wie kommen Sie auf die Idee, dass mich das interessiert?«

»Weil Sie früher Polizist waren?«

»Wer sagt das?«

»Tiberius Gabler von der Kripo Fürstenfeldbruck.«

»Der Tibby konnte schon früher seine Klappe nicht halten. Weshalb hat er einer Außenstehenden wie Ihnen das auf die Nase gebunden? Es geht keinen etwas an, was ich in meinem früheren Leben gemacht habe.«

»Weil ... ähm ... weil ...« Esther stockte.

»Weil *wir* Sie für einen Mörder gehalten haben«, grätschte Cindy dazwischen. »Deshalb hat der Polizist Esther von Ihnen erzählt. Weil er im Gegensatz zu uns nicht glaubt, dass Sie zu ... ähm ... also ... dass Sie jemanden umbringen könnten.«

»Ach, sieh mal einer an. Da bin ich aber froh, dass der Tibby mich nicht für einen durchgeknallten Psychopathen hält«, ätzte er.

»Ja«, gab Esther zu. »Das sind Sie nicht, also ein Psychopath. Und für einen Mörder halte ich … ähm … halten *wir* Sie auch nicht … mehr.«

»Vielen Dank auch. Aber das nicht *mehr* habe ich gehört, also haben Sie mich vorher für einen Killer gehalten. Woher der Sinneswandel?«

»Gabler glaubt nicht daran, er scheint Sie zu kennen.«

»Sie vertrauen seinem Urteilsvermögen?«

»Mittlerweile schon«, sagte Esther, war sich aber ihrer Worte nicht sicher angesichts des stechenden Blicks, den der Eremit ihr zuwarf. Die runden Brillengläser verstärkten diesen Eindruck sogar. Vielleicht war es doch keine so gute Idee, herzukommen. Was, wenn er doch ein Psychopath war und es auf Frauen abgesehen hatte?

Emil zog die Tür ganz auf. »Kommen Sie rein.«

Esther zögerte, der Stimmungswandel machte sie misstrauisch.

Cindy neben ihr schien keine Bedenken zu haben, sondern betrat rasch das Grundstück.

»Was ist?«, fragte Emil mit einem spöttischen Grinsen. »Angst?«

Esther schüttelte hastig den Kopf und folgte Cindy.

Öko-Emil schloss hinter ihr das Gartentor und legte einen Riegel vor.

Esther warf einen ängstlichen Blick auf den stabilen Riegel. Ein Gefühl der Beklemmung kam in ihrer Brust auf. Waren sie jetzt Gefangene?

Der Eremit bemerkte offensichtlich ihr Misstrauen und lachte spöttisch auf. Dann führte er sie zum Ferienhaus, wo der Border-Collie wartete und die Neuankömmlinge neugierig musterte.

»Nicht beißen!«, mahnte Emil den Hund und grinste dabei.

Esther beschlich der Verdacht, Öko-Emil hatte das zum Spaß gesagt, um die Gäste einzuschüchtern.

Emil bat sie ins Innere und führte sie ins Wohnzimmer, wo Esther neben Cindy auf einer bequemen Couch Platz nahm. Als Erstes stach ihr ein riesiges Aquarium ins Auge, das fast eine ganze Wand einnahm und Esther das Gefühl gab, in einem Sea-Life zu Gast zu sein. Sie glaubte Diskusfische, Zwergfadenfische und einen Antennenwels zu erkennen. Außerdem huschte ein ihr unbekannter Schwarm aus kleinen rotblauen Minifischen an der Glasscheibe vorbei. Das Innere des Aquariums war kunstvoll mit altertümlichen Ruinen und einem gewaltigen Schiffswrack als Verstecke für die Tiere ausgestattet.

Als sich Emil ihr gegenüber in einen Sessel setzte, musterte sie ihn von oben bis unten.

Der alte Mann trug eine abgewetzte braune Cordhose, dazu ein blau-weiß kariertes Hemd und schwarze Plastikclogs, in denen die nackten Füße steckten.

Der Border-Collie ließ sich zu Emils Füßen nieder und beäugte die Eindringlinge. Auf einem Beistelltisch neben seinem Sessel lagen Zeitungen und eine Fernbedienung für den Fernseher, außerdem eine Pfeife, eine Packung Tabak und ein Feuerzeug. »Das ist Charlie«, stellte er den Hund vor und schob die Pfeife in den Mund, zündete sie allerdings nicht an.

»Wir haben bereits miteinander Bekanntschaft gemacht«, sagte Esther. »Im Wald, vor ein paar Tagen. Sie erinnern sich bestimmt.«

Der Eremit neigte den Kopf zur Seite. »Und ob ich mich erinnere.«

»Du bist aber ein Lieber«, säuselte Cindy und beugte sich vor.

Der Border-Collie bellte einmal laut auf.

Cindys Oberkörper schnellte zurück. »Okay, du bist doch nicht so süß.«

»Charlie mag keine Fremden«, erklärte Emil, nahm die Pfeife aus dem Mund und zeigte mit dem Mundstück auf Cindy. »Genauso wenig wie ich. Also, was wollen Sie?«

»Ein Glas Wasser wäre nicht schlecht, wenn es keine Umstände macht«, antwortete Cindy. »Echt, ich bin nach der Radtour am Verdursten.«

»Umstände macht es schon, aber na gut, vielleicht gehen Sie dann bald wieder und lassen mich in Ruhe.« Der Eremit steckte die Pfeife in die Hemdtasche, stand auf, verschwand in der Küche und kam mit einer Flasche Mineralwasser und zwei Gläsern wieder. Beides stellte er auf die Zeitungen auf dem kleinen Beistelltisch, den er mit dem Schuh etwas näher zu ihnen schob. Die Fernbedienung fiel herunter, der Hund schnappte sie mit dem Maul und wedelte mit dem Schwanz.

»Braver Charlie, hast du gut gemacht.« Emil nahm dem Border-Collie die Fernbedienung aus dem Maul und legte sie auf die Lehne seines Sessels.

»Einschenken müssen Sie selbst«, knurrte er und setzte sich wieder. Nahm die Pfeife aus der Hemdtasche, schob sie zwischen die Zähne und knabberte auf dem Mundstück herum.

Die Flasche war eisgekühlt, Wassertropfen liefen seitlich herab und befeuchteten die Zeitungen darunter. Esther schenkte sich und Cindy ein. Während Cindy das Glas auf ex trank, nahm Esther lediglich einen kleinen Schluck und hielt ihr Glas mit beiden Händen fest. Cindy goss sich nach, trank das Glas wieder aus und stellte es zurück auf den kleinen Tisch.

»Ich bin kein Polizist mehr und kann Ihnen nicht weiterhelfen, bei was auch immer«, begann er das Gespräch
und nahm die Pfeife aus dem Mund, hielt sie in den Händen. »Wenn Sie zu Ende getrunken haben, dürfen Sie gerne
wieder aufbrechen.«

»Sie hätten uns kaum reingebeten, wenn Sie nicht neugierig wären«, konterte Esther.

»Sie überschätzen meine Neugier.« Die Pfeife wanderte
wieder in den Mund und dort von der linken zur rechten
Seite.

»Mache ich das?« Esther fokussierte den alten Mann.
»Sie haben von dem Mord gehört?«

»Starnberg ist keine Großstadt«, nuschelte er und legte
die Pfeife zurück auf den Beistelltisch. »Neuigkeiten sprechen sich schnell herum.«

»Ich dachte, Sie mögen keine Menschen und reden
nicht mit ihnen«, wandte Cindy ein.

»Beim Einkaufen erfährt man so einiges. Man muss nur
seine Lauscherchen aufstellen und zuhören. Da braucht
man nicht viel reden.« Emil lächelte.

Es war ein verschmitztes Lächeln. Die erste sym-
pathische Reaktion an ihm. Esther blickte sich beiläufig
um. Das riesige Aquarium hatte sie von anderen Dingen
abgelenkt. Zum Beispiel von den zahlreichen Bildern an
den Wänden mit Sprüchen und Weisheiten. Einige davon
kannte sie, etwa den von Konfuzius: *Alle Dunkelheit der
Welt kann das Licht einer einzigen Kerze nicht löschen.*

Esther bemerkte weitere bekannte Weisheiten des chi-
nesischen Philosophen: *Es ist keine Ehre, von einem Nar-
ren gelobt zu werden.* Außerdem: *Bohre den Brunnen, ehe
du Durst hast.*

Sie schmunzelte, dann gefror das Schmunzeln, als ihr

Blick an einem erst kürzlich gelesenen Spruch hängen blieb: *Bedenke, dass der Tod nicht zögert.*

Emil bemerkte offensichtlich ihre Anspannung. »Sie kennen diesen Spruch?«

»Nur zu gut. Ich erinnere mich an Ihre Drohung, und ich erinnere mich deutlich an das Gewehr in Ihren Armen, als Sie uns eingeschüchtert haben. Diesen dämlichen Satz haben Sie an die Rückwand Ihres Hauses gepinselt.« Esthers Knie zitterten, als sie einen weiteren Spruch las: *Das Gesetz der Welt heißt Sterben.* »Okay, es ist vielleicht besser, wir brechen auf«, wandte sie sich an Cindy.

»Sie finden diesen Satz *dämlich*?« Emil verschränkte die Finger ineinander und stützte die Handflächen auf seinem Bauchansatz ab. »Interessant! Mir hilft er, mein Leben jeden Tag zu meistern. Was hat Tibby über mich erzählt, dass Sie mir plötzlich keinen Mord mehr zutrauen?«

»Sie haben jemanden aus Notwehr erschossen!«

Der Öko-Emil nickte langsam, seine Augen füllten sich mit Traurigkeit. Er klemmte die Hände zwischen die Oberschenkel und begann zu sprechen.

Esther hörte die ihr bereits bekannte Geschichte diesmal aus der Sicht des Betroffenen.

»Es war der letzte Tag auf Streife für mich, der letzte Tag als Schutzpolizist überhaupt«, begann er und verstummte.

Esther schwieg, Cindy neben ihr atmete leise ein und aus. Jetzt nur kein falsches Wort. Esther hatte das Gefühl, der Eremit wollte was loswerden.

Öko-Emil räusperte sich und fuhr fort: »Es war ein Freitagabend. Am Montag darauf sollte ich bei der Kripo in Ingolstadt anfangen, im Kommissariat für Raubdelikte. Es war gegen drei Uhr in der Nacht, die Schicht ging noch bis sechs. Beinahe hätte ich meine Dienstzeit als Streifen-polizist absolviert, ohne je meine Waffe gezogen zu haben. In dieser Nacht musste ich sie das erste Mal auf einen Menschen richten. Über Funk kam die Meldung eines Ein-bruchsalarms in einem Getränkemarkt in Ingolstadt rein. Da mein Partner und ich ganz in der Nähe Streife fuhren, waren wir schnell am Einsatzort. Die Unterstützungskräfte brauchten noch, waren weiter entfernt. Wir warteten nicht auf Verstärkung und fuhren den Laden direkt an, kamen zu einer geöffneten Seitentür. Wir hörten Geräusche und sind sofort mit gezückten Waffen hinein. Haben einen Täter überrascht, der gerade mit einer Geldkassette aus dem Büro kam. In der anderen Hand hielt er eine Pistole. Mit der hat er auf uns gezielt. Sie nicht runtergenommen, obwohl wir ihn angebrüllt haben, die Knarre fallen zu lassen. Das hat er nicht getan. Er hat sie einfach nicht weggeworfen. Dann habe ich abgedrückt. Einmal. Ein *einziges* Mal! Das erste und letzte Mal, dass ich im Dienst schießen musste. Nicht einmal ein verletztes Reh oder einen Fuchs nach einem Wildunfall musste ich bislang erlösen. Nur im Schießkino habe ich geschossen. Auf eine Leinwand mit Bildern!«

Emil schwieg, schien mit den Gedanken in eine un-heilvolle Zeit zurückgereist zu sein. Dann sah er wieder Esther und Cindy an. »Tibby wird erzählt haben, dass der Einbrecher ein Junge von fünfzehn Jahren war. Dass seine Schusswaffe keine echte war, sondern eine Schreck-schusspistole. Eine täuschend echte, aber trotzdem hätte er uns damit nichts anhaben können. Ich muss bis zum Ende meiner Tage damit leben, einen Fünfzehnjährigen erschos-sen zu haben. Rechtlich gesehen war es Notwehr, ich bin von allen Vorwürfen freigesprochen worden. Aber mora-lisch bin ich ein Mörder, für die Eltern des Jungen ganz sicher jedenfalls. Für die Freunde und Familie des Jungen und ganz viele andere Menschen. Verdammt, sogar einige aus der Polizei tuschelten hinter vorgehaltener Hand, dass man die Sache hätte verhindern können. Hätte man es?« Emil blickte ihr in die Augen, sah wieder auf seine Hände. »Wenn wir auf zusätzliche Einheiten gewartet und das Gebäude umstellt hätten, dann möglicherweise. Diesen Vorwurf muss ich mir gefallen lassen. Moralisch bin ich auch für mich ein Mörder. Ich war heimlich auf der Beerdigung des Jungen in Pfaffenhofen an der Ilm. Da habe ich das hier gesehen.«

Emil nahm sein Handy und zeigte ihnen ein Foto. »Das ist das Friedhofstor in Pfaffenhofen.«

»Über dem Tor steht derselbe Spruch wie an Ihrer Hauswand«, stellte Esther verblüfft fest. »*Bedenke, dass der Tod nicht zögert.*«

»Richtig. Ich bin alles andere als bibelfest, aber ich habe den Satz gegoogelt. Es ist ein Memento-mori-Spruch, er klingt leicht verändert im Vergleich zum Original: *Sei dir deiner Sterblichkeit bewusst* oder so ähnlich liest man im Internet, wenn man nach Memento mori sucht. Wussten Sie, dass der Spruch aus dem alten Rom stammt? Es heißt, wenn der siegreiche Feldherr aus dem Krieg zurückkehrte und durch die Straßen Roms ritt, soll hinter ihm ein Sklave gelaufen sein, der einen Lorbeerkranz schwenkte und immer wieder folgende Sätze rief ...« Emil schloss die Augen, konzentrierte sich und rezitierte aus seiner Erinnerung.

»*Memento mori* – Bedenke, dass du sterben wirst.

Memento te hominem esse – Bedenke, dass du ein Mensch bist.«

Der Eremit öffnete die Augen. »Im Internet habe ich

weiter geforscht und eine interessante Stelle entdeckt. Im Buch Ben Sira steht geschrieben: ›Bedenke, dass der Tod nicht auf sich warten lässt und dass du keinen Vertrag mit dem Tod hast.‹« Eine Träne löste sich aus dem rechten Auge von Emil und lief über seine Wange, er wischte sie nicht weg.

»Wie gesagt, ich bin kein bibelfester Mensch, aber dieser eine Spruch geht mir nicht mehr aus dem Kopf. Er ist mir ein Anker geworden seit dem Tage der Beerdigung dieses Jungen auf dem Pfaffenhofener Friedhof. Damals habe ich den Satz zum ersten Mal gelesen, irgendwie ist er mir seit dieser Zeit zum ständigen Begleiter geworden. Ich habe ihn mir sogar auf den Oberarm tätowieren lassen.« Emil rollte den linken Ärmel seines karierten Hemds nach oben und zeigte den in schwarzen Buchstaben gehaltenen Spruch. »Für mich ist Memento mori ein Trost. Ein Trost für die damaligen Ereignisse, die zum Tod des Jungen geführt haben. Ich habe zwar nicht meinen Frieden gefunden, aber ich weiß, dass ich auch heute wieder genauso handeln und schießen würde. So leid es mir für den Jungen tut. Memento mori – der Spruch erinnert mich daran, dass es unvermeidbar war. Zumindest rede ich mir das ein, das betäubt den Schmerz, den ich auch nach Jahren immer noch fühle. Verstehen Sie, was ich meine? Es war Schicksal, *muss* es gewesen sein. Das ist das Einzige, was mir hilft, damit weiterzuleben. So interpretiere ich *Memento mori* für mich, um nicht komplett verrückt zu werden. Möglich, dass Sie mich für bescheuert halten, aber ich ziehe aus ›Bedenke, dass der Tod nicht zögert‹ meine Kraft, jeden verdammten Tag aufs Neue durchzustehen. Nun, Frau Dumanski, halten Sie den Spruch an meiner Wand immer noch für dämlich?«

Mit gesenktem Kopf murmelte Esther ein »'tschuldigung!«.

Der Eremit seufzte. »Sie haben meine Geschichte gehört, also sollte Ihre Neugier gestillt sein.«

Esther gab nicht so schnell auf. »Sie wollen genau wie ich wissen, was mit Lydia Sommer passiert ist. Sonst hätten Sie nicht nachts meine Pension beobachtet. Der Polizist in Ihnen will Klarheit, das spüre ich.«

Emil lachte kehlig auf. »Was Sie nicht alles spüren.«

»Springen Sie über Ihren Schatten«, ließ Esther nicht locker.

Der Eremit sah sie lange forschend an, dann unterzog er Cindy einer intensiven Musterung. »Ihr wollt, dass ich helfe, in einem Mordfall zu ermitteln?«

Esther nickte heftig, Cindy neben ihr ebenfalls.

»Dann müsst ihr mir auch alles sagen, was ihr wisst. Ich merke doch, dass mir was verheimlicht wird. Natürlich, Frau Dumanski!«, beharrte er, als sie den Kopf schüttelte. »Ich sehe es Ihnen an, dass Sie bereits jemanden in Verdacht haben. Jemanden aus Ihrer Nähe. Einen der Pensionsgäste vielleicht? *Ich* bin es ja nun nicht mehr.«

Esther zuckte zusammen.

»Wusst ich's doch!«, triumphierte der Eremit. »Ganz verlernt habe ich meine Menschenkenntnis nicht.« Er lehnte sich mit einem zufriedenen Gesichtsausdruck zurück und streichelte seinen Hund. »Am besten, Sie erzählen mir alles, was Sie wissen. Im Anschluss entscheide ich, ob und wie ich Ihnen helfen werde.« Er nahm seine Pfeife und schob sie in den Mund.

Esther atmete langsam aus. Sie hatten in dem Eremiten einen Verbündeten gefunden. Dann begann sie zu berichten.

KAPITEL 27

»Meinst du, es ist wirklich eine gute Idee, den Wagen von Lydia Sommer zu filzen?«, fragte Aaron und blickte sich mit angespannter Miene um. Ihm war nicht wohl dabei, in anderer Leute Eigentum herumzuschnüffeln.

»*Nein*, es ist wahrlich keine gute Idee«, gab Rochus zurück. »Aber manchmal muss man improvisieren.«

»Ein Auto zu knacken, auch wenn die Besitzerin tot ist, halte ich für illegal«, insistierte Aaron.

»Ist es auch, aber meine Nase sagt mir, dass ich was finden werde, was uns der Klärung des Falls näherbringt.«

»Du klingst, als wären wir Polizisten und wüssten, was wir tun.«

Rochus beugte sich in den Wagen und wollte den Einwand ganz offensichtlich ignorieren, was Aaron ärgerte.

Über die Schulter sagte er: »Es ist doch ein Wink des Schicksals, dass du, Aaron, als Autofreak und Hobby-Rennfahrer ganz genau weißt, wie man ein Auto ohne Schlüssel aufbekommt.«

»Binde mir nur auf die Nase, dass ich jetzt mit drinhänge«, maulte Aaron. »Ich bin ab sofort ein Autoknacker. Dafür gehe ich in den Knast.«

Offenbar nahm Rochus auch diesen Einwand nicht sonderlich ernst, denn der Hüne lachte nur, während er auf dem Vordersitz kniete und seine Finger zwischen die Sitze gleiten ließ.

Unterdessen ging Aaron um das Auto herum, lehnte sich möglichst lässig an die Motorhaube und behielt den

Eingang der Pension im Blick. Das mulmige Gefühl in seiner Magengegend machte sich jetzt auch durch lautes Rumoren bemerkbar.

»Hunger?«, fragte Rochus durch das geöffnete Beifahrerfenster, ohne aufzublicken.

»Im Gegenteil! Mir schlägt unser illegales Privatermittlerdingsbums gehörig auf den Magen-Darm-Trakt.«

Erneut schien es Rochus nicht die Bohne zu interessieren, was Aaron sagte, was er mit seiner nächsten Äußerung bestätigte.

»Hoffentlich ist Dominik nicht bereits ebenfalls auf den Gedanken gekommen und uns mit der Durchsuchung von Lydias Karre längst zuvorgekommen«, sinnierte der große Blonde.

»Meinst du nicht, die Polizei hat das Auto schon lange gecheckt?«, gab Aaron zu bedenken.

»Klar haben sie das, aber ich glaube nicht, dass sie nach einem Geheimversteck gefahndet haben. Wahrscheinlich haben sie den Kofferraum und das Handschuhfach geöffnet und den Wagen oberflächlich angeschaut. Mehr nicht.«

»Du glaubst, es gibt ein Geheimversteck?« Aaron beugte sich interessiert ins Wageninnere.

»Warum, denkst du, bin ich so scharf darauf gewesen, dass du das Auto knackst? Wenn Lydia Sommer etwas zu verbergen hatte und im Besitz von Dingen war, die mit ihrem Geheimnis zu tun hatten, dann hat sie es bestimmt nicht im Handschuhfach oder in ihrer Handtasche versteckt.« Rochus machte eine abfällige Handbewegung. »Zu einfach! Also ja, es gibt ein Geheimfach oder dergleichen. Das gibt es doch immer. Sag mal, liest du keine Krimis?«

»Kann es sein, dass du zu viele davon verschlingst und die Flöhe husten hörst?«

»Ich bin Buchhändler und lese selbstverständlich viel. Das gehört zu meinem Beruf.«

»Eben drum, deine Wahrnehmung ist gestört.«

»Mein lieber Aaron. Achte du lieber drauf, dass uns niemand erwischt.«

»Ach, die liebe Kyra steht in der Küche und bereitet das Mittagessen vor. Und Dominik wird noch ein Weilchen weg sein. Es war eine gute Idee von dir, ihn und Julius zu überreden, eine Probefahrt mit dem Jeep zu unternehmen. Immerhin ist Dominik ein Autoverkäufer und vom Fach. Es traf sich einfach klasse, dass Julius darüber geredet hat, womöglich seinen Wagen zu verkaufen. Bestimmt kommen die beiden in der nächsten Stunde nicht zurück. Also haben wir genügend Zeit, um eine Straftat zu verüben. Übrigens, ein Geheimversteck in einem Auto findet man oft unter einem doppelten Boden, beispielsweise im Kofferraum.«

»Den wir bereits gecheckt haben – negativ!«

»Hohlräume in der Karosserie sind ebenfalls sehr beliebt, etwa hinter den Türen.«

Rochus untersuchte die Innenverkleidung von Fahrer- und Beifahrertür. »Alles fest«, sagte er und kletterte auf den Rücksitz.

Aaron stieß sich von der Motorhaube ab und wanderte wieder auf die linke Fahrzeugseite. Dort blickte er Rochus über dessen breite Schultern. »Schau mal da«, wies er Rochus auf die rechte hintere Tür hin. »Die Plastikabdeckung weist Kratzspuren auf. Das könnte was sein. Lass mich mal gucken. Du hast recht, was Autos anbelangt. Da bin ich der Experte.«

Rochus wälzte seinen voluminösen Körper aus dem Auto und überließ Aaron den Platz. Auf den Knien schob der sich über den Rücksitz zur rechten Tür. Bei genauerem Hinsehen fand Aaron eine Lücke an der unteren Seite der Türverkleidung. Als hätte dort jemand mit einem Schraubendreher das Plastik gelockert. »Hast du was Spitzes?«, fragte er Rochus.

Der reichte ihm seinen Wohnungsschlüssel. »Versuch es damit.«

Aaron führte den Schlüssel in den Spalt und hebelte die Abdeckung auf. »Tadaaa!«, rief er.

Rochus hieb ihm mit seiner Pranke auf die Schultern, dass Aaron beinahe mit dem Kopf gegen die Verkleidung geknallt wäre.

»Aaron, du hast tatsächlich das Versteck gefunden. Respekt! Woher hast du das gewusst?«

Aaron lächelte. »Gewusst ist zu viel gesagt, höchstens geahnt. Als Rennfahrer kommt man rum in der Welt und erfährt so manches. Ich habe ein paarmal mit Schmugglern zu tun gehabt, da kriegt man einiges mit.«

Rochus beugte sich zu ihm hinunter. »Jetzt sag, was ist drin?«

KAPITEL 28

Das Sonnwendfeuer der Starnberger Feuerwehr prasselte, Funken stoben durch die Nacht. Im Hintergrund spiegelte sich im flackernden Schein das Wasser des Sees. Eigentlich war ja erst morgen der 21. Juni, aber für Freitag war in und um Starnberg ein Sturm vorhergesagt, weshalb die Feier bereits heute durchgeführt wurde.

»Beeindruckend, nicht wahr?«, brüllte Esther ein Mittfünfziger ins Ohr, in der einen Hand eine Flasche Bier, in der anderen eine Bratwurstsemmel. »Sechzig Ster Holz haben die Feuerwehrler acht Meter hoch aufgeschichtet.«

Esther nickte bloß und machte einige Schritte zurück. Die Hitze schlug unerbittlich zu. Rund um das Johannisfeuer tanzten und feierten die Menschen. Nur gut, dass die Feuerwehr der Ausrichter war und aufpasste. Nicht auszudenken, wenn durch Funkenflug ein Brand ausbrechen würde. Aber die Mädels und Jungs der Feuerwehr hatten einen richtig guten Platz für das Spektakel gewählt. Eine große Wiese an einem Hang mit super Blick auf den Starnberger See. Die Grasfläche war in einem großen Radius um das aufgeschichtete Holz ausgiebig gewässert worden. Und die nächste bebaute Gegend oder ein Wald waren weit entfernt. Aus einer mobilen Musikbox klang Musik aus den Achtzigern und machte gute Stimmung.

Cindy gesellte sich zu ihr und reichte Esther eine Flasche Radler, die Schwarzhaarige hatte ein Helles in der Hand. Sie stießen an und tranken. Bierschaum klebte an Cindys Lippe, den sie mit dem Handrücken abwischte.

Esther suchte nach den anderen Gartlern, die sich unter die Menge gemischt hatten. Sie fand Dominik ins Gespräch vertieft mit Julius. Von Aaron und Rochus dagegen keine Spur.

Cindy sagte etwas, doch Esther verstand sie nicht, weshalb sich die Therapeutin zu ihr beugte. »Das Fest ist super. Tolle Musik, gutes Bier. Eine klasse Idee von dir, uns die Sonnwendfeier zu zeigen. Aber eigentlich wollten wir in Ruhe den anderen mitteilen, was wir vom Öko-Emil erfahren haben. In *Ruhe* und ohne, dass Dominik was mitbekommt.« Cindy machte eine ausholende Armbewegung. »Sicher, dass das der geeignete Ort ist?«

Jetzt war es Esther, die ihren Mund ganz nah an Cindys Ohr schob. »Niemand kann uns unbemerkt belauschen, wenn wir schon unser eigenes Wort kaum verstehen. Wenn wir einen Mörder unter uns haben, möchte ich lieber nicht in der Pension darüber reden. Dominik könnte Verdacht schöpfen, wenn wir uns heimlich treffen.«

Cindy zwinkerte ihr wissend zu.

»Wir müssen nur noch Rochus und Aaron finden, dann ...«

Plötzlich wuchs die hünenhafte Gestalt von Rochus direkt vor Esther aus dem Boden, und neben ihm erschien Aaron.

Esther zuckte zusammen. »Himmel, wo kommst du denn her?«, herrschte sie ihn an.

»*Was* sagst du?« Rochus beugte sich vor, bis seine drei Bartzöpfe direkt vor Esthers Gesicht baumelten.

»Egal, wir müssen ...« Ein penetranter Knoblauchgeruch kam aus Rochus offenem Mund. Esther wedelte mit den Händen. »Oh Gott, Rochus, was hast du gegessen?«

»Wir müssen dringend reden!«, raunte er und hob anschließend die Handfläche an seinen Mund, um prüfend zu schnuppern. »Also, ich rieche nichts.«

»Wir müssen uns austauschen«, schrie Esther gegen den Lärm des Feuers und der Feier an. »Aber nicht hier, kommt mit.« Esther deutete in Richtung von Julius und Dominik.

Rochus verstand und nickte, auch Aaron wusste Bescheid.

Esther bewegte sich von der Feier weg, die anderen folgten ihr in die Dunkelheit.

»Endlich!«, sagte Rochus. »Den ganzen Abend über wollen Aaron und ich euch zwei in unser Geheimnis einweihen. Aber ständig ist jemand in der Nähe, der mithören könnte.«

»Mit diesem *Jemand* meinst du Dominik«, antwortete Esther. Es war keine Frage.

»Ganz genau.«

»Deshalb sind wir hier auf der Sonnwendfeier. Da fällt es nicht auf, wenn wir mal kurz verschwinden und quatschen. Cindy und ich müssen euch ebenfalls auf den neuesten Stand bringen.«

»Wir haben das Auto von Lydia Sommer untersucht«, kam ihr Rochus zuvor.

»Ihr habt ...?«, fuhr Esther auf und verdrängte für den Moment das Gespräch mit dem Öko-Emil, über das sie berichten wollte. »Das hatten wir gar nicht abgesprochen.«

Sie blickte zum Johannisfeuer, dessen Prasseln immer noch gut zu hören war.

»Das hat sich einfach so ergeben«, sprang Aaron dem blonden Hünen bei.

»Wenn ihr so auf wichtigtuerisch macht, habt ihr bestimmt was Interessantes gefunden«, vermutete Cindy.

Rochus spitzte die Lippen. »Hört mal her.«

Esther lauschte gebannt den Ausführungen, die von Aaron zwischendurch kommentiert wurden.

Cindy ließ immer wieder ein »Ah«, »Oh« und »Grundgütiger« hören.

Als Rochus fertig war, drückte Esther eine Hand auf ihren Mund, bevor es aus ihr herausplatzte. »Vierzigtausend Euro?«

»Pro Umschlag!«, präzisierte Aaron und fuchtelte mit seinem rechten Zeigefinger durch die Luft. »Bei drei Umschlägen macht das einhundertzwanzigtausend Euro in Cash.«

»Nicht zu vergessen die Schachtel mit dem Schmuck«, fügte Rochus hinzu. »Wer weiß, was der wert ist. Da kommen bestimmt noch ein paar Tausender hinzu.«

»Eher ein paar Zehntausender«, meinte Aaron.

»Wo ist das Ganze jetzt?«, wollte Esther wissen.

Cindy beugte sich vor. »Habt ihr es ins Versteck zurückgelegt? Es ist besser, die Polizei zu informieren, damit die das Zeug an Ort und Stelle findet.«

»Natürlich nicht«, entgegnete Rochus.

»Wieso nicht?«, kam es von Esther.

»Genau, wieso nicht?«, unterstützte Cindy sie.

Aaron legte den Kopf schief. »Mädels, überlegt doch mal. Wollt ihr etwa, dass unser Verdächtiger, der Dominik, die Wertsachen und das Geld findet?«

Esther stieß zischend die Luft aus. »Natürlich nicht. Gut gemacht. Ihr habt mitgedacht.«

»Logo!« Rochus zwinkerte ihr zu.

»Wir haben alles in einen blauen Sack gesteckt und dann in die blaue Papiertonne unter die Zeitungen gelegt«, klärte Aaron auf.

»Gutes Versteck«, lobte Esther. »Und ihr seid sicher, dass euch niemand dabei beobachtet hat?«

»Keine Menschenseele«, erwiderte Aaron.

»Jetzt müssen wir überlegen, wie wir vorgehen«, überlegte Esther.

Aaron nippte an seiner Bierflasche. »Ich schätze mal, das ist Sache der Polizei. Wir sind endlich raus aus der Nummer.«

»Hm«, machte Esther.

»Dein *Hm* gefällt mir mal wieder nicht«, kommentierte Aaron ihre Antwort.

»*Natürlich* werden wir Gabler informieren«, beruhigte ihn Esther.

»Gott sei's gedankt«, jubelte Aaron und reckte den Arm in den Himmel. »Esther handelt nicht mehr auf eigene Faust. Es geschehen noch Zeichen und Wunder.«

»Allerdings würde ich gerne mit dem Öko-Emil über euren Fund sprechen.«

Aaron ließ das Kinn auf die Brust sinken. »Irgendwie wusste ich, dass du so was in der Art sagen würdest.«

Rochus unterdrückte einen Rülpser. »Sag bloß, der alte Sack ist unter euren Mädelsaugen geschmolzen und hat seine Unterstützung angeboten. Das hätte ich nicht gedacht.«

Cindy kicherte. »Tja, wer kann, der kann.« Sie hatte Lachfältchen um die Augen. »Er will sich sogar an seine alten Kontakte bei der Polizei wenden, um über Dominik Danner und Lydia Sommer mehr herauszufinden.«

Rochus prostete ihnen zu. »Respekt! Das war eine coole Aktion von euch. Dann war es heute ein guter Tag.« Er hob die Flasche an den Mund, legte den Kopf in den Nacken und trank sie ex.

»Eben weil uns der Öko-Emil helfen will, sollten wir noch etwas warten, bis wir Gabler Bescheid geben«, schlug Esther vor und bemerkte Aarons zweifelnde Blicke. »Immerhin haben wir mehr erreicht als die Polizei, denn das ganze Zeug aus Lydias Auto stammt bestimmt aus einer Erpressungsgeschichte. Denkt an die Briefe, die wir bei Dominik gefunden haben.«

»Genau genommen habe *ich* sie gefunden«, korrigierte Aaron.

»Natürlich«, gab Esther zu. »Und ohne deinen Fund würden wir immer noch im Dunkeln tappen. Gabler und seine Schar an Polizisten haben die Briefe nicht entdeckt«, sagte sie stolz. »Bei dem ganzen Geld, das ihr gefunden habt, gehe ich davon aus, dass nicht nur Dominiks Vater erpresst wurde.«

Rochus fuhr sich mit der Hand übers Gesicht. »Da ist was dran. Wahrscheinlich gibt es weitere Opfer.«

Esther sah ihre Gartenschüler durchdringend an. »Wir sind jetzt so weit gekommen. Wollt ihr wirklich die Klärung des Falles ganz allein der Polizei überlassen?«

Aaron kühlte seine Stirn mit der Bierflasche. »Ich gebe zu, diese Idee ist mir gekommen. Ich verdiene mein Geld mit Haareschneiden und -föhnen. Mordfälle aufzuklären ist nicht so mein Ding. Was willst du denn noch?«

»Den Mörder auf dem Silbertablett servieren, das will ich.«

»Also Dominik«, sagte Cindy.

Esther nickte. »So schaut's aus!« Aufregung packte sie, als ihr plötzlich die Folgen klar wurden, wenn sie tatsächlich Erfolg hatten. Sie würden nicht nur den Mordfall knacken, sondern wahrscheinlich auch eine Erpressungsgeschichte. Das würde Esther und ihre Schüler in die Medien bringen. Und zwar *positiv* in die Medien bringen. Dann wäre nicht mehr von der mörderischen Pension die Rede, auf deren Grundstück man eine Leiche gefunden hätte. Positive Presse wäre super Werbung für die *Pension Sonnenblume*. Was wiederum neue Gäste verspräche. Neue Gäste hieße: mehr Umsatz! Endlich wäre Esther in Starnberg und Umgebung im Gespräch und müsste ihren Traum von der eigenen Pension vielleicht gar nicht aufgeben.

»Okay, folgender Plan«, wandte sie sich mit neuem Tatendrang an ihre Gartler. »Wir müssen noch mal zum Öko-Emil und ihm von dem Fund berichten. Gleich morgen Vormittag. Mal sehen, ob er mittlerweile was über Dominik und sein vermutliches Opfer Lydia Sommer rausgefunden hat. Vielleicht kann er auch mit dem Schmuckfund was anfangen!«

KAPITEL 29

Freitag, 21. Juni

Cindy kam es wie ein Déjà-vu vor, als sie und Esther am nächsten Tag wieder auf der Couch im Wohnzimmer vom Öko-Emil saßen.

Der Eremit beobachtete sie von seinem Platz aus dem Sessel gegenüber, die Pfeife im rechten Mundwinkel, die Hände im Schoß. Border-Collie Charlie lag zu seinen Füßen, die verschiedenfarbigen Augen des Hundes beäugten die Eindringlinge prüfend.

»Soso«, murmelte er, als sie ihm vom Fund des Bargelds und des Schmucks berichtet hatten. »Das deckt sich mit dem, was ich von einem Kollegen aus meiner alten Dienststelle erfahren habe. Lydia Sommer war ein kriminelles Subjekt, welches mit Betrügereien und Erpressungen Kasse gemacht hat. Von Geld *verdienen* kann man in dem Zusammenhang wohl kaum reden«, bemerkte er gehässig. »Frau Sommer hat Männer um ihre Ersparnisse gebracht, indem sie ihnen die große Liebe vorgegaukelt hat.«

»Das haben wir uns schon gedacht«, antwortete Esther.

»Die Briefe und das gefundene Geld sowie der Schmuck sprechen eindeutig dafür«, führte Cindy weiter aus.

»Wofür braucht ihr dann mich?«, knurrte Öko-Emil, nahm die Pfeife aus dem Mund und deutete mit dem Mundstück auf sie. »Anscheinend habt ihr auch ohne meine Wenigkeit genügend rausbekommen. Ts-ts-ts, durchsucht ihr mal einfach so fremde Zimmer. Ihr wisst schon, dass die Polizei für so was einen Durchsuchungsbeschluss benötigt?«

»Wir sind nicht die Polizei«, gab Cindy verärgert zurück. Eigentlich hätte sie ein Lob erwartet.

»Was schauen Sie denn so, Frau …?«, fuhr der Eremit sie an und steckte die Pfeife zurück in den Mund. »Haben Sie etwa ein Lob erwartet?«

Unruhig rutschte Cindy auf dem Sofa rum. »Adler. Mein Name ist Cindy Adler.« Konnte der alte Mann etwa Gedanken lesen?

Öko-Emil sah sie mit versteinertem Gesicht an und biss auf dem Mundstück der Pfeife herum. Dann wandte er sich an Esther, nahm die Pfeife wieder in die Hand und ließ sie zwischen den Fingern tanzen. »Wie euer Alleingang und die dadurch erworbenen Beweismittel rechtlich zu werten sind, kann ich nicht beurteilen, bin ja kein Staatsanwalt oder Richter. Aber eines kann ich sagen: Je länger Briefe, Geld und Schmuck nicht der Polizei übergeben werden, desto schwerer wird es für Gabler und seine Kollegen, eine anständige Beweiskette für das Gericht zu präsentieren.«

Esther fühlte Cindys Blick auf sich ruhen, sie wandte den Kopf. Cindy flüsterte: »Was machen wir denn jetzt?«

»Übrigens hatte ich heute früh einen Telefonanruf von meinem alten Freund Gabler.«

»Ach?«, riefen Cindy und Esther synchron.

»Er hat mich ein bisschen über die *Pension Sonnenblume* und deren Besitzerin ausgefragt.«

»Was haben Sie ihm geantwortet?«, schnappte Esther.

»Natürlich nur das Beste.«

»Sie …« Esther biss sich auf die Lippe.

Cindy sah Esther an, dass sie dem Eremiten beinahe eine Beleidigung an den Kopf geworfen hätte.

»Keine Sorge, liebe Frau Dumanski. Von unserem letzten Gespräch, in dem es um Ihren Verdacht gegen diesen Dominik Danner und die bei ihm gefundenen Briefe ging, nun ja, davon habe ich ihm nichts verraten.«

Erleichtert atmete Cindy aus, Esther murmelte ein »Gott sei Dank«.

Der Eremit lachte. »Mit Gott hat das nichts zu tun, sondern nur mit meiner Gutmütigkeit. Außerdem habe ich von Tibby interessante Dinge über den Fall erfahren, von denen ihr zwei bestimmt keine Ahnung habt.«

»Was denn?«, wollte Cindy wissen.

»Wieso sollte ich Ihnen das verraten? Gabler würde das bestimmt nicht wollen.«

»Von uns erfährt er es garantiert nicht«, versprach Cindy.

Esther setzte einen drauf. »Außerdem denkt er, dass ich Sie im Verdacht habe. Wenn Sie ihm wirklich nichts von unserem letzten Gespräch erzählt haben, kommt er niemals drauf, dass *wir* ...«, Esther deutete mit dem Daumen zuerst auf Cindy, dann auf sich und zuletzt auf den Eremiten, »... und Sie zusammenarbeiten.«

»Ha! *Zusammenarbeiten?* Tun wir das denn?«

Cindy beugte sich vor. »*Verraten* Sie es mir.«

»Verdammt, Sie sind taff, Frau Adler! Das muss man Ihnen lassen. Sie und Ihre Pensionswirtin gefallen mir langsam. Also Ihre Art halt. Nicht falsch verstehen. Heutzutage muss man als Mann ja aufpassen, was man sagt. Aber okay, reden wir mal in hypothetischer Form über das, was mir Gabler erzählt hat. Was wäre, wenn der Hauptkommissar bei seinen Opferermittlungen in Erfahrung gebracht hätte, dass Lydia Sommer eine Schwester hat, die Lena heißt?«

»Das wussten wir nicht, aber inwiefern ist das wichtig für den Fall?«, fragte Cindy.

»Die beiden waren nicht nur Schwestern, sondern sogar ein kriminelles Schwestern*paar*. Die Betrügereien haben sie gemeinsam durchgezogen. Lydia Sommer hat sich an die Männer rangemacht, während Lena erpresserische Fotos und Videoaufnahmen erstellt hat.«

»Wow!«, rief Esther.

Überrascht lehnte sich Cindy zurück.

Esther streckte einen Zeigefinger in die Luft wie eine Schülerin, die eine Frage an ihren Lehrer hatte. »Moment! Wenn die Polizei das wusste, wieso wurde den Sommers dann nicht längst das Handwerk gelegt?«

»Weil die Beweise gegen diese feinen Damen nicht ausreichten.« Emil sah auf die Pfeife in seiner Hand, schien zu überlegen, ob er sie endlich anstecken solle, entschied sich offensichtlich dagegen und legte sie seufzend auf den Beistelltisch.

Cindy schwieg, sie musste über das Gehörte nachdenken. Esther erging es anscheinend genauso.

Öko-Emil ließ ihnen allerdings keine Zeit. »Was bedeutet, dass Lydia Sommer wahrscheinlich von einem der Erpressungsopfer umgebracht wurde.«

»Oder dem Sohn eines der Opfer«, erwiderte Esther. »Denken Sie an die Briefe, die wir bei Dominik gefunden haben«, fügte sie hinzu.

»Das letzte Betrugsopfer der Schwestern hat sich übrigens aus Scham das Leben genommen«, ergänzte Emil. »Ein gewisser Rimminger.«

»Sagen Sie das noch mal«, forderte Cindy aufgeregt.

Esther neben ihr war von ihrem Platz aufgesprungen.

»Rimminger. Sagt euch der Name was?«

»Und wie«, rief Cindy. »Der stand in dem Brief. Das ist der Vater von Dominik«, klärte sie den Eremiten auf.

»Ich dachte, der heißt Danner.«

»Mit diesem Namen hat er sich ins Meldebuch eingetragen«, sagte Esther.

»Vielleicht ist das der Mädchenname seiner Mutter«, vermutete Cindy. »Was bedeutet, dass er seinen wahren Namen verschleiert hat.«

»Puh!«, kam es vom Öko-Emil. »Da haben wir ein ausgezeichnetes Mordmotiv. Rache! Jetzt gibt es keine Ausreden mehr, ihr *müsst* zu Gabler. Das Zurückhalten von Beweismitteln ist sowieso keine Sache, die man auf die leichte Schulter nimmt. Aber bei dieser neuen Lage …« Er ließ den Satz in der Luft hängen.

»Wollen nicht lieber Sie mit Gabler …«, begann Cindy, wurde aber von Emil unterbrochen.

Der Eremit hob erschrocken die Hände. »*Was?* Einen Teufel werde ich tun. Ich habe mich weit genug aus dem Fenster gelehnt, indem ich meinen alten Kontakt bei der Polizei bemüht habe. Aus eurer Nummer bin ich endgültig raus. Macht, was ihr nicht lassen könnt. Aber sagt nicht, dass ihr nicht gewarnt wurdet.«

Esther grübelte, nahm ihre grüne Brille ab und putzte gedankenverloren die Gläser an ihrem T-Shirt. »Hmmm.«

Cindy bekam ein ungutes Gefühl. »Was soll dein *Hmmm* bedeuten?«, fragte sie. Dieses *Hmmm* kam bei Esther bislang immer dann, wenn sie etwas in Erwägung zog, das womöglich unschöne Konsequenzen haben könnte.

»Wüsste ich auch gerne«, schob Emil nach. »Das *Hmmm* hört sich nicht gut an. Dafür war es zu lang gezogen, ein kurzes *Hm* dagegen könnte schon wieder was anderes bedeuten.«

Cindy bemerkte, wie Esther dem Eremiten einen genervten Blick schickte.

»Die Schmuckstücke sind für sich genommen noch lange keine stichhaltigen Beweise für die These, dass die Schwestern kriminell waren. Vielleicht gehörte ihnen der Schmuck. Und die Briefe nageln Dominik Danner nicht als Täter fest.«

»Träumen Sie weiter«, spottete Emil.

Esther ging nicht darauf ein, sondern legte nachdenklich den Zeigefinger an ihre Lippen, ein Alarmsignal für Cindy. »Es gibt genügend Indizien, um zur Polizei zu gehen«, sprang sie dem Eremiten bei.

»So schaut's aus!« Emil knabberte an seiner Pfeife. »Ihre junge Begleitung hat recht. Sie haben die Briefe von Dominiks Vater. Dazu kommen Schmuck und Bargeld. Ein Motiv hat Dominik ebenfalls, wie ich bereits erwähnt habe. Alles Weitere ist Sache der Kripo, lassen Sie Gabler seine Arbeit machen. Sonst nimmt das Ganze ein böses Ende. Das habe ich im Urin. Außerdem habe ich das Wichtigste noch gar nicht erwähnt.«

»Und das wäre?«, fragte Cindy ungeduldig, als Emil nicht sofort antwortete.

»Lydia und Lena sind nicht bloß Schwestern. Sie sind *Zwillinge*!«

Bis auf das Blubbern des Aquariums und das Hecheln von Charlie war es absolut still im Raum. Erst nach einer gefühlten Ewigkeit fuhr der Eremit fort. »Deshalb glaubt Gabler, dass eure vermeintliche Tote vom Samstag tatsächlich tot war und es sich dabei um Lena Sommer handelte. Am Montag will er mit Polizeihunden im Wald nach ihr suchen lassen.«

»Beide Schwestern tot?«, platzte es aus Cindy heraus.

»Aber ich dachte, wir hätten damals *Lydia* gesehen«, sagte Esther. »Konnten wir uns so täuschen?«

»Na ja, es waren eineiige Zwillinge«, erwiderte Emil.

Cindy klatschte sich mit der Hand an die Stirn. »Erinnerst du dich, dass ich Lydia wegen ihrer Skoliose wiedererkannt hatte?«

Esther nickte.

»Das ist erblich, natürlich können es beide Schwestern haben. Vor allem, wenn es sich um Zwillinge handelt. Das kommt gar nicht so selten vor. Haben Sie nicht gesagt, Gabler will am Montag Spürhunde nach Lenas Leiche suchen lassen? Wieso nicht sofort?«, wollte Cindy wissen.

»Weil wegen des Besuchs des US-Präsidenten am heutigen Freitag keine verfügbar sind. Erst am Montag wieder.«

»Bis Montag können wir nicht mehr warten«, drängte Esther. »Was, wenn Dominik die Leiche tatsächlich im Wald vergraben hat und merkt, dass das keine so gute Idee war?«

»Dann könnte er beschließen, sie wieder auszugraben«, führte Cindy das Gedankenspiel fort.

»Wir müssen ihm zuvorkommen«, beschloss Esther.

»Himmelherrgott, was haben Sie für einen Dickschädel!«, schimpfte Emil.

❧ ❧

»Die Luft ist schwül wie in einem Treibhaus«, maulte Emil und wischte sich mit einem Taschentuch die Stirn ab. »Richtig dampfig.« Er blickte besorgt zum Himmel. »Dort braut sich was zusammen. Viel Zeit haben wir nicht, da fegt ein ordentlicher Sturm auf uns zu. Das kam vorhin in den Nachrichten. Irgendeine regionale Superzelle über dem Starnberger See. Soll sich heute im Laufe des Tages entwickeln. Deswegen haben die Sonnwendfeiern in der Gegend auch bereits gestern stattgefunden. Wie mir scheint, könnte das schlechte Wetter früher aufziehen.«

Es war schon nach zwölf Uhr, sie standen vor Emils Ferienhaus und blickten auf den Wald. Wind kam auf und ließ die Fichten hin- und herschwanken.

»Ist es nicht gefährlich, bei Sturm in den Wald zu gehen?«, fragte Cindy.

»Ist es!«, brummte Emil und schob seine Brille nach oben, die auf die Nasenspitze gerutscht war.

»Warum machen wir es dann?«, hakte Cindy nach.

»Du warst doch vorhin dabei, als deine bezaubernde Begleitung, Esther Dumanski, so vehement darauf bestand, auf Leichensuche zu gehen?«, grantelte Emil und ging zum Du über.

»Ach, Cindy, der Sturm ist weit weg«, beschwichtigte Esther sie. »Bis es richtig kracht, sitzen wir längst wieder in der Pension bei Kaffee und Kuchen.«

»Wenn du meinst«, sagte Cindy, dachte aber etwas anderes, als sie den sich rasch verdunkelnden Himmel betrachtete. Eine Bö zerrte an ihren Kleidern. Sie schaute sorgenvoll nach oben. »Das sieht gar nicht gut aus.«

»Dann lasst uns schnell machen«, drängte der Eremit und verschwand im Wald.

Esther folgte ihm.

Ein letzter Blick gen Himmel, in der Ferne grollte der Donner, dann lief Cindy den beiden nach. Die Bäume bogen sich im Wind, es krachte bedenklich. Unwillkürlich dachte sie an den Katastrophenfilm *Twister*. Sie erinnerte sich an eine Szene, in der der Sturm eine Kuh in die Luft gerissen hatte. Auf der Couch vor dem Fernseher hatte sie lachen müssen. Angesichts der Untergangsstimmung am Starnberger Firmament kroch ihr eine Armee von Ameisen über die Arme hoch bis in den Nacken.

Border-Collie Charlie hechelte ihnen voraus. Emil lief auf sicheren Beinen hinter ihm her, während Esther und Cindy mehrmals über ihre eigenen Füße stolperten und sich gegenseitig vor Stürzen bewahrten.

Als Cindy wieder vor den drei Fichten stand, fühlte sie sich, als hätte sie eine Zeitreise zum vergangenen Samstag angetreten. Sie waren genau an jener Stelle, wo sie die leblose Frau gefunden hatten. Die Frau, die sie im Nachhinein für Lydia Sommer hielten. Die es aber wahrscheinlich gar nicht gewesen war, sondern ihre Schwester Lena. Jedenfalls vermutete das Hauptkommissar Gabler, wie der Eremit berichtet hatte. Für Cindy war es, als wäre es erst gestern gewesen, dabei lag das schon fast eine Woche zurück.

Der Öko-Emil räusperte sich, offensichtlich um die Aufmerksamkeit seiner Begleiterinnen zu bekommen. »Wenn wir davon ausgehen, dass die Blondine erst kurz vor eurem Auftauchen umgebracht worden war, dann ist der Täter in Panik geraten, als eine Horde betrunkener Pensionsgäste ...«

»... höchstens *an*getrunken«, verbesserte Cindy. »Auf gar keinen Fall *be*trunken und schon gar nicht *total* betrunken. Alles klar?«

Emil zwinkerte ihr zu. »Alles paletti! Aber lasst mich fortfahren, ich versuche mich gerade in die Psyche des Täters zu versetzen.«

»Schon gut«, murmelte Cindy. Keinesfalls wollte sie den ehemaligen Bullen in dessen Konzentration stören. »Aber sollten wir den Täter nicht beim Namen nennen, nur der Anschaulichkeit halber? Ich finde, dann tun wir uns alle leichter.«

Der Eremit grummelte etwas Unverständliches, hob den Arm und deutete in Richtung Bach. »Von dort seid ihr vermutlich gekommen, als ihr die Frauenschreie gehört habt, denn da hinten liegt die Pension.«

»Richtig«, stimmte ihm Esther zu.

Cindy nickte.

»Okay, dann bleiben nicht viele Möglichkeiten. Rechts geht es zum Waldrand, wo wir gerade hergekommen sind und wo auch mein Haus liegt. Charlie hat bislang nicht angeschlagen, was er aber bestimmt getan hätte, wenn in der Nähe eine Leiche liegen würde. Also muss die Tote irgendwo anders sein. Vorausgesetzt, der Mörder hat sie tatsächlich in der Nähe begraben.«

»Sind Sie sicher, dass der Hund das überhaupt kann?«, fragte Cindy. Im Gegensatz zu Emil blieb sie beim förmlichen Sie. »Ich meine, eine *Tote* aufspüren?«

»Charlie ist nicht irgendein Hund, er war früher mal ein Polizeihund, ich habe ihn adoptiert.«

»Der Köter sieht aber gar nicht so alt aus, dass er in Rente gehen musste«, wunderte sich Cindy.

»Ist er auch nicht, aber er hat sich als Schutzhund nicht geeignet.«

»Wieso, ist seine Spürnase so schlecht?«, hakte Esther nach. »Dann war Ihre Idee vielleicht doch nicht ganz so gut.«

»Im Gegenteil!«, widersprach der Eremit. »Charlies Nase ist legendär, war es schon in seinen wenigen Tagen als Polizeihund gewesen. Allerdings hatte er ein anderes Problem, weswegen er den Dienst quittieren musste.«

»Welches Problem?«, wollte Esther wissen.

»Er beißt nicht.«

Cindy neigte überrascht den Kopf. »Bitte was? Ein Polizeihund, der nicht zuschnappt?«

»Ihr habt richtig gehört. Charlie ist einfach zu lieb, er beißt niemanden. Nicht einmal einen flüchtigen Verbrecher. Das muss ein Polizeihund im Einsatz aber können, sonst ist er kein guter Schutzhund. Charlie hat sich bei seiner Ausbildung jedoch verweigert, wenn es darum gegangen ist, jemanden zu beißen. Die Trainer sind an ihm verzweifelt, hätten ihn so gerne behalten, weil er andererseits über das unglaubliche Talent einer Supernase verfügt.«

»Oh!« Cindy lächelte. »Das sieht man ihm gar nicht an. Er kann ziemlich fies gucken, so als würde er gleich nach einem schnappen.«

Emil lachte heiser. »Tja, Charlie ist ein verdammt guter Schauspieler.«

»Ihm wurde sozusagen gekündigt?«, wollte Esther wissen.

»Rausgeschmissen hat man ihn«, schimpfte der Eremit. »Sein ehemaliger Diensthundeführer konnte ihn nicht behalten, weil der schon einen Hund im Ruhestand besaß und wieder einen neuen Diensthund zugewiesen bekam. Drei Hunde waren zwar nicht zu viel für ihn. Aber seine Ehefrau hat ihm die Hölle heißgemacht, weshalb er dringend einen guten Platz für Charlie gesucht hat. Ich habe zufällig davon gehört und mich sofort in den Hund verliebt, als ich ihn gesehen habe. Mittlerweile sind wir unzertrennlich.«

Es donnerte heftig. Wenige Augenblicke später zuckte ein Blitz über den Himmel.

»Schön zu hören«, sagte Cindy. »Aber angesichts des aufkommenden Gewitters sollten wir uns vielleicht besser beeilen.«

»Da stimme ich zu«, sprang ihr Esther bei.

»Okay, dann lassen wir Charlie mal freien Lauf.« Der Öko-Emil bückte sich und ließ den Border-Collie von der Leine.

Der bellte einmal kurz auf, senkte seinen Kopf und schnupperte am Boden. Er sah kurz zu seinem Herrchen und wedelte mit dem Schwanz.

Emil nickte ihm zu und rief: »Los! Such den Knochen.«

Charlie wedelte mit dem Schwanz, senkte seine Schnauze wieder auf den Waldboden und tappte los.

»Knochen ist das Codewort, um nach einer Leiche zu suchen«, klärte Emil sie stolz auf.

»Das funktioniert?« Cindy war nicht überzeugt.

»Oh, und wie das funzt.«

»Hoffentlich ist er ein besserer Spürhund als der vom Dienstag, denn sonst findet er ebenfalls bloß ein totes Eichhörnchen oder eine Maus«, erinnerte sich Cindy an den Fehlschlag von Kommissar Gablers angefordertem Polizeihund.

Cindy und Esther stolperten Emil und seinem Border-Collie über den unebenen und mit Wurzeln überzogenen Untergrund hinterher. »Wieso hat Dominik eigentlich *Lena* Sommer getötet? Lydia war doch die Erpresserin seines Vaters.«

»Schon vergessen, beide Schwestern arbeiteten zusammen«, antwortete der Eremit. »Vielleicht hat er sie auch verwechselt und dachte zuerst, er hätte Lydia Sommer vor sich. Als sie später in der Pension eingecheckt hat, bemerkte er seinen Fehler und korrigierte ihn. Aber wie das Ganze genau abgelaufen ist, kann uns nur Dominik selbst erzählen.«

»Ziemlich hinterhältig, in die Pension einzuchecken

und am gleichen Abend noch jemanden in direkter Nähe umzubringen«, sagte Cindy.

Sie stießen tiefer in den Wald vor.

»Allzu weit kann Dominik die Leiche nicht geschleppt haben. Er war in Eile, wusste euch in der Nähe, durfte also keinen allzu großen Lärm machen. Ich vermute, er hat sie abgelegt und notdürftig mit Zweigen und Ästen bedeckt.«

»Wenn er aber längst wiedergekommen ist, um sein Opfer endgültig zu entsorgen?«, wollte Cindy wissen und schob den Ast einer Fichte zur Seite.

»Gute Frage«, sagte Esther.

»Der Dumme lernt aus seinen Fehlern, der Kluge aus den Fehlern der anderen«, fabulierte der Eremit. »Das ist von Konfuzius.«

»Was wollen Sie damit sagen?«, fragte Cindy, die den Sinn hinter dem Spruch nicht verstand.

»Ganz einfach. Wenn ich als Polizist aus den Fehlern der anderen, also den Tätern, eins gelernt habe, dann ist es das: Verbrecher begehen jede Menge Fehler, denn wenn es nicht so wäre, dann würden die meisten von ihnen nicht im Knast landen. Also denke ich, dass unser Mörder die Leiche eben noch nicht endgültig entsorgt hat. Sie liegt noch irgendwo hier, das habe ich im Urin.«

Wie aus dem Nichts tauchte eine verfallene Hütte vor ihnen auf, die Cindy an das Hexenhaus aus *Hänsel und Gretel* erinnerte. »Oh, ist das gruselig. Wenn ich von der ängstlichen Sorte wäre, würde ich jetzt eine Gänsehaut bekommen.«

»Das ist eine alte Jagdhütte«, klärte Esther auf und legte Cindy beschwichtigend die Hand auf den Unterarm. »Schpüre isch da etwa *'aut von Gans?*«, zog Esther sie in nachgeahmtem französischem Akzent auf. »Keine Sorge, die Hütte wird schon lange nicht mehr benutzt.«

»Sieht so aus«, stimmte der Eremit zu.

Charlie beachtete die Bude nicht weiter, sondern umrundete sie in einem großen Bogen.

Irgendwann begann es stark zu riechen, zeitgleich bekam Cindy das Gefühl, an einem Tinnitus zu leiden. In ihren Ohren brummte es.

»Hört ihr das?«, fragte Emil aufgeregt. »Das sind Fliegen. Eine Menge Fliegen. Ho, ho! Ich wusste, dass Charlie Erfolg haben wird.«

Wie zum Beweis begann der Border-Collie zu bellen und trabte los.

»Charlie!«, rief Emil und rannte dem Hund nach.

Cindy und Esther versuchten Schritt zu halten. Zweige zerkratzten Cindys Arme.

Ein Dutzend Schritte, dann prallte sie zurück, als wäre sie an eine unsichtbare Wand geknallt. Eine eklige Duftwolke stand wie eine unüberwindbare Mauer vor ihr. Sie hielt sich die Nase zu und atmete durch den Mund.

Vor ihr hüpfte Charlie aufgeregt auf und ab, während er immer wieder bellte.

Eine blauschwarze Wolke an Schmeißfliegen schwebte über einem Erdhaufen, hüllte ihn regelrecht ein. Waldtiere hatten offensichtlich in der Erde gewühlt und etwas Totes ans Tageslicht gezerrt. Reste einer Leiche waren zu sehen, allem Anschein nach eine Frau, wie Cindy trotz des starken Tierfraßes erkannte. Schmeißfliegen, groß, blau und glänzend, surrten durch die Luft. Auffallend waren die langen blonden Haare der Toten.

»Lena Sommer!«, presste Esther hervor. »Wir haben sie tatsächlich gefunden.«

Öko-Emil wedelte mit der rechten Hand. »Was habe ich euch vorhin von den Fehlern der Täter erzählt? Hier vor uns liegt ein Paradebeispiel! Der Mörder hat die Leiche nicht tief genug vergraben. Nachvollziehbar, denn er war in Hektik, hatte weder Spaten noch Schaufel dabei, arbeitete wahrscheinlich mit den bloßen Händen, es musste schnell gehen. Ich schätze, die Leiche wurde in weniger als vierzig Zentimetern Tiefe verbuddelt. Diesen Fehler machen Verbrecher häufig. Tiere haben den Leichnam gerochen und in der frischen Erde gewühlt.«

Cindy würgte, ihr gelang es kaum, das letzte Essen bei sich zu behalten. Der Gestank war unglaublich. Sie hatte davon gelesen, Verwesung würde süßlich riechen. Dabei hatte sie immer an so was wie Süßigkeiten gedacht. Weit gefehlt! Es stank widerwärtig nach einer Mischung aus Fäkalien, vergammeltem Käse und stinkenden Socken. Außerdem wimmelte es auf und um die Leiche von Maden, als hätte man über ihr eine riesige Schüssel mit Reiskörnern ausgeschüttet. Lebende Reiskörner, denn die Masse bewegte sich.

Auf einmal fiel Cindy eine Veränderung in der Umgebung auf. Es handelte sich um den Eremiten. Vor einer Sekunde hatte er noch über Fehler von Verbrechern doziert, jetzt stand er wie angewurzelt vor der Toten und brachte kein Wort mehr heraus. Sein Gesicht war so blass, dass es in dem düsteren Wald zu leuchten schien. Seine Hand, in der er die Hundeleine hielt, zitterte, als hätte er einen Anfall von Parkinson.

Panisch wandte er sich um, schien weder Cindy noch Esther wahrzunehmen. »Ich sollte nicht hier sein«, stammelte er. Er stützte sich am Stamm einer Birke ab, keuchte, hielt sich die Brust.

Hoffentlich bekam der alte Mann keinen Herzanfall. Cindy legte ihm behutsam die Hand auf die Schulter. »Brauchen Sie einen Arzt?«

»Der kann mir nicht helfen«, antwortete Emil. »Die Erinnerungen sind schmerzhaft.«

Charlie hippelte unruhig um Emil herum und jaulte, anscheinend spürte die sensible Hundeseele, dass mit dem Herrchen etwas nicht stimmte.

Esther trat ebenfalls zu dem Eremiten, umfasste seine Hände, versuchte ihn zu beruhigen. »Welche Erinnerungen?«

Emil stieß sich vom Baum ab, schüttelte Esthers Hände von sich. »An den toten Jungen, den ich erschossen habe.« Er zog an der Hundeleine. »Charlie, komm! Wir müssen gehen. Esther, ich kann das nicht, tut mir leid. Ruft Gabler an, er muss sofort kommen. Ich dagegen, ich muss hier sofort weg.«

Bevor Cindy und Esther reagieren konnten, wandte er sich um und entfernte sich von ihnen. Der Eremit kämpfte sich durch den Wald, an seiner Seite Charlie, der an seinem Oberschenkel auf und ab hüpfte. »Ruft Tibby an«, rief er über die Schulter zurück. »Ruft ihn an«, wiederholte er drängend. »Ein Doppelmörder läuft frei herum!«

Cindy starrte noch eine Weile dem Eremiten und seinem Hund nach, bis sie längst außer Sicht waren. Nur noch das Geräusch seiner Stiefel war zu hören, wenn sie auf Zweige traten. »Das nenne ich mal eine Panikattacke«, stellte sie fest.

»Die Tote hat ihn total überwältigt«, sagte Esther.

»Wir sind jetzt ganz alleine und auf uns gestellt«, meinte Cindy. »Das gefällt mir ganz und gar nicht, Esther. Lass uns gehen und Kommissar Gabler verständigen.«

KAPITEL 30

»Esther, was ist mit dir?«, fragte Cindy.

»Ich bin mir nicht sicher.«

»Mit was?«

»Ob wir die Polizei rufen sollen.«

»Spinnst du?«, empörte sich Cindy. »Wir haben gerade eine Leiche gefunden. Wahrscheinlich die von Lena Sommer. Dass wir bislang gezögert haben, das mag ja noch angehen, denn es war eigentlich nicht anzunehmen, dass wir Erfolg bei unserer Suche haben würden. Aber jetzt *müssen* wir Gabler anrufen. Uns bleibt keine andere Wahl! Der Öko-Emil hat uns das Gleiche geraten.«

»Der hat auch nicht seine Selbstständigkeit zu verlieren«, murmelte Esther. Immer noch zögerte sie. Cindys Einwände waren natürlich richtig. Ab jetzt wäre es fahrlässig, nicht die Polizei zu rufen. Aber irgendetwas hinderte sie daran, das eigentlich Selbstverständliche in die Tat umzusetzen. War es tatsächlich nur der Gedanke an ihre *Pension Sonnenblume*? An die mögliche öffentliche Anerkennung, wenn sie einen Mordfall klären und in der Presse gefeiert werden würde? An das von ihr erhoffte Wunder, dass ihre Pension für Monate ausgebucht wäre? Das war allerdings ein verdammt guter Grund! Aber da war noch etwas anderes. Als sie auf die Leiche hinabsah, arbeitete es in ihr. Als würde ein siebter Sinn ihr sagen, da wäre noch etwas. Kurz entschlossen kniete sie neben der Toten nieder. Sofort stoben Dutzende Mücken in die Luft. Esther wedelte mit den Händen, um sie zu verscheuchen, aber da war nichts zu machen, es waren zu viele.

»Was treibst du da?« Cindys Stimme näherte sich der Tonlage, bei der Gläser zerspringen.

»Ich durchsuche die Leiche.«

»Das tust du nicht wirklich«, zeterte Cindy. Auch sie wedelte mit den Händen, um Fliegen zu vertreiben. »Das ist Aufgabe der Polizeibeamten, du zerstörst womöglich Spuren. Esther, was du jetzt kaputt machst, ist unrettbar verloren und könnte fatale Folgen haben.«

»Keine Sorge, ich bin vorsichtig. Niemand wird merken, dass ich ein bisschen an der Toten rumgefummelt habe.«

»Oh mein Gott!«, jammerte Cindy und drehte sich um. »Das will ich lieber nicht sehen. Falls mich die Polizei in die Mangel nimmt, kann ich sagen, dass ich von nichts weiß.« Cindy hielt sich die Ohren zu, was Esther angesichts des immer stürmischer aufbrausenden Windes lächerlich fand. Dazu wippte die kleine Schwarzhaarige ungeduldig auf den Fußballen und schielte hin und wieder heimlich zu Esther.

»Du, Cindy, ich glaube, ich habe da was gefunden.«

Aus dem Augenwinkel registrierte Esther, wie Cindy sich wieder herumdrehte. Die Neugier siegte.

»Was denn?«

»Die Gürtelschnalle der Jeans ist beschädigt. Könnte von einem Tier sein, das da rumgeknabbert hat.«

Cindy beugte sich vor und hielt sich mit der Hand Mund und Nase zu.

»Oh Gott, sieht das schrecklich aus.« Cindy würgte hinter der vorgehaltenen Hand.

»Na ja, Geschmacksfrage, finde ich. Der Teufelskopf als Motiv mag verstörend sein, aber …«

»Den meine ich nicht«, unterbrach sie Cindy und nahm die Hand vom Mund. »Ist doch egal, was da auf der Gürtelschnalle drauf ist, ich meine den Bauch. Igitt, sind das Gedärme, die da rausquellen? Boah, und die ekligen Maden.«

»Durch deine vielen Horrorfilme solltest du eigentlich abgehärteter sein.«

»Da weiß ich aber, dass es Filme sind«, widersprach Cindy.

»Ach was, die paar Viecher«, sagte Esther beschwichtigend und wischte mit der Hand einen Teil der wabernden Masse beiseite.

»In echt ist das wirklich grausig. Was mich aber gleich komplett umhaut, ist dieser widerliche Geruch. Esther, ich halte das nicht mehr lange aus.« Cindy schüttelte sich und würgte schon wieder.

»Kotz jetzt bloß nicht auf die Tote«, warnte Esther. »Wie sollen wir denn das dem Kommissar erklären?« Sie hantierte an dem silbernen Teufelskopf herum, bis sich auf dessen Rückseite ein kleiner Stift löste, der darin eingelassen war. Triumphierend präsentierte sie ihren Fund und wedelte damit vor Cindys Nase herum.

»Ein Lippenstift?«

»Ganz recht, ein Lippenstift, versteckt in der Gürtelschnalle von Lena Sommer.« Der Lippenstift hatte eine silberne Kappe mit glitzernden Sternen drauf.

»Warum sollte jemand seinen Lippenstift in der eigenen Gürtelschnalle verstecken?« Cindy schüttelte den Kopf, um ein halbes Dutzend Fliegen abzuschütteln.

»Weil es eben kein Lippenstift ist, sondern ein als Lippenstift getarnter USB-Stick. Also doppelt gemoppelt«, antwortete Esther. »Ein Versteck in einem Versteck. Da muss wirklich was besonders Wichtiges drauf sein.«

Cindy richtete sich wieder auf. »Ich weiß nicht, ob ich das wirklich wissen möchte. Jetzt informieren wir aber endlich Kommissar Gabler. Tun wir doch, oder etwa nicht?«

»Hmmm!«, machte Esther und schlug nach mehreren Fliegen, die sich in ihrem Haar verfangen hatten.

Cindy seufzte ihr ins Ohr. »Oh nein, nicht schon wieder dieses *Hmmm*! Das hört sich gar nicht nach meinem Geschmack an. Was hast du vor?«

»Die tote Lena Sommer rennt uns nicht weg. Außerdem bezweifle ich, ob es einen Sinn hat, bei dem aufziehenden Unwetter einen Trupp Polizisten in den Wald zu lotsen. Während wir gemütlich in der Pension abwarten, bis das Gewitter vorbeizieht, können wir ja einen Blick auf den Lippenstift werfen.«

»Nicht dein Ernst«, gab Cindy zurück.

»Und ob.«

»Du erinnerst dich dran, was der Öko-Emil über zurückgehaltene Beweismittel gesagt hat?«

»Ich will auch nichts zurückhalten, ich sichere es lediglich bis zum Eintreffen von Hauptkommissar Gabler. Das ist meine Bürgerpflicht und das genaue Gegenteil von *Zurückhalten*.«

Cindy holte tief Luft. »Da du dich sowieso nicht davon abhalten lässt, kann ich dich auch unterstützen. Also los, zurück zur Pension! Ich halte es sowieso keine Sekunde länger an diesem Ort mit der zum Himmel stinkenden Leiche, den Maden und den brummenden Fliegen aus.«

Esther tätschelte Cindy den Rücken. »So gefällt mir meine Schülerin.«

KAPITEL 31

»Wieso flüsterst du?«, fragte Julius.

»Dominik darf unter keinen Umständen hören, was wir dir zu sagen und zu zeigen haben«, erklärte Esther.

»Mensch, Schatz! Wir sind in deinem Büro, die Tür ist abgeschlossen. Ein Gewitter mit Blitz und Donner rollt auf uns zu. Außerdem hast du das Radio voll aufgedreht. Noch dazu mit Volksmusik. Niemand, wirklich *niemand* kann hören, was wir gerade besprechen.«

»Vorsicht ist besser als Nachsicht«, raunte sie und zog den als Lippenstift getarnten USB-Stick aus der hinteren Tasche ihrer Jeans.

Fragend sah Julius sie an. Er saß auf Esthers Bürostuhl hinter ihrem Tisch, wo sie ihn hindirigiert und danach die Tür abgeschlossen hatte. Sie und Cindy wippten vor ihm unruhig auf den Füßen und blickten auf ihn herab.

Julius legte einen Zeigefinger an seinen Mund und machte ein grübelndes Gesicht. »Geht es um ultrageheime Schminktipps? Aber warum wollt ihr die vor Dominik geheim halten?«

»Quatsch!«, winkte Esther ab.

»Den haben wir bei der Leiche gefunden«, grätschte Cindy dazwischen.

Julius' rechte Augenbraue hüpfte nach oben, ähnlich wie bei Mr Spock. Dann legte er die Hände flach auf den Tisch und schob mit einem Ruck den Stuhl nach hinten. Die Rollen kratzten über die Dielen. »Was für eine Leiche? Wollen wir nicht von vorne beginnen?«

»Die von Lena Sommer«, antwortete Esther.

»Wo?« Julius blickte sie mit großen Augen an.

»In der Nähe der Jagdhütte. Du weißt, welche ich meine.«

Julius nickte.

»Es war nicht meine Idee, danach zu suchen«, warf Cindy ein.

Esther schickte ihr einen zornigen Blick. Vielen Dank auch!

Cindy hob entschuldigend die Schultern.

»Hast du die Polizei gerufen?«, fragte Julius scharf.

»Nein«, antworteten Esther und Cindy zeitgleich.

Julius atmete scharf aus. Er legte die Hände flach aneinander und führte sie zur Nasenspitze.

»Ich weiß, was du denkst«, kam Esther seiner nächsten Antwort zuvor.

»Oh, das glaube ich nicht«, gab er zurück. Sein Blick huschte von seiner Frau zu Cindy und wieder zurück zu Esthers Hand, mit der sie den Lippenstift umklammerte.

Esther erzählte ihm kurz, wie Cindy und sie die Leiche gefunden und durchsucht hatten. Den Öko-Emil erwähnte sie nicht, den ließ sie lieber vorerst aus dem Spiel. Wie er auf die Tote reagiert hatte, war heftig gewesen. Sie wollte den alten Mann nicht mehr als nötig in die Sache reinziehen. Auf welche Art und Weise sie auf die Leiche gestoßen waren, schien ihr momentan nicht von Belang. Was sie Kommissar Gabler erzählen würde, wusste sie noch nicht.

»Was willst du jetzt tun? Ich nehme an, du möchtest diesen Hauptkommissar noch nicht verständigen. Sonst hättest du es längst getan und wärst nicht zu mir gekommen.«

»Richtig.« Esther schnaufte tief durch. »Julius, ich will,

dass *du* den USB-Stick unter die Lupe nimmst. Vielleicht ist was drauf, das Dominik belastet.«

»Dominik? Du meinst, deinen Gast, diesen Dominik Danner.«

»Genau!«

»Was hat er mit der Sache zu schaffen?«

»Ach ja, das weißt du nicht.«

Julius lehnte sich zurück. Die Stuhllehne berührte die Wand hinter ihm. »Wie es aussieht, weiß ich so einiges nicht. In letzter Zeit hängst du mehr mit deinen Gartenschülern ab als mit mir.« Er hob beschwichtigend die Hände, als sie etwas erwidern wollte. »Das soll kein Vorwurf sein, ich selbst bin mit meinem Dienst oft genug weg, auch am Wochenende. Und gegen meine Kegelabende, die häufig bis in die Nacht hinein dauern, hast du auch nie was gesagt.«

»Ich habe keine Geheimnisse vor dir«, verteidigte sich Esther dennoch. »Aber es hat sich irgendwie nicht ergeben, dich einzubeziehen.« Das stimmte nur zum Teil. Julius hatte ihr die angebliche Leiche genauso wenig abgenommen wie die Polizei, was sie mehr gewurmt hatte, als sie zugeben wollte. Vor allem aus diesem Grund ließ sie ihn bei ihren Entdeckungen außen vor. Jetzt war allerdings der Zeitpunkt gekommen, Julius ins Vertrauen zu ziehen. Gemeinsam mit Cindy gab Esther ihrem Mann einen kurzen Abriss der Ereignisse. Sie erzählte von Dominiks Einbruch in Lydias Pensionszimmer, dem Fund der Briefe in Dominiks Zimmer. Außerdem erwähnten sie die Schmuckstücke und das Bargeld in Lydias Auto. »Dem Ök... also uns ... Cindy und mir kam der Gedanke, dass unsere vermeintliche Tote vom letzten Samstag tatsächlich tot war und es sich dabei um Lena Sommer handeln musste. Also suchten Cindy und ich auf gut Glück nach einer Leiche ...«

»Moment, Timeout!« Julius formte mit den Händen und Fingern das als Schiedsrichterzeichen aus dem Sport bekannte *T*. »Ich bin verwirrt, bitte klärt mich auf. Wo kommt jetzt auf einmal eine *Lena* Sommer her?«

Mist!, fluchte Esther innerlich, sie wollte ihm nicht auf die Nase binden, dass sie diese Info vom Öko-Emil hatte, und sagte: »Gabler hat angedeutet, dass Lydia Sommer eine Schwester namens Lena hatte.« Was ja auch stimmte, denn der Hauptkommissar hatte mit Emil am Telefon darüber gesprochen. Wie sie selbst an diese Neuigkeit gelangt war, spielte ihrer Ansicht nach keine Rolle.

»Diese Lena haben wir schließlich auch gefunden«, kam Cindy dankbarerweise wieder aufs Hauptsächliche zurück.

»Von alldem habt ihr Gabler nichts berichtet, ihr habt es für euch behalten?«, fragte Julius ungläubig.

»Ja«, antwortete sie einsilbig.

»Ja«, schloss sich Cindy an. »War bestimmt ein Fehler.«

»Vielleicht, vielleicht auch nicht«, erwiderte Julius zu Esthers Überraschung.

»Findest du?«

»Streng genommen hätte man es natürlich der Kripo erzählen müssen. Aber andersherum betrachtet habt ihr hervorragende Arbeit geleistet und jede Menge Indizien zusammengetragen. Der USB-Stick könnte das i-Tüpfelchen sein. Eventuell der letzte Nagel für Dominiks Sarg. Wer weiß, was Lena Sommer dort gespeichert hat. Nach dem, was ihr mir berichtet habt, haben die Schwestern mit Erpressungen eine Menge Kohle gemacht. Ich vermute mal, auf dem Stick ist belastendes Material.« Julius musterte den Lippenstift in ihrer Hand und fuhr sich mit der Zunge über seine Oberlippe. Er streckte die Hand aus. »Lass uns gleich mal nachschauen.«

Esther gab ihm den Datenträger.

Julius schob ihn in den vorgesehenen Schlitz und wartete, bis sich was tat. »Verdammt!«, fluchte er.

»Was ist?«, fragte Esther alarmiert.

»Ausgerechnet jetzt muss der blöde PC ein Update machen. Schau her.« Er drehte den Bildschirm so, dass sie das Display sehen konnte.

»Mist, wie lange dauert das?«

»Keine Ahnung, kann schon eine Weile in Anspruch nehmen.«

Esther streckte die Hand aus.

»Was ist?« Julius sah sie fragend an.

»Gib ihn mir. Den Stick, meine ich. Bis der Computer wieder läuft, behalte ich ihn bei mir.«

Ihr Mann zog den Datenträger aus dem Computer und drückte ihn Esther in die Hand.

Sie wandte sich an Cindy. »Und wir informieren mein restliches Team über unseren Fund. Julius, während der PC updatet, bekommst du einen Spezialauftrag von mir.«

»Der wäre?«

»Dominik Danner abzulenken, während Cindy und ich die anderen Gartler in Kenntnis setzen.«

»Jawohl, Miss Marple«, antwortete er lachend.

Als sie das Büro verließen, stieß ihr Cindy den Ellenbogen in die Seite. »*Dein* restliches Team? Dann sind wir also sozusagen eine Privatermittlertruppe unter deinem Kommando?« Cindy kicherte und hielt sich die Hand vor den Mund, als sie einen Hustenanfall bekam.

»Ha, hört sich doch gut an, oder nicht? Esther Duman-ski und Team – Privatermittlungen aller Art. Wenn meine Pension den Bach runtergeht, orientiere ich mich einfach um. Natürlich brauche ich ein paar Kräfte, die mich unter-stützen. Interesse?«

»Das war sicher ein Scherz«, sagte Cindy nach einem langen Blick in Esthers Augen.

»Natürlich war es das«, gab sie zurück und spürte, wie ein komischer Gedanke ihre Hirnwindungen zu blockieren anfing.

KAPITEL 32

Draußen tobte das Unwetter. Töpfe, Kübel und Gartengeräte mussten schleunigst in Sicherheit gebracht werden. Diese Arbeit nutzten Esther und Cindy, um sowohl Rochus als auch Aaron über die jüngsten Entwicklungen zu informieren. Während der Wind pfiff, Donner grollte und Blitze zuckten, tauschten sie sich untereinander aus. Immer wieder tuschelten sie miteinander, sobald Julius sich mit Dominik um anderes kümmerte, wie zum Beispiel den Carport gegen den Sturm abzusichern und lose Dinge in die Garage zu bringen.

»Ich will endlich wissen, was auf diesem Stick drauf ist!«, schrie Esther gegen den Sturm an, der ihre Haare zerzauste. Im Moment beneidete sie Cindy um ihre Kurzhaarfrisur.

»Wir könnten hier Hilfe brauchen«, rief Julius zu ihnen rüber. Er und Dominik mühten sich gerade ab, eine Plane am Carport festzuzurren, die vom Sturm weggerissen worden war.

Aaron eilte zu den beiden hinüber.

»Kommt mit«, sagte Esther und machte zusätzlich mit den Händen eine auffordernde Geste.

Gemeinsam mit Cindy und Rochus lief sie ins Haus und schnurstracks in ihr Büro.

»Das Update muss doch endlich beendet sein!«, rief sie voller Hoffnung und wollte den Computer hochfahren. »Mist, da tut sich nichts.« Esther hantierte an dem Gerät herum, doch es rührte sich nicht.

»Schau mal, ob der Stecker richtig drin ist«, riet Rochus.

Sie prüfte sowohl die Steckdose als auch das Kabel, das in den Computer führte.

»Es ist ein Laptop, vielleicht ist der Akku leer«, überlegte Cindy.

»Aber der Stecker ist drin. Wenn der Akku keinen Saft mehr hätte, müsste wenigstens das Licht am Computer blinken. Aber da geht gar nix.«

Rochus betätigte den Lichtschalter, es blieb dunkel. »Stromausfall!«, erklärte er überflüssigerweise.

Esther nahm das Festnetztelefon ab und horchte in den Hörer. »Tot!«

Cindy überprüfte ihr Handy. »Kein WLAN-Empfang.«

»Ohne Strom geht weder WLAN noch Festnetz.«

»Ach, *da* seid ihr«, kam es von der Tür.

Esther wirbelte herum, auch Rochus und Cindy blickten überrascht auf.

Julius stand atemlos an der Türschwelle.

»Der Computer geht nicht«, klärte ihn Esther auf.

»Telefon und WLAN ebenso«, fügte Cindy hinzu.

»Deswegen such ich euch«, antwortete Julius. »Vorhin hat ein Blitz eingeschlagen. Irgendwo vor dem Haus. Es hat Funken geschlagen. Ich habe mir Sorgen gemacht. Nicht, dass ihr getroffen worden seid.«

»Dann hat der Blitz die Panzersicherung erwischt«, stellte Esther fest.

Ein Krachen ließ alle zusammenzucken.

»Was war das?«, wollte Esther wissen.

»Hörte sich an, als wäre was aufs Dach gekracht«, vermutete Julius. »Los, wir müssen sofort nachschauen.«

Zusammen liefen alle nach draußen in den Garten.

Blätter und Zweige wirbelten durch die Luft. Der Sturm

riss Esther beinahe von den Beinen. Sie wurde von Rochus gestützt. Auf dem Dach lag der Ast einer Buche, ein paar Ziegel hatten Sprünge, aber das Dach war zumindest nicht abgedeckt. Da gab es im Moment nichts zu tun.

»Wo ist eigentlich Dominik?«, wollte Julius wissen.

»War der nicht bei dir?«, gab Esther zurück.

»Anfangs ja. Aber als der Blitz am Haus eingeschlagen hat, bin ich mit Aaron nach vorne gelaufen und habe nach dem Rechten gesehen. Anschließend haben wir beide euch gesucht.«

In diesem Augenblick tauchte Aaron aus Richtung Weiher auf. »Da seid ihr ja«, rief er vorwurfsvoll. »Esther, du und Cindy wart plötzlich nicht mehr da, auch Rochus fehlte. Geht es euch gut?«

»Da suchst du uns am Weiher?«, fragte Esther ungläubig.

»Ich ...«

»Egal«, unterbrach Julius. »Schnell wieder ins Haus, es wird langsam lebensgefährlich im Freien.«

Der Himmel öffnete nun vollends seine Schleusen, schwere Regentropfen zerplatzten wie Knallfrösche auf dem Wellblech des Carports.

Im Inneren schnauften alle tief durch. Esther wollte gerade etwas sagen, da traf es sie wie eine Schrotladung ins Gesicht.

»Der Lippenstift, er fehlt!« Sie tastete ihre Jeans ab. »Der Stick ist weg!«

»Moment«, beruhigte Julius sie. »Wo hattest du ihn zuletzt?«

»Ich habe ihn in den Computer gesteckt.«

»Dann ist er bestimmt noch dort«, schlussfolgerte ihr Mann.

»Richtig«, bestätigte Rochus. »Nach dem Knall sind wir alle schnell aus dem Haus gerannt. Esther, du hast ihn sicherlich dort vergessen.«

Esther hastete in ihr Büro, beugte sich über den Computer. »Er ist nicht da.«

»Was soll das heißen?«, fragte Cindy.

»Dass er nicht in dem verdammten Laptop steckt. Der Stick ist weg.«

Julius blickte sie an. »Du bist dir sicher, ihn nicht herausgezogen zu haben?«

»Dann hätte ich ihn ja wohl in meiner Jeans«, schnauzte sie.

»Schon gut, dann hat ihn jemand anderes eingesteckt.«

»Aber wer?«, wollte Aaron wissen.

»Wo wir wieder bei der Frage landen, wo Dominik steckt«, sagte Julius. »Seit er mir draußen zur Hand gegangen ist, habe ich ihn nicht mehr gesehen, du etwa, Aaron?«

Der Friseur schüttelte den Kopf. »Nein, es war ein zu großes Tohuwabohu draußen, dazu der Blitzeinschlag.«

»Kann es sein, dass Dominik die Verwirrung genutzt hat, um den Stick zu klauen?« Julius blickte Esther mit gefurchter Stirn an.

»Dann hätte er von dessen Existenz was wissen müssen«, gab sie zu bedenken.

»Er *wusste* von der Erpressung seines Vaters durch Lena Sommer«, erinnerte Rochus sie alle. »Esther, wenn es stimmt, dass Dominik ein eiskalter Killer ist, wird er natürlich auch nach den belastenden Vorwürfen gegen sich gesucht haben.«

»Möglich, dass er euch in den Wald gefolgt ist«, überlegte Julius. »Dort hat er gesehen, wie ihr Leiche und Stick gefunden habt.«

»Verdammt!«, schimpfte Esther.

»Möglich wäre es«, sagte Cindy. »Wir haben in der ganzen Aufregung natürlich nicht auf Verfolger geachtet.«

»Wir gehen jetzt sofort in Dominiks Zimmer und stellen ihn zur Rede«, beschloss Esther.

»Nein, das ist zu gefährlich«, entgegnete Aaron.

»Wir sind in der Übermacht!«, knurrte Rochus.

»Zur Not setzen wir ihn in seinem Zimmer fest«, schlug Julius vor. »Wir verbarrikadieren die Tür, dann müsste er schon aus dem zweiten Stock springen, da bricht er sich mindestens den Knöchel.«

»Worauf warten wir, los!«, forderte Esther die anderen auf. Wie ein kleiner Kampftrupp pirschten sie sich die Treppe nach oben und liefen hintereinander zu Dominiks Zimmer, um dessen Tür sie sich aufstellten. Überall im Haus knirschte und rumpelte es aufgrund des Sturms, weshalb ihre Vorsicht übertrieben war. Dominik hätte sie niemals hören können.

»Verflucht, wir haben uns in der Eile gar nicht bewaffnet«, brummte Rochus.

»Umbringen wollen wir ihn ja auch nicht«, raunte Aaron.

»Höchstens ein bisschen«, zischte Cindy. »Verdient hätte es der Dreckskerl jedenfalls. Immerhin hat er zwei Frauen auf dem Gewissen.«

Julius steckte den Generalschlüssel ins Schloss und drückte die Klinke. Die Tür ließ sich zur Überraschung aller öffnen, der Schlüssel war also gar nicht notwendig.

Rochus gab der Tür einen Tritt, sie schwang nach innen auf, knallte gegen die Wand und federte zurück. Der Hüne sprang mit einem Satz ins Zimmer, gefolgt von Julius und Esther. Cindy und Aaron kamen als Letzte.

»Leer!«, stellte Esther enttäuscht fest.

Cindy stemmte die Hände in die Hüfte. »Der Vogel ist ausgeflogen.«

»Zeit, die Polizei über einen flüchtigen Mörder zu informieren«, sagte Aaron.

»Zu spät«, warf Cindy ein. »Du vergisst, dass das Telefon nicht funktioniert.«

Aaron betätigte den Lichtschalter, die Deckenleuchte blieb dunkel. »Wie lange dauert es, bis wir Strom haben?«

»Gibt es einen Notstromgenerator?«, wollte Rochus wissen.

»Den gibt es«, sagte Julius. »Aber der springt nicht automatisch an. Wenn das Licht ausgeht, muss ich rüber in die Garage und ihn per Hand anwerfen.«

»Und hoffen, dass er funktioniert«, fügte Esther hinzu.

»Das könnte in der Tat ein Problem sein«, stimmte ihr Julius zu. »Wir haben ihn schon länger nicht mehr getestet. Das war fahrlässig, ich weiß«, räumte er ein. »Darum kümmere ich mich sofort«, und damit verschwand er aus dem Zimmer.

Zwischenzeitlich führte Esther die anderen nach unten ins Speisezimmer, wo sie sich zusammensetzten und auf Julius warteten.

Mit bleichem Gesicht kam dieser in den Raum gestürzt, seine Kleidung war durchnässt.

»Was ist passiert?«, fragte Esther alarmiert.

»Der Generator, er … er … jemand hat ihn sabotiert.«

»Was soll das heißen?«, blaffte Aaron.

»Dass er kaputt ist«, giftete Julius zurück. »Was ist an dem Wort *Sabotage* so schwer zu verstehen?«

»Ruhig«, mahnte Esther. »Wir sollten uns nicht gegenseitig zerfleischen. Dominik ist der Gegner!«

Julius wischte sich Wasser von der Stirn, Tropfen fielen auf den Boden. »Genau dieser Dominik hat den Generator blockiert, er wollte, dass wir dauerhaft keinen Strom haben. Da wäre noch etwas«, fügte er hinzu.

»Kann es schlimmer kommen?«, jammerte Aaron.

»Die Reifen der Autos sind platt. Alle vier, sowohl bei Esthers Caddy als auch bei meinem Jeep.«

Cindys Nasenflügel bebten vor Zorn. »Der kleine Scheißer will uns hier festnageln!«

KAPITEL 33

»Wir können doch nicht einfach rumsitzen und warten, bis uns der Killer auch noch umlegt«, mahnte Aaron und sah sich um, ob ihm jemand zustimmte. Nicht nur der Sturm nagte an seiner Stimmung, auch ein frei herumlaufender Mörder sorgte nicht gerade für Jubelstürme bei ihm.

»Niemand legt uns um!«, widersprach Julius. »Bestimmt ist Dominik bereits über alle Berge. Denkt doch nach. Er hat, was er will.«

»Den Stick«, sagte Rochus.

Julius nickte. »Ganz genau. Den Typen sehen wir nie wieder. Sobald der Sturm abflaut und das Telefon wieder geht, verständigen wir die Polizei. Dann übernehmen die, und ihr übergebt Kommissar Gabler alles, was ihr an Beweisen gesammelt habt.«

»Trotzdem bin ich nicht eurer Meinung«, blieb Aaron bei seiner Sicht der Dinge. »*Alle* Beweismittel hat er nun mal nicht, nur den Stick. Eine Kopie der Briefe habe ich noch in meiner Tasche. Außerdem sind wir unliebsame Zeugen für ihn. Was, wenn er den Sturm für einen hinterlistigen Anschlag auf uns benutzt?«

»Komm runter«, versuchte Rochus ihn zu beruhigen. »Denkst du im Ernst, Dominik will uns alle killen?«

Aaron schluckte, genau der Gedanke war ihm gekommen.

»Das ist *kein* Film«, betonte Cindy.

Sagt die Richtige, dachte er, antwortete allerdings nicht darauf.

»Wahrscheinlich sind die Daten auf dem Stick brisanter als die Briefe«, entgegnete Rochus. »Möglicherweise hat Julius recht und wir sind Dominik los, da er den Stick in seinem Besitz hat«, schlug der Hüne in die gleiche Kerbe.

Esther räusperte sich. »Ich schlage vor, wir sitzen die Zeit zusammen ab, verbarrikadieren uns in der Pension und …«

»… warten auf bessere Zeiten?«, unterbrach Aaron sie. »Nein, nicht mit mir! Ich gehe zu Fuß nach Starnberg und hole Hilfe. Die Polizei muss *jetzt* erscheinen und nach Dominik fahnden und nicht erst morgen oder übermorgen. Wer weiß, wie lange der Monstersturm anhält. Eure *vielleicht*s oder *möglicherweise* überzeugen mich nicht. Lieber bin ich alleine im Sturm nach Starnberg unterwegs, als dass ich hier warte, bis uns ein Mörder den Schädel einschlägt.«

Esther schüttelte den Kopf. »Viel zu gefährlich, das habe ich bereits betont. Der Wald ist eine wahre Todesfalle bei dem Unwetter. Manche der großen Fichten zerbrechen bei dem Orkan wie Streichhölzer und fallen kreuz und quer um. Wenn dich kein umstürzender Baum erwischt, dann vielleicht ein herumfliegender Ast. Es hat schon seinen Sinn, dass nach Stürmen davor gewarnt wird, in den Wald zu gehen. Und du willst ausgerechnet *während* eines Orkans durch den Wald marschieren? Der Weg von der Pension bis zum Ende des Walds ist fast drei Kilometer lang. Das ist Wahnsinn.«

»Dann nehme ich ein Rad«, blieb Aaron standhaft. Keine Minute länger wollte er in der Pension bleiben. Auch auf die Gefahr hin, durch ein Unwetter zu müssen, lieber das, als die nächsten Stunden hier auszuharren.

»Der Wind bläst dich vom Sattel«, mahnte Julius. »Ich

bin Esthers Meinung. In der Pension ist es am sichersten, wenn wir alle zusammenbleiben.«

»Solange sich jeder an die Regeln hält«, flüsterte Cindy mit tiefer Stimme.

»Regeln, was für Regeln denn?«, bohrte Aaron nach.

»Sag nie ›Ich komme gleich wieder‹! Außerdem halte dich an Folgendes: Hab keinen Sex, nimm keine Drogen. Solche Regeln eben. Hast du *Scream* nicht gesehen? Wer sich nicht daran hält, wird von Ghostface gnadenlos niedergemetzelt.«

Aaron blickte Cindy an.

Diese sah ernst zurück.

Niemand sprach, draußen heulte der Sturm. Regen klatschte gegen die Fenster.

Cindys Mundwinkel zuckten, dann begann sie zu lachen.

Als Nächstes stimmte Rochus ein, Esther und Julius folgten.

»Hahaha«, machte Aaron und ätzte: »*Super*witzig!«

»Ich fand's komisch«, sagte Cindy.

»Witzbold«, schleuderte Aaron ihr entgegen.

»Also, wenn Aaron unbedingt will, dann begleite ich ihn«, bot Rochus an.

Cindys Witz hatte die Stimmung aufgelockert. Jedenfalls bei allen anderen. Aaron dagegen konnte nicht darüber lachen. Zu ernst fand er die Lage. »Nein, auf keinen Fall begleitest du mich«, entgegnete er.

»Aber warum?«, wollte der Hüne wissen.

»Ich kann auf mich selbst aufpassen, denn ich befolge die *Regeln*«, sagte er mit einem Seitenblick auf Cindy. »Aber ich würde mich besser fühlen, wenn ein Mann deiner Statur bei den anderen bleiben würde.«

310

»Wir können schon auf uns selbst achtgeben«, sagte Cindy.

Nein, könnt ihr nicht, dachte Aaron, sagte stattdessen: »Ich habe sowieso schon das Gefühl, euch im Stich zu lassen. Wenn Rochus mich begleitet, wird mein schlechtes Gewissen nicht besser. Aber einer muss etwas unternehmen.«

»Dann gehe ich, und du bleibst da«, entschied Rochus.

»Nein, der Vorschlag zu gehen kam von mir, also mache ich es auch.«

»Leute«, sagte Julius und hob die Hände. »Keinen Streit bitte, das können wir momentan am allerwenigsten gebrauchen.«

»Wir streiten nicht«, konterte Aaron.

»Machen wir nicht«, pflichtete ihm Rochus bei. »Das ist nur eine Diskussion unter guten Freunden.«

»Dann ist es entschieden, ich mache mich auf den Weg.« Aaron klatschte in die Hände und wollte bereits aufstehen.

Da hob Esther die Hand. »Nicht ohne passende Ausrüstung.« Sie wandte sich an ihren Mann. »Julius, du hast doch einen Sicherheitshelm, den du beim Holzmachen mit der Motorsäge trägst. Gib ihn bitte Aaron. Außerdem deine schnittfeste Hose und die Jacke. Und deine Sicherheitsstiefel, die mit den Stahlkappen.«

Julius erhob sich von seinem Stuhl und klopfte Aaron auf die Schulter. »Okay, auf geht's, mein tapferer Freund.«

Aaron hievte sich ebenfalls hoch.

»Weich nicht vom Weg ab«, warnte Esther. »Geh nicht in den Wald, weil du glaubst, du könntest abkürzen. Der Feldweg ist bereits gefährlich, aber mitten im Wald ...« Sie kratzte sich nervös am Hals. »... das ist die reinste Todesfalle!«

Aaron schluckte ob der neuen Regeln, die ihm Esther mitgab. Allerdings waren diese Regeln keine Hirngespinste aus einem Horrorfilm, sondern aus Erfahrung geboren. Wahrscheinlich war es eine saublöde Idee von ihm gewesen, aber ab dem Zeitpunkt, als er sie vorbrachte, konnte er keinen Rückzieher mehr machen, ohne vor den anderen, vor allem den Frauen, wie ein Weichei dazustehen.

🌿 🌿

»So, jetzt bist du gerüstet, wie es nur geht«, meinte Julius, machte einen Schritt rückwärts und musterte Aaron in seiner Montur, in der dieser sich wie ein Söldner fühlte. Fehlte nur noch ein Beil, um sich durch querliegende Bäume zu schlagen.

Sie standen zusammen im Keller der Pension, in der Werkstatt von Julius. Eine mit Batterie betriebene Halogenlampe verbreitete diffuses Licht.

Julius reichte ihm eine Taschenlampe.

Aaron überprüfte die Funktionstüchtigkeit und steckte sie ein. Er hoffte, sie nicht zu benötigen. Es war zwar düster im Wald, vor allem wegen der Gewitterwolken. Aber es war trotzdem hell genug, um auf einem Waldweg mögliche Hindernisse zu umgehen. Er blickte auf seine Armbanduhr. »Kurz nach sechs. Richtig dunkel wird es erst in ein paar Stunden.« Da wollte er schon längst aus dem Wald heraus sein.

Zusammen gingen sie über die Kellertreppe nach draußen in den Garten. Ein Blitz tauchte die Umgebung in grelles Licht.

»Das ist verdammt mutig von dir«, sagte Julius, während sie um das Haus liefen. Der Regen platschte nach wie vor wie aus Kübeln vom Himmel. »Esther hat recht, du solltest nicht gehen. Du könntest durchaus vom Blitz getroffen werden. Oder in einer Pfütze ersaufen«, machte Julius einen lahmen Witz.

»Davon gehe ich nicht aus«, sprach Aaron eher sich selbst Mut zu, als Julius zu antworten. »Okay, ich bin dann mal weg.«

»Halt!«, stoppte ihn Julius. »Du hast was vergessen.« Er hob den Schutzhelm hoch, er war rot und voller Kratzer.

»Danke.« Aaron setzte den Helm auf und trabte los, wollte möglichst schnell Strecke machen. Regentropfen prasselten wie Nadelstiche auf sein Gesicht. Außerdem tobte das Gewitter mit wildem Tosen. Kurzerhand zog er den integrierten Gehörschutz über seine Ohren. Oh, tat das gut. Nun hörte er den Sturm nur noch gedämpft. Zusätzlich schob er das Visier des Helms herunter, dann setzte er sich wieder in Bewegung. Allerdings kam er sofort ins Straucheln. Das Visier war mit einem schwarzen Gitternetz versehen und schränkte sein Blickfeld stark ein. Einen Sturz konnte er sich nicht leisten, also wieder nach oben mit dem Visier. Aaron lief weiter, doch er war kein guter Sportler und besaß zu wenig Kondition. Schon bald bekam er Seitenstechen und musste anhalten, um zu verschnaufen. Er stemmte die Hände in die Hüfte und keuchte, beugte sich leicht nach vorne.

Plötzlich verspürte er einen Stoß in den Rücken. Er stolperte und stürzte zu Boden, sein Helm fiel ihm vom Kopf. Oder wurde ihm vielmehr vom Schädel gerissen, zumindest fühlte es sich so an. Dann traf ihn ein Schlag mitten ins Kreuz. Verdammt, war ein schwerer Ast auf ihn gefallen? Dann ein weiterer Stoß, diesmal auf seinen Hinterkopf. Aarons Gesicht wurde in den Matsch gestoßen, er schluckte Wasser und Schlamm, hustete. Mit den Händen stützte er sich ab, um sich aufzurichten. Da sah er neben sich einen Stiefel, ein Bein in schwarzer Hose steckte darin. Aaron drehte den Kopf, um nach oben zu schauen. Er wollte wissen, wer das war.

Etwas Schwarzes sauste heran und traf ihn am Kopf. Um ihn herum wurde es dunkel.

KAPITEL 34

Hagelkörner rauschten durch die Fallrohre der Regenrinnen, der Wind rüttelte an den Fensterläden und heulte ums Haus. Im Speiseraum saßen Esther, ihr Mann Julius und der Rest ihrer Gartentruppe, bestehend aus Cindy und Rochus, beisammen und diskutierten die Lage. Esther hatte für ausreichend Taschenlampen und Kerzen gesorgt. Sie hatte mehrere Teelichter und Stumpenkerzen platziert und nacheinander angezündet. Es herrschte eine Atmosphäre wie bei einer Geisterbeschwörung. Fehlte nur noch, dass sich alle an den Händen fassten und eine magische Formel flüsterten.

»Kennt jemand den Film *Conjuring – Die Heimsuchung*?«, hörte Esther plötzlich Cindys schneidende Stimme.

Esther murmelte ein leises »Ja«, sie hatte den Film gesehen und tagelang nicht schlafen können. Warum, zur Hölle, brachte Cindy ausgerechnet das Gespräch auf dieses Thema?

»Ist ein Horrorfilm«, fuhr Cindy fort. »Da geht es um ein Haus in Neuengland, in dem es spukt. Im Moment erinnert mich gerade einiges daran.«

»Ist vielleicht nicht gerade der passende Moment«, raunte Julius, der offensichtlich Esthers mulmiges Gefühl spürte.

Davon unbeeindruckt plapperte Cindy weiter. »Ist nach einer wahren Begebenheit gedreht. Da geht es um die Geisterjäger Ed und Lorraine Warren, die gab es wirklich.«

»Eine wahre Begebenheit, warum beruhigt mich das jetzt überhaupt nicht?«, zeterte Esther. »Cindy, es wäre lieb, wenn du uns von deinen Filmkenntnissen verschonen würdest. Außer du erzählst was vom neuesten Zeichentrickfilm von Disney.«

»Schon gut, ich wollte nur die Situation ein klein wenig auflockern. Hat doch vorhin bei allen ganz gut funktioniert. Bis auf Aaron.«

»Du hast bei mir eben das Gegenteil erreicht«, gab Esther zurück und fasste nach der Hand von Julius, die sie fest umklammerte.

Er erwiderte den Händedruck, was sie mit einem dankbaren Nicken quittierte.

»Ob Aaron es geschafft hat?«, fragte Cindy in die Runde.

Esther blickte auf die tickende Standuhr in der Ecke. »Er ist grade mal eine Dreiviertelstunde weg.«

Draußen vor dem Fenster bogen sich die nahen Waldbäume im Wind. Äste und Zweige wirbelten durch den Pensionsgarten. Abgerissene Blätter fegten über die Terrasse. Donner grollte, Blitze zuckten durch den düsteren Regenhimmel. Wasser peitschte gegen die Fensterscheiben und floss in dicken Schlieren am Glas nach unten.

»Sind alle Rollläden in den Gästezimmern heruntergelassen, die Fenster wirklich geschlossen?«, wollte Esther wissen.

Julius löste die Hand aus ihrer und stand auf. »Ich schau besser mal nach.«

»Soll ich mitgehen?«, fragte Rochus.

»Nein, bleib lieber bei den Frauen. In deiner Gegenwart fühlen sie sich bestimmt sicherer als in meiner.«

Der blonde Hüne verschränkte die Arme vor der

Brust und blickte grimmig. »Sollte Dominik erscheinen, schraube ich ihn auseinander. Das kannst du mir glauben. Der Wicht kann es vielleicht mit Frauen aufnehmen, aber ich bin ein anderes Kaliber.«

Julius blickte ihn eine Weile an. »Sicher bist du das.« Dann schnappte er sich eine Taschenlampe und verschwand.

KAPITEL 35

Mit brummendem Schädel erwachte Aaron, er blinzelte und versuchte sich zu erinnern, was passiert war. Es war, als würden Nebelschwaden vor seinem inneren Auge wabern, die sein Gedächtnis blockierten. Soviel er wusste, war er noch nicht lange unterwegs gewesen, hatte gerade mal die erste Biegung genommen, die Pension war eben erst aus seinem Sichtfeld verschwunden, da war es passiert.

Aaron war ins Stolpern geraten. Aber aus welchem Grund? War er über einen Ast gestürzt, der auf dem Weg lag? Nein, jemand oder etwas hatte ihn zu Fall gebracht. Ein Stock oder Stab oder dergleichen war ihm plötzlich zwischen die Unterschenkel geraten, dann kam der heftige Sturz zu Boden. Anschließend hatte ihn jemand in den Waldweg gedrückt, war ihm sogar auf den Rücken gestiegen, hatte ihm den Schuh auf den Hinterkopf gepresst, sodass er mit dem Gesicht im Dreck gelandet war. Auf seiner Zunge spürte er noch Reste von Sand und Kies. Angewidert spuckte er aus.

Dominik!, schoss es ihm siedend heiß durch den Kopf.

Der Mistkerl musste irgendwo gelauert und das Haus beobachtet haben.

Als Aaron aus der Pension kam, war Dominik ihm gefolgt, hatte ihn zu Boden gebracht und ihm anschließend mit einem stumpfen Gegenstand eins übergezogen. So musste es abgelaufen sein!

Aber wieso?

Wahrscheinlich wollte Dominik niemanden entkommen lassen, der ihn belasten konnte. Genau wie Aaron den anderen zu erklären versucht hatte. Er hasste es, dass er recht behalten hatte. Was bedeutete, dass neben ihm auch die anderen in der Pension in Gefahr schwebten.

Er wollte seine Hände heben, er musste unbedingt zur Pension zurück, um Esther und das restliche Team vor Dominik zu warnen. Doch Aaron konnte seine Arme nicht bewegen. Als er nach unten schaute, merkte er, dass seine Unterarme mit einem Strick an die Armlehnen eines stabilen Holzstuhls gebunden waren. Ebenso sein Oberkörper um die Rückenlehne, auch seine Unterschenkel waren an die Stuhlbeine gefesselt. Er ruckelte und zerrte, aber die Fesseln gaben keinen Millimeter nach. Erst jetzt blickte er sich um und fand sich in einer windschiefen Holzhütte wieder.

Der Wind rüttelte am Dach und an den Balken. Hoffentlich stürzte nicht alles über ihm ein.

Aarons Zeitgefühl war weg, er wusste nicht, wie lange er bewusstlos gewesen war. Draußen schien es dunkel zu sein, aber das konnte täuschen. Die Wolken hatten den Himmel verdüstert, außerdem befand sich Aaron wahrscheinlich irgendwo im Wald. Hatte Esther nicht von einer alten Jagdhütte in der Nähe gesprochen, in deren Umfeld sie die Leiche von Lena Sommer gefunden hatten? Das musste sein Aufenthaltsort sein, denn es war unwahrscheinlich, dass ihn Dominik viel weiter hätte schleppen können.

Die Hütte war spärlich eingerichtet, mit alten Campingstühlen, einem Plastiktisch und einer angeschimmelten Matratze. Sie schien erst kürzlich durch den Einbau von zusätzlichen Stützbalken und Holzbrettern an der Wand stabilisiert worden zu sein. Auch das Dach war offensichtlich vor nicht allzu langer Zeit von innen abgedichtet worden. An der gegenüberliegenden Seite gab es einen einfachen Biertisch direkt an der Wand unter einem kleinen Fenster. Darauf lagen mehrere getrocknete und frisch gepflückte Pflanzen nebeneinander. Eine Gaslampe baumelte direkt über dem Biertisch von der Decke, verströmte ein spärliches Licht und warf zuckende Schatten an die Wände.

Aaron erkannte einige der Pflanzen wieder. Sie waren giftig. Esther hatte bei ihrer Kräuterwanderung davon gesprochen und ihnen die eine oder andere in natura und auch auf Handyfotos gezeigt. Er sah Jakobskreuzkraut, Herbstzeitlose und einen Ast mit dunklen Beeren dran, wahrscheinlich Tollkirschen. Auch eine blaue Pflanze entdeckte er und identifizierte sie als Blauen Eisenhut. Noch weitere Gräser und Pflanzen lagen auf dem Tisch, bestimmt ebenfalls giftig. Daneben standen eine Flasche mit destilliertem Wasser sowie ein paar Stein- und Wasserkrüge. Außerdem ein Mörser aus Granit, dazu ein Stößel. Aaron pfiff durch die Zähne. »Das ist das reinste Labor!« Bereitete Dominik einen Gifttrank vor, wollte er auf diese Weise jemanden unter die Erde bringen?

»Scheiße!«, durchfuhr es ihn, als er an den abendlichen Kräuterumtrunk dachte. Was, wenn Dominik Esthers selbst gemachten Trank mit seiner eigenen Zutat mischte? Wollte er tatsächlich alle vergiften? Aaron fiel wieder ein, dass Dominik sehr neugierig gewesen war, als Esther über Giftpflanzen gesprochen hatte. War bereits damals der heimtückische Plan in ihm gereift?

Auf einmal wurde die Tür aufgerissen und eine Gestalt erschien im Rahmen, glotzte ihn an.

»*Du?*«, fragte Aaron entsetzt.

KAPITEL 36

»Alle Fenster und Türen sind zu«, verkündete Julius und setzte sich wieder zu den anderen.

Esther atmete erleichtert aus. »Vielen Dank! Wenn wir schon festsitzen und Angst vor einem Mörder haben müssen, sollte wenigstens meine Pension nicht mehr als nötig unter dem Orkan leiden.«

Eine Windbö wirbelte einen Gartenstuhl in die Luft und schleuderte ihn gegen das Terrassenfenster.

Alle schreckten zusammen.

»Jesus!«, rief Cindy und fasste sich ans Herz. »Echt, ich kriege bald einen Herzschlag.«

Ein Sprung in der Scheibe strafte Esthers Worte von eben Lügen. Das Auswechseln des Glases würde bei dieser Größe locker tausend Euro kosten. Sie fuhr sich nervös durchs Haar und wandte sich an Julius. »Haben wir immer noch kein Telefonnetz oder WLAN?«

»Sorry, leider nein. Es ist schon ohne Unwetter schwierig mit dem Empfang im Wald.« Er zuckte die Schultern.

Die erzwungene Untätigkeit nagte an Esther. Irgendwann hielt sie es nicht mehr aus und stand mit einem Ruck auf. »Ich mach uns eine Kleinigkeit zu essen.«

»Ist noch was von dem leckeren Kräutertrank da?«, fragte Rochus.

»Im Kühlschrank habe ich immer einen Vorrat«, antwortete sie. »Wie wäre es mit belegten Brotscheiben dazu?«

»Sehr gern«, stimmten Cindy und Rochus zu.

»Soll ich dir helfen?«, wollte Julius wissen.

»Wieso nicht?«

Gemeinsam mit ihm richtete sie ein Tablett mit Wurstbroten her, dann öffnete sie den Kühlschrank und holte die beiden Glaskaraffen mit dem Kräutertrank heraus.

Julius reichte ihr mehrere Trinkkrüge, die sie mit dem Trank füllte. Dann trug jeder von ihnen ein Tablett ins Speisezimmer. Esther das mit den Wurstbroten, Julius jonglierte mit den Krügen.

Während Esther die Teller mit den Wurstbroten austeilte, reichte Julius jedem einen Krug. Der Hunger war anscheinend ziemlich groß, denn alle machten sich zuerst über das Essen her.

Draußen tobte weiterhin der Sturm, abgebrochene Zweige, Laub und Blütenblätter wirbelten durch die Luft. Blitze zuckten, erhellten den Garten. Anhaltender Donner rollte über das Haus hinweg. Der Regen prasselte gegen die Fenster.

»Gemeinsam werden wir das Kind schon schaukeln und das Unwetter überstehen«, versuchte Esther den anderen Mut zu machen, hob ihren Krug und prostete ihnen zu.

Da zersplitterte mit einem ohrenbetäubenden Geräusch das Glas der Terrassentür. Scherben fielen klirrend ins Innere und verteilten sich auf den Fliesen.

Vor Schreck ließ Esther den Krug auf den Tisch fallen, wo er umkippte, sodass sich Kräuterbrühe auf der Platte ausbreitete.

Julius, Rochus und Cindy sprangen vom Tisch auf. Während Julius und Rochus ihre Krüge fest umklammerten, fiel Cindy ihrer ebenfalls aus der Hand und zersprang auf den Bodenfliesen in ein Dutzend Teile. Der Inhalt verteilte sich spritzend in weitem Umkreis.

Wie ein Berserker bahnte sich eine Gestalt ihren Weg durch die zerbrochene Scheibe. In der Hand hielt sie einen Gartenstuhl, mit dem sie die spitzen Scherben wegschlug. Dann stand der Eindringling vor ihnen, das Gesicht voller Blut, und warf den Stuhl beiseite.

KAPITEL 37

Ungläubig starrte Esther auf den Mann, den sie in der ersten Überraschung für Dominik Danner hielt, der alle in einer Art Amoklauf umbringen wollte. Doch es war nicht Dominik, sondern Jan Kohnle, der heftig atmend vor ihnen stand. Auf seiner Stirn klaffte eine Platzwunde, aus der Blut floss.

Jan blickte sich grimmig um und wischte mit dem Handrücken das Blut von seinem Gesicht. Allerdings verteilte er dabei das meiste, sodass er wie aus einem Horrorfilm entsprungen aussah, was ihn noch unheimlicher wirken ließ.

»*Du*!«, rief Rochus und ballte die Fäuste. »Du arbeitest mit Dominik zusammen, bist sein Komplize. Was für ein Schwein du doch bist!« Dann warf er sich auf Jan. Die beiden Männer rangen miteinander und drehten sich im Kreis. Es sah aus wie ein kurioser Tanz.

»Nein!«, presste Jan mühsam hervor. Vom Regen war seine Kleidung pitschnass, weshalb Rochus Mühe hatte, seinen Gegner richtig zu packen. Obwohl er körperlich Jan weit überlegen war, konnte Letzterer den Ringkampf ausgeglichen gestalten.

Auf den vom Kräutertrank nassen und glitschigen Fliesen glitten die Kämpfenden aus und gingen eng umschlugen zu Boden. Dort wälzten sie sich hin und her, und es sah bald danach aus, dass Rochus die Oberhand behielt, denn er lag auf Jans Oberkörper und seine Hände griffen um dessen Hals.

Allerdings schien Jan Erfahrung im Straßenkampf zu besitzen, denn er drückte Rochus erst den Zeigefinger in die linke Augenhöhle, bis der Koloss laut aufschrie und seinen Griff um Jans Kehle lockerte. Dann krümmte Jan Daumen und Zeigefinger zu einem Halbrund und krallte die Finger um den Kehlkopf seines Gegners zusammen. Mit der nächsten Kraftanstrengung warf Jan ihn von sich herunter und kroch stark schnaufend zur Seite. »Der Böse bin *nicht* ich«, presste er hervor, hievte sich an einem Stuhl hoch und kam wankend zum Stehen.

Zwischenzeitlich hatte sich Cindy eine leere Wasserflasche geschnappt und wollte sie Jan gerade über den Schädel ziehen.

»Stopp!«, schrie da Esther aus einer inneren Eingebung heraus.

»Was?«, antwortete Cindy, hielt aber in der Bewegung inne.

»Tu bitte, was Esther sagt!« Jan schnaufte immer noch schwer, fügte aber hinzu: »Und trinkt unter keinen Umständen von Esthers Kräutersaft. Der ist vergiftet!«

»Frechheit!«, gab Esther erbost zurück. »Cindy, brat ihm doch eins über.«

Cindy holte aus.

»Dominik hat deinen Trank mit Giftkräutern vermischt, er wollte euch alle umbringen«, fügte Jan hinzu.

Und wieder hielt Cindy inne, schaute verständnislos von Jan zu Esther und wieder zu Jan.

Rochus richtete sich auf und röchelte: »*Deshalb* dein irrer Auftritt?«

»Was sollte ich denn machen?«, verteidigte sich Jan und hob hilflos die Hände. »Von draußen sah ich, wie ihr gerade das Gesöff in euch reinschütten wolltet. Meine

Rufe habt ihr nicht gehört bei dem Getöse. Deshalb habe ich den Blumenkübel durch die Scheibe geworfen. Wenn du nicht gleich auf mich losgegangen wärst, hätte ich euch das alles in Ruhe erklären können.«

»Entschuldige!«, kam es von Rochus. »Aber wir sitzen hier, haben keinen Kontakt zur Außenwelt, der Killer Dominik ist verschwunden und unsere Nerven sind gerade ein bisschen angespannt.« Rochus hob die linke Hand und führte Daumen und Zeigefinger bis auf wenige Millimeter zusammen. »Aber woher wusstest du von Dominiks Plan …?«

Von draußen wehte der Wind herein und zerzauste nicht nur Esthers Haare, auch Rochus' wilde Mähne flatterte. Esther sagte: »Wir warten darauf, dass Aaron irgendwie nach Starnberg kommt und Hilfe holt.«

»Da könnt ihr lange warten. Dominik hat Aaron überwältigt und in eine Jagdhütte gesperrt. Durch Aaron weiß ich auch von Dominiks Vorhaben.«

»Und diese Hütte hast du zufällig gefunden?«, fragte Esther misstrauisch.

Rochus und Julius stellten sich vor sie, bildeten einen Schutzwall, hinter den sich jetzt auch Cindy zurückzog.

»Euer Misstrauen ist verständlich, aber es war wirklich Zufall. Ich war schon zu Hause in Heidelberg bei meiner Frau, als ich gemerkt habe, wie sehr mir der Gartenkurs gefehlt hat. Wie ihr alle mir gefehlt habt. Ich hatte so viel Freude wie schon lange nicht mehr in meinem Leben. Echt, die Gartensache hat Riesenspaß gemacht. Deshalb war ich auch so sauer über euren Vertrauensbruch, als ihr mein Zimmer durchwühlt habt. Aber als ich daheim in Ruhe nachgedacht habe, bin ich zu dem Schluss gekommen, dass ihr gute Gründe dafür gehabt habt. Deshalb bin ich zu meiner Frau, habe ihr die Wahrheit gesagt und dass ich zurück nach Starnberg fahren möchte.«

»Was hat sie geantwortet?«, wollte Rochus wissen.

»Dass ich mich sputen soll! Dass ich den Gartenkurs nicht sausen lassen und meine Gartler nicht im Stich lassen kann.«

Rochus nickte. »Gute Frau!«

»Richtig. Allerdings habe ich ihr nichts von der Mordermittlung erzählt. Wahrscheinlich hätte sie mich dann doch nicht ziehen lassen.«

»Gut möglich«, stimmte ihm Esther zu. »Weiter«, forderte sie ihn mit einer Handbewegung auf.

»Also habe ich mich heute Mittag ins Auto gesetzt und bin die dreihundertfünfzig Kilometer hierhergefahren. Freitags ist natürlich die Hölle los auf der Autobahn, deshalb habe ich deutlich über vier Stunden gebraucht und bin in Starnberg mitten während dieses höllischen Sturms eingetroffen. Mit meiner Karre kam ich deshalb nicht weit in den Wald. Mehrere Bäume haben den Weg blockiert. Als ich ausgestiegen bin, habe ich einen dicken Ast gegen die Stirn bekommen. Daher meine Wunde da oben.« Jan zeigte mit dem Zeigefinger drauf. »Anschließend ist mir im Wald leider etwas die Orientierung abhandengekommen, ich habe mich furchtbar verlaufen. Als ich auf die Hütte gestoßen bin, dachte ich eher an einen Unterschlupf vor dem Orkan und wollte mich dort in Sicherheit bringen. Aber drinnen fand ich Aaron an einen Stuhl gefesselt. Er hat erzählt, dass es Dominik war, der ihn überrumpelt hat. Außerdem war überall dieses Giftzeugs verteilt. Blauer Eisenhut, Jakobskreuzkraut und andere Pflanzen. Dazu Utensilien, um ein Giftgesöff herzustellen. Aaron hat sofort auf den Kräutertrank getippt und eine Vergiftung vermutet.« Jan wankte leicht und stützte sich mit der Hand an der Tischkante ab. »So, jetzt wisst ihr alles.«

»Wo ist Aaron jetzt?« Esther schaute an Jan vorbei auf die Terrasse.

»Noch in der Hütte.«

»Du hast ihn zurückgelassen?«, empörte sich Julius.

»Hey, er ist verletzt und nicht gut zu Fuß. Ich schätze, er hat eine ordentliche Gehirnerschütterung abbekommen. Ein Wunder, dass sein Kopf so gut funktionierte und er mir überhaupt etwas verraten konnte. Außerdem war *er* es, der *mich* aufforderte, möglichst rasch zur Pension zu rennen. Er hatte Angst um euch. Und wie ihr seht, bin ich gerade rechtzeitig gekommen, um einen Giftanschlag zu verhindern.«

Esther rieb sich nachdenklich das Kinn. »Deshalb war Dominik so interessiert an den Giftpflanzen und hat immer wieder nachgefragt, als ich euch davon erzählt habe. Schon vor Tagen muss in ihm der Plan für eine Vergiftung gereift sein.«

Der Wind trieb Regen durch die zerborstene Schiebetür, die Fliesen glänzten nass. »Wir müssen die Tür abdichten, sie hat keinen Rollladen«, drängte Julius. »Ich hole eine Spanplatte aus der Garage und mache mich an die Arbeit, ihr solltet euch um Aaron kümmern und ihn in die Pension bringen. Da wir gerade keinen Arzt verständigen können, gehört er wenigstens notdürftig versorgt. Vor allem muss er vor Dominik in Sicherheit gebracht werden. Nicht, dass der Kerl in die Hütte zurückkommt und bei Aaron beendet, was er begonnen hat.«

Nachdem Esther und die anderen drei Gartler sich mit Regenjacken, wetterfesten Hosen, Stiefeln und Schirmmützen ausgerüstet hatten, gab sie jedem eine Taschenlampe. Gemeinsam marschierten sie durch den Garten. Kurz bevor sie beim Tor ankamen, blieb Esther stehen. Irgendetwas nagte an ihr, ein Gedanke, den sie nicht fassen konnte. Eine Unklarheit, die nicht logisch war, tauchte aus dem Nebel auf, kristallisierte sich zu einem Bild, das aber sofort wieder in seine Einzelteile zerfiel.

Cindy hielt neben ihr an, während Jan und Rochus weitergingen. »Was ist?«

»Geht schon mal vor, ich habe was vergessen und komme gleich nach.«

»Sollen wir auf dich warten?«

»Nein, Cindy, ich brauche nicht lange.«

Als Esther durch den Garten lief, hörte sie ihren Mann, wie er in der Garage nach der Spanplatte suchte, die er vor die Schiebetür nageln wollte. Sie lief durch die kaputte Terrassentür, passte auf, sich nicht an Glasscherben zu schneiden, und blieb einen Moment im Zimmer stehen. Sie betrachtete die Fliesen, während ihr von hinten der Wind um den Körper blies und ihre Regenkleidung flattern ließ. Besah sich die Bescherung mit den zerbrochenen Krügen und dem vom Kräutersaft klebrigen Boden. Musterte die einzigen heil gebliebenen Krüge von Julius und Rochus. Abgestellt auf einem der Tische und seitdem nicht mehr beachtet. Esther schnappte sich beide Krüge und eilte in die Küche, öffnete den Kühlschrank. Dort hatten am Nachmittag zwei vorbereitete Karaffen ihres selbst gemachten Kräutertranks gestanden. Eine war komplett geleert worden, Esther hatte sie in die Spüle gestellt. Die andere war noch zu einem Drittel gefüllt, Julius hatte sie wieder in den Kühlschrank getan, nachdem er sich selbst eingeschenkt hatte. Esther untersuchte die Trinkkrüge von Rochus und Julius, roch daran, fand zuerst keinen Unterschied. Bis auf eine kleine, nur minimale Änderung in der Farbe. Kaum zu erkennen, aber Esther fiel es bei näherem Hinsehen doch auf. Wahrscheinlich, weil sie den Trank schon so oft hergestellt hatte. Sie schloss die Augen und roch ein weiteres Mal am Inhalt der beiden Krüge. Jetzt bemerkte sie doch einen winzigen Unterschied, den nur eine Kennernase wie die ihre festzustellen vermochte. Im Anschluss verglich sie den Inhalt der Karaffen. Die in der Spüle war leer, nicht einmal ein letzter Tropfen war noch vorhanden. Sie war anscheinend mit Wasser ausgespült worden. War sie das gewesen? Esther konnte sich nicht daran erinnern. Jetzt überprüfte sie die Karaffe aus dem Kühlschrank, roch lange daran, bis sie sich endlich sicher war. »Was hat das zu bedeuten?«, fragte sie sich halblaut.

Aus dem Speisezimmer hörte sie das Geräusch eines Akkuschraubers. Das Tosen des Windes, das Plätschern von Wasser nahm ab. Julius hatte offenbar die Platte angebracht. Esther kehrte in den Speiseraum zurück und trat ans Fenster neben der Schiebetür.

Julius ging gerade in den Garten, auf dem Kopf eine Schildmütze. In der Hand hielt er immer noch den Akkuschrauber. Er blieb stehen, stand einfach da im strömenden Regen und blickte zum Wald. Da, wo vorhin Esthers Gartler verschwunden waren, um Aaron zu helfen. Der Regen prasselte auf seine Mütze und die Regenjacke. Julius wandte sich abrupt nach links, wo die Gartenhütte lag.

Esther legte die rechte Wange an die Scheibe, um sehen zu können, wohin ihr Mann lief. Nein, er *lief* nicht bloß, er *rannte*. Hatte er was Besonderes gesehen, weshalb er sich so beeilte?

Esther fasste einen Entschluss, wandte sich um und

durchquerte die Pension bis zur Haustür, aus der sie hinausschlüpfte. Der Orkan übertönte jedes Geräusch der normalerweise knarrenden Eingangstür. Esther schmiegte sich an die Hauswand und lugte um die Ecke. Putz kitzelte an ihrer Wange.

Julius lief an der Pension vorbei in den Wald, er schlug allerdings eine ganz andere Richtung ein als die Gartler. Also wollte er nicht zur Jagdhütte, wo Aaron gefangen gehalten wurde.

Esther folgte ihm in sicherem Abstand. Es ging im Zickzack durch den Wald, ungefähr zweihundert Meter tief hinein. Zum ehemaligen Luftschutzbunker.

Was wollte Julius dort?

Vorsichtig näherte sie sich dem früheren Schutzraum. Eingebettet in die natürliche Umgebung eines Hügels war dieser auf Anhieb gar nicht als solcher zu erkennen. Hinzu kam, dass sich die Natur im Laufe der Jahre zurückgeholt hatte, was ihr beim Bau des Bunkers genommen worden war. Mittlerweile war er total zugewachsen, lediglich die Öffnung hatten Esther und ihr Mann freigelegt, dort das Gestrüpp beseitigt und nachträglich eine massive Holztür mit Eisenbeschlägen eingebaut. Der größte Teil der Anlage lag sowieso unter der Erde.

Die Tür war nur angelehnt, der Riegel zurückgezogen. Aus dem Inneren drangen gedämpfte Geräusche, durch einen Spalt schimmerten Streifen von gelbem Licht nach draußen. Unschlüssig verharrte Esther einige Augenblicke und lauschte. Trampelnde Schritte näherten sich von innen der Bunkertür. Esther machte rasch ein paar Schritte zur Seite und verschwand im Dunkel mehrerer Bäume.

Die Tür wurde aufgestoßen, Licht erhellte den Eingang. Julius kletterte heraus, hielt kurz inne. Sah nach links und rechts, warf einen Blick nach unten in den Schutzraum. Bückte sich und schloss die Tür, schob den Riegel vor. Stapfte schließlich davon.

Esther wartete, bis das Dunkel des Waldes ihren Mann verschluckt hatte. Verharrte noch weitere zwei bis drei Minuten, um sicherzugehen, dass Julius nicht zurückkehren würde. Dann öffnete sie den Bunker und trat ein, schummriges Licht empfing sie. Sie kletterte ein Dutzend gemauerte Stufen in die Tiefe, musste ihren Körper gebückt halten, um sich nicht den Kopf an der Decke anzustoßen.

Erst als sie unten angekommen war, konnte sie sich in einem circa fünf mal fünf Meter großen Raum aufrichten. Das Licht stammte von einer Glühlampe an der Decke, welche mit einer Autobatterie betrieben wurde. Der Innenraum bestand aus einem massiven Betonwürfel. Julius hatte Teile der Wände allerdings mit Ziegelsteinen hochgemauert, um eine angenehmere Atmosphäre zu schaffen. Einen Entlüftungsschacht gab es gegenüber dem Eingang. Kisten mit verschiedensten Weinen standen neben Kartoffelsäcken und Regalen mit Äpfeln und Birnen. Nichts Neues, aber etwas war ganz und gar anders.

Vor Schreck schlug sie die Hände vor den Mund, um einen Aufschrei zu unterdrücken.

KAPITEL 38

In Esthers Kopf herrschte absolutes Chaos, sie versuchte das Wirrwarr zu verstehen, aber sie begriff es nicht. Denn sie entdeckte …

»*Dominik?*«

Der Angesprochene hob den Kopf und blickte sie mit dem linken Auge an, das andere war komplett zugeschwollen. Eine bereits getrocknete Platzwunde auf der Stirn und Kratzer an der Wange zeugten von weiteren Verletzungen, die er sich offensichtlich nicht selbst zugefügt hatte. Dominik saß zusammengesunken auf einem Holzstuhl, mit Stricken an Händen und Füßen an Lehne und Stuhlbeine gefesselt, in seinem Mund steckte ein schmutziges Tuch als Knebel, um das ebenfalls ein Strick gebunden war, damit er ihn nicht ausspucken konnte.

»Mein Gott, Dominik, was ist passiert?«, flüsterte Esther und trat näher, begutachtete den jungen Mann aus der Nähe. Er schien kaum bei Bewusstsein zu sein. Wahrscheinlich bekam er wenig Luft. Schnell wollte sie den Knebel entfernen, aber das war schwieriger als gedacht, denn der verknotete Strick ließ sich schwer lösen. Nach langen und mühevollen Momenten, die ihr wie eine Ewigkeit vorkamen, schaffte sie es endlich, warf den Strick beiseite und zog den Knebel aus seinem Mund.

Dominik atmete erleichtert auf, sog tief die Luft ein.

»Esther, du …«

»Pssst!«, mahnte sie und legte ihm den Zeigefinger an die Lippen. »Erhol dich erst mal.«

»Kei-keine Zei-t«, stammelte er und nestelte an seinen Fesseln.

Esther blickte sich um und suchte nach einem Messer, mit dem sie die Stricke schnell durchschneiden könnte.

»Du-du musst fliehen!«, kam es stöhnend aus seinem Mund. »Julius! Er kommt zurück.«

»Nein, ich habe ihn weggehen sehen.« Esther schaffte es nicht, den Vornamen ihres Mannes auszusprechen. Die ganze Tragweite dessen, was sie zuvor in der Küche rausgefunden hatte, lag vor ihr. Der Inhalt des Kruges von Rochus war eindeutig mit einer anderen Flüssigkeit gefüllt gewesen als der von Julius. Sie hatte den Unterschied an der Farbe und am Geruch erkannt. Der von Rochus war ganz klar mit einem Zusatz versehen worden. Julius' Krug dagegen war nicht vergiftet gewesen. Was nur eines bedeuten konnte: Ihr Mann hatte gewusst, welche der beiden Karaffen gepanscht war. Weil er selbst für deren Inhalt verantwortlich gewesen war! Dennoch schien ein Großteil ihres Gehirns die harte Wahrheit zu verleugnen. Wollte nach einer anderen Erklärung suchen. Wollte nicht eingestehen, was für ein Monster ihr Mann Julius tatsächlich war. Wie konnte sie sich in ihm nur so täuschen! All die Jahre schienen sie eine harmonische Ehe geführt zu haben. War er schon immer ein Monster gewesen oder erst eins geworden? Und wann hatte die Verwandlung stattgefunden?

»Da-da-das ist ei-eine Falle!«

Noch ehe Esther begriff, was Dominik sagte, wurde sie von hinten umklammert wie von einer Würgeschlange, bis ihr beinahe die Luft ausging. Sie zappelte, doch irgendwann hatte sie keine Kraft mehr. Als sie zu keiner Gegenwehr mehr fähig war, wurde sie grob zu Boden gestoßen und wurden ihr die Hände auf den Rücken gefesselt. Danach wurde sie zu einer Wand geschleift und dort mit dem Rücken dagegengelehnt. Esther sah auf und in das wutverzerrte Gesicht ihres Mannes.

»Julius, was tust du da?«

»Das, wozu du mich getrieben hast!«, spie er aus. »Meinst du, ich habe das gewollt?« Er hob in einer hilflosen Geste die Arme. »Meinst du, ich habe das *alles* hier gewollt?«

»Dominik ist gar nicht der Mörder, den wir suchen. Das bist *du*? Oder seid ihr doch Komplizen?«

»Ha, *Komplizen*? Nein, dieser kleine Mistkerl war drauf und dran, mich auffliegen zu lassen.«

»Julius, das bist doch nicht du. Lass mich frei, wir können über alles reden.«

»Können wir nicht, es ist zu spät. Ich habe es verbockt, Esther. Das habe ich wirklich. Und ich kann nicht mehr zurück. Sonst müsste ich in den Knast. Das kann ich nicht, das will ich nicht, und das werde ich nicht.«

»Was hast du vor?« Ihr schwante Übles.

»Es tut mir leid.«

»Wir sind ein Ehepaar!«

»Das spielt keine Rolle mehr, mein Schatz.«

»Nenn mich nicht so!«

Julius starrte sie an.

»Was ist passiert, Julius? Bitte sag es mir. Das bist du mir schuldig.«

Er schritt unruhig im Bunker auf und ab, seine Augen waren blutunterlaufen, er blickte sich immer wieder gehetzt um. Wie ein Raubtier, das gejagt wurde.

»Lena, diese Schlampe, hat mich erpresst!«

»Erpresst, ich verstehe nicht. Aus welchem Grund?«

Julius sah sie mitleidig an. »Du hast es noch immer nicht durchschaut?«

»Durchschaut, was de...?« Sie hielt geschockt inne. Wäre sie nicht gefesselt, hätte sie vor Schreck die Hände vor den Mund geschlagen. »*Du!* Du und Lena, ihr hattet was miteinander! Du bist auf sie reingefallen, deshalb hatte sie dich in der Hand.«

»Ganz genau! Dieses durchtriebene Stück hatte es von Anfang an auf Kohle abgesehen, auf nichts anderes. Immer mehr wollte sie. Irgendwann hat sie gedroht, dir alles zu offenbaren. Alles wäre vorbei gewesen, unsere Ehe, *alles*!«

»Julius, wie konntest du nur? Ich dachte, wir lieben uns.«

»Ich liebe dich noch immer.«

»Dann binde mich los.«

»Nein, zu spät.«

»Was willst du tun, mich umbringen?«

Er sah sie an, mit Tränen in den Augen.

»Das hat er vor«, mischte sich Dominik ins Gespräch ein. »Das hat er mir gegenüber erwähnt. Und *mir* wollte er den Mord an dir, an euch allen, in die Schuhe schieben.«

Panik ergriff von Esther Besitz, sie zerrte an ihren Fesseln.

»Das ist zwecklos, die sitzen bombenfest«, versicherte Julius und lehnte sich an die Wand gegenüber, verschränkte die Hände hinter dem Rücken.

»Daher unsere Geldprobleme«, kam es Esther plötzlich in den Sinn. »Du hast meine Ersparnisse veruntreut. Von wegen ›schwierige Weltlage an den Börsen‹.«

»Ganz so ist es nicht. Zuerst habe ich *mein* Konto geleert. Ich war so ... *verliebt*, nicht mehr Herr meiner Sinne. Verstehst du?«

»Nein, ich verstehe ganz und gar nicht. Du hast mich hintergangen, mich mit einer anderen Frau betrogen! Deine Worte von eben.« Sie verzog das Gesicht und äffte ihn nach: »*Ich liebe dich noch immer.*« Esther spuckte aus. »Von wegen!«

Julius sprach weiter, als ob er ihre Wutrede gar nicht gehört hätte. »Ich habe Lena Geschenke gemacht, *teure* Geschenke. Habe ihr dies und das spendiert. Doch sie wollte immer mehr, stellte Forderungen. Anfangs gab ich nach, hob Geld ab, bis mein Konto leer war. Dann fing das mit der Erpressung an. Lena schickte mir Bilder, verfängliche Bilder. Erst da habe ich angefangen, *dein* Geld zu nehmen. Esther, es tut mir leid, ich hatte keine Wahl. Lena hat mich in die Enge getrieben. Aber dann war endgültig Schluss, das habe ich ihr am Telefon gesagt. Sie wollte nicht hören, ist irgendwann in Starnberg aufgetaucht. Ich wollte sie beschwichtigen, ihr eine letzte Geldsumme übergeben. Wir haben uns heimlich getroffen. Im Wald hinter der Pension, es war der erste Abend mit deinen Gästen. Ich dachte, ein Treffen mit ihr würde nicht auffallen. Es kam zum Streit, die Situation eskalierte. Es war … keine Absicht.«

»Keine *Absicht*? Du hast sie umgebracht, heimlich weggeschafft und einfach im Wald verscharrt!«

»Was hätte ich denn tun sollen? Da mir bereits die alte Mühlenböck auf die Schliche gekommen war …« Julius biss sich auf die Lippe, sah betreten zur Seite.

»Moment, was sagst du da? Du hast nicht wirklich was mit dem Verschwinden von Theresa Mühlenböck zu tun?! Sag, dass das nicht wahr ist. Frau Mühlenböck ist eine alte Frau.«

Julius' Kiefer mahlten.

»Sie ist dreiundsiebzig!«

»Und eine verdammt neugierige alte Schachtel«, giftete Julius und blickte sie aus Augen an, die ihr plötzlich so fremd waren.

»Du hast dich in eine verfahrene Situation gebracht.«

Er lachte auf. »Das kannst du laut sagen.«

»Bitte sag, dass Frau Mühlenböck irgendwo gefangen ist. Angebunden in einem kalten Loch wie Dominik und ich.«

»Sie ist tot, seit Tagen schon«, kam es von Julius. »Die Alte hat mich bei einem meiner Telefonate mit Lena belauscht und ihre Schlüsse daraus gezogen. Warf mir vor, meine liebe Ehefrau zu hintergehen. Die Mühlenböck wollte sich dir anvertrauen, das musste ich verhindern! Ich habe ihre Leiche im Wald bei Possenhofen vergraben, in der Nähe vom Seeufer. Niemand wird sie finden. Wäre ich doch bei Lena auch so sorgfältig vorgegangen, ich hätte mich woanders mit ihr treffen sollen. Dann hätten du und deine Gartler mir nicht dazwischenfunken können. Beinahe hättet ihr mich mit der toten Lena erwischt, ich konnte gerade noch hinter den Bäumen abtauchen. Glücklicherweise wart ihr unvorsichtig. Dieser Rochus passte nicht auf, musste unbedingt zum Pissen und hat die Leiche aus den Augen gelassen. Zu meinem Glück!« Julius lachte laut auf. »So gelang es mir, die Tote wegzuzerren und verschwinden zu lassen.«

»Das ... war so kaltblütig von dir. Ich kenne dich nicht mehr.«

Julius ballte die Fäuste. »Ich kenne mich selbst nicht mehr. Lena ist schuld!«

»Nein«, fauchte Esther. »Gib nicht ihr die Schuld. Sie mag eine Kriminelle gewesen sein, eine Betrügerin. Aber den Anfang hast *du* gemacht, hast mich hintergangen, bist auf eine vermeintliche Liebesbeziehung reingefallen. Als Höhepunkt warst du nicht imstande, zu deiner Tat zu stehen. Nein, du hast sogar Geld veruntreut. *Mein* Geld, *meine* Ersparnisse. Zu guter Letzt hast du Lena Sommer getötet. Außerdem eine harmlose alte Dame. Hat Lydia dich auch erpresst, oder wie passt ihre Ermordung ins Bild?«

»Dass Lena eine Schwester hatte, wusste ich nicht. Von einer Zwillingsschwester ahnte ich erst recht nichts. Als sie in der Pension eingecheckt hat, da hat mich beinahe der Schlag getroffen. Sie wusste nicht nur von den Spielchen ihrer Schwester, sondern hat die Machenschaften sogar unterstützt. Lydia hat mir erzählt, dass eigentlich sie selbst immer die Haupttäterin war und Lena ihr lediglich geholfen habe. Ich sei der erste Versuch von Lena gewesen.« Julius stieß sich von der Wand ab, ballte die Hände zu Fäusten. »Genauso hat Lydia es ausgedrückt. Ein erster *Versuch*. Weil in der Vergangenheit was nicht so gut gelaufen war, sollte Lena jetzt den Köder für die Männer spielen. Als Lena nicht mehr auf die Anrufe ihrer Schwester antwortete, hat Lydia mich aufgesucht. Sie wusste immerhin, dass Lena mich am Haken hatte. Leider hat Lydia eins und eins zusammengezählt, als sie von einer verschwundenen Blondine im Wald hörte und mich dafür verantwortlich gemacht. Sie ahnte natürlich, dass ihre Schwester nicht mehr am Leben war.«

»Du warst ja auch verantwortlich dafür!«, schimpfte Esther. »Vergiss das nicht.«

»Mir blieb schon wieder keine andere Wahl«, fuhr Julius ungerührt fort.

»Ach, du *Armer* musstest schon wieder töten«, spottete sie. »Verzeih mir, wenn ich nicht in Mitleid ausbreche.«

»Ich habe bereits drei Menschen auf dem Gewissen. Es

stimmt übrigens, was man so hört, wenn man sich Dokus über Mehrfachmörder ansieht.« Er machte eine kurze Pause. »Mit jedem weiteren Mord wird es tatsächlich leichter. Frau Mühlenböck war sozusagen ein Erstversuch, ich bin erleichtert, dass es geklappt hat.«

»Was soll da leichter werden, wenn du deine eigene Frau tötest?«, schaltete sich Dominik in das Gespräch ein. Bislang hatte er mit entgeistertem Gesichtsausdruck zugehört.

»Was hattest du eigentlich mit Dominik geplant?«, fragte Esther mit einem Nicken in Richtung des jungen Mannes.

Julius räusperte sich. »Dominik war eine göttliche Fügung des Schicksals«, triumphierte er. »Natürlich brauche ich einen Sündenbock für die Morde.«

»Mich!«, echauffierte sich Dominik und riss an seinen Fesseln.

»Ich sagte doch schon, das ist sinnlos«, kommentierte Julius dessen Befreiungsversuche. »Aber um auf meinen Sündenbock zurückzukommen, Esther. Ich bekam hautnah mit, wie du und deine Hobbydetektive während eurer Ermittlungen bald diesen und bald jenen verdächtigten. Mir kam anfangs tatsächlich in den Sinn, die Morde dem Eremiten in die Schuhe zu schieben. Aber da zuerst Gabler und dann du an dieser Theorie zweifelten, habe ich mich nicht weiter um ihn gekümmert. Interessanter war anfangs Jan Kohnle. Der Geschäftsmann verhielt sich so verdächtig, dass ich beinahe selbst daran glaubte, er wäre mein Partner. Aber dann kam Dominik ins Spiel, meine Wunschlösung. Als sich herausstellte, dass es eine Verbindung zwischen ihm und den Sommer-Schwestern gab, weil sein Vater ebenfalls ein Erpressungsopfer der beiden war, wurde mir klar, dass er mein Top-Kandidat für den Job des Dummen ist.«

»Das glaubt dir niemand«, ätzte Dominik.

»Frag mal Esther und deine Gartenfreunde.« Julius grinste hyänisch.

Dominik wandte sich an Esther. »Er lügt und will mich provozieren, stimmt's?«

Esther wand sich unter Dominiks Blicken. »Nun ja, er liegt nicht ganz daneben mit seiner Äußerung.«

»Nein! *Du* hast mich für den Mörder der Schwestern gehalten?«

»Meine Güte, du hast dich nicht gerade unverdächtig benommen, bist sogar in Lydias Zimmer eingebrochen.«

»Woher wusstest du …?«

»Weil ich dich von meinem Balkon aus gesehen habe«, unterbrach sie ihn. »Vorher hast du den Weiher abgesucht. Nach Spuren von dir, wie ich vermutet habe. Außerdem hat Aaron in deinem Zimmer …«

»Aaron war in meinem Zimmer?«

»Genau.«

»Dazu hatte er kein Recht.«

»Wie du bei Lydias Zimmer«, gab sie Kontra.

Dominik ließ das Kinn auf die Brust fallen.

»Siehst du, Dominik«, sagte Julius. »Der ideale Sündenbock! Alle haben dich für schuldig gehalten. Wieso sollte die Polizei das nicht ebenfalls tun?«

Esther zog die Beine unter ihr Gesäß. »Du hättest uns die Wahrheit über deinen Vater erzählen sollen. Wir wissen, dass Lena Sommer ihn in den Tod getrieben hat.«

Dominik hob sein Kinn, blickte Esther in die Augen. »Woher …? Ach ja, die Briefe. Die muss Aaron in meinem Zimmer gefunden haben.«

»Du hattest ein Motiv für die Morde«, erklärte Esther. »Und dann die Sache mit den zwei Nachnamen. Eingecheckt hast du dich als Dominik Danner ...«

»Das ist der Geburtsname meiner Mutter, den werde ich in Zukunft tragen. *Rimminger* will ich nicht mehr heißen.«

»Das war schon alles verdächtig. Deshalb glaubten wir ...« Esther brach mitten im Satz ab.

»Niemals wäre ich zu einem Mord fähig«, verteidigte sich Dominik. »Ich wollte den Sommer-Schwestern nur ihre kriminellen Machenschaften nachweisen und sie vor Gericht bringen. Das bin ich meinem Vater schuldig. Auch wenn er meine Mutter und mich betrogen hat.«

Julius hob den Zeigefinger seiner rechten Hand wie ein Lehrer. »Eine Frage habe ich noch, Dominik. Wieso bist du eigentlich genau an jenem Tag in der Pension aufgetaucht, als ich mich mit Lena getroffen habe? Das kann kein Zufall gewesen sein.«

»War es auch nicht!«, entgegnete Dominik. »Lydia und Lena spüre ich schon Wochen hinterher, habe sie beschattet und ausgekundschaftet. Irgendwann habe ich aufgeschnappt, dass Lena nach Starnberg in diese Pension will. Lydia und Lena sprachen in der Öffentlichkeit immer in Codeworten, aber für mich war klar, dass es um eine weitere Erpressungsgeschichte ging.« Dominik stöhnte. »Ich konnte doch nicht ahnen, dass ich in eine Mordsache schlittere!«

Julius nickte zufrieden. »Dann wäre das geklärt. Eigentlich hätte ein Giftanschlag deine Schuld untermauern sollen.«

»Und wie sollte es danach weitergehen?«, wollte Esther wissen.

»Das ist der Zeitpunkt, an dem *ich* ins Spiel gekommen wäre. Übrigens ist es nicht so, dass ich mit dem vergifteten Kräutertrank euch alle umbringen wollte.« Julius spitzte die Lippen. »Zu unsicher! Die Frage der Dosierung war schwierig. Tranken auch wirklich alle von dem Zeug? Wenn ja, wie viel? Zu viele Unwägbarkeiten. Nein!« Er schüttelte den Kopf. »Die Vergiftung diente lediglich dazu, weitere Schuld auf Dominik zu laden. Quasi ein weiteres Mosaiksteinchen seiner Täterschaft. Ich wollte wirklich nicht, dass durch den Umtrunk jemand stirbt, am wenigsten du, liebe Esther. Du hättest bestimmt überlebt. Vielleicht hätten alle überlebt.«

»Aber wissen konntest du es nicht mit Bestimmtheit. Es wäre dir ganz recht gekommen, wenn wir alle jämmerlich verreckt wären.«

Das Schweigen von Julius erklärte alles.

»Du verdammter Mistkerl! Wie hätte dein weiterer Plan ausgesehen?«

»Natürlich hätte ich meine eigene Vergiftung vorgetäuscht und vorgegeben, Hilfe zu holen. Vielleicht hätte ich später sogar einen kleinen Schluck des vergifteten Tranks genommen, um glaubwürdiger rüberzukommen und Rückstände in meinem Blut nachweisen zu können. Anschließend wäre mir zufällig der Übeltäter Dominik in die Hände gelaufen, als er sich vergewissern wollte, ob sein Plan mit der Vergiftung funktionierte. Bei einem heldenhaften Zweikampf mit mir wäre er unglücklich gefallen und an seinen Verletzungen gestorben. Vorher hätte er mir noch seine Schuld bestätigt. Niemand hätte was anderes gedacht. Es wäre alles gut gewesen, aber du, Esther, hast alles verdorben.«

»*Verdorben?* Ich habe alles *verdorben?*«, spie sie aus.

»Ich habe dich *durchschaut*. Okay, Dominik zeigte sich recht interessiert an Giftpflanzen. Das wusstest du, davon habe ich dir erzählt. Er hätte sogar Jakobskreuzkraut, Herbstzeitlose und die Vogelbeeren finden, pflücken und zusammenmanschen können. Aber *niemals*«, Esther holte tief Luft, »niemals hätte er den Standort des Blauen Eisenhuts herausfinden können. Wo er bei uns im Wald wächst, das weiß außer mir nur einer, nämlich *du*, Julius.«

Ihr Mann blickte sie traurig an. »Ein blöder Fehler von mir.«

»Dir ist ein weiterer Fehler unterlaufen. Du warst schlampig, als du Lena Sommer bloß oberflächlich verscharrt hast. Deshalb haben wir die Leiche überhaupt erst finden können.«

Julius nickte. »Schade, sonst wärst du mir wahrscheinlich nie draufgekommen. Jetzt lässt du mir keine Wahl, als dich auch aus dem Weg zu räumen.«

»Damit kommst du nicht durch!«

»Oh doch, das werde ich. Allerdings muss ich meinen Plan leicht abwandeln, da das mit dem Kräutertrank dank deiner Einmischung misslungen ist. Nun wird es so aussehen, als hätte Dominik *dich* umgebracht, weil du ihn als Mörder entlarvt hast. Leider bin ich zu spät gekommen und konnte deinen Tod nicht verhindern. In Notwehr habe ich Dominik schließlich erschlagen. Immerhin wollte er mich ebenfalls aus der Welt schaffen.« Julius nahm ein Messer vom Tisch und strich sich die Scheide über die Wange. Er verzog das Gesicht vor Schmerz, Blut quoll aus der Schnittwunde. Dann stach er sich das Messer in den linken Oberarm. »So, es muss schließlich glaubwürdig erscheinen.« Dann wischte er seine Fingerabdrücke vom Messergriff und drückte ihn Dominik in die Handfläche, umfasste dessen Finger und presste sie an den Griff. Warf das Messer auf den Boden. Betrachtete Dominik und anschließend Esther. Nahm einen Kälberstrick und trat hinter seine Frau. Legte den Strick um ihren Hals.

»Nicht einmal in die Augen kannst du mir sehen!«, fauchte sie.

Julius zog den Strick an, bis er Esther in die Haut schnitt. Sie bekam keine Luft mehr. Sterne tanzten vor ihren Augen, Dominik gegenüber verschwand aus ihrer Sicht, denn ihre Lider flatterten. Alles um sie herum begann zu flimmern. Doch mit einem Mal bekam sie wieder etwas Luft und atmete gierig Sauerstoff ein.

»Eins musst du mir noch verraten«, raunte Julius ganz nah an ihrem Kopf. »Wenn du mir hilfst, dann verspreche ich dir, wird dein Tod schnell eintreten.«

»Was willst du?«, spuckte sie geradezu hervor.

»Wo ist der verdammte Stick?«

»Den hast *du* doch gestohlen und uns weisgemacht, Dominik hätte ihn.«

»Stimmt, ich hatte den Stick. Betonung liegt auf *hatte*. Jetzt ist er weg. Du hast ihn zurückgestohlen, Esther. Natürlich, weil du mich durchschaut hast. Also gib ihn mir wieder.«

»Bist du bescheuert? Den beschissenen Lippenstift habe ich nicht.«

»Wenn nicht du, wer dann?«, schrie er.

»Keine Ahnung!«

»Ganz wie du willst«, flüsterte er ihr drohend ins Ohr und zog den Strick wieder zu.

Sie hörte Dominik heiser schreien.

Julius antwortete: »Warte, Dominik, du bist gleich an der Reihe.«

Und wieder tanzten Sterne vor ihren Augen. Sie röchelte, Speichel floss zwischen ihren zusammengepressten Lippen hervor. Die Lider fielen ihr zu. Mit letzter Kraft versuchte Esther, ihre Augen zu öffnen, doch es ging nicht. Die Welt um sie herum versank hinter einem schwarzen Schleier.

KAPITEL 39

Plötzlich gab es einen Tumult, Schreie ertönten! Ein Hund bellte und knurrte. Irgendetwas fiel scheppernd zu Boden, jemand wimmerte.

War das ein Traum?

Der Druck um Esthers Hals ließ nach, sie schnappte hastig nach Luft wie eine Ertrinkende.

Der Krach hörte genauso abrupt auf, wie er angefangen hatte.

Ein grelles Licht schien vor ihr zu tanzen, es kam näher und leuchtete ihr direkt ins Gesicht. Stand sie bereits an der Schwelle zum Jenseits? War dies das berühmte Licht, von dem Leute bei ihrer Nahtoderfahrung sprachen?

»Esther? Esther, bleib bei mir.« Eine Stimme ganz nah an ihrem Ohr. Ruhig, gefasst und beruhigend.

»Wie geht es ihr?«, fragte eine andere Stimme, etwas jünger.

Beide Sprecher kamen ihr bekannt vor.

»Sie atmet noch«, kam die Antwort.

»Binden Sie mich los!« Die junge Stimme klang herrisch.

»Auf gar keinen Fall! Vielleicht sind Sie sein Partner.«

»Bin ich nicht. Wäre ich dann gefesselt?«

»Man sollte nichts ausschließen.«

Langsam gelang es ihr, die Augen zu öffnen. Erst nur einen Spaltbreit, aber dann immer weiter. Eine Taschenlampe wurde vor ihr herumgeschwenkt. Esther blinzelte. Die Taschenlampe verschwand.

An ihrer rechten Hand spürte sie etwas Nasses und Glitschiges. Leckte da eine Zunge über ihre Haut?

»Charlie, sitz!«, befahl eine Stimme. Der dazugehörige weiße Kopf tauchte vor ihrem Gesicht auf.

Sie blinzelte mehrmals.

Eine runde Brille und ein Eremitenbart kamen ihr auf einmal sehr bekannt vor.

»Emil?«

»Der bin ich.«

Sie blickte nach rechts. Emils Border-Collie saß neben ihr, musterte sie mit heraushängender Zunge. Hundespeichel tropfte auf den Boden. Als sie ihn ansah, sprang er auf und legte seine linke Pfote auf ihren Schoß, winselte. War der Hund tatsächlich erleichtert, dass sie noch lebte? Seine verschiedenfarbigen Augen beobachteten sie.

»Gott sei Dank, du lebst!« Der Öko-Emil seufzte erleichtert und sah sich suchend um. »Ich muss dich losschneiden und hier rausbringen. Du brauchst einen Arzt!«

»Wa-was machen Sie hier?«

»Dafür ist später Zeit.«

»Wo ist Julius?«

Emil beugte sich zur Seite.

Esther sah ihren Mann mit dem Bauch auf dem Boden liegen, das Gesicht zur Seite gedreht. Seine Hände waren mit Stricken auf den Rücken gefesselt. Auch seine Fußgelenke waren aneinandergebunden. An eine Flucht brauchte er nicht mal zu denken. Da hatte ein Profi Hand angelegt. Der Öko-Emil!

Als hätte er ihre Gedanken gelesen, erklärte er: »Es lagen genug Kälberstricke rum, ich musste mich nur bedienen, nachdem der Dreckskerl überwältigt war.«

Julius versuchte gerade, sich auf den Rücken zu wälzen.

»Charlie!«, rief Emil.

Der Hund wandte sich von Esther ab und sprang zu dem Gefangenen. Knurrte ihn an. Tänzelte um ihn herum und fletschte die Zähne.

»Haltet den Köter von mir fern! Er hat mir den Unterarm zerbissen. Ich brauche dringend einen Notarzt.«

»Der Hund hat …?«, begann Esther.

»Richtig«, sagte der Öko-Emil. »Als ich durch die Tür getreten bin, ist Charlie sofort auf Julius los.«

»Ich dachte, er beißt nicht«, wunderte sich Esther, die langsam wieder klarer denken konnte.

»Dachte ich auch. Bis eben. Anscheinend kann er es doch, wenn er wirklich will.« Der Eremit lachte leise. »Bin ihm allerdings nicht böse deswegen. Er hat dir das Leben gerettet. Und mir vielleicht auch. Ich weiß nicht, ob ich alleine diesen Irren hätte überwältigen können. Aber als Charlie ihm wie eine Klette am Arm hing, konnte ich Julius mit einem Polizeigriff zu Boden ringen. Ein bisschen was ist aus meiner Zeit bei der Polizei noch hängen geblieben.« Er zwinkerte Esther verschmitzt zu.

»Wi-wie-ha-haben Sie mich überhaupt gefunden?«, stammelte sie.

Der Eremit stand auf. »Daran ist mein verdammtes Gewissen schuld«, antwortete er, während er im Regal mit dem Obst wühlte.

»Was suchen Sie?«

»Ein Messer, sonst kann ich dich nicht befreien.«

»Zwischen den Apfelkisten liegt ein Obstmesser.«

»Wo? Ah, ich hab's«, rief er triumphierend und streckte das kleine Messer in die Luft. Als er wieder neben ihr kniete und an ihren Fesseln rumsäbelte, sagte er: »Als du, diese Cindy und ich zusammen im Wald bei Lena Som-

mers Leiche standen, sind mir die Gäule durchgegangen.«
Er zuckte entschuldigend die Schultern.

»Eine verständliche Reaktion angesichts Ihrer Vergangenheit«, räumte Esther ein.

»Das war eine Panikattacke vom Feinsten! Trotzdem hätte ich mich mehr im Griff haben müssen. In mir hat es seitdem genagt, weil ich ständig das Empfinden hatte, dich und deine Gartenfreunde im Stich gelassen zu haben. Und hör endlich auf, mich zu siezen. Ich bin der Emil.«

Ein Gefühl der Wärme erfasste Esther. Der bärbeißige Eremit entpuppte sich als Mann mit harter Schale und weichem Kern. »Danke!«, hauchte sie. »Danke, Emil.«

»Dafür nicht«, winkte er ab. »Jedenfalls habe ich eine ganz üble Vorahnung bekommen, als heute Nachmittag der Sturm aufgezogen ist. Nenn es Intuition oder was auch immer. Aber ich *wusste*, es würde etwas Schlimmes passieren. Deshalb bin ich durch den Wald zu deiner Pension gelaufen.«

»Bei diesem Unwetter, wie gefährlich!«, rief sie.

»Es war der schnellste Weg. Außen rum über die Wiesen wäre es sowieso nicht viel ungefährlicher gewesen.« Emil durchtrennte die Fesseln an ihren Beinen und erzählte weiter. »Gerade als ich an deinem Gartenzaun angelangt bin, habe ich gesehen, wie du hinter deinem Ehemann hergeschlichen bist. Da wusste ich, meine Ahnung war richtig. Also bin ich hinter euch beiden her und habe beobachtet, wie du wiederum den Eingang dieses hübschen Verstecks gemustert hast. Du dachtest wohl, dein Mann hätte dich nicht bemerkt. Hat er aber, denn er hat nach dem Verlassen des Bunkers bloß ein paar Schritte in die Dunkelheit gemacht, bevor er stehen geblieben ist und selbst die Rolle des Beobachters eingenommen hat. Als du den

Bunker betreten hast, ist er zurückgekehrt. Ich habe mir meinen eigenen Reim auf die Ereignisse gemacht und mich schon auf den Rückweg zu meinem Haus gemacht, um den Notruf zu wählen. In dem verfluchten Wald hat mein Handy ja keinen Empfang. Unterwegs bekam ich ein noch mieseres Gefühl, als ich bereits hatte, kehrte aus Sorge um dich um und bin gerade noch rechtzeitig erschienen, denn dein *lieber* Ehemann war gerade im Begriff, dich zu erdrosseln.« Emil wischte sich mit dem Handrücken über die Stirn. »Das wäre geschafft!«, sagte er und warf ihre durchschnittenen Handfesseln zur Seite.

Esther massierte ihre wunden Gelenke, wandte sich von Emil ab und warf Julius giftige Blicke zu. »Dieses Schwein!«

»Wo sind eigentlich die anderen Gäste?«, fragte der Eremit.

»Die sind im Wald und wollen Aaron retten.« Esther setzte den Öko-Emil in kurzen Sätzen ins Bild.

»Verdammt!«, fluchte er. »Das hätte ins Auge gehen können. Wieso hast du meinen Rat nicht befolgt und Tibby verständigt?«

»Weil ... weil ...« Sie senkte schuldbewusst den Kopf.

»Weil ich einen furchtbar harten Dickschädel habe«, vollendete Emil ihren Satz und unterdrückte dabei ein Grinsen. Er wandte sich an Julius. »Dann sind *Sie* also der Mörder von Lena *und* Lydia Sommer!«

»*Und* von Theresa Mühlenböck«, schnappte Esther.

Emil runzelte die Stirn. »Wer?«

»Ein Stammgast, der meinem Mann vor Tagen auf die Schliche gekommen ist. Eine alte Frau. Das war sein erster Mord!«

KAPITEL 40

Nacht auf Samstag, 22. Juni

Esther saß zusammen mit den anderen Gartlern im Speiseraum der Pension. Mit zitternden Händen umklammerte sie ihren Kaffeebecher. Die warme Tasse fühlte sich gut an auf ihrer Haut. Noch immer stand sie unter dem Einfluss der Ereignisse, beinahe wäre sie von ihrem eigenen Ehemann ermordet worden.

Esther biss sich auf die Unterlippe und kaute anschließend auf ihr herum, bis sie Blut schmeckte. Dann leckte sie das Blut ab, nahm eine Serviette und drückte sie auf die verletzte Haut. Mit geschlossenen Augen dachte sie an die letzten Stunden zurück.

Nachdem der Öko-Emil ihr und Dominik das Leben gerettet und den feigen Mörder festgesetzt hatte, war der Eremit auf die Suche nach den anderen Gartlern gegangen. Wieder setzte er sich Gefahren aus, marschierte in den sturmdurchpeitschten Wald, fand die anderen und führte sie zum Bunker. Anschließend brach er zu Fuß nach Starnberg auf und wählte sofort den Notruf, als sein Handy erstmals Empfang hatte. Rettungsfahrzeuge und Polizei wurden daraufhin losgeschickt, unterstützt von der Feuerwehr, welche die umgestürzten Bäume auf dem Waldweg beseitigte. Hauptkommissar Gabler war gleichzeitig mit den ersten Einsatzkräften auf dem Gelände erschienen, hatte sich einen groben Überblick verschafft und die Einsatzleitung übernommen.

Nachdem Esther durch die Rettungskräfte erstversorgt worden war, berichtete sie dem Kommissar, was vorgefallen war. Je länger sie erzählte, desto mehr zogen sich dessen Augenbrauen zu einem wütenden V zusammen, sein Gesicht war eine einzige Gewitterwolke. Mit hinter dem Rücken verschränkten Händen lehnte er an einem Tisch und betrachtete sie mürrisch. Als sie von ihrer illegalen Durchsuchung der Zimmer von Jan Kohnle und Dominik Danner berichtete, schlug er die Hände vors Gesicht.

»Große Güte!«, murmelte er, nahm die Hände herunter und ballte sie zu Fäusten.

»Hat mir auch nicht gefallen«, sagte Jan, was die Situation für Esther nicht besser machte.

»Sie wissen *schon*, dass Sie Beweismaterial zurückgehalten haben?«, sprach Gabler sie auf die bei Dominik gefundenen Briefe an.

»Ach, das war doch noch gar nichts«, winkte Aaron ab. »Die einhundertzwanzigtausend Euro und der Schmuck aus Lydias Auto sind ein ganz anderes Kaliber.«

Mit jeder Minute des Gesprächs war draußen der Sturm weiter abgeflaut, weshalb es jetzt so ruhig war, dass man eine Nadel auf den Boden hätte fallen hören. Die ersten Sonnenstrahlen kämpften sich mühsam den Weg durch die Wolken frei und fielen in schmalen Streifen mitten in den Pensionsgarten. Eigentlich idyllisch, bis auf den Wutschrei, den Gabler nun ausstieß. Mit hochrotem Kopf deutete er mit dem Finger in die Runde.

Esther warf Aaron einen Blick zu, der sagen sollte: *Das hättest du auch anders ausdrücken können!*

Aaron formte mit den Lippen ein stummes *Tut mir leid*.

Oberkommissar Flötzner erschien im richtigen Moment, denn Gablers Aufmerksamkeit richtete sich nun auf seinen Kollegen und nicht mehr auf Esther. Er stieß sich fluchend vom Tisch ab und ging zu Flötzner, der ihm ins Ohr flüsterte. »Erst mal ins Kommissariat mit Herrn Dumanski«, antwortete Gabler so laut, dass es alle hörten. »Den knöpfe ich mir später ausführlich vor. Der Erkennungsdienst soll sich zuerst um die Leiche von Lena Sommer kümmern. Die muss geborgen werden. Anna Albrecht von der Rechtsmedizin habe ich bereits verständigt, sie dürfte bald eintreffen. Den Bunker und die Waldhütte versiegelt ihr erst mal, beides können sich die Leute von der Spurensicherung später vornehmen. Die Leiche hat Vorrang!«, erteilte er Anweisungen, bevor er sich wieder Esther und ihren Gästen zuwandte.

Währenddessen flitzte deren Freundin Kyra zwischen Küche und Speisezimmer hin und her, verteilte Wurstbrote, Getränke und Obst. Sie gab alles, um wenigstens ein bisschen Normalität zurückzubringen. Die Vorfälle in der Pension hatten sich in Windeseile in Starnberg rumgesprochen. Kyra war sofort gekommen, als sie davon gehört hatte, und bemutterte nun Esther und ihre Gäste.

»Ende gut, alles gut«, sagte Cindy.

»Aha!«, machte Gabler, schwieg aber ansonsten.

Betreten blickte Esther auf die schwarze Kaffeebrühe. Ihr war durchaus bewusst, dass sie dem Tode gerade so von der Schippe gesprungen war. Noch schwerer traf sie allerdings, dass ausgerechnet ihr Mann Julius ein Dreifachmörder war.

»Ich kann es einfach nicht verstehen«, begann Gabler endlich und verstummte, bevor er wiederholte: »Ich kann es einfach nicht verstehen.« Seine Augen durchbohrten Esther. »Weshalb haben Sie mich nicht von Anfang an in Ihre Entdeckungen mit einbezogen?«

»War vielleicht besser so«, widersprach Dominik, der sich mit einem Eisbeutel das Gesicht kühlte. Auch er war von den Rettungskräften erstversorgt worden. Wie Esther wollte Dominik ebenfalls nicht ins Krankenhaus, sondern blieb auf eigenen Wunsch in der Pension.

»Wie soll ich jetzt *das* verstehen?«, schnauzte Gabler ihn an. »Immerhin haben diese Herrschaften widerrechtlich Ihr Zimmer betreten und es durchsucht. Stört Sie das nicht?«

»Alle hier ...«, Dominik nahm den Eisbeutel vom Gesicht und machte eine ausholende Bewegung, »... haben mich für den Täter gehalten. Stimmt schon, das wurmt mich tatsächlich. Aber wenn Esther zur Polizei gegangen wäre, säße ich jetzt vermutlich im Knast und Julius wäre auf freiem Fuß. Vor allem, als die Briefe meines Vaters gefunden wurden. Da hätten Sie von der Polizei doch nur noch Augen für mich als Tatverdächtigen gehabt.«

Gabler schwieg und mahlte mit den Zähnen, was Esther als Bestätigung für Dominiks Vorwurf betrachtete.

»Woher wollen Sie das wissen?«, schimpfte der Kommissar trotzdem. »Vielleicht hätte ich diesen Julius schneller als Mörder überführt, wenn mir alle Details bekannt gewesen wären.« Der Hauptkommissar warf Esther einen bedeutungsschweren Blick zu. »Es hat schon seinen Grund, weshalb Laien nicht in einem Mordfall ermitteln sollen.«

»Wäre ja nicht das erste Mal, dass ein Unschuldiger verhaftet wird«, blieb Dominik bei seiner Meinung. »Esthers Hartnäckigkeit wäre mir zwar beinahe zum Verhängnis geworden. Andererseits hat sie als Einzige am Schluss Julius durchschaut. Wir wüssten sonst nach wie vor nicht, dass auch ihr Mann von den Sommer-Schwestern erpresst worden ist und deshalb ein Mordmotiv hatte.«

»Im Rahmen der Ermittlungen hätte ich Sie schon entlastet, Herr Danner«, beharrte Gabler.

»Verzeihen Sie mir, wenn ich nicht überzeugt bin.«

Kyra erschien mit etwas Undefinierbarem auf den Armen.

»Bastelst du etwa einen Adventskranz?«, fragte Aaron grinsend.

»Das ist kein Adventskranz«, antwortete Esther an Kyras Stelle. »Das ist das Nest von Taggart.«

Gablers Augenbrauen schossen in die Höhe. »Taggart?«

»Meine Elster«, erwiderte Esther.

»Sie haben eine Elster?«, fragte Gabler verwundert. »Was frage ich, das tut doch an dieser Stelle überhaupt nichts zur Sache.«

»Taggart ist nicht mein Haustier, wenn Sie das meinen«, klärte Esther ihn unbeirrt auf. »Aber Taggart gehört irgendwie zur Pension, immerhin fliegt er ständig laut schreiend über uns hinweg.«

»Der Sturm muss das Nest aus der Birke geweht haben, wo sie normalerweise nistet«, erklärte Kyra und legte das Nest vom Durchmesser einer Unterarmlänge auf den Tisch.

»Da ist ja mein Feuerzeug drin!«, rief Jan freudig und schnappte sich das silberne Zippo.

»Wo hast du das Nest gefunden?«, wollte Jan wissen. Man sah ihm an, dass er sich am liebsten sofort eine Zigarette angesteckt hätte.

»Es lag vor dem Haus«, antwortete Kyra.

Esther stöberte im Nest herum. »Was ist denn da alles noch? Da ist der lila Ohrstecker, den ich schon seit Wochen vermisse. Und was ist das da?« Sie zog eine silberne

Halskette heraus. »Die ist doch von der Frau Laimering. Oh Mann, die hat mir damals mit der Polizei gedroht, weil sie behauptet hatte, die Kette wäre ihr aus dem Zimmer geklaut worden.«

»Stimmt, ich erinnere mich«, sagte Kyra.

Nach und nach kamen die verschiedensten Dinge zum Vorschein, doch bei einer Sache stockte Esther der Atem. Sie reckte ihren Fund in die Höhe.

»Ein Lippenstift! Was ist daran so Besonderes?«, fragte Kyra.

»Das ist *der* Lippenstift!«, antwortete Esther und erntete von Kyra, Jan und Kommissar Gabler ein fragendes Gesicht.

»*Der* Lippenstift«, wiederholte Cindy und lächelte breit. »Ich erkenne ihn an den glitzernden Sternchen auf der silbernen Verschlusskappe. Aaron, Rochus, ihr habt ihn doch auch gesehen.«

Aaron machte ein lang gezogenes »Aaah!«.

Rochus nickte. »*Jetzt* verstehe ich.«

»Ich verstehe aber nichts«, brummte Jan.

»Hat das was mit dem Fall zu tun?«, knurrte Gabler. »Ansonsten wäre ich dankbar, wenn wir weitermachen könnten mit meiner Befragung.«

Esther schwenkte den Lippenstift herum wie eine Trophäe. »Aber der hat so was von mit dem Fall zu tun!« Sie wandte sich an Kyra. »Das ist kein *richtiger* Lippenstift.« Sie drehte die Verschlusskappe ab. »Sondern ein USB-Stick.« Mit einer entschuldigenden Geste zu Gabler fuhr sie fort: »Den habe ich bei der Leiche von Lena Sommer gefunden. Versteckt in der Schnalle ihres Hosengürtels.«

»Aha, davon weiß ich noch gar nichts«, grummelte der Kommissar.

»Ups, das habe ich wohl in der ganzen Aufregung zu erwähnen vergessen.«

Gabler stöhnte auf. »Sie haben in den letzten Tagen so einiges *vergessen*, mir zu sagen, wie mir scheint. Was hat es mit dem Stick auf sich?«

Dominik zeigte mit dem Zeigefinger auf den Datenträger. »Esther, von dem Ding da hat doch Julius gesprochen, als wir im Bunker gefangen waren.«

»Ganz genau«, sagte sie.

»Ich warte auf eine Erklärung«, drängte Gabler.

Esther holte tief Luft. »Wie gesagt, den hat Lena Sommer versteckt in ihrem Gürtel bei sich gehabt. Was für mich bedeutet hat, dass da Material ihrer Erpressungen drauf sein muss, und damit auch Dinge, die den Mörder überführen würden. Eigentlich wollte ich sichten, was drauf ist.« Als Gabler Einspruch erheben wollte, entgegnete sie rasch: »Natürlich hätte ich Sie sofort angerufen.«

»*Natürlich!*«, antwortete er zynisch.

»Doch!«, beharrte sie. »Aber Julius hatte den Computer manipuliert und ein Update vorgetäuscht, weshalb eine Sichtung nicht möglich war. Und dann war der Stick plötzlich verschwunden. Wir dachten, Dominik hätte ihn geklaut. Julius hat uns auf diese Idee gebracht.«

»Und dadurch den Mordverdacht geschickt auf mich gelenkt«, sagte Dominik.

»Richtig!«, übernahm Esther wieder das Gespräch.

»Sehen Sie«, rief Gabler. »Hätten Sie den Stick mal gleich zu mir gebracht, dann säßen wir nicht hier, und Julius Dumanski hätte weder Herrn Danner noch Sie, Esther, beinahe umgebracht.«

Esther überging den Vorwurf und machte einfach weiter: »In Wahrheit hatte ihn aber Julius an sich gebracht, er hat ihn heimlich aus dem Computer gezogen, als wir alle wegen des Sturms abgelenkt waren. Dann schlug der Blitz ein, der Strom fiel aus, wir hatten sowieso kein Telefon und es ging alles drunter und drüber. Allerdings hat Julius im Bunker nach dem Stick gefragt, weil er ihn da eben nicht mehr hatte und glaubte, ich hätte mir den Datenstick wieder geschnappt.«

»Was du aber nicht getan hast«, stellte Cindy fest.

»Nicht ich, sondern Taggart hat Julius irgendwann den Lippenstift stibitzt.«

Cindy legte fragend den Zeigefinger an ihre Unterlippe. »Wie hat der Vogel denn das geschafft?«

»Keine Ahnung«, gab Esther zurück. »Taggart ist ziemlich schlau und auf alles aus, was blinkt.« Sie hielt Cindy den Lippenstift hin. »Und glitzern tut der ziemlich, oder? Wahrscheinlich hat Julius das Teil nur eine Sekunde aus den Augen gelassen, und schwupps, war Taggart zur Stelle. Ihr habt doch bei Jans Zippo gesehen, wie flink die Elster ist.«

»Der Dieb wurde beklaut!« Cindy klatschte in die Hände und lachte schallend.

Gabler blickte Esther an. »Zurück zu Ihrem Mann. Jetzt wird mir klar, weshalb er mir angeboten hat, bei der Suche im Wald zu helfen. Er wollte sichergehen, dass wir nicht über die eilig verscharrte Leiche von Lena Sommer stolpern, und hat uns geschickt von dem Ort weggelotst, wo sie begraben lag. Deshalb konnte auch der Polizeihund keine Witterung aufnehmen, weil er nicht einmal in die Nähe der Leiche gekommen ist.« Er schnappte sich den Stick. »Das da ist ein Beweismittel!« Gabler holte einen Plastikbeutel aus seiner hinteren Hosentasche und steckte den Stick hinein. »Ich werde mich jetzt mal um den Fundort von Lena Sommer kümmern, danach werde ich mir im Kommissariat Julius Dumanski zur Brust nehmen. Aber morgen Nachmittag komme ich wieder und werde jeden Einzelnen von Ihnen ausführlich vernehmen.«

Esther antwortete: »Wir können auch zu Ihnen ins Kommissariat ...«

»Nein!«, schnitt Gabler ihr das Wort ab. »Am Ende erscheint nur die Hälfte von Ihnen. Hier habe ich alle vor Ort. Das bedeutet: Niemand reist ab! Und wenn ich *niemand* sage, meine ich auch wirklich *gar* niemanden.« Gablers Kopf ruckte zu Jan herum. »Das gilt insbesondere für Sie, Herr Kohnle. Haben wir uns verstanden?«

»Sie waren ziemlich deutlich«, kam es von Jan.

Gabler nickte zufrieden und eilte aus dem Zimmer.

Esther trank ihren Kaffee aus und biss anschließend in eine Wurstsemmel. Sie hing ihren Gedanken nach, die anderen blieben ebenfalls still.

»Erinnert ihr euch an den Tag im Wald, als wir Emils Haus aufgesucht haben?«, beendete Cindy schließlich das Schweigen.

Alle nickten.

»Du meinst, dein Gefühl, beobachtet zu werden?«

Cindy nickte.

»Das hatte ich ebenfalls«, bestätigte Aaron.

»Es hat gestimmt, ich hatte mich nicht geirrt«, fuhr Cindy fort. »Julius muss uns da in den Wald gefolgt sein. Seine Anwesenheit habe ich damals gespürt.« Sie rieb sich über ihre Unterarme. »Da kriege ich jetzt noch Gänsehaut.«

»Das ergibt Sinn«, sagte Rochus. »Julius wollte bestimmt wissen, ob unsere Ermittlungen von Erfolg gekrönt waren. Deshalb hat er uns beschattet.«

Auf einmal liefen Esther Tränen über die Wangen. Sie schaffte es nicht, sie zurückzuhalten.

Cindy rückte sofort ihren Stuhl neben Esther und nahm sie in den Arm. »Das ist verdammt schwer für dich. Niemand von uns kann das so richtig nachempfinden. Zwar bin ich auch betrogen worden von meinem Freund. Aber das mit Julius ist noch mal eine andere Hausnummer!«

Auch die übrigen Gartler fanden mitfühlende Worte, was Esther extrem guttat. Irgendwann versiegten ihre Tränen.

»Was hast du jetzt vor?«, wollte Dominik wissen. »Ich meine, mit der Pension und so.«

Esther richtete sich auf. »Vor ein paar Tagen noch habe ich mit dem Gedanken gespielt, meine Selbstständigkeit aufzugeben. Aber das kommt jetzt nicht mehr infrage! Wir alle haben zusammen einen Mehrfachmörder überführt! Das ist doch was. Auch wenn meine Ehe in die Brüche gegangen ist, habe ich immerhin die Kraft gewonnen, meinen Traum von der eigenen Pension weiterzuführen. Selbst wenn ich alleine bin.«

»Bist du aber nicht!«, rief Kyra. »Ich bin auch noch da.«

»Danke«, hauchte Esther und warf ihrer besten Freundin einen liebevollen Blick zu. Dann streckte sie ihren Rücken durch. »Irgendjemand von euch hatte die Idee einer Krimitour. Vielleicht verknüpfe ich das mit einem Gartenseminar.«

»Viel zu erzählen hast du ja«, sagte Rochus.

»Oh ja, das habe ich«, antwortete sie und lächelte.

WAS NOCH ZU SAGEN IST

Handlung und Figuren dieses Krimis sind fiktiv, Ähnlichkeiten mit lebenden oder verstorbenen Personen wären rein zufällig und nicht beabsichtigt.

Nachdem mich meine Romanfiguren bislang nach Augsburg, Lindau oder Kempten geführt haben, ist es auch in dem neuen Krimi wieder ein Schauplatz in Bayern geworden. Diesmal hat es meine Figuren nach Starnberg und Umgebung verschlagen. Neu ist allerdings, dass es sich um keine polizeilichen Ermittler handelt, sondern um eine bunt zusammengewürfelte Truppe, die gemeinsam versucht, einen Mordfall zu lösen.

Wie in all meinen bisherigen Krimis habe ich vor Ort recherchiert, und so sind auch die allermeisten Schauplätze real. Aber natürlich habe ich hier und dort schriftstellerische Freiheit walten lassen, um die Umgebung an die Handlung anzupassen. Deshalb wird man die im Buch beschriebene *Pension Sonnenblume* und den dazugehörigen Weiher nicht im nahen Wald des Starnberger Stadtteils Percha finden.

Meine erste Testleserin war wie immer meine Frau Katrin, die akribisch das Manuskript nach Fehlern und Ungereimtheiten durchforstet hat.

Danken möchte ich meiner Verlagslektorin Daniela Jarzynka, die mir mit dem Vorschlag einer ersten Romanidee die Tür zu einem neuen Kriminalfall bei Lübbe geöffnet hat. Von dieser Idee bis zum fertig ausgearbeiteten

Exposé hat es dann noch eine Weile gedauert. Aber am Ende wurde alles gut, und es ist tatsächlich aus einer Idee ein komplettes Manuskript geworden. Während des gesamten Schreibprozesses stand Daniela mir immer mit Rat und Tat zur Seite, was sehr beruhigend war.

Den vielen Helfern, die bei Lübbe im Hintergrund für meinen Krimi gearbeitet haben, gebührt ebenfalls ein großes Lob.

Ein Dankeschön geht an meinen Literaturagenten Dr. Michael Wenzel von der Agentur Editio Dialog. Seit mittlerweile zwölf Jahren vermittelt er meine Manuskripte an Verlage.

Die sprachliche Redaktion des Manuskripts hat Heike Rosbach übernommen. Der Starnberg-Krimi war mittlerweile die dritte Zusammenarbeit mit Heike. Ich bin sehr froh, sie als Textlektorin an der Seite zu wissen, die Arbeit mit ihr macht sehr viel Spaß. Das nächste Projekt, das wir gemeinsam angehen, steht schon in den Startlöchern.

Schließlich möchte ich mich noch bei meiner langjährigen Physiotherapeutin Sonja Senger bedanken. Für die im Roman auftretende Cindy Adler hat sie mir wertvolle Tipps aus ihrer Arbeit gegeben. Während unserer Behandlungen geht es oft weniger um orthopädische Probleme, dafür umso öfter um Mord- und Foltermethoden. Wenn uns mal jemand belauschen sollte, wandern wir wahrscheinlich in den Knast, bis wir beweisen können, kein Mordkomplott geschmiedet zu haben.

Nicht vergessen möchte ich Kirstin Osenau. Ein herzliches Dankeschön für das Cover.

Meine Follower auf Instagram kennen natürlich meine Krimikatze Lisbeth, die seit mittlerweile vierzehn Jahren an meiner Seite ist und auch bei der Entstehung dieses Romans als Muse tatkräftig mitgeholfen hat.

Ich habe mit größtmöglicher Sorgfalt recherchiert. Sind trotzdem Fehler im Buch zu finden, gehen sie ausschließlich auf meine Kappe.

Januar 2024

Thomas J. Fraunhoffer

LEKTÜRE ZUR RECHERCHE

Todesermittlung – Befundaufnahme und Spurensicherung von Martin Grassberger und Harald Schmid, Wissenschaftliche Verlagsgesellschaft Stuttgart

Todesermittlung – Grundlagen und Fälle von Armin Mätzler und Ingo Wirth, C. F. Müller Verlag

Gärtnern für Ahnungslose von Carolin Engwert und Véro Mischitz, Kosmos Verlag

Meine Kräuter des Waldes von Wolf-Dieter Storl, Gräfe und Unzer

*Land*idee, Ausgabe Mai/Juni 2023, Nr. 3
*Land*idee, Heft Garten & Balkon, Frühling/Sommer 2023
*Land*idee, Heft Natürlich Gärtnern, Frühling/Sommer 2022

Meine Lieblingsausflüge – Fünfseenland von Franzi Fischer, J. Berg Verlag